Herausgegeben von
Anke Küpper, Franziska Henze, Yvonne Wüstel

TATORT NORD 2

Urlaubskurzkrimis von Helgoland bis Usedom

HarperCollins

1. Auflage 2023
Originalausgabe
© 2023 by HarperCollins in der
Verlagsgruppe HarperCollins Deutschland GmbH, Hamburg
Umschlaggestaltung von Hauptmann & Kompanie, Zürich
Umschlagabbildung von Jorg Greuel / Getty Images
Joachim Bago, Ryszard Filipowicz, Marcus_Hofmann / Shutterstock
Karte im Innenumschlag: © Sabine Poppe
Gesetzt aus der Stempel Garamond
von GGP Media GmbH, Pößneck
Druck und Bindung von GGP Media GmbH, Pößneck
Printed in Germany
ISBN 978-3-365-00364-0
www.harpercollins.de

Liebe Leserinnen und Leser,

herzlich willkommen zur langersehnten Fortsetzung von *Tatort Nord*! Wir können uns vorstellen, dass Sie darauf brennen, uns so schnell wie möglich wieder auf kriminellen Pfaden durch den hohen Norden zu folgen.

In diesem Band sind einundzwanzig Kurzkrimis versammelt, die Sie an neue Tatorte in Schleswig-Holstein, Hamburg und Mecklenburg-Vorpommern führen. Alle Geschichten sind Erstveröffentlichungen und gehen kriminellen Geschehnissen von den Klippen Helgolands bis zur Bernsteininsel Usedom nach.

Ob humorvoll wie in Angela Lautenschlägers »Cocktailstunde«, tragisch wie in Ricarda Oertels »Das Schweigen der Möwen« oder historisch wie in Anja Marschalls »Hanselüge« – Spannung und Gänsehaut sind garantiert.

Alle Autorinnen sind Mitglied im Verein der Mörderischen Schwestern. Wenn Sie Lust haben, uns einmal live auf der Bühne zu erleben, finden Sie hier die aktuellen Veranstaltungstermine: www.tatortnord.de

Wir freuen uns auf Sie!

Franziska Henze, Anke Küpper und Yvonne Wüstel

INHALT

MÜRITZWAHN 9
Kathrin Hanke

BYE-BYE, GERONIMO! 30
Gesine Berg

GLÜCK UND GLAS 51
Eva Jensen

STÖRTEBEKERS RACHE 73
Ulrike Bliefert

**KOMMISSAR ADAM UND DER TOD
IM STUHLMANNBRUNNEN** 91
Carola Christiansen

FEST IN HOLLÄNDISCHER HAND 108
Jutta Götze

GRENZERFAHRUNG 128
Franziska Henze

TINE, TIDE UND DIE TRUDE 147
Regina Schleheck

AUSGEFISCHT 169
Anke Küpper

HANSELÜGE 189
Anja Marschall

WILLKOMMEN BEI RENATE! 210
Fenna Williams

COCKTAILSTUNDE 231
Angela Lautenschläger

FEHLTRITT 254
Alexa Linell

»OH SZÜNDE, OH LIEBE!« 275
Anja Gust

TRÜGERISCHE IDYLLE 294
Bettina Mittelacher

DAS LETZTE BIER 315
Regine Seemann

DAS SCHWEIGEN DER MÖWEN 336
Ricarda Oertel

KALTE WURZELN 353
Alex Roller

HELIKOPTER 374
Carolyn Srugies

ELISAS LETZTER TANGO 396
Bea Schreiner

GEISTERNETZE 416
Sabine Weiß

ÜBER DIE AUTORINNEN 437

MÜRITZWAHN

Kathrin Hanke

Röbel an der Müritz, Mecklenburg-Vorpommern

Sie stellte das Fahrrad in dem kleinen Hofgarten, der zu ihrem Ferienapartment gehörte, ab und setzte sich auf einen der beiden Holzstühle an dem dazu passenden Klapptisch. Gleich darauf zog sie die Trinkflasche aus ihrem Rucksack, schüttelte sie und lauschte. Die Flasche war leer. Ihr Blick fiel auf das halb volle Wasserglas, das noch vom frühen Morgen auf dem Tischchen stand. Innerlich mit den Schultern zuckend, griff sie es, führte es an den Mund und trank. Das Wasser schmeckte wie erwartet etwas schal, tat aber ihrer trockenen Kehle gut. Bevor sie gleich in ihr Apartment gehen würde, wollte sie noch einen Moment in der Sonne ausruhen.

Sie war das Radfahren nicht mehr gewohnt. In Hamburg ging sie im Alltag entweder zu Fuß, nutzte öffentliche Verkehrsmittel oder für weitere Strecken ihren Wagen, und in ihrer Freizeit hatten Fahrradausflüge bislang auch nicht auf dem Aktivitätenplan gestanden. Darüber hinaus war das Rad, das sie eben für ihre erste Tour durch die historische Altstadt von Röbel bis hin nach Fincken und wieder zurückgebracht hatte, mit seinen mindestens fünfunddreißig Jahren auf dem Buckel schwer zu treten. Fincken lag nicht weit entfernt, nur knapp fünfzehn Kilometer, was früher ein Klacks für sie gewesen war. Aber heutzutage eben nicht mehr. Immerhin hatte das Rad eine funktionierende Drei-Gang-Schaltung, das war es dann aber auch schon. Und genau dies alles fand sie gut, denn die körperliche Anstrengung bei gleichzeitiger eintöniger Beinbewegung zog ihre gesamte Konzentration auf sich und brachte ihr Gedankenkarussell wenigstens für eine Weile zum Stillstand. Hätte sie das auch nur im Entferntesten geahnt, hätte sie sich schon längst in körperliche Aktivitäten gestürzt und nicht versucht, ihren Geist durch allerlei kulturellen Input abzulenken und mit chemischen Keulen ruhigzustellen. Sie lehnte ihren Kopf zurück, schloss die Augen und ließ sich von der Sonne bestrahlen, die sie in eine warme Decke zu hüllen schien. Wie schön und einfach das Leben doch sein konnte.

Das Wohlbehagen hielt nicht lange vor. Nach und nach floh die neu und als angenehm empfundene Anstrengung aus ihrem Körper und machte den gewohnten, miteinander ringenden Gedanken Platz. Dennoch schlug sie die Augen nicht auf und rappelte sich aus dem Stuhl hoch. Wozu auch? Natürlich, sie befand sich auf der Flucht. Vor sich selbst. Vor der Person, zu der sie geworden war – skrupellos und selbstherrlich. Andere sagten von ihr, sie würde über Leichen gehen und wussten nicht, wie recht sie damit hatten. Sie wollte wieder zurück zu ihrem eigentlichen Ich finden, zu dem Menschen, der sie einmal gewesen war. Das ging aber nicht überstürzt. Das ging nur planvoll und verlangte Zeit. Deswegen konnte sie ruhig noch ein bisschen in der Mittagssonne verweilen, die paar Minuten mehr waren nicht entscheidend.

Lange Zeit hatte sie es mit sich ausgehalten, indem sie sich einfach ein neues Leben mit einer makellosen Identität aufgebaut und diese als ihre eigene und einzig wahre zur Schau gestellt hatte. So gut war sie gewesen, dass sie sich selbst geglaubt hatte. Dies war nun vorbei. Ihre fugenfreie Fassade hatte einen deutlichen Riss bekommen, und ohne Unterlass sickerte seitdem all das wieder an die Oberfläche, was sie über Jahrzehnte erfolgreich unterdrückt hatte. Der Riss war von einer auf die andere Sekunde entstanden. Ohne Vorwarnung. Zunächst hatte sie mit aller Kraft versucht, ihn zu kitten, doch schnell hatte sie aufgegeben. So musste sie ihrer befleckten Vergangenheit, aber vor allem ihrer Gegenwart, mit all den so schön konstruierten Lügen, gegenübertreten. Sie verabscheute sich nahezu sofort, und bereits nach kurzer Zeit hatte sie einsehen müssen, dass sie nicht mehr mit sich klarkam. Deswegen war ihre Flucht vor sich selbst außerdem eine Suche nach der ganzen Wahrheit, denn ihre Erinnerung hatte Lücken oder vielmehr schwarze Flecken. Auch das hatte sie festgestellt, als der Riss entstanden war. Sie war hier, um die Flecken zu entfernen und zu erfahren, was sie verbargen. Sie wusste, dass vor allem die Farben Blutrot und Wachsweiß zum Vorschein kommen würden, und sie hatte sich innerlich darauf vorbereitet, diesen Farben des Todes entgegenzublicken. Was sie nicht wusste, machte sie derzeit verrückt: Wie war es genau zu dem Blutrot und Wachsweiß gekommen? Sie brauchte das vollständige Bild. Für ihre Zukunft. Sonst hatte sie keine, sondern würde täglich ein Stückchen mehr untergehen. Diese Erkenntnis hatte sie hierher in das alte Handwerker- und Ackerbürgerstädtchen mit seinen frisch gestrichenen bunten und etwas windschiefen Häusern gebracht – auch hier war die graue Vergangenheit farbenfroh übertüncht worden. So wie sie es jahrelang getan hatte.

Gestern Abend war sie angekommen. Offiziell als Feriengast. Wie so viele andere. Fast direkt nach ihrer Ankunft in dem liebevoll sanierten Fachwerkhaus, das ihr Ferienapartment beherbergte, war ihr das Fahrrad ins Auge gesprungen. Den Wagen wollte sie für ihre »Ausflüge« sowieso nicht bewegen. Dann wäre es nicht echt. Sie hatte ihn nur genutzt, um von Hamburg hierher in den Südwesten der Mecklenburgischen Seenplatte zu kommen und damit er sie beizeiten wieder zurückbrachte. Für ihre Touren wollte sie den Bus oder ein Rad nehmen. Sie hatte dabei an ein leichtgängiges oder gar ein E-Bike gedacht und vorgehabt, es sich beim Fahrradverleih zu mieten. Als die Hausbesitzerin – eine ältere Frau, die die Ferienunterkünfte mit ihrem Sohn und der Schwiegertochter zusammen betrieb, wie sie ihr erzählte – sie jedoch in ihre von Hamburg aus online gebuchte Wohnung gebracht und den dazugehörigen Innenhof gezeigt hatte, hatte sie es bemerkt.

Das Fahrrad, von dessen Sattel sie eben erst gestiegen war, hatte an der mit Efeu bewachsenen Mauer gelehnt, die den Hof nach hinten begrenzte und für Vorübergehende uneinsehbar machte. Aber selbst wenn das Rad etwas im Abseits gestanden hätte, hätte es über kurz oder lang ihre Aufmerksamkeit erregt. Da war sie sich sicher, denn es sah genauso aus wie jenes, das sie selbst gefahren war, als sie noch keinen Führerschein, geschweige denn ein Auto gehabt hatte. Es war eine Ewigkeit her, berührte sie aber sofort. Abgesehen von der Marke und Farbe – ein frisches Grün – stimmte auch die Anzahl der Katzenaugen. Sie hatte damals in einem Anflug von Protzerei nicht nur die vorgeschriebenen zwei, sondern pro Reifen sechs zwischen die Speichen geklemmt. Ihre beste Freundin hatte es ebenso gemacht, und wenn sie dann abends in der Dunkelheit auf ihren Rädern unterwegs gewesen waren, hatten die Katzenaugen im Licht der Straßenlaternen geflackert, während sie lauthals »It's My Life« geschmettert und Discoqueen gespielt hatten. Sie schluckte bei der Erinnerung, schlug nun doch ihre Augen auf und erhob sich vom Stuhl. Der Ohrwurm dudelte in ihrem Hirn weiter, als sie die nur angelehnte Tür zu ihrem Apartment – einem kombinierten Wohn- und Schlafraum mit offener Küche – aufstieß und eintrat. »It's My Life« wurde lauter in ihrem Kopf, und sie schüttelte ihn unwillkürlich, um den Song, der Anfang der 1990er die Hitparaden gestürmt hatte, wieder aus ihm herauszubekommen. Manchmal wurde er noch im Radio gespielt, und dann stellte sie ihn jedes Mal sofort ab, und das nicht, weil der Song von Dr. Alban so überhaupt nicht mehr ihrem Musikgeschmack entsprach, sondern da er sie quälte. Das tat er auch jetzt, und um die Quälerei perfekt zu machen, tauchte zugleich das Gesicht von Stephanie vor ihrem inneren Auge auf. Ihre einst beste Freundin hatte ihren Mund zum Lachen weit aufgerissen. Sie wollte dieses Bild nicht sehen! Ein weiteres Mal schüttelte sie ihren Kopf. Jetzt noch heftiger als zuvor, doch es half nicht. Wie »It's My Life« blieb auch Stephanies lachendes Gesicht und füllte inzwischen ihr gesamtes Sichtfeld aus. Unwillkürlich schloss sie die Augen, um in Dunkelheit zu versinken, doch Stephanies Antlitz wurde nur umso schärfer, glücklicherweise brach jedoch die Musik ab. Immerhin.

Sie riss ihre Augen wieder auf und stolperte durch den Raum zum kleinen Duschbad. Schnell öffnete sie die Tür und war mit einem Schritt am Waschbecken. In der Absicht, ihr Gesicht mit Wasser zu bespritzen, drehte sie den Hahn auf. Dabei fiel ihr Blick auf den Spiegel vor ihr. Sie schrak nicht zurück, als sie sich Stephanie und nicht sich selbst gegenübersah. Im Gegenteil stützte sie ihre Hände auf dem Waschbeckenrand ab, beugte sich nach vorn und hielt ihren Kopf direkt vor den runden Spiegel. Hinter Stephanie kam schemenhaft ihr eigenes Gesicht zum Vorschein. Das hatte sie gehofft. Sie verengte ihre Augen zu Schlitzen, sodass sie besser fokussieren konnte. Sie wollte ihr Spiegelbild mehr in den Vordergrund holen und Stephanies Gesicht dadurch verdrängen. Es schien zu klappen. Langsam, wie in Zeitlupe, verschmolzen die Porträts miteinander. Doch was war das? Nun bildete sich aus ihrem Konterfei und dem der früheren Freundin ein neues, ein drittes heraus.

Ihr wurde flau, und sie begann zu zittern. Beim Anblick der Freundin verspürte sie jedes Mal einen fast nicht zu ertragenden Schmerz, doch dieses Gesicht, welches ihres und Stephanies inzwischen verdrängt hatte, verursachte ihr Gänsehaut. Es wirkte bedrohlich, obwohl es sich noch nicht einmal komplett entwickelt hatte. Es war, als ob es sich aus einer dicken Nebelwand hervorarbeitete. Wollte sie wirklich darauf warten, es gleich deutlich zu sehen? Konnte sie überhaupt etwas dagegen tun? Bei Stephanie hatte es eben durch Verdrängung geklappt, aber von deren Bild wusste sie auch, dass es in ihrem Inneren entstanden war. Bei dem, das sich ihr jetzt zeigte, war sie sich nicht so sicher. Hörte sie nicht auch ein leises Atmen? Stand jemand hinter ihr?

Alles in ihr sträubte sich, sich umzudrehen. Woher kam bloß dieser Nebel? War ihr durch ihn so schwummerig Sie versuchte, sich selbst zu beruhigen. Vermutlich hatte sie bereits durch ihr Hiersein in Mecklenburg und ihre erste Tour eine schwarze Stelle in ihrer Erinnerung freigelegt, und das neue Gesicht war eine Chimäre wie Stephanies. Denn natürlich war sie vorhin nicht ohne Grund die Strecke bis nach Fincken gefahren. Als sie dort gewesen war, auf dem Finckener Friedhof, hatte sie den Anfang gemacht, indem sie das Grab besuchte. Sie hatte auf ihrem Weg dorthin an einem Feld gehalten und vom Rand einen Strauß Klatschmohn zusammengepflückt. Den Strauß hatte sie auf das Grab gelegt. Der auf der Erde aufliegende kleine Stein war ordentlich poliert gewesen, und die darauf angebrachten Buchstaben und Zahlen glänzten in der Sonne. Ihr war es vorgekommen, als hätte grad vor Kurzem jemand die Grabstätte gepflegt. Instinktiv hatte sie sich umgeblickt, doch sie war allein auf dem überschaubaren Friedhof gewesen. Sie hatte nichts gesagt, nicht zu dem Leichnam unter der vor ihren Füßen liegenden Erde gesprochen. Sie hatte nur ihren Klatschmohn mit seinen großen, orangenroten Blüten auf dem Stein gemustert. Dabei war ihr der Gedanke gekommen, dass ihn das Leben bereits unaufhaltsam verließ. Durch ihre Hand herausgerissen aus dem Boden und auf diese Weise abgetrennt von seiner Nahrungsquelle, würde er langsam, aber sicher dahinsiechen. Ihr waren Tränen gekommen, und sie hatte sie laufen lassen, sodass ihr Blick verschleiert war, als sie plötzlich eine Bewegung wahrgenommen hatte. Sie hatte geblinzelt und sich außerdem mit gekrümmten Zeigefingern die Augen einigermaßen trocken gerieben, doch ein feiner Film war wie ein Weichzeichner zurückgeblieben. Dennoch hatte sie eine Frau ausmachen können. Sie hatte nicht noch einmal auf den Stein zu ihren Füßen geschaut, als sie daraufhin gegangen war. Auf dem kleinen Schotterparkplatz angekommen, hatte sie kurz überlegt, noch runter an den Finckener See zu gehen, sich jedoch dagegen entschieden – sie wollte nicht so vieles auf einmal machen. Stattdessen hatte sie das an einen Baum gelehnte Fahrrad gepackt, es nach vorn an die Dörpstraat geschoben und war ohne Hast den Weg nach Röbel zurückgeradelt, und jetzt stand sie vor dem Badezimmerspiegel ihrer Ferienwohnung, starrte ungläubig hinein und zitterte inzwischen wie Espenlaub. Weinte sie auch? Wie auf dem Friedhof? War ihre Sicht auf das Bild im Spiegel deswegen nach wie vor so undeutlich? Allerdings würde das bedeuten, dass es doch kein Bild war, das aus ihrem Inneren kam, sondern ... mit angehaltenem Atem horchte sie. Als sie nichts bis auf das Rauschen des noch immer aufgedrehten Wasserhahns hörte, atmete sie erleichtert aus. Es gab kein drittes Gesicht. Es war ihr nur so vorgekommen, da der Spiegel beschlug. Als sie eben den Wasserhahn aufgedreht hatte, hatte sie anscheinend auf Heißwasser gestellt, und nun durchzog Dampf den kleinen Toilettenraum und machte sich typischerweise auch auf dem Spiegel breit. Über sich schmunzelnd, senkte sie ihren Kopf, stellte das Wasser ab und entließ einen befreiten Seufzer, als sie jetzt feststellte, dass Stephanie völlig vor ihrem inneren Auge verschwunden war. Es musste passiert sein, als sie meinte, eine dritte Person im Spiegel zu sehen und sich darüber so dermaßen erschrocken hatte. Normalerweise suchte Stephanie sie nur in ihren Träumen heim und zeigte sich ihr dort lediglich flüchtig. Wie eine Passantin, die zufällig und ohne einen Zweck vorübergeht. Auch eben schien keine Absicht hinter Stephanies Erscheinen gesteckt zu haben. Darüber hinaus war sowieso sie selbst diejenige gewesen, die Stephanie vor sich hatte entstehen lassen. Auch das andere Bild hatte sie sich eingebildet. Dies jedoch aufgrund des beschlagenen Spiegels. Sie war einfach aktuell ein Nervenbündel. Nicht mehr und nicht weniger.

Als sie sich jetzt umdrehte, um das Bad zu verlassen, streifte ihr Blick erneut den noch immer von Dampf besetzten Spiegel. Sie erstarrte mitten in der Drehbewegung. Durch den Dampf sahen sie ein Paar graublauer Augen durchdringend an. Ihr Herz begann, sofort wieder heftig gegen ihren Brustkorb zu bummern. Grausen ergriff sie und breitete sich wie ein unerbittlicher Lavastrom in ihrem Körper aus. Die Augen kamen ihr bekannt vor, aber die Farbe war falsch. Du bildest sie dir nur ein, wie Stephanie, versuchte sie sich zu beruhigen. Und wenn nicht, fragte sie sich gleichzeitig, während in ihrer Kehle ein Klumpen wuchs. Sie hörte sich nach Luft röcheln und meinte, gleich zusammenzuklappen. Sie musste hier raus. Weg von diesen Augen. Immerhin kamen sie nicht näher. Sie sammelte all ihre Energie zusammen, spannte ihren Körper an und fühlte auf dem Waschbeckenrand vorsichtig nach der Porzellanschale mit der nach Rosmarin duftenden Seife. Sie selbst hatte sie hineingelegt. Als ihre Finger die Schale berührten, durchfuhr sie ein Glücksgefühl. Sofort umklammerte sie sie mitsamt der Seife, riss dann ruckartig ihren Arm hoch, drehte sich komplett zur geöffneten Badtür und schmiss das Porzellanstück mit aller Kraft in die Richtung, in der sie den Kopf vermutete, zu dem die Augen gehörten. Dabei stieß sie einen markerschütternden Schrei aus, der dem eines verletzten Tiers gleichkam.

»Liebes? Tine? Wach auf«, drangen die liebevoll gesprochenen Worte an ihr Ohr und holten sie aus der Tiefe ihres Selbst hervor. Noch war sie in diesem merkwürdigen Zwischenstadium und nicht gänzlich bereit, sich der Welt zu stellen.

»Es war nur ein böser Traum«, flüsterte die Stimme beruhigend, und dann weiter: »Komm her, meine Tine, ich beschütze dich.«

Ein bisschen wunderte sie sich, dass Kalle sie Tine nannte und nicht bei ihrem vollen Namen Kristine. Tine war sie früher gewesen. So wie Stephanie Steph. Sollte sie ihn fragen, wie er plötzlich auf Tine kam? Aber vielleicht hatte sie sich auch verhört. Genauso, wie sie anscheinend nur einen Albtraum gehabt hatte. Sie war noch immer etwas benommen, allerdings war die Angst aus ihrem Körper gewichen und hatte einer warmen Wohligkeit Platz gemacht. Noch immer mit geschlossenen Augen, drehte sie sich um, sodass ihr Gesicht in seiner Armbeuge lag. Sie sog seinen Duft ein und atmete kurz darauf entspannt aus.

»Danke«, hauchte sie in den Stoff seines T-Shirts, woraufhin er sanft fragte: »Hast du wieder von ihr geträumt?«

»Mhm«, machte sie bestätigend. Mehr wollte sie nicht sagen. Der Traum war zu schauerlich gewesen, als dass sie ihn noch einmal Revue passieren lassen wollte. Vergessen war da einfacher. Das war es immer. Zärtlich strich Kalle ihr über das Haar und meinte auffordernd: »Na komm, wir stehen auf und gehen was essen. Ich habe Hunger.«

»Gleich«, erwiderte sie und setzte hinzu: »Lass mich dich noch ein bisschen spüren. Ich brauche das jetzt.«

Er sagte dazu nichts, sondern nahm eine Strähne ihres langen Haars und zwirbelte sie. Auf diese Art lagen sie noch eine Weile schweigend beieinander, bis sie merkte, dass ihre Blase sie drückte. Sie schlug die Augen auf und während sie sich von seinem Körper löste, nuschelte sie entschuldigend: »Ich muss mal.« Dann setzte sie sich hoch und sah sich mit wachsender Bestürzung im Zimmer um: Sie befand sich nicht zu Hause in ihrem Schlafzimmer in Hamburg. Sie saß in dem Bett, das in dem kleinen Röbeler Apartment stand. Aber das hatte sie doch nur im Traum angemietet! Wie konnte das sein? Träumte sie vielleicht immer noch? Langsam wendete sie ihren Kopf und blickte auf die offen stehende Badezimmertür. Ja, sie war in dieser Wohnung in Röbel, das war jetzt eindeutig, aber dennoch konnte sie das Furchterregende von eben nur im Schlaf fantasiert haben. Vom Bad ausgehend, suchte sie mit ihrem Blick das Laminat ab. Bald blieben ihre Augen an der Seife hängen, die kurz vor der gläsernen Tür zum Innenhof auf dem Boden lag. Um diese herum waren wahllos Porzellanscherben verteilt. Sie wollte schreien, riss sich jedoch zusammen. Bevor sie sich ihrem Entsetzen hingab, musste sie erst etwas anderes wissen, denn wenn sie nicht geträumt hatte, war sie eigentlich ohne Kalle in Mecklenburg-Vorpommern, und dann konnte er nicht neben ihr hier im Bett liegen. Doch wer war es dann?

»Auf was für einem Trip bist du denn?«, hatte Kalle belustigt gemeint, als sie ihn mit dem Messer in der Hand und lauter Stimme gefragt hatte: »Wer bist du?«

Zuvor war sie aus dem Bett gestiegen, aber nicht ins Bad, sondern zur offenen Küche gehuscht. Von dort hatte sie sich unbemerkt das Messer geholt und war wieder ans Bett herangetreten. Da Kalle sich in die Decken gewühlt hatte, hatte sie ihn nicht gleich erkannt. Hinzu war ihre Angst gekommen, die ihre Wahrnehmung definitiv vernebelt hatte, als sie ihren Arm gehoben und das Messer in der Hand bereit zum Zustoßen gehalten hatte. Sie musste auflachen, als sie jetzt überlegte, was für ein irrwitziges Bildnis sie doch vor ihrem Freund abgegeben haben musste.

»Was ist so lustig?«, fragte Kalle, der mit seiner linken Hand sein Cabrio steuerte und mit seiner rechten ihr Knie streichelte – irgendwie störte es sie, dass er seine geliebten Autohandschuhe trug, da sie bei diesen Temperaturen nur einen Rock trug und ihr Knie entsprechend frei von Stoff war. Sie waren auf dem Weg zur Scheune in Bollewick. Zuvor waren sie in Röbel bei einem Italiener am Markt gewesen und hatten jeder eine Pizza gegessen. Sie hatten auch überlegt, an den Röbeler Hafen zu gehen, sich dort ein Fischbrötchen auf die Hand zu holen und unter Umständen eine Müritzrundfahrt auf einem Schiff der weißen Flotte zu gönnen, sich dann jedoch für einen Restaurantbesuch entschieden und beschlossen, im Anschluss zur Scheune zu fahren. Es war die größte Feldsteinscheune Deutschlands, und sie kannte sie noch aus der Zeit, als in ihr Kühe Seite an Seite gestanden hatten. Inzwischen beheimatete die Scheune Werkstätten und Geschäfte, die vor allem regionale

Produkte und Kunsthandwerk anboten, und das wollte sie sich gern einmal ansehen. Vielleicht fand sie ja auch etwas, womit sie sich selbst beschenken könnte. Mal sehen.

»Ach, ich habe nur an vorhin gedacht und wie lächerlich ich mich vor dir gemacht habe«, antwortete sie jetzt.

»So ein Quatsch«, meinte er besänftigend. »Ist schon gut. Schwamm drüber.«

Sie sagte nichts weiter dazu, sondern sah nachdenklich aus ihrem heruntergelassenen Seitenfenster und kaute auf ihrer Unterlippe. Mit keinem Wort hatte Kalle den Grund seines Hierseins und vor allem auch nicht den Vorfall, der alles in Gang gesetzt hatte, kommentiert. Gut, sie hatte ihn auch nicht danach gefragt, aber seltsam fand sie sein Schweigen darüber schon. Er hatte ihr nur gesagt, dass er seine Geschäftsreise verkürzt hatte, um schneller wieder bei ihr zu sein. Woher hatte er eigentlich gewusst, dass sie in diesem Apartment in Röbel war? Sie hatte es ihm nicht erzählt. Sie hatte ihm überhaupt nichts von ihrer kleinen Reise gesagt, da sie angenommen hatte, sie sei längst wieder zu Hause, wenn er von seiner Geschäftsreise zurück war. Überwachte Kalle sie? Hatte er ihr eine Spy-App aufs Handy gespielt? Oder einfach nur die »Wo ist«-Funktion ihres iPhones ohne ihr Wissen aktiviert, sodass er stets ihren Standort kannte, wenn sie im Internet war? Sie war versucht, ihr Mobiltelefon aus der Tasche zu holen und direkt nachzuschauen, ob sie etwas finden würde, ließ es jedoch bleiben. Er sollte nicht wissen, dass sie seinetwegen unruhig war. Während sie auf die weiten, flachen Felder blickte, die ihre Heimat ausmachten, musste sie plötzlich an das Foto denken. Das Foto von Stephanie war der Grund, weswegen sie nach all den Jahren hier war. Ein Stück dickes, glänzendes Papier im Format sieben mal neun Zentimeter. Mehr nicht. Dennoch hatte es den Riss in ihr erzeugt und ihre Vergangenheit in die Gegenwart geholt. Zumindest stückchenweise. Wäre Kalle nicht schon auf seiner Reise gewesen, hätte sie ihn gebeten, auf den Dachboden zu steigen, um ihr die alte Kaffeemaschine herunterzuholen, weil ihr Vollautomat mit einem Mal nicht mehr funktionierte. So war sie selbst hochgegangen und hatte das Foto entdeckt. Es musste irgendwo herausgefallen sein, denn es lag unübersehbar mitten auf dem staubigen Dielenboden.

Sie hatte sich nicht an das Foto erinnert. Auf jeden Fall war es nach der Wende entstanden – die Freundin trug auf ihm ein T-Shirt, das sie während eines Wochenendausflugs mit ihren Eltern nach Hamburg erstanden hatte. Sie selbst hatte genau das gleiche Shirt gehabt, denn Stephanie hatte ihr eines mitgebracht. Außerdem trug Stephanie, die lachend vor einem Maisfeld posierte, eine Sonnenbrille mit verspiegelten Gläsern. Sie kannte die Brille an der Freundin nicht, und deswegen hatte sie sie eingehender betrachtet. Auf dem einen Glas hatte sich eine Person gespiegelt. Sicherlich die, die Stephanie fotografiert hatte. Es war ein Mann. In Jeans und T-Shirt gekleidet, schlank und mittelgroß. Mit etwas längeren Haaren, wie Männer sie in den 90ern trugen. Welche Farbe die Haare hatten, hatte sie nicht ausmachen können. Irgendwas zwischen blond und braun. Sein Gesicht hatte sie überhaupt nicht erkennen können, denn davor hielt er die Kamera. Wahrscheinlich war es seine Sonnenbrille, die Stephanie trug. In der darauffolgenden Nacht hatte sie von der früheren Freundin geträumt.

Dieses Mal war es ein anderer Traum gewesen. Stephanie ging nicht bloß an ihr vorüber. Sie hatte dagelegen, in der Blutlache, und sie aus gebrochenen Augen angestiert.

Sie rutschte auf ihrem Sitz hin und her, während Kalle schweigend durch die Landschaft fuhr. Mein Gott, war das viel Blut gewesen! Es war direkt in die Erdmulde zwischen Weg und Böschung gelaufen und hatte sie an die Abflussrinnen in Schlachtbetrieben erinnert. Auch jetzt tat es das wieder. Ein Schauer überlief sie, und sie schüttelte sich, woraufhin Kalle sie mit einem schnellen Seitenblick bedachte. Sie wandte sich ihm zu. Er konzentrierte sich wieder auf die Straße, und sie nutzte die Gelegenheit, um ihn zu mustern. Wie es ihr wohl jetzt gehen würde, wenn er heute nicht überraschend gekommen wäre? Ob sie dann immer noch auf dem Boden ihres Apartments läge, wo er sie gefunden hatte? Sie legte ihren Kopf schief. Kalle war nicht so leicht aus der Bahn zu bringen wie sie. Das war er noch nie gewesen. Immer stark, tatkräftig und ihr Fels in der Brandung. Er sah fast noch so aus wie vor knapp dreißig Jahren, als er sie im Zug angesprochen hatte. Im Gegensatz zu ihr war er genauso schlank wie damals. Ihre Liebe war nie leidenschaftlich gewesen. Eher ruhig und ausdauernd. Kaum Tiefen, aber auch keine Höhen. Einmal, vor Jahren, hatte sie versucht, ein bisschen Pepp hineinzubringen und ihn in Reizwäsche im Bett empfangen. Den mit Spitzen besetzten Body hatte er schön gefunden, aber die halterlosen Strümpfe hatte sie ausziehen müssen. Sie hätte es wissen müssen, Nylonstrümpfe mochte er überhaupt nicht. Sie legte ihre Hand in seinen Nacken und fuhr durch seine Haare am Hinterkopf, wie er es mochte. Sie waren noch immer hellbraun.

Nur ein paar silbrige Fäden durchzogen es. Hellbraun. So, wie die des Jungen auf dem Foto. Was dachte sie denn da? Wie konnte sie diesen Vergleich ziehen? Sie war wirklich ein nervliches Wrack. Überall sah sie Gespenster.

»Ich möchte zurück«, platzte sie einem Impuls folgend zwei Sekunden später heraus. »Dreh bitte um.«

»Aber ...«, begann er, doch sie unterbrach ihn: »Bitte.«

Er tat wie ihm geheißen. Kommentarlos. Erst jetzt fiel ihr auf, dass er ohne Navi fuhr.

»Woher wusstest du, dass ich hier bin?«, fragte sie in die Stille zwischen ihnen hinein.

»Reiner Zufall. Du hast das Apartment online gebucht. So, wie du es auch sonst immer machst. Das habe ich beim Surfen auf unserem Computer zu Hause entdeckt, und dann dachte ich mir, ich überrasch dich mal«, erwiderte er. Erneut breitete sich Schweigen zwischen ihnen aus. Er mahlte mit den Zähnen, und sie schaute wieder aus ihrem Seitenfenster. Sie hatte ihr Smartphone und nicht den Computer für ihre Unterkunftsbuchung benutzt.

Kalle war schon nach Hamburg vorgefahren, und auch sie wollte nachher wieder nach Hause. Das hatte sie ihm und auch sich selbst versprochen. Glücklicherweise musste sie nicht lange warten. Es war noch nicht spät. Der Abend war gerade erst angebrochen. Sie hatte gedacht, es würde länger dauern. Der unangekündigte, aber erwartete Besuch kam nicht über die Terrassentür, die sie nur angelehnt hatte, damit er es leichter hätte, sondern durch die Wohnungstür. Auch darauf war sie vorbereitet und brachte sich bereits in Position, als der Schlüssel leise im Schloss gedreht wurde.

Bis hierhin hatte sie das meiste geplant, doch was jetzt kommen würde, musste sie ganz ihrer Intuition überlassen. Langsam wurde die Tür nach innen aufgedrückt, und ihre Muskeln spannten sich an. Gleich würde sich zeigen, ob sie recht gehabt hatte. Ein Haarschopf schob sich vorsichtig in den Raum, und dann blickte sie voll Entsetzen in das Gesicht, das ihm folgte.

»Sie?«, hörte sie sich bestürzt ausrufen. Ihre Vermieterin nickte und fragte forsch zurück: »Haben Sie jemand anderen erwartet? Ich will hier nur nach dem Rechten sehen. Falls hier noch jemand wohnt, müssen Sie das zahlen. Mir war, als hätte ich am Nachmittag einen Mann hier gesehen. Außerdem steht ein zweiter Wagen mit Hamburger Kennzeichen vor der Tür. Also nicht nur Ihrer.«

»Hier ist niemand weiteres, und der andere Wagen steht auch nicht mehr da, aber warum kommen Sie einfach herein und haben nicht wenigstens geklopft?«, erwiderte sie bärbeißig. Was sollte dieser Auftritt?

Die ältere Frau lächelte, drückte die Tür hinter sich zu, trat weiter in das Apartment ein und sah sich neugierig um, während sie krächzend sagte: »Das ist immer noch meine Ferienwohnung!«

»Das stimmt«, ging sie auf das Spiel der Frau ein, die mit einem Schritt plötzlich dicht neben ihr stand und ihr nun mit unverstellter, heller und klarer Stimme ins Ohr raunte: »Es ist wirklich ein schöner Zufall, dass du dich gerade in eine meiner Ferienwohnungen eingebucht hast. Ich freue mich sehr darüber. Tut mir leid, dass ich mich wie meine eigene Schwiegermutter zurechtgemacht habe, aber du weißt ja, wie gern ich mich verkleide und schauspielere.

Außerdem habe ich Maskenbildnerin gelernt, wie ich es mir immer erträumt habe. Weißt du, ich google meine Gäste meist vor ihrer Ankunft. Schließlich muss ich wissen, wer bei mir unterkommt. Und als du dann gebucht hast ... tja, dann habe ich mal wieder mein Maskenbilderköfferchen rausgeholt. Ich wollte dich erst einmal in Ruhe beobachten. Na ja, jetzt dachte ich, ich lass mal die Katze aus dem Sack und überrasch dich. Ich denke, wir haben uns viel zu erzählen.«

Sie hatte sich nicht erschrocken. Sie war auch dafür innerlich gerüstet gewesen. Natürlich hätte sie sich auch geirrt haben können, hatte sie aber nicht. Sie hatte gemeint, Stephanie schon bei ihrer Ankunft unter der dicken Schminke, dem Dutt und den ältlichen Klamotten erkannt zu haben, wollte es sich jedoch nicht eingestehen, da sie es als zu einfach empfunden hätte. Immerhin hatte sie lange recherchiert, wo die frühere Freundin sich jetzt aufhalten könnte. Außerdem hatte sie sich erst sicher sein wollen.

»Das ist kein Zufall«, presste sie durch ihre Lippen hindurch, hob blitzschnell die Arme, umfasste die Frau neben ihr und zwang sie auf den Boden, wo sie sie bäuchlings ins Liegen brachte. Spätestens jetzt hatte sich der Selbstverteidigungskurs gelohnt.

»Was soll das, Tine? Lass uns reden«, stöhnte Stephanie unter ihr.

»Ja, deswegen bin ich eigentlich hier. Aber ich habe es mir anders überlegt. Ich brauche dich nicht mehr«, hatte sie gesagt, und es war die Wahrheit. Eben gerade war die komplette Erinnerung wieder zurückgekommen. Ausgelöst durch Stephanies wahre Stimme.

»Tine, bitte. Ich kann doch nichts dafür. Es ist einfach so passiert. Es war ein Zufall …«, flehte die einstige Freundin sie an. Schon früher hatte Stephanie immer die Schuld bei anderen gesucht. Das konnte sie in diesem Moment nicht ertragen, und so erstickte sie die Worte mit einem Kissen, dass sie sich behände vom nahe stehenden Sofa schnappte. Stephanie strampelte unter ihr, aber sie war stärker. Dennoch erschien es ihr wie eine Ewigkeit, bis deren Bewegungen schwächer wurden. Damit sie durchhielt und das Kissen nicht doch noch wegriss und in die Ecke schleuderte, schürte sie ihren Hass und dachte an das, was damals geschehen war: Stephanie hatte sie gebeten, mit ihr an den Finckener See zu gehen. Es war schon spät gewesen. Die Freundin wollte sich dort mit ein paar Jungs treffen, die sie in Hamburg kennengelernt hatte, mochte dies jedoch nicht allein tun. Wider besseres Wissen und ihrer eigenen Situation hatte sie Stephanie begleitet. Die Jungs hatten auf sich warten lassen, und gerade als sie gehen wollten, waren zwei Gestalten aus dem kleinen Park des Herrenhauses an den See getreten, zwei weitere kamen aus der anderen Richtung auf sie zu. Alle vier hatten sich einen Nylonstrumpf über den Kopf gezogen und Stephanie und sie eingekreist. Drei der Vermummten hatten sie geschnappt und zu Boden gebracht. Dann waren sie nacheinander über sie drüber. Sie hatte sich gewehrt, geschrien und geweint, doch es hatte nichts genutzt. Irgendwann hatte sie zwischen dem Gestöhne und Gelächter mitbekommen, wie einer rief: »Jungs, wir müssen hier weg, die Schlampe ist abgehauen.« Tatsächlich hatte der, der sich gerade an ihr verging, von ihr abgelassen, und es war still um sie herum gewesen. Sie hatte sich vor Schmerzen nicht rühren könne. Erst am nächsten Morgen hatte eine Frau aus dem Dorf, die in der Früh im See schwimmen gehen wollte, sie gefunden. Ihr Kind hatte sie in der Nacht verloren. Der Embryo war regelrecht aus ihr herausgeblutet. In ihrem Traum war es Stephanie gewesen, die in einer Blutlache am See gelegen hatte, doch so war es nicht. Stephanie war damals einfach abgehauen. Sie hatte keine Hilfe geholt und auch niemals zugegeben, dass sie mit am See gewesen war. Die Jungen sind nie gefunden worden.

Ohne noch einmal auf den angrenzenden Friedhof zum Grab von Mario zu gehen, ihrem damaligen Freund, der kurz nach dem Vorfall unter starkem Alkoholeinfluss einen tödlichen Motorradunfall gehabt hatte, war sie direkt vom Finckener See aus Richtung Hamburg aufgebrochen. Als jetzt plötzlich »It's My Life« einsetzte, zuckte sie zusammen. Es kam nicht aus dem Radio. Das hatte sie gar nicht angeschaltet. Aus den Augenwinkeln sah sie, dass ihr auf dem Beifahrersitz liegendes Handy aufleuchtete. Sie nahm es hoch und verstand. »It's My Life« war ihr Klingelton! Stephanie musste ihn an ihrem Handy eingestellt haben, als sie ihre Radtour unternommen und es im Apartment gelassen hatte. Vielleicht war es auch jemand anderes gewesen. Inzwischen war es gleichgültig. Sie nahm ihr Handy hoch und fühlte selbst durch das Leder der Autofahrerhandschuhe, wie erhitzt es durch die ins Auto scheinende Sonne geworden war. Die Handschuhe trug sie, seit Kalle Röbel verlassen hatte. Sie hatte sie schon häufiger getragen, obwohl sie kleinere Hände als er hatte, es aber immer lustig gefunden. Auf dem Display sah sie, dass es Kalle war, der anrief.

»Wie geht es dir? Bist du schon auf dem Weg? Hast du alles erledigt?«, fragte er sie.

»Mir geht es gut, sehr gut sogar«, sagte sie und setzte hinzu: »Ich habe alles erledigt, was ich wollte. In einer Stunde bin ich bei dir.«

Nachdem sie aufgelegt hatte, legte sie ihr eigenes Handy weg und nahm Stephanies hoch. Während sie sich die Sprachnachrichten anhörte, die diese mit Kalle seit etwa einem halben Jahr ausgetauscht hatte und die eine eindeutige Sprache sprachen, klickte sie das letzte Foto auf, das sie mit dem Handy gemacht hatte. Es zeigte Stephanies vom Seewasser bedecktes Gesicht. Das Lachen war ihrer einstigen Busenfreundin darauf vergangen. Ihre Augen standen weit offen, und der Blick war leer, was nicht an den grau eingefärbten Kontaktlinsen lag, die ihre blaue Iris überdeckten. Wenn es in ihren Plan passen würde, würde sie Kalle das Foto zu gern schicken. Schließlich hatte er dieses Ende gewollt. Seine letzte Sprachnachricht an seine heimlich Geliebte und inzwischen Tote sprach Bände: Er hatte Stephanie loswerden wollen, doch diese hatte ihm mit ihrem Wissen gedroht und ihn nicht gehen lassen wollen. Nun war er seine Affäre los. Immerhin hatte er nicht umsonst Stephanies Foto für sie auf dem Dachboden platziert, das hatte sie inzwischen begriffen. Ob er mit diesem Ende von Stephanie gerechnet hatte? Und wie er wohl reagieren würde, wenn alle und vor allem die Polizei denken würden, er hätte sich die Hände schmutzig gemacht? Nein, korrigierte sie sich. Nicht die Hände. Seine Autofahrerhandschuhe.

BYE-BYE, GERONIMO!

Gesine Berg

Heidkate – Kieler Förde

Alle, die Tod und Teufel nicht fürchten,
müssen Männer mit Zaster sein.
Jan und Prime und Klaas und Pit,
die haben Zaster, die bauen mit.

Der frühe Vogel fängt den Wurm. Kerstin verließ die Reetdachkate ihrer Freundin Grit im Feriengebiet Wendtorfer Schleuse an der Kieler Förde. Das zarte Licht der Morgendämmerung versprach einen heiteren Sommertag. Zu Fuß überquerte sie den Deich und spazierte direkt zur Ostsee. Die Hosenbeine bis übers Knie hochgekrempelt, wanderte sie barfuß am plätschernden Wasser entlang Richtung Hotel *Achtern Diek* in Heidkate. In einer Stunde würde die Sonne ideal stehen, um die dort liegenden Boote zu fotografieren. So konnte sie das Angenehme mit dem Nützlichen verbinden und Material für einen Auftrag zur Gestaltung von Urlaubskarten aus dieser Region sammeln.

Der Südwind hatte das Meer weit zurückgedrängt und den Strand um einige Meter verbreitert. Die klare Luft vertrieb die letzte Müdigkeit aus Kerstins Körper. Ab und an blieb sie stehen, um einen flachen Kiesel aufzuheben und übers Wasser hüpfen zu lassen. Dabei entdeckte sie ihn. Einen Hühnergott! Voller Freude bückte sie sich nach dem Stein mit dem Loch in der Mitte. Ihm wurde nachgesagt, Glück zu bringen. Ein gutes Omen? Ihre Gedanken wanderten zum vergangenen Abend, und ein Prickeln durchströmte sie.

Das sah ihrer Freundin ähnlich. Grit Gerkens, Lokaljournalistin mit Spürnase für lohnenswerte Storys, hatte es sich schon zu Schulzeiten zur Aufgabe gemacht, sie unter ihre Fittiche zu nehmen. Gestern hatte sie Kerstin zu einer Strandparty beim *Achtern Diek* mitgeschleppt. Freibier und Häppchen bis zum Abwinken. Für die musikalische Unterhaltung – und dafür, dass Kerstins Herz unerwartete Hopser machte – hatte die Kieler Pop-Rock-Band GeRoNiMo gesorgt. Momme Mohrmann, Drummer und das *Mo* von GeRoNiMo, hatte ihr den ganzen Abend intensive Blicke zugeworfen. Das hatte Erinnerungen an ihre Teenagerzeit vor dreißig Jahren geweckt. Als sie mit fünfzehn im Stillen für den Musiker drei Klassen über ihr geschwärmt hatte.

Mit einem tiefen Atemzug verscheuchte Kerstin ihre nostalgischen Gedanken. Sie hatte bereits eine Reihe von Buhnen passiert und fotografierte die Steindämme, die in Abständen von zweihundert Metern als Wellenbrecher ins Meer ragten, als sie Gerd Lütjohann entdeckte. Der Gitarrist der Band saß auf einem der Steine. Er trug noch seine Auftrittsklamotten, eine abgewetzte Lederhose gepaart mit einer speckigen Weste über einem knittrigen Hemd. Im Gegensatz zu Momme, dessen Attraktivität mit den Jahren zugenommen hatte, war er nicht gut gealtert. Geplatzte Äderchen auf den Wangen, seine einst wilden blonden

Locken waren ausgefranst und ergraut, der Waschbrettbauch einer beachtlichen Wampe gewichen. Früher hatte er Momme bei den Auftritten oft die Show gestohlen, und seine Gitarrenriffs waren legendär. Was hatte ihn derart aus der Bahn geworfen?

»Moin, Gerdi.« Sein Spitzname von damals rutschte Kerstin spontan heraus. »So früh schon wieder auf den Beinen? Außer uns scheinen alle ihren Rausch auszuschlafen.«

»Moin, Kerstin.« Seine Stimme knarzte. Er räusperte sich. »Würde mich eher wundern, wenn überhaupt jemand nach dem Aufruhr gestern Abend schlafen konnte.« Gerd brummte vor sich hin, während er sich eine Zigarette drehte.

»Mir hat eure Aktion gefallen. Da war ganz schön was los.« Kerstin ließ sich neben ihm nieder und unterdrückte den unmittelbaren Impuls, von ihm abzurücken. Er roch nach Alkohol und Schweiß.

Gerd zündete seine Fluppe an, nahm eine tiefen Zug und blies Ringe in die Luft. »Eine Scheißaktion war das!« Ein weiterer Zug. Weitere Ringe. Gereizt fuhr er fort: »Das ist alles auf Mommes Mist gewachsen. Nur weil er sich darüber aufregt, dass man das *Achtern Diek* durch die Hotelanlage ersetzen will und dabei ein Stückchen Deich hopsgeht. Er ist überzeugt, Klaas Kaufmann hätte uns angeheuert, um uns mundtot zu machen. Das stinkt ihm gewaltig. Momme wollte dem Publikum seine Meinung über geldgeile Investoren zeigen.« Missmutig schnippte Gerd die erst halb gerauchte Zigarette ins Meer.

Wenigstens war es eine Filterlose. Kerstin hatte keine Lust, mit Gerd über Momme zu diskutieren. »War jedenfalls toll, euch mal wieder live zu erleben!«

»Wir treten nur noch selten auf, nicht zuletzt, weil Momme kaum an etwas anderes denkt als an bedrohte Viecher und Pflanzen ... aber die Gage war echt überzeugend.« Gerd rieb Daumen, Zeige- und Mittelfinger gegeneinander.

Kerstin grinste. »Also, ich fand Mommes Idee mit dem Protest gut. Mir ist fast das Herz stehen geblieben, als er Nils das Mikro wegschnappte und seine Version des Kaperfahrtliedes anstimmte. *Zu Ehren des Gastgebers.*« Sie malte Anführungszeichen in die Luft. »Diesem Kaufmann sind ja sämtliche Gesichtszüge entgleist.«

Gerd schnaubte. »Jetzt ist die Band endgültig im Arsch. Wer engagiert uns denn bitte noch, wenn er befürchten muss, dass wir seine Party platzen lassen? Dabei hatten wir endlich wieder ein paar Gigs an Land gezogen.« Er holte das Tabakpäckchen aus der Westentasche und drehte sich die nächste Zigarette. »Apropos Herz, das ist dir wohl eher wegen seiner schönen blauen Augen stehen geblieben.« Spöttisch verzog er den Mund. »Aber der gute Momme kann sich ja alles erlauben. Sogar du läufst ihm noch nach.« Den letzten Satz spuckte er geradezu aus.

Kerstin erhob sich. »Ich ziehe mal weiter. Tschüss, Gerd.« Der starrte mürrisch aufs Wasser und ignorierte sie.

Die ersten Strandkörbe kamen in Sicht. Auf dem Deich thronte das in die Jahre gekommene Traditionshotel, das der überdimensionierten Anlage weichen sollte. Der Wind hatte aufgefrischt. Nichts änderte sich schneller als das Wetter an der Ostsee. Kerstin fröstelte. Sie schlüpfte in die Strickjacke, die bisher locker über ihren Schultern gehangen hatte. Schon von Weitem hörte sie das Geklapper von Fallen an den Masten der am Strand liegenden Segelboote, in das sich das Kreischen der Möwen mischte. Wohlweislich hatte sie Gerdi nach dessen Ausbruch verschwiegen, dass sie Momme hier treffen würde. Er hatte versprochen, Kaffee und frische Brötchen mitzubringen, nachdem sein Versuch, sie zu einer Übernachtung am Strand zu überreden, bei ihr nicht auf Gegenliebe gestoßen war.

Kerstin steuerte auf den von Momme beschriebenen Strandkorb ein Stück hinter den Booten zu – und taumelte zurück. »Was zum Himmel ...!« Ihr brach der Schweiß aus. Verstört starrte sie auf die Gestalt im Strandkorb. Das konnte er nicht sein. Das. Durfte. Er. Nicht. Sein. Sie kämpfte gegen einen Würgereiz, um Momme genauer anzuschauen. Unter seiner Nase, an der aufgeplatzten Augenbraue und der Stirn klebte Blut. Die Augen waren zugeschwollen, der Kopf unnatürlich zur Seite gekippt. Sie hielt die Luft an. War er ...? Kerstin überwand sich und tastete nach seinem Puls. Nichts. Kein Lebenszeichen. Mit zittrigen Fingern holte sie ihr Handy hervor und wählte den Notruf.

Kerstins Herz wummerte wie ein Presslufthammer. In was für einen Albtraum war sie geraten? Eisiges Entsetzen packte sie. Sie schlang die Arme um sich. Als Momme sie vor wenigen Stunden beim Abschied etwas zu lange festhielt, hatte sie seinen harzig-warmen Duft eingeatmet. Er hatte sich in ihrer Nase festgesetzt und sie bis in ihre Träume begleitet. Für die Dauer eines Wimpernschlags hätte sie fast nachgegeben und wäre geblieben. Dann hatte sie sich von ihm gelöst. *Morgen früh, Momme, da komme ich zum Strandkorb. Versprochen.* Die Kälte breitete sich immer weiter in ihr aus.

Ein Sausen in ihren Ohren vermischte sich mit den Erinnerungen. Sie musste etwas tun, um den Schwindel unter Kontrolle zu bekommen und nicht ohnmächtig zu werden. Kerstin holte tief Luft und ließ ihren Blick über den Strand wandern. Weit und breit war keine Menschenseele zu sehen. Sie stutzte. Eine Schleifspur führte von den zwanzig Meter entfernt liegenden Booten bis zum Strandkorb. Sie griff nach der Kamera, die vor ihrer Brust baumelte. Wie ferngesteuert drückte sie auf den Auslöser.

Eine Wolke blumigen Parfums brachte sie zurück in die Gegenwart. »Kerstin, mein Gott, komm da weg.« Grit legte ihr den Arm um die Schultern und zog sie mit Nachdruck fort.

Die Meldung über Mommes Tod hatte offenbar die Runde gemacht. Kurz nach der Polizei trafen die beiden weiteren Bandmitglieder, Leadsänger Nils Bendixen und Bassist Roland Jansen, ein, dicht gefolgt von Klaas Kaufmann. Der hielt mit seiner Meinung nicht hinterm Berg. »Das ist ja fürchterlich! Dabei haben Mohrmanns Protestaktionen schon genug Schaden angerichtet.« Er rang die Hände. »Hätte ich mich bloß nicht darauf eingelassen, diese Band anzuheuern. Jetzt wird das Bauprojekt noch mehr negative Schlagzeilen bekommen.«

Mit geballter Faust schoss Nils auf den Investor zu. »Ich verpass dir gleich 'ne Schlagzeile! Du armseliger Schaumschläger bist doch schuld an allem!« Roland gelang es mühsam, ihn zu stoppen. Als einer der Polizisten zu ihnen trat, ließ er Nils los und entfernte sich in Richtung der Boote.

Kerstin wandte sich ab. Vergeblich versuchte sie, die aufsteigenden Tränen zu unterdrücken. Mommes verunstaltetes Gesicht würde sie bis in ihre Albträume verfolgen.

Mechanisch beantwortete sie die Fragen der Polizei. Sie war kaum in der Lage, klar zu denken. Zu guter Letzt brachte Grit sie zurück in die Ferienkate.

»Du zitterst ja am ganzen Leib.« Grit drückte ihr einen Becher heiße Schokolade in die Hand.

Kerstin atmete das Kakaoaroma ein. Nach ein paar Schlucken erwachte sie langsam aus ihrem Trancezustand. Sie bemühte sich, ihre Gedanken zu sortieren. »Wieso warst du vor der Polizei dort?«

Ohne auf ihre Frage einzugehen, zog Grit ein dickes Notizbuch aus ihrer Umhängetasche. »Das Beste ist, wir gehen pragmatisch vor und lassen uns nicht von unseren Gefühlen überrollen. Wir machen es wie früher, ja? Erzähl, was ist dir aufgefallen?«

Schon in Kindertagen hatte Grit für ihr Leben gern Sherlock Holmes gespielt. Dennoch schnappte Kerstin nach Luft. »Du bist unmöglich! Wie kannst du unter diesen Umständen Detektivin spielen wollen?«

»Gerade unter diesen Umständen! Wir können jetzt jammern und klagen, oder wir tragen unser Wissen zusammen. Ich glaube nämlich nicht, dass Momme zufällig Opfer eines Verbrechens wurde.«

Kerstin kicherte hysterisch. »Und dann stolzieren wir ins Polizeirevier und präsentieren ihnen den Mörder.« Sofort wurde sie wieder ernst. »Mein erster Gedanke war tatsächlich, dass er kein Zufallsopfer ist. Hier...« Sie zeigte Grit die Fotos auf ihrer Kamera. »Da war diese Schleifspur von den Booten zum Strandkorb, und schau, der Fleck an der

Kante des Katamarans. Ist das Blut? Mommes Blut? Der Sand ist aufgewühlt. Hat es da einen Kampf gegeben?« Kerstin hielt inne. Die Vorstellung, jemand könnte einen engagierten Umweltschützer absichtlich aus dem Weg geräumt haben, erschreckte sie. »Du hast in Kiel doch mehr von den Jungs mitbekommen als ich in Hamburg. Hatte Momme irgendwelche Feinde?«

»Nicht dass ich wüsste.« Grit hob die Schultern und beugte sich über den Tisch. »Also, hör zu, die Sache mit dieser Hotelanlage stinkt zum Himmel. Schlimmer als alter Fisch! Ich sage dir, das wird eine Megastory!« Sie tippte mit der Fingerspitze auf die Tischplatte. »Diese Prime Investment Group und ihr gigantisches Bauvorhaben stößt bei der hiesigen Bevölkerung und den Umweltschützern auf massiven Widerstand. Große Teile des Gebietes um das ehemalige *Achtern Diek* würden zugebaut werden und Heidkate seinen ursprünglichen Charakter verlieren.« Sie holte Luft. »Momentan lebt hier gerade mal eine Handvoll Menschen. An den Wochenenden kommen die Besitzer der Katen dazu. Bodenständig eben, nach dem Motto *Immer schön den Ball flach halten*. Den Latte macchiato suchst du hier vergebens – noch.«

»Aber was hat das alles mit Momme und seinem provokanten Auftritt gestern zu tun?«

Grit schnaubte. »Genau wie Roland hat er geerbt. Vor zwei Jahren. Ein Häuschen in Heidkate. Kurz danach wurde das *Achtern Diek* für viel Geld an die P.I.G. verkauft. In so 'ner Schickimicki-Anlage bringst du hundertmal mehr Gäste unter als in Ferien- oder Wochenendhäusern, wo sich die Familien selbst bekochen, statt in die Restaurants zu gehen.«

Kerstin nickte. »Ich kann mir gut vorstellen, dass das Bauprojekt ein rotes Tuch für Momme war. Er hat bei umweltpolitischen Aktionen ja schon immer vorne mitgemischt, und jetzt war er sogar persönlich betroffen.«

Grits Handy vibrierte unablässig, nun erklang die Titelmelodie von *Der rosarote Panther*, und sie ging ran. Während sie sprach, merkte Kerstin, dass auch ihr Spürsinn erwachte. Ihre Freundin hatte recht. Tatenlos herumzusitzen half niemandem, und die Polizei hatte angeordnet, alle sollten sich vorerst zur Verfügung halten. »Hör mal, wie wäre es, wenn wir die Jungs heute Abend zum Essen hierher einladen?«, schlug sie vor, als Grit eine Telefonpause einlegte. »Ich besorge Fisch vom Kutter und schaue, was ich sonst ergattere. Und dann hören wir, was die drei zu alldem sagen. Ich kann hier nicht nur warten und Trübsal blasen. Ich möchte etwas für Momme tun.«

Grit hob den Daumen und griff erneut nach dem Smartphone. »Ich werde sie gleich anrufen und auch noch ein paar andere Quellen anzapfen. Ich habe bei einigen Leuten was gut.«

Die Schlange am Kutter war lang. Als der Kunde vor ihr an die Reihe kam, ertönte der tiefe Bass des Verkäufers: »Moin allerseits. Für heute ist Feierabend. Alles ausverkauft.«

Schade. Kerstin machte Anstalten zu gehen.

Vor ihr entstand Unruhe. »Das stimmt doch gar nicht!«, schimpfte der Kunde. »Dahinten liegt ja noch überall Fisch in den Kisten.«

Der Verkäufer blieb ungerührt. »Der ist reserviert, mein Herr. Da müssen Sie morgens früher aufstehen.«

Unter Protest drehte sich der verprellte Käufer um. Es war Klaas Kaufmann. Hastig setzte er seine Sonnenbrille auf und drängte sich an den Wartenden vorbei. Kerstin entging nicht sein konsternierter Blick.

Der Fischer zwinkerte ihr zu. »Was bildet sich der Schnösel ein? Wir sind hier doch nicht auf Sylt. Soll er da man seine großspurige Anlage hinbauen.«

Mit einer Tasche voll fangfrischen Dorschs verließ sie das Schiff.

Zurück im Haus fand Kerstin keine Spur von Grit. Jagte sie neuen Informationen nach? Wenigstens eine Nachricht hätte sie hinterlassen können. Angespannt packte Kerstin die Einkäufe aus. Auf der Rückfahrt hatte sie einen Hofladen entdeckt, der neben Würstchen, eigenem Gemüse und Brot auch Wein von einem nahe gelegenen Weingut anbot. Vergeblich versuchte sie, ihre Freundin auf dem Handy zu erreichen. Verdammt, wo war Grit?

Sollte sie einen Strandspaziergang machen? Sofort verwarf Kerstin die Idee. Das würde sie nur an den Morgen erinnern. Ihr Hals schnürte sich zusammen. Warum ausgerechnet Momme? Wer hatte ihm das angetan? Sich eines der Bandmitglieder als Mörder vorzustellen schien absurd. Aber was wusste sie schon über die drei? Oder über Momme? Wem war er auf die Füße getreten? Was war mit diesem Kaufmann? Würde er über Leichen gehen, um unbequeme Aktivisten und Gegner seines Bauvorhabens loszuwerden? Und warum verhielt Grit sich so seltsam? Um nicht durchzudrehen, verarbeitete Kerstin das Gemüse zu Antipasti und mischte diese mit Farfalle, Mozzarella und frischen Kräutern – fertig war der Nudelsalat. Obwohl es unangebracht schien, jetzt zu kochen, half ihr die strukturierte Arbeit, nicht den Kopf zu verlieren. Den Fisch, den sie aus den vorbestellten Kisten erworben hatte, zerlegte sie mit einem scharfen Santokumesser in Einzelportionen und würzte diese mit Salz, Pfeffer und Zitronensaft. Sie durfte nicht vergessen, den Wein kalt zu stellen. Als sie das Messer säuberte, hörte sie hinter sich ein Geräusch. »Mensch, Grit, endlich! Wo warst ...?«

Im Umdrehen sah sie, dass nicht ihre Freundin durch die offen stehende Seitentür neben der Auffahrt getreten war, sondern Nils. Gebannt starrte er auf das imposante Kochmesser. In jeder Hand baumelte ein Sechserträger. »'tschuldige, wollt dich nich erschrecken. Einmal Flens, einmal Dithmarscher. Wusste nich, was ihr so trinkt ...« Immer noch fixierten seine Augen das Messer. »Kannste das mal wegtun? Ich tu dir schon nix.«

Kerstin bedachte den stämmigen Leadsänger mit einem gewinnenden Lächeln und legte das japanische Kochmesser vor sich auf den Küchentisch. »Danke für das Bier. Du bist früh dran.«

»Jo, ich geh auch gleich wieder. War in der Nähe, und da dachte ich ... Kannste schon mal kalt stellen. Für nachher.«

Kerstin nahm ihm die Bierpacks ab. »Gute Idee! Sag mal, hat Grit dir am Telefon erzählt, wohin sie wollte?«

»Nö, ich weiß von nix. Vor zwei Stunden ist sie an mir vorbeigebraust. Grit, die rasende Reporterin. Hat wohl schon 'ne heiße Spur, was?« Er hielt betroffen inne und trat so heftig gegen den Weinkarton, den Kerstin auf dem Boden abgestellt hatte, dass es klirrte. »Mann, so 'n Mist, ich kann's echt nich glauben.«

»Sag mal, Nils, kannst du dir jemanden vorstellen, der so etwas tun würde?«

Nils wurde zuerst blass, ehe seine Gesichtsfarbe schlagartig einen satten Rotton annahm, was zusammen mit seinen Haaren einen gewissen Leuchtbojencharakter ergab. Er knetete die Hände, dass es knackte. »Logo! Dieser Kaufmann natürlich. Dem hat Momme ordentlich eingeheizt, sach ich dir. Der meint wohl, er macht einen auf schön Wetter und wir tanzen nach seiner Pfeife.«

Motorengeräusch ertönte, auf dem Kiesplatz neben dem Haus kam mit quietschenden Bremsen Grits klappriger Fiat 500 zum Stehen. Kerstin und Nils traten in den Hof. Mit einem zufriedenen Gesichtsausdruck faltete ihre Freundin sich aus dem Wagen und schüttelte ihre vom Fahrtwind zerzauste Mähne.

»Hi, Nils, du bist aber pünktlich.«

»Nils hat nur das Bier gebracht.« Kerstin wollte endlich ungestört mit Grit sprechen. Bei Nils schien der Wink mit dem Zaunpfahl anzukommen, und er verabschiedete sich.

Kurz nachdem sie und Grit sich an den Küchentisch gesetzt hatten, erschien Roland an der Seitentür, jeweils einen Sixpack in den Händen: »Das wollte ich vorbeibringen, damit ihr es kalt stellt. Bei uns im Wohnmobil ist nicht genug Platz. Pils für uns Herren, Radler für euch Ladys.«

»Hi, Rolli!« Grit winkte ihn mit der Hand herein. »Setz dich. Du siehst angeschlagen aus.«

Roland nickte dankbar und ließ sich auf einen freien Stuhl plumpsen, der unter seinem Gewicht knackte. Er strich sich fahrig über den kahlen Schädel, der ihm etwas Babyhaftes verlieh. Mit seinem Markenzeichen, der Hard-Rock-Cafe-Baseballkappe, gestern auf dem Konzert hatte er wesentlich markanter ausgesehen. Schimmerten da Tränen in seinen Augen?

»Es ist einfach schrecklich. Wer macht so was?« Sein Blick glitt suchend durch die Küche, als vermute er in einer Ecke des Raumes Mommes Mörder. Er schniefte, griff zur Küchenrolle, die auf dem Tisch stand, riss ein Stück davon ab und schnäuzte geräuschvoll die Nase.

Grit strich sich eine Haarsträhne hinters Ohr. »Momme hat gern provoziert, aber mir fällt niemand ein, der deswegen zu so drastischen Maßnahmen greifen würde.«

Kerstin hakte nach: »Sagtest du nicht, dass Momme diese Bürgerinitiative geleitet hat? Was, wenn die Investoren, speziell dieser Klaas Kaufmann, das Vorhaben durch die Protestaktionen und Unterschriftensammlungen bedroht sahen? Momme hätte doch kaum einfach so aufgegeben, und bei ihm wären die mit einem Schweigegeld gegen die Wand ge...«

»Mach mal halblang!«, fiel Roland ihr ins Wort. »Wir sind hier doch nicht in Hollywood! Die bringen ja wohl nicht einfach jemanden um. Das ist nun mal der Lauf der Dinge. Momme hat das nur nicht einsehen wollen.« Seine Stimme klang empört. »Das Projekt wäre gut für die Infrastruktur und den Arbeitsmarkt. Kaufmann hat alles versucht, um mit ihm und der Bürgerinitiative eine versöhnliche Ebene zu finden. Sonst hätte der uns doch nicht zu dem Gig verholfen. Dass Momme gleich so über die Stränge schlagen würde, habe ich nicht erwartet.«

Kerstin verschlug es die Sprache. Dafür fand Grit umso deutlichere Worte. »Vergiss nicht, dass Momme tot ist. Ermordet. Ist dir die Natur denn völlig egal?«

»Hört bloß auf mit eurem Geseire über Moral und Ethik.« Roland schnäuzte sich erneut. Abrupt stand er auf. »Tut mir leid, hab's nicht so gemeint. Bin echt von der Rolle. Ich geh mal und hau mich aufs Ohr. Bis später.«

Kerstin starrte ihm irritiert nach. So emotional hatte sie ihn nicht in Erinnerung.

»Na, Bier haben wir jetzt auf jeden Fall genug.« Grits Blick blieb am Weinkarton hängen. »Ein Schluck davon wäre mir allerdings lieber. Wie ich sehe, hast du den trockenen Rosé mitgebracht. Der ist gar nicht schlecht – ich meine für so ein nördliches Anbaugebiet.« Sie verteilte Eiswürfel in zwei Gläser und schenkte den Wein ein. »Muss so gehen: Ist halt noch nicht gekühlt.«

»Wo bist du gewesen?«

»Och«, Grit setzte eine Unschuldsmiene auf, »ich habe mich mit einem Informanten bei den Fischerhütten getroffen, und da kam der Herr Investor an und wollte Dorsch kaufen. Er war sichtbar aus der Fassung. Ich habe ihn auf ein Fischbrötchen eingeladen, um ein Interview gebeten und einen Strandspaziergang mit ihm gemacht.«

»Du hast *was*?« Kerstin verdrehte die Augen. »Das sieht dir ähnlich! Bestimmt hast du ihn in dem Glauben gelassen, einen positiven Artikel über das Projekt veröffentlichen zu wollen.«

Grit plinkerte, stützte den Kopf in die Hände und warf Kerstin einen prüfenden Blick zu. »Wie geht es dir inzwischen?«

»Ich hatte keine ruhige Minute, aber vielleicht ist das auch besser so.« Kerstin erzählte von dem aufgebrachten Nils. Ihr fiel der Vorfall mit Klaas Kaufmann am Fischkutter ein, und sie schilderte ihn. »Ich weiß nicht, was ich von diesem Menschen halten soll. Was, wenn er für die Tat verantwortlich ist? Allerdings kann ich ihn mir kaum vorstellen, wie er sich mit Momme prügelt … mit seinen maniküreten Händen.«

Nachdenklich wiegte Grit den Kopf hin und her. »Ich bin verwirrt. Beim Spaziergang hat Klaas sich von einer ganz anderen Seite gezeigt.« Ein feines Lächeln huschte über ihr Gesicht. »Seine Chefs in London sitzen ihm im Nacken. Wenn das Projekt platzt, muss er sich einen neuen Job suchen. Er selbst steht überhaupt nicht dahinter. Im Gegenteil, er wollte sich mit Momme aussprechen und war heute Morgen auf dem Weg Richtung Strand, als ihm Nils begegnete und ihn sofort beschimpfte. Da hat er wieder kehrtgemacht.«

Nun hieß er also schon Klaas. Hatte er Grit einer Gehirnwäsche unterzogen? »Wann war das denn?«

»Gegen sechs, meinte er.«

»Woher wusste er, dass er Momme dort antreffen würde?« Hatte Kaufmann ihr Gespräch über die Verabredung am Strandkorb belauscht?

»Das war kein Geheimnis.« Grit lachte. »Mommes Kate ist alt und baufällig, ihm fehlte das Geld für die Renovierung. In milden Nächten schlief er am liebsten unter freiem Himmel am Strand bei den Booten.«

Grit wusste ja sehr gut Bescheid. Zu gut? Kerstin fragte sich, ob ihre Freundin auch schon zum Frühstücken eingeladen worden war – oder sich sogar mit Momme aufs *Sternezählen* eingelassen hatte ...

Sie zuckte zusammen, als Grit weitersprach: »Aber mich hat er noch nie aufgefordert, dort die Nacht mit ihm zu verbringen.«

Kerstin seufzte. Sie hätte die Info über ihr Date wohl gleich in der Zeitung veröffentlichen können. Hatte Momme womöglich damit vor den anderen geprahlt? »Was, wenn Kaufmann das nur erzählt, um von sich abzulenken?«

»Ich glaube ihm.« Grit nickte bekräftigend.

»Wenn ich an eine Prügelei denke, kommt mir sofort Nils in den Sinn.« Kerstin nippte an ihrem Wein. »Er war allerdings nicht als Einziger so früh unterwegs. Ich habe Gerd heute Morgen am Strand getroffen. Der sah nicht aus, als hätte er geschlafen, und auf Momme war er nicht gut zu sprechen.«

»Das wundert mich nicht. Gerds Frau hat sich vor einigen Jahren in Momme verguckt. Sie hat sich scheiden lassen. Auch wenn aus den beiden nichts geworden ist, hat sich Gerd nicht wieder von diesem Verrat, wie er es nennt, erholt. Aber er braucht das Geld von den Gigs. Seit der Scheidung geht es seinem Betrieb miserabel.«

»Könnte er ...?«

»... Momme umgebracht haben?« Grit runzelte die Stirn. Ohne Überleitung klatschte sie in die Hände und erhob sich. »Ich fahr noch mal los. Mir kommt da gerade eine Idee, wie wir den Täter aus der Reserve locken können.«

»Aber Grit, du kannst doch nicht ... warte!« Grit ignorierte ihren Einwand. Kurz danach hörte Kerstin das

Knattern des Motors. Erschöpft trat sie in den Garten und sank auf die Hollywoodschaukel neben der Seitentür. Einen flüchtigen Moment stand die Welt still. Unvermittelt drängten sich Schuldgefühle in ihr Bewusstsein. *Kerstin, die Vernünftige.* Verdammt, sie hätte bei Momme bleiben sollen. Nun war es zu spät. Sie brach in Tränen aus.

Das sanfte Schwingen vertrieb die rotierenden Gedanken in ihrem Kopf und wiegte sie in den Schlaf.

Mommes lachende Augen. Seine zugewandte Art. Ihr dröhnendes Herz. Kerstin breitete die Arme aus. Mommes Beats durchströmten ihren Körper wie Blitzschläge. Wie ein Derwisch wirbelte sie umher. Das Publikum klatschte im Takt. Immer schneller. Ein Aufschrei ging durch die jubelnde Menge, mit seiner Tom-Jones-Stimme brachte Nils die Masse zum Brodeln. Sie hing an Rolands Arm, er schleuderte sie wie eine Marionette durch die Luft. Sie stürzte ins Bodenlose. Ein Stechen durchfuhr ihre Brust.

»Steh auf!«

Mühsam kämpfte Kerstin sich aus ihrem wirren Traum. Sie riss die Augen auf, um sie sofort wieder zusammenzukneifen. Der Realität entkam sie dadurch nicht. Der Schmerz und Roland blieben. Mit einer Hand umklammerte er ihre Schulter. Sie schnappte nach Luft und zwang sich, ihn anzusehen. Etwas Spitzes drückte unbarmherzig gegen ihr Brustbein.

»Ich wiederhole mich nur ungern.« Sein Tonfall klang scharf wie das Messer, das er in der anderen Hand hielt. Er zerrte sie hoch. »Los! Wird's bald. Geh ins Haus.« Er schubste sie durch die Seitentür ins Innere. Seine Augen flimmerten. »Gib mir deine Kamera.«

Kerstins Schläfen pochten. Warum bedrohte er sie? Was wollte er mit ihrer Kamera? Verschwommen blitzte ein Gedanke auf, um sofort wieder in der Versenkung zu verschwinden. Reflexartig bewegte sie die Hand, als könne sie ihn noch greifen. Rolands Schraubstockgriff um ihre Schulter verstärkte sich. »Halt still! Sonst garantiere ich für nichts.« Er stieß sie vor sich her in die offene Küche.

»Um Himmels willen, Roland! Wir sind doch Freunde. Lass uns reden.«

»Reden! Dass ich nicht lache. Das wollte Momme auch immer. Über die Natur, die Blümchen und die Bienchen. Nicht mal kämpfen konnte er.« Roland ließ sie los und machte ein paar Schritte zurück. Mit dem Jackenärmel wischte er sich den Schweiß von der Stirn und schluckte hörbar. »Es war ein Unfall. Ich wollte ihn überzeugen, seine Protestaktion zu beenden. Ich habe ihn nicht … Er ist auf die Bootskante gestürzt.« Unkontrolliert fuchtelte er mit dem Messer.

»Ich habe die Spuren gesehen. Du hast Momme von dort weggeschleift und in den Strandkorb gesetzt. Wolltest du ihn da verstecken?« Kerstin wurde übel, als sich Mommes Gesicht vor ihr inneres Auge schob. Aber da war ein weiteres Bild. Sie versuchte, ihren geistigen Fokus zu schärfen. Die Kamera. Sie hatte fotografiert. Die Schleifspuren, den Blutfleck, den aufgewühlten Sand neben den Booten … Sie schnappte nach Luft. »Deine Kappe!«, rutschte ihr heraus. Entsetzt hielt sie sich die Hand vor den Mund. Jetzt war ihr klar, was sie bei der letzten Begegnung mit ihm irritiert hatte. Die fehlende Baseballkappe. Die hatte verkehrt herum ein Stück entfernt im Sand gelegen. In ihrer Verwirrung hatte Kerstin das nicht zugeordnet. Verflucht, warum war ihr das nicht eher aufgefallen? Womöglich der einzige Beleg für seine Anwesenheit am Tatort. Vermutete er auf ihrer Kamera Fotos davon?

Roland trat mit irrem Blick auf sie zu. »Bravo, Miss Holmes. Hundert Gummipunkte.« Seine Stimme troff vor Hohn. »Grit war bei uns. Sie sagte, du hättest Beweise fotografiert.«

Kerstin ermahnte sich, ruhig zu bleiben. »Es war ein Unfall. Stelle dich, Roland. Du machst doch alles nur noch schlimmer.«

»Halt den Mund! Du kannst mich mit deinem Psychogelaber nicht weichspülen. Die hängen einem doch immer was an. Ohne die Fotos gibt es keinen Beweis.« Er wedelte mit seiner freien Hand. Wieder trug er diese komischen hautfarbenen Handschuhe, die ihr schon bei der Show aufgefallen waren. Grit hatte ihr erklärt, die benutzten manche Bassisten wegen einer Nickelallergie. Hatte er die auch beim Kampf mit Momme getragen? Dann gäbe es vielleicht wirklich keine Spuren.

Roland kam noch näher. Zu nah! Die Entfernung reichte, um ihr das Messer in den Bauch zu rammen. Ausweichen konnte sie nicht, er hatte sie an die Wand zwischen Kochzeile und Küchentisch gedrängt. Verdammt! Wie um Himmels willen sollte sie sich retten? Die Aufregung jagte das Blut durch ihre Adern. Gleichzeitig war ihr Gehirn wie blockiert.

Aus den Augenwinkeln nahm Kerstin eine Bewegung hinter Roland wahr. *Lass es Grit sein – oder Nils! Lass es irgendjemanden sein, der mir hilft!* Sie versuchte, Rolands Aufmerksamkeit weiterhin auf sich zu lenken. »Ich verstehe, dass du sauer auf Momme warst. Er hat eure Chancen auf weitere Gigs versau...«

Kerstin hörte einen dumpfen Schlag. Das Messer fiel zu Boden. Roland sackte mit aufgerissenen Augen zusammen. Hinter ihm materialisierte sich ein verschwitzter Klaas Kaufmann in einem himmelblauen Jogginganzug. Er umklammerte ein Holzpaddel, das bisher zur Deko an der Wand gehangen hatte. Erschrocken ließ er es fallen und starrte verblüfft auf seine Hände. Dann hob er den Kopf und sah Kerstin an.

Besorgt eilte er auf sie zu. »Bist du okay?« Klaas stöhnte und fuhr sich mit zitternden Fingern durch die Haare. »Das habe ich nicht gewollt! Es ging nicht um Gigs. Es ist alles meine Schuld. Roland hat sein gesamtes Erbe in das Hotelprojekt investiert. Er sah seine Felle davonschwimmen.«

Vor dem Haus spritzte Kies auf. Bremsen quietschten. Atemlos stürzte Grit in die Küche. Sie warf Klaas einen verschwörerischen Blick zu. Dann wandte sie sich an Kerstin: »Entschuldige, mein Auto hat gestreikt.«

Wie im Traum begann sich alles um Kerstin zu drehen. Sie spürte, wie Grit sie auffing, als ihre Beine nachgaben. »Ich fasse es nicht! Du hast mich als Köder benutzt.«

»Hat doch wunderbar geklappt. Das wird eine fantastische Story.« Grit nickte zufrieden.

***

Das Bestattungsschiff schaukelte bedenklich. Klaas hatte den Arm um Grit gelegt. Ein Leuchten ging von den beiden aus. Er war in Jeans und schwarzer Lederjacke erschienen.

»Seine Anzüge hat er verbrannt«, flüsterte Grit ihr zu, »und den Job an den Nagel gehängt.« Sie blinzelte. »Übrigens, das Hotelprojekt soll jetzt auf Sylt verwirklicht werden.«

Gerd stand stocksteif neben ihr und blickte suchend nach etwas, das hinter dem Horizont verborgen lag. Nils schaffte es, einige Zeilen des Songs *Going Back* von Phil Collins vorzutragen, bevor er tränenüberströmt unter dem Ruf »Bye-bye, Geronimo!« Mommes Urne behutsam im Meer versenkte.

Die Flüchtigkeit des Glücks. In ihrer Jackentasche tastete Kerstin nach dem Hühnergott, den sie an jenem grauenvollen Morgen gefunden hatte, und schloss die Finger darum.

GLÜCK UND GLAS
Eva Jensen

Lindaunis, Schlei

Der Notruf ging morgens um halb vier in der Regionalleitstelle Nord in Harrislee ein. Es war ein Sonntag, und es hieß, auf einer Mitfahrbank an der Klappbrücke in Lindaunis säße ein Verletzter. Ein Streifenwagen der Schutzpolizei aus dem nahe gelegenen Kappeln war sieben Minuten später vor Ort. Bis zum Eintreffen von Sanitätern und Notarzt leisteten die beiden Polizisten Erste Hilfe. Zehn Minuten später war der Rettungswagen da, und um fünf Minuten nach vier war er bereits auf dem Weg zur Notaufnahme des Helios-Klinikums in Schleswig. Das feine Zusammenspiel zwischen Notruf und Einsatzkräften, von Polizei und Feuerwehr hatte wieder einmal funktioniert. Ein Menschenleben wurde gerettet.

Es war ein Traum. Katja Greve fuhr auf ihrer Harley die menschenleere Landstraße an der Schlei entlang, vor ihr im Tankrucksack saß die Parson-Russell-Hündin Lucy. Die Sonne ging auf, Tau funkelte auf den Wiesen und Feldern, die Schlei sah aus wie silbernes Glas. Katja genoss die Fahrt, ebenso wie Lucy. Die Hündin wandte ihr den Kopf zu, öffnete ihr Maul und sagte: »*Wach endlich auf, dein Handy klingelt.*«

Katja zuckte zusammen, verriss den Lenker ... und wachte auf.

Natürlich war es nur ein Traum. Sie war nicht mit der Harley unterwegs, sondern in ihrem Bett in Schleswig. Lucy lag wie immer neben ihr im Körbchen und hob verschlafen den Kopf. Das Einzige, was an dem Traum stimmte, war das Diensthandy. Es klingelte tatsächlich.

»Ja?« Zu mehr war sie nicht in der Lage. Sie war sich nicht einmal sicher, ob sie ihren Namen gerade richtig im Kopf hatte.

»Moin, Katja. Endlich wach? Ich habe schon drei Mal angerufen.«

»Sorry, nichts mitbekommen. Was liegt an?«

»Vor einer Stunde wurde ein Verletzter ins Helios-Klinikum eingeliefert. Die Kollegen und Ärzte meinen, den solltet ihr euch ansehen.«

»Weiß Daniel ...«

»Ja, der weiß Bescheid und ist bestimmt schon auf dem Weg zu dir.«

»Okay.« Katja rieb sich das Gesicht. »Ich beeile mich. Wer ist unser Ansprechpartner?«

»Meldet euch in der Notaufnahme, die erwarten euch.«

»Was ist mit der Identität des Verletzten?«

»Bisher unbekannt. Wäre ja sonst auch keine Herausforderung.« Der Kollege lachte, und Katja hätte ihn schütteln können. »Dann gutes Gelingen.«

»Na, vielen Dank auch.« Sie verzog das Gesicht. An einem Sonntagmorgen um kurz nach fünf konnte sie sehr gut auf solche Floskeln verzichten.

Sie schälte sich aus dem Bett und ging ins Bad. Als sie

zehn Minuten später angezogen und mit geputzten Zähnen wieder ins Schlafzimmer kam, lag Lucy tiefenentspannt auf der Seite und schnaufte im Schlaf.

»Los, Fräulein, aufstehen! Es gibt Futter und Arbeit.«

Vor dem Haus wartete bereits ihr Kollege Daniel Kowalski in seinem Wagen. Katja nahm auf dem Beifahrersitz Platz, Lucy zu ihren Füßen.

»Moin.« Daniels Stimme klang viel tiefer als sonst und hatte etwas von einem Bären kurz vor dem Winterschlaf. Voll Verständnis nickte Katja ihm zu, und sie fuhren los.

Daniel parkte auf dem leer gefegten Besucherparkplatz des Helios-Klinikums. Vor dem Eingang wartete bereits ein uniformierter Kollege auf sie.

»Gut, dass ihr da seid, der Mann soll nämlich gleich im CT untersucht und danach verlegt werden. Ich bringe euch hin.«

Im Wartebereich saßen ein paar übernächtigt aussehende Gestalten, eine Frau in rosafarbener Kittelschürze schob einen Reinigungswagen vor sich her. Es roch nach Putzmitteln, und der Boden glänzte feucht. Ein gelbes Schild mit fallendem Männchen warnte vor der Rutschgefahr.

»Was wissen wir?«, fragte Daniel, während sie dem Kollegen einen breiten Flur entlang folgten, in dem einige Tragen bereitstanden. Auf einer lag ein schlafender Mann, der Kleidung nach zu urteilen ein Obdachloser. Auf seiner Stirn klebte ein breiter, frischer Wundverband.

»Nicht viel. Der Mann saß auf der Mitfahrbank auf der Angeliter Seite der Klappbrücke von Lindaunis – blutüberströmt, wach, aber nicht ansprechbar. Ein Pärchen kam mit dem Pkw von einer Feier. Sie haben angehalten, weil sie dachten, dass er eine Mitfahrgelegenheit sucht. Da haben sie dann den Schlamassel gesehen und den Notruf gewählt. Die Kollegen vor Ort sagten, es war weit und breit nichts zu sehen – kein Fahrzeug, nicht mal ein Fahrrad. Entweder hat ihn jemand gebracht und an der Bank ausgesetzt, oder er muss zu Fuß gekommen sein.«

»Identität?«

»Unbekannt. Mitte zwanzig bis Mitte dreißig. Er wirkt nicht verwahrlost, hatte aber nichts bei sich – keinen Ausweis, keinen Führerschein, gar nichts. Nicht einmal einen Kassenbon.«

»Wie ist sein Zustand?«

Der Kollege zuckte mit den Schultern. »Darüber können die Ärzte euch mehr erzählen. Wenn ich es richtig verstanden habe, besteht wohl keine Lebensgefahr mehr.« Er klopfte an eine Tür mit einer großen schwarzen Zwei auf hellgelbem Grund. »Der zuständige Arzt ist Dr. Arndt. Der ist von der netten Sorte. Er hat erst letzte Woche meine Tochter behandelt, die unbedingt mit Tempo dreißig auf ihrem Longboard den Hügel in unserem Dorf runterfahren musste.«

Katja und Daniel gingen in den Raum: graue Kacheln, Licht, das jeden Winkel füllte, Edelstahl. Mehrere Personen in blauer Klinikkleidung bewegten sich nach einer geheimen Choreografie im Raum und um den Mann herum, der in der Mitte auf einem Untersuchungstisch lag.

So sieht wohl auch die Polizeiarbeit für Außenstehende aus, dachte Katja. Man weiß nicht genau, was sie tun und warum, was die Kleidung bedeutet und wer der Vorgesetzte ist. Doch am Ende ergibt alles einen Sinn.

»Moin«, sagte Daniel und zog seinen Dienstausweis aus der Hosentasche. »Katja Greve und Daniel Kowalski, Kripo Schleswig. Dr. Arndt?«

Ein Mann in blauer Hose, OP-Hemd und Haube drehte sich zu ihnen um. Entweder konnte sie der Mann auf dem Untersuchungstisch nicht hören, oder es berührte ihn nicht. Regungslos starrte er zur Decke, und nur ein gelegentliches Blinzeln und das rasche Heben und Senken des Brustkorbs verrieten, dass er überhaupt noch lebte.

»Das bin ich. Lassen Sie uns einen Moment vor die Tür gehen.« Der Arzt wechselte ein paar Worte mit einer Frau, dann kam er auf den Gang hinaus.

»Wie geht es dem Mann?«

»Zurzeit besteht keine Lebensgefahr. Aber ob das so bleibt, werden die nächsten Untersuchungen und Stunden zeigen.«

»Welcher Art sind die Verletzungen?«

»Multiple Schnittverletzungen, wahrscheinlich hervorgerufen durch Glassplitter. Ich weiß nicht, wie viele wir bisher aus seinem Gesicht, den Armen, Händen und Füßen gezogen haben. Wir befürchten, dass sich auch Splitter in Speiseröhre, Magen oder Atemwegen befinden könnten. Deshalb muss er so schnell wie möglich ins CT.«

»Konnten Sie herausfinden, was für Glassplitter das sind? Flaschenglas, Fensterscheiben, Trinkgläser …«

Dr. Arndt schüttelte den Kopf.

»Ich bin kein Experte, aber es sieht aus, als wäre das Glas unterschiedlicher Herkunft – da sind verschiedene Farben und unterschiedliche Stärken. Manche Splitter halte ich für Spiegelscherben. Wir haben die meisten aufbewahrt, falls Sie sie für Ihre Untersuchungen brauchen.«

»Danke, das war sehr umsichtig. Könnten wir es hier mit einem versuchten Suizid zu tun haben?«

»Sie meinen, er hat sich absichtlich in Glasscherben gestürzt?« Dr. Arndt schaute skeptisch. »Da gibt es verlässlichere, angenehmere Methoden, um sich umzubringen. Natürlich kann man im Falle einer psychischen Erkrankung gar nichts ausschließen. Aber ich bin Chirurg und kein Experte für so etwas. Das ist das Gebiet der Kollegen von der Psychiatrie. Und der Rechtsmedizin natürlich.«

»Wissen Sie, wie man den Mann gefunden hat?«

»Der Kollege, der im RTW mitgefahren ist, hat bei der Einlieferung erzählt, dass der Mann aufrecht in blutdurchtränkter Kleidung auf dieser Bank saß, barfuß, beide Hände auf den Knien. Unter der Straßenlampe muss es ausgesehen haben wie die Installation eines irren Künstlers. Der Mann war zwar wach, hat aber auf Ansprache nicht reagiert. Wir haben auch keine Reaktion, weder auf akustische noch visuelle Reize. Wenn man einen Arm oder ein Bein bewegt, verharrt er in dieser Position. Katalepsie nennt man das.«

»Was kann die Ursache sein?«

»Es gibt viele Gründe – psychische Erkrankungen und Traumata, Alkohol und Drogen, Stoffwechselerkrankungen, Kopfverletzungen. Rein äußerlich ist der Schädel unverletzt – wenn man von den Schnittwunden im Gesicht absieht. Das Drogenscreening läuft bereits. Und wir werden gleich im CT den Kopf untersuchen, um eine intrakranielle Ursache der Katalepsie auszuschließen. Morgen wird unser neurologisch-psychiatrischer Kollege sich den Patienten ansehen. Dann wissen wir hoffentlich mehr.«

»Wie schwer sind die Verletzungen?«

»Schwer genug, dass er an den Folgen hätte sterben können, wenn er noch lange auf dieser Bank gesessen hätte. Es sind ein paar größere Blutgefäße verletzt. Der allgemeine Schockzustand hätte wahrscheinlich schon bald zu einem Herz-Kreislauf-Versagen geführt. Wir haben übrigens ein paar Aufnahmen gemacht, um die Verletzungen zu dokumentieren. Hier.« Der Arzt reichte Katja und Daniel eine Digitalkamera. Auf dem Display waren blutverschmierte Hände zu sehen, aus denen zahlreiche Glassplitter in unterschiedlicher Größe ragten, zerschnittene Unterarme, weitere Splitter in den Wangen, auf der Stirn und in den Fußsohlen.

Es tat schon beim Hinsehen weh.

»Ganz schön heftig«, sagte Dr. Arndt. »Also ich würde so bestimmt keinen Suizid begehen.«

»Können Sie uns die Fotos mailen?«, fragte Katja, und Dr. Arndt nickte. »Was ist mit der Kleidung?«

»Wir mussten sie aufschneiden, haben sie aber in einen Beutel gesteckt. Moment.« Der Arzt verschwand wieder in dem Untersuchungsraum und kam kurz darauf mit zwei Plastiktüten wieder. »Die Kleidung des Patienten, und hier sind die Splitter, die wir bisher entfernt haben.«

Katja warf einen Blick in den Kleiderbeutel. »Jeans und T-Shirt, aber weder Schuhe noch Strümpfe.«

»Ja.« Dr. Arndt zuckte mit den Schultern. »Er war barfuß.«

Katja dachte schaudernd an das Foto von den zerschnittenen Füßen des Mannes.

»Kann man mit solchen Füßen überhaupt laufen?«

»Es kommt darauf an.« Dr. Arndt lächelte schief. »Mit

genug Alkohol, Drogen und Adrenalin im Blut ... wahrscheinlich schon.«

»Danke.« Sie verabschiedeten sich.

»Hier sind die Kleidung des Verletzten und die aus den Wunden sichergestellten Glassplitter«, sagte Katja und reichte die beiden Tüten den Polizisten, die auf dem Gang auf sie warteten. »Bringt ihr das bitte zur KT nach Kiel?«

»Klar, kein Ding.«

»Noch etwas. Die Kollegen, die zuerst vor Ort waren – habt ihr die Namen? Wir müssen mit ihnen reden.«

Die beiden schüttelten unisono den Kopf.

»Keine Ahnung. Ich weiß nur, dass sie aus Kappeln angerückt sind.«

»Das sollte reichen.« Katja zog ihr Handy aus der Tasche und wählte die Nummer der Polizeiinspektion Schleswig. »Moin, Diethelm. Gibst du mir mal die Durchwahl der Dienststelle Kappeln? Danke.«

An der Mitfahrbank in Lindaunis wartete schon ein Streifenwagen auf sie.

Mittlerweile war es sieben Uhr. Ein klarer, schöner Morgen, warm und angenehm. Auf der Straße war wenig Verkehr, ein paar Gänse erhoben sich schnatternd in die Luft, im Hintergrund lag die Klappbrücke still und unbenutzt da. Es war beinahe so schön wie in Katjas Traum.

Sie und Daniel brauchten nicht zu fragen, wo der Mann gesessen hatte – die Blutflecken auf der Bank waren eindeutig.

»Spurensicherung?« Daniel hockte auf dem Boden und betrachtete ein paar dunkle Tropfen im Gras.

»Ja. Wir müssen herausfinden, wo er hergekommen ist.«

Katja drehte sich einmal um ihre Achse, betrachtete die Gebäude in der Nähe: ein Café in einem alten Bauernhaus unter Reet, ein paar Einzelhäuser, eine Windmühle.

»Kennen Sie sich hier in Lindaunis aus?«, fragte sie die beiden Polizisten.

»Na ja, so wie man sich eben in der Region auskennt. Ich wohne in Kappeln. Aber natürlich hat man gelegentlich auch hier zu tun. Warum?«

»Haben Sie eine Idee, woher der Mann gekommen sein könnte?«

Die beiden Polizisten sahen einander an, zuckten mit den Schultern.

»Vielleicht vom Campingplatz?« Er deutete zur Klappbrücke. »Da vorne auf der Halbinsel gibt es einen. Um diese Jahreszeit ist der voll. Oder aus dem Ort.«

Katja sah sich schon unzählige Häuser und Wohnwagen abklappern. Um sieben Uhr morgens an einem Sonntag war das keine Freude. Niemand ließ sich gern aus dem Bett klingeln. Es musste einen anderen Weg geben. Ihr Blick fiel auf zwei Blutstropfen im Gras und auf Lucy.

»Wir brauchen die Hunde.«

Daniel nickte und hatte bereits sein Handy in der Hand. Katja bedauerte jetzt fast, dass sie Lucy zum Mantrailer ausbildete, nicht zum Blut- und Leichenspürhund. Sie hätten sofort loslegen können.

Nahezu zeitgleich mit der Ankunft der Spürhunde in Lindaunis erhielt die Leitzentrale wieder einen Anruf. Einem Jogger war an einem Haus in Alleinlage etwas Ungewöhnliches aufgefallen. Unter den herbeieilenden Schutzpolizisten waren auch jene, die als Erste bei dem Verletzten in Lindaunis gewesen waren. Sie wussten sofort, dass sich die Kommissare aus Schleswig für das Haus interessieren würden. Um fünf Minuten nach acht waren Katja und Daniel auf dem Weg nach Boren. Wieder hatte das Zusammenspiel zwischen Leitzentrale und Einsatzkräften optimal funktioniert.

Doch dieses Mal konnte kein Leben gerettet werden.

Daniel reihte sich in die Phalanx der Streifenwagen ein und parkte neben dem Fahrzeug der KT. Sie stiegen aus, und Lucy machte es sich im Fußraum bequem.

Katja und Daniel standen vor einem Herrenhaus, beinahe einem Schloss, aus rotem Backstein mit zahlreichen Erkern und Türmen – alt, gewaltig, ein bisschen protzig, sogar bedrohlich. Etwas Dunkles, Schweres lastete auf dem Haus.

Katja kroch Gänsehaut über die Arme.

An der Frontseite war kein Fenster mehr intakt, die schweren Vorhänge hingen aus den Rahmen und bewegten sich im Wind.

»Wie sieht es denn auf der Rückseite des Hauses aus?«, fragte sie einen Kollegen im weißen Schutzanzug, der einen Metallkoffer aus dem Transporter holte. »Sind da auch die Fensterscheiben kaputt?«

»Ja. Alle, ohne Ausnahme. Im ganzen Haus gibt es kein intaktes Glas mehr. Wollt ihr da jetzt etwa rein?«

»Deshalb sind wir hier.«

»Schminkt es euch ab, Kollegen.« Der Mann schüttelte den Kopf. »Wir können das Haus noch nicht freigeben. Wir haben eben zwei weitere Teams angefordert.«

»Wann seid ihr denn fertig?«

Er zuckte mit den Schultern. »Vielleicht morgen.«

»Morgen? Echt jetzt?«

»Der Kasten ist riesig. Aber natürlich hat der Weg zu den beiden Leichen Priorität. Da könnt ihr schon eher hin.«

»Zwei Leichen?«

»Ja. Eine Frau und ein Mann.«

»Was ist mit den Fotos? Können wir uns die schon ansehen?«

»Klar. Einen Moment. Ich bringe den Kollegen nur den Koffer. Bin gleich wieder da.«

Er ging die breiten Stufen hoch, Katja und Daniel folgten ihm. Es juckte sie, ebenfalls ins Haus zu gehen, um den Tatort mit eigenen Augen zu sehen, doch es war besser, sich an die Regeln zu halten. Wenn sie vor lauter Übereifer Spuren zerstörten, war keinem gedient. Möglicherweise konnten sie dadurch den Fall nicht aufklären. Oder schlimmer noch ... eine unschuldige Person wurde verurteilt. Sie blieben also vor der Eingangstür stehen. In den beiden wuchtigen Flügeln waren wohl mal Glaseinsätze gewesen.

»Buntglas.« Daniel deutete auf die Splitter, die noch im Holz steckten. »Der Chirurg sprach davon, oder?«

Katja nickte. »Möglicherweise war der Mann hier.«

Die Eingangshalle, die sie durch die zerbrochenen Scheiben sehen konnte, war mit Glassplittern übersät, die offenbar von Lampenschirmen und Glühbirnen stammten.

Der Kollege von der Spurensicherung kam zurück.

»Ihr könnt doch schon rein, der Weg bis zu den Leichen ist freigegeben, die Rechtsmedizinerin ist auch gerade da.«

Katja und Daniel zogen sich ebenfalls weiße Schutzanzüge und Handschuhe an.

»Diese Glaseinsätze hier könnten wichtig sein«, sagte Katja und balancierte auf einem Bein, um sich die blauen Überzieher über die Schuhe zu streifen. »Im Krankenhaus wurden Splitter aus den Wunden eines Verletzten sichergestellt. Darunter auch Buntglas.«

»Okay. Wir werden Proben zum Abgleich mitnehmen. Aber wenn ihr speziell nach Buntglas sucht, habe ich etwas für euch.« Er stieß eine Tür auf. »Willkommen im kleinen Horrorkabinett.«

Sie standen an der Schwelle zum Esszimmer. Ein Tisch aus dunklem Holz – wuchtig und groß, passend zum Haus – beherrschte die Mitte des Raumes, die zwölf Stühle darum herum waren verschoben oder umgeworfen. An der großen Anrichte standen die Türen offen, die Scheiben der Vitrine waren zerschlagen, die Fächer leer gefegt. Ihr Inhalt türmte sich in Scherben auf dem Boden. Und überall standen und klebten die Markierungen der Spurensicherung.

»Was um alles in der Welt ...«

»Beeindruckt? Wartet es ab. Das geht noch besser.«

Das Wohnzimmer sah aus, als wäre dort eine Bombe detoniert: Splitter, wohin man sah. In der Mitte des Raumes auf einem Orientteppich lagen zwei Tote, eine Frau und ein Mann. Zahlreiche Schnitte bedeckten Gesichter, Arme und Beine.

Wie bei dem unbekannten Verletzten, dachte Katja.

Allerdings war der Frau die Kehle durchgeschnitten worden, im Bauch des Mannes steckte eine Scherbe von der Länge eines Unterarms. Sie stammte wohl von der zerbrochenen Platte des Couchtisches, ein großer, bestimmt zwei mal zwei Meter messender Tisch, wie man an den Metallfüßen abschätzen konnte, die immer noch brav ihr Quadrat bildeten. Das mit grauem Stoff bezogene Sofa und die Wand dahinter waren mit Blutspritzern übersät. Bilderrahmen, Lampenschirme, Glühbirnen, Flaschen, Gläser, Vasen – jeder Gegenstand aus Glas oder Porzellan war kaputt. Der Teppich war durchtränkt von einer Mischung aus Alkohol und Blut.

Daniel bückte sich und hob vorsichtig eine Scherbe des Glastisches auf.

»Das ist schweres Glas«, sagte er, »mindestens drei Zentimeter stark. Womit kann man so eine Glasplatte zerschlagen?«

»Jedenfalls nicht mit der Faust.« Katja schüttelte fassungslos den Kopf. In ihrer Laufbahn hatte sie schon viele Tatorte gesehen, aber das hier übertraf alles. Was war passiert? Es sah nicht nach einem Raub aus, nicht einmal nach Wut. In diesem Haus war etwas entfesselt worden, eine Urgewalt hatte hier getobt, die sie nicht verstand. Sie wandte sich wieder an den Kollegen der Spurensicherung. »Habt ihr einen Vorschlaghammer gefunden oder etwas Vergleichbares? Eine Axt? Einen Pflasterstein?«

»Bisher nicht.«

»Haltet danach Ausschau«, sagte Daniel. »Eine Vitrine könnten der oder die Täter eintreten. Aber diesen Tisch hier ... unmöglich.«

»Woran sind die beiden denn gestorben?«

Die Rechtsmedizinerin, die in ihrem weißen Schutzanzug von den Kollegen von der Spurensicherung kaum zu unterscheiden war, zuckte mit den Schultern.

»Wahrscheinlich verblutet. Abwehrverletzungen an den

Armen, die Blutmenge sowie die Blutspritzer sprechen dafür, dass sie noch gelebt haben, als man ihnen diese Verletzungen beigebracht hat. Aber zum jetzigen Zeitpunkt sind das nur Vermutungen.« Sie deutete auf die Scherbe, die wie ein Dolch im Bauch des Mannes steckte. »An den Schnittkanten sind Blutspuren und Fingerabdrücke. Mit ein bisschen Glück stammen sie vom Täter.«

»Was ist mit dem Todeszeitpunkt?«

»Der Körperkerntemperatur, der Ausprägung der Leichenstarre und den Totenflecken nach zu urteilen zwischen Mitternacht und zwei Uhr morgens.«

»Wer sind die beiden Opfer?«

»Wahrscheinlich handelt es sich um Marion Elisabeth und Leon von Borenstein, die Bewohner des Hauses.« Der Kollege der KT hob einen Rahmen auf, der am Boden lag. Das Foto zeigte eine Frau mit einem deutlich jüngeren Mann an ihrer Seite vor exotischer Kulisse – vielleicht Thailand oder Karibik. Zu sehen waren weißer Strand, Palmen, türkisfarbenes Meer. Die beiden umarmten sich und lächelten in die Kamera.

Katja trennte das Foto aus dem Bilderrahmen und verglich es mit den Gesichtern der beiden Leichen.

»Könnte passen. Was meinst du?«

Daniel nickte.

»Da sind Schuhe und Socken.« Achtlos hingeworfen in der Ecke lag ein blutverschmiertes Paar Turnschuhe. Katja hob einen auf. »Größe vierundvierzig.«

»Greve? Kowalski?« Ein Mensch in weißem Anzug erschien in der Tür. »Draußen steht eine Frau. Sie sagt, sie sei die Haushälterin der Familie von Borenstein.«

»Katja Greve, Kripo Schleswig, mein Kollege Daniel Kowalski.« Katja reichte der Frau die Hand. »Sie sind die Haushälterin?«

»Ja. Martina Gehrke.« Ihr Gesicht war bleich, die Hand kalt. Tränen liefen über ihre Wangen. »Was ist hier passiert?« Sichtlich fassungslos blickte sie an der Fassade hoch. »Die ganzen Fenster …«

»Zum jetzigen Zeitpunkt wissen wir noch nichts, Frau Gehrke«, sagte Daniel freundlich. »Aber vielleicht können Sie uns helfen. Wieso sind Sie jetzt hier? Wollten Sie zur Arbeit kommen?«

»Nein, ich arbeite sonntags nicht. Sebastian hat mich angerufen, mein Nachbar. Er hat das Haus beim Joggen so vorgefunden und die Polizei verständigt. Da habe ich mich gleich angezogen und bin hergefahren. Ist mit Frau von Borenstein … ist sie in Ordnung? Und was ist mit Leon?«

»Leon ist der Ehemann?«

»Nein, ihr Sohn. Das heißt, einer von drei Söhnen, der Mittlere. Leon wohnt bei ihr. Er hilft ihr im Haus und im Geschäft.«

»Was für ein Geschäft?«

»Frau von Borenstein handelt mit Antiquitäten.«

»Ist sie verheiratet?«

»Nein. Ihr Mann starb vor drei Jahren. Seitdem kümmert sie sich um alles. Zusammen mit Leon.«

»Was ist mit den beiden anderen Söhnen?«

Martina Gehrke zuckte mit den Schultern.

»Björn, den Ältesten, kenne ich kaum. Er ist Architekt in Bremen und kommt höchstens mal zum Geburtstag oder zu Weihnachten, und der Jüngste ...« Sie seufzte. »Florian ist ein Sorgenkind. Prügeleien in der Schule, Alkohol, Drogen. Seinetwegen war sogar schon die Polizei hier. Das Abitur hat er gerade so bestanden. Doch studiert hat er nicht. Er nennt sich Schriftsteller. Aber wovon er tatsächlich lebt, kann ich Ihnen nicht sagen. Offenbar kommt er immer wieder her und bettelt Frau von Borenstein um Geld an. Manchmal sitzen wir in der Küche zusammen und trinken Kaffee. Dann erzählt sie mir davon. Allerdings hatte ich den Eindruck, dass sich das Verhältnis zu Florian in den letzten Monaten gebessert hat. Er hat eine Frau und wird bald Vater. Das erste Enkelkind für Frau von Borenstein. Es soll ein Mädchen werden. Wie sehr sie sich darauf freut!«

Daniels Handy begann zu läuten. Er schälte sich aus dem Schutzanzug und zog das Handy aus der Tasche.

»Entschuldigt mich bitte.« Er entfernte sich, das Handy dicht ans Ohr gepresst. »Kowalski.«

»Frau Gehrke, haben Sie die Telefonnummern der beiden Söhne?«

»Ja. Einen Moment.« Sie diktierte Katja zwei Mobilfunknummern. »Was ist denn jetzt mit Frau von Borenstein und mit Leon?«

»Es tut mir leid, sie sind tot.«

»Was? Aber wieso?«

»Das werden wir herausfinden, Frau Gehrke.«

Daniel winkte, und Katja verabschiedete sich von der Haushälterin.

»Das war die Intensivstation im Helios-Klinikum. Es gibt Neuigkeiten.«

»Oh nein. Der Mann ist doch hoffentlich nicht verstorben?«

»Nein. Er ist wach und wieder ansprechbar – und nicht nur das. Er will mit uns reden.«

Gebell lenkte ihre Aufmerksamkeit auf die Allee, die zum Haus führte.

»Die Hundestaffel«, sagte Katja. »Der Verletzte war wohl tatsächlich hier.«

Eine halbe Stunde später waren sie wieder in Schleswig. Es war Mittagszeit, auf den Fluren im Krankenhaus roch es nach Schweinebraten und Brokkoli.

Die Intensivstation lag im ersten Stock. Sie mussten an der Glastür klingeln und warten, bis man ihnen öffnete. Ein Pfleger in blauer Klinikkleidung brachte sie zu einer Ärztin, die sich als Dr. Dreyer vorstellte.

»Der Patient reagiert auf Ansprache und ist gut orientiert. Er weiß, dass er in einem Krankenhaus ist, er kennt seinen Namen, Florian von Borenstein, und er will mit der Polizei sprechen.«

»Gibt es Anzeichen einer Amnesie?«, fragte Daniel.

»Er hat Gedächtnislücken, aber das war zu erwarten. Sein Blutalkoholspiegel lag bei zwei Promille, außerdem konnten wir einen Cocktail aus Amphetaminen, Benzodiazepinen und Kokain nachweisen.«

»Hat er gesagt, weshalb er uns sprechen möchte?«

»Nein. Ich bringe Sie hin.«

Florian von Borenstein lag allein im Zimmer, zwei Betten warteten mit Folie bedeckt auf Patienten. Fast jeder sichtbare Streifen Haut war bandagiert. Schläuche verbanden ihn mit den Geräten, aus einem Beutel tropfte träge Blut in seine Vene. Es piepte leise und regelmäßig. Der Mann sah aus, als ob er schlief.

»Vielleicht sollten wir später wiederkommen«, sagte Daniel, doch in diesem Moment schlug von Borenstein die Augen auf.

»Gehen Sie nicht«, sagte er, seine Stimme klang rau und trocken. »Ich muss mit Ihnen reden.«

»Ich lasse Sie allein. Wenn es Komplikationen gibt, klingeln Sie. Außerdem ist ein Pfleger gleich nebenan.« Die Ärztin nickte ihnen zu und verließ den Raum.

Katja und Daniel stellten sich vor, zogen sich zwei Stühle an das Bett heran und setzten sich.

»Glück und Glas, wie leicht bricht das.«

Sie tauschten einen Blick. War der Mann verwirrt?

»Meine Oma hat das immer gesagt, und jetzt…« Von Borenstein seufzte tief. »Es geht mir nicht mehr aus dem Kopf. Wussten Sie, wie wahr das ist? Glück und Glas… waren Sie schon auf Gut Borenstein?« Der Satz kam so klar und deutlich und laut, dass Katja zusammenzuckte.

»Ja.«

»Dann haben Sie es gesehen.«

»Was sollen wir gesehen haben, Herr von Borenstein?«

»Nur Borenstein. Ich brauche diesen Wir-sind-so-vornehm-und-blaublütig-Scheiß nicht.« Er räusperte sich. »Sie haben also das Haus gesehen. Die Scherben… Was ist mit meiner Mutter und meinem Bruder?«

»Sie sind tot«, sagte Katja. »Unser aufrichtiges Beileid.«

Sein Blick wurde starr.

»Sie waren auch im Haus, Herr Borenstein? Was ist passiert? Woran erinnern Sie sich?«

»Ich war da.« Er nestelte an einem der Verbände. »Ich bin gestern Vater geworden.«

»Herzlichen Glückwunsch.«

»Als es bei einer der Ultraschalluntersuchungen hieß, dass wir eine Tochter bekommen, war meine Mutter außer sich vor Freude. Sie hat sogar schon einen Namen für das Baby ausgesucht. Sophie Therese sollte sie heißen, wie meine Großmutter.«

»Ihre Mutter hat den Namen ausgesucht?«

»Ja. Sie hat sich schon so lange auf ein Mädchen gefreut. Sophie Therese wäre mein Name gewesen, wenn … nun. Ich bin eben ein Florian.«

Katja und Daniel tauschten einen Blick.

»Meine Mutter hat Babysachen gekauft, eine Krabbeldecke mit eingesticktem Namen anfertigen lassen … wir waren zum Essen eingeladen, meine Frau und ich. Nicht nur einmal. Fast jedes Wochenende. Dabei …« Er schluckte hörbar. »Es war ein Irrtum. Kommt gar nicht so selten vor, wie wir inzwischen wissen. Der Arzt hat es schon beim nächsten Ultraschall bemerkt.«

»Haben Sie Ihrer Mutter von dem falschen Befund erzählt?«

Er schüttelte den Kopf, sein Gesicht war bleich. »Nein. Es war einfach nur schön. Ich habe jeden Moment genossen, und ich dachte … ich dachte … Wenn das Kind erst einmal da ist, ist es egal, ob Junge oder Mädchen. Sie wird ihr Enkelkind lieben. Weil das doch so ist, oder nicht? Man liebt seine Kinder, die Enkel. Aber …«

»Was ist passiert?«

»Ich habe sie gestern aus dem Krankenhaus angerufen,

ihr von Tom erzählt. Er ist so ein wunderbarer kleiner Kerl. Doch sie hat nur gesagt, dass sie gleich hätte wissen müssen, dass ich sie wieder enttäusche. Und sie will ihn nicht sehen. Niemals.«

»Und dann?« Katja umklammerte die Stuhlbeine, in ihrem Bauch zog sich alles zusammen.

»Ich bin am Abend hingefahren. Ich habe ein Foto mitgebracht. Ich dachte, wenn sie Tommy sieht ...« Er schüttelte langsam den Kopf. »Sie hat das Foto zerrissen. Mein Bruder stand daneben und hat blöd gegrinst. Ihr Liebling, ihr Ein und Alles. Obwohl er sein Leben lang nichts anderes getan hat, als zur Schule und in die Uni zu gehen und dann zu Hause den lieben Sohn zu spielen. Da bin ich ausgerastet. Ich habe Leon gepackt und ihn zu Boden geworfen. Dann habe ich irgendetwas aus Bronze genommen und auf den Glastisch im Wohnzimmer geschmettert. Meine Mutter lachte und sagte, sie hätte eigentlich die Polizei rufen wollen, aber jetzt würde sie doch eher eine Einweisung in die Psychiatrie vorschlagen, und dann ...«

»Ja?«

»Nichts. In meinem Kopf ist alles dunkel, bis auf diesen Satz: *Glück und Glas ... Glück und Glas ...*«

Katja und Daniel tauschten einen Blick. »Welche Schuhgröße haben Sie?«

»Schuhgröße?« Er runzelte die Stirn. »Vierundvierzig. Warum?«

»Nur so. Erinnern Sie sich noch an irgendetwas anderes?«

»Nein.« Er schüttelte den Kopf. »Gar nichts.«

Katja und Daniel standen auf. »Ruhen Sie sich erst einmal aus. Wir kommen heute Abend noch einmal vorbei, vielleicht erinnern Sie sich dann an weitere Details.«

Sie gingen zur Tür, und bevor sie auf den Flur traten, hörten sie hinter sich Florian Borenstein murmeln.

»Glück und Glas ...«

Katja und Daniel gingen zum Wagen.

»Glaubst du, er war es?«

Daniel holte tief Luft. »Er hat offenbar getrunken und Drogen eingeworfen, und er ist enttäuscht, verletzt, gedemütigt. Er kann sich sogar daran erinnern, dass er seinen Bruder auf den Boden geworfen und den Glastisch zerschlagen hat. Die Schuhgröße passt zu den blutigen Schuhen. Wie groß ist die Wahrscheinlichkeit, dass nach dem Streit mit Mutter und Bruder Einbrecher gekommen sind und die beiden getötet, ihn aber verschont haben?«

»Ja.« Katja seufzte. »Vielleicht ist es besser für ihn, wenn die Erinnerung nicht zurückkehrt.«

Die Fingerabdrücke auf der Glasscherbe konnten als die Florian von Borensteins identifiziert werden. Katja und Daniel waren auf dem Weg ins Helios-Klinikum, um erneut mit ihm zu reden, als ein weiterer Notruf in der Leitstelle einging. Es war zwanzig nach fünf. Drei Personen meldeten gleichzeitig den Unfall.

Ein mit einem grünen Krankenhaushemd bekleideter Mann war aus Richtung des Helios-Klinikums zielstrebig und ohne Zögern auf die Straße gelaufen, frontal von einem Transporter erfasst und auf die Gegenfahrbahn geschleudert worden. Neben dem von der Leitstelle verständigten

Notarzt war eine Ärztin der Notaufnahme, die ihre Pause im Freien verbrachte, sofort an der Unfallstelle. Doch weder die Nähe zum Helios-Klinikum noch die sofortige Einleitung aller Maßnahmen oder die modernen Geräte konnten etwas ausrichten. Wenige Minuten nach Einlieferung des Verletzten in die Notaufnahme erlag der Mann seinen schweren Verletzungen.

Florian von Borenstein war tot.

STÖRTEBEKERS RACHE
Ulrike Bliefert

Ahrenshoop, Fischland-Darß

Up Fischland is't en wohren Spaß,
Dor heiten s' altausamen »Klas«.
»Klas, segg mal, Klas«, so fröggt de Ein,
»Klas, hest Du minen Klas nich seihn?«
»Ja«, antwurt't denn de Anner, »Klas,
Din Klas, de ging mit minen Klas
Tausamen na Klas Klasen sin Klas.«

*(Fritz Reuter,
mecklenburgischer Mundart-Dichter 1810–1874)*

»Fuck!« Heike Boje lutschte exzessiv an ihrem rechten Daumen. Seit einer guten halben Stunde kämpfte sie gegen die Tücken des altersschwachen Liegestuhls, den sie im Schuppen gefunden hatte. Es war absehbar, dass der Finger blau anlaufen würde, aber Heike gehörte zu den Frauen, die nicht so leicht aufgaben. Nach einer weiteren halben Stunde war es so weit, und sie ließ sich erschöpft auf die gelb gestreifte Stoffbahn sinken. Die Spätsommersonne spielte in den Zweigen der Obstbäume, und eine Schar Stare machte sich lautstark über das erste Fallobst her. Ahrenshoop, Fischland Darß …

»Erholung pur!« hatte es auf der Website ihres Vermieters geheißen. »Tz!« Heike schnalzte verächtlich mit der Zunge. Für jemanden, der wie sie fast ihre ganzen, beinahe fünfundvierzig Lebensjahre in Dithmarschen verbracht hatte, grenzte eine Reise an die Ostsee schon fast an Blasphemie. Wenn sie als Kind nachts das Fenster offen ließ, konnte sie hören, wie die Nordseewellen an den Strand rauschten. Oder eben nicht. Dann war Ebbe. »Wattenmeer! Tidenhub! So was kennen die hier doch gar nicht!«

Andererseits musste Heike zugeben, dass dieses Ahrenshoop durchaus seine positiven Seiten hatte. Immerhin gab es weit und breit keine Hochhäuser wie in Büsum oder St. Peter-Ording: Touristensilos, eins so gesichtslos und hässlich wie das andere, damit man sich im Urlaub möglichst genauso heimisch fühlte wie in Marzahn oder Neuperlach. Hier hingegen – das musste Heike widerwillig zugeben – kam man sich zwischen all den putzigen Reetdachhäuschen vor, wie ins vorletzte Jahrhundert versetzt – von den vielen Autos mal abgesehen. Lediglich der elegante Neubau des ehemaligen Kurhotels – jetzt *The Ahrenshoop Grand and Spa* – wirkte wie aus einer anderen Dimension; wie ein riesiges, just am Ostseestrand gelandetes Raumschiff. Das einzige Gebäude, das Heike Boje missfallen hatte, war das neue Kunstmuseum am Weg Zum Hohen Ufer. Fünf namhafte Preise hatten die Architekten dafür eingeheimst, dabei erinnerte sie das angeblich dem »Leitbild eines in die Naturlandschaft eingebundenen norddeutschen Gehöfts« folgende Ensemble eher an ein Konglomerat hölzerner Luftschutzbunker; die im Ernstfall sowieso nichts nutzen würden. Und mit den wuchtigen friesischen

Gulfhäusern konnten die fensterlosen Klötze sowieso nicht mithalten. Andererseits hatte sie weder von Malerei noch von Architektur irgendeinen blassen Schimmer, und sie war schließlich nicht hergekommen, um die bauliche Gestaltung deutscher Seebäder zu begutachten. Sie hatte Wichtigeres zu tun!

Clever hatte sie das eingefädelt! Ausgesprochen clever!

»Es spricht aus meiner Sicht nichts dagegen, dass Sie sich ein paar Tage Ferien gönnen«, hatte Dr. Seibert bekundet und sich bei der Anstaltsleitung für sie verbürgt. »Ich sehe Sie dann übernächste Woche wieder.«

»Ferien!« Heike kicherte leise in sich hinein. Der bescheuerte Seelenklempner war tatsächlich darauf reingefallen!

Sie blinzelte in die untergehende Sonne und nahm einen tiefen Atemzug … Nichts! An der Nordsee konnte man es riechen, das Salz; aber Kunststück: Hier war der Salzgehalt schließlich nur halb so hoch. Heike schnupperte erneut. Es roch entfernt nach Bratfisch, und sie merkte, dass sie Hunger hatte. Sie ging ins Haus, nahm das mitgebrachte Krabbenbrötchen aus ihrer Reisetasche und köpfte die Flasche *Fischlands Edelpils*, die der Vermieter als Willkommensgruß im Kühlschrank bereitgestellt hatte. Das Brötchen war nach der langen Fahrt ziemlich pappig geworden, aber mit den echten Büsumer Krabben konnten die Ahrenshooper mit Sicherheit nicht konkurrieren. Dafür hatte sie den Umweg gern in Kauf genommen.

Kauend inspizierte Heike die Räumlichkeiten: Wohnküche, Schlafzimmer und ein winziges Bad mit Dusche. Alles zweckmäßig, sauber und Gott sei Dank ohne den üblichen maritimen Tinnef wie Gips-Leuchttürme und Muschel-Lämpchen.

Sie lutschte die Mayonnaise von ihrem mittlerweile blau angelaufenen Daumen und begutachtete die Bücher im Wohnzimmerschrank: Jede Menge Krimis, ein abgegriffener Bildband zur Geschichte der Künstlerkolonie Ahrenshoop und eine offensichtlich noch ungelesene Ausgabe von August Krantz' »... Rimels und Döntjes«. Heike kicherte bei dem Gedanken, dass Touristen aus Duisburg oder Deggendorf sich unter »Döntjes« wahrscheinlich kleine Döner vorstellten.

Zwischen dem plattdeutschen Klassiker und einem zerlesenen Highlander-Softporno steckte ein Buch über die Hertesburg. Ein Blick auf die Kapitelüberschriften bestätigte Heikes Befürchtungen: Natürlich ging es mal wieder nur um die armen Irren, die in den Zwanzigerjahren des letzten Jahrhunderts auf dem Gelände der längst verfallenen Burg am nördlichen Ende des Darß den Ursprung der »arioheroischen Rasse« sahen – frei nach ihrem Chefideologen und Nazi-Vordenker »Lanz von Liebenfels«. Dessen Adelstitel hielt einem Faktencheck allerdings genauso wenig stand wie seine Rassentheorien. »Und überhaupt: dass mein Urgroßvater ...«

Heike hatte mehrfach versucht, die Urs vor »Großvater« zu zählen, und war an der Differenz in Sachen Lebenserwartung um 1400 und heute gescheitert. Aber wie auch immer: Dass ihr Vorfahr nachweislich in der seinerzeit noch unversehrten Hertesburg gelebt und gearbeitet hatte, wurde von den Autoren des Pamphlets wieder mal unterschlagen. Typisch, dachte Heike. Dabei gab es dafür genügend Beweise! Denn schließlich müssen sich auch Piraten um die Buchführung kümmern – und erst recht um ihren Nachlass! Das ging sonnenklar aus der Urkunde hervor, die sie zuunterst in Uroma Jannas alter Brauttruhe gefunden hatte. Das entsprechende Siegel zeigte eine Kogge und war somit Beweis genug für die Gültigkeit des Testaments – das hatte Heike bei der Lektüre eines Wikipedia-Eintrags über historische Urkunden herausgefunden. Die Tatsache, dass die Bojes damals Piraten waren und – sofern begnadigt – nach Dithmarschen verbannt wurden, war ebenfalls verbrieft. Uroma Boje – mit *einem* »Ur« – war also Heikes Recherchen zufolge deren direkte Nachfahrin. Das Testament war zwar über sechshundert Jahre alt und derselbe Vorname rein theoretisch purer Zufall, aber wie sonst sollte die Urkunde in die Truhe gelangt sein?

Ik, Nicolao Stoertebeker, Anno Domini MCCCIC, vermake mien gesambt goden toe mien truwe seev Janna Boje auz Büsum.

Das war wohl so was wie Mittelhochdeutsch, aber trotzdem auch für Unstudierte leicht zu verstehen.

»*Ur*-omas *Ur*-kunde!« Heike kicherte erneut. Störtebekers sagenhaften Goldschatz hatte man bis heute nicht gefunden, und das hieß im Klartext: Wenn alle potenziellen Konkurrenten ausgeschaltet waren, wäre sie, Heike Boje, Nicolao – kurz: Klaus – Störtebekers Alleinerbin!

Dass das Ganze auf Papier und nicht auf Pergament geschrieben war, hatte sie zunächst irritiert. Aber Wikipedia war wie immer hilfreich und attestierte die Existenz einer deutschen Papiermühle bereits Jahrzehnte vor der Erfindung des Buchdrucks. Und für die unterschiedlichen Nachnamen Boje und Störtebeker gab es ebenfalls einen plausiblen Grund. »Wahrscheinlich lief das bei meinen Vorfahren damals wie bei Jesus«, hatte sie Dr. Seibert erklärt. »Der war ja mit der Maria Magdalena liiert, und die hieß schließlich auch nicht mit Nachnamen Christus.«

»Soweit ich weiß, hatte die überhaupt keinen Nachnamen.«

»Na, irgendeinen wird sie gehabt haben. Die meisten unehelichen Mütter geben ihren Kindern nun mal ihren eigenen Familiennamen und nicht den des Vaters.«

»Deswegen Boje und nicht Störtebeker.«

»Genau.«

»Die Kinder von Jesus und Maria Magdalena haben ja dann auch den Heiligen Gral geerbt.«

Seibert hatte abwesend genickt und so was wie »Mhm« in seinen albernen Sigmund-Freud-Bart gebrummt. Der Kerl hatte mal wieder keine Ahnung, worum es ging.

»Doktor Seibert?« Heike hätte den spillerigen alten Knacker am liebsten durchgeschüttelt wie ein verklumptes Federbett. »Der Heilige Gral ist der Kelch, in dem im Verlauf der Kreuzigung das Blut aufgefangen wurde!«

»Jaja, das weiß ich. Aber was hat das mit Ihrem Fall ...?«

»Na, den hat dem Jesus seine Witwe mit nach Frankreich genommen!«

»Wen?«

»Den Kelch. Ihr Mann war da ja schon gen Himmel gefahren.«

»Aha.« Seibert grinste. »Das dürfte bei Klaus Störtebeker eher nicht der Fall gewesen sein.«

Heike verzog keine Miene und schwieg.

»Na kommen Sie!« Seibert beugte sich vor, und Heike wich vor den oralen Ausdünstungen seines halb verdauten Frühstückseis zurück. »Spaß muss sein.« Erst als Heike mit angehaltenem Atem weiter schwieg, lenkte er ein. »Na schön. Dann erzählen Sie mal weiter: Also wo ist Maria Magdalenas Kelch denn dann abgeblieben?«

»Der ist seitdem futsch.«

»Sehen Sie?« Wie aufs Stichwort hatte sich der dämliche Seibert zurückgelehnt und erwartungsvoll geguckt. Bei der Erinnerung an sein selbstzufriedenes Grinsen knirschte Heike mit den Zähnen. Was hätte sie denn »sehen« sollen? Dass Dinge im Lauf der Zeit spurlos verschwinden konnten – zumindest auf den ersten Blick? Das war nun wahrhaftig nichts Neues! Manche Leute verlegten regelmäßig ihr Portemonnaie oder den Wohnungsschlüssel. Aber beides fand sich garantiert irgendwann wieder. Man musste nur lange genug danach suchen.

»Niemals aufgeben!«

Manchmal sprach Heike ganz gern mit sich selber.

Dass sie sich bei der erstbesten Gelegenheit den Job in der Bibliothek gekrallt hatte, war bei der Aussicht auf fünfzehn Jahre schon mal genial gewesen. Und seit Neustem gab es da sogar – wenn auch begrenzten – Internetzugang. Mit Wikipedias Hilfe hatte sie nicht lange gebraucht: Menschen mit Namen Störtebeker gab es nur je einmal in Deutschland und in Österreich; beides, wie sich schnell herausgestellt hatte, keine in Betracht zu ziehenden Exemplare. Bei Störtebeker mit »c« vor dem »k« war sie schon eher fündig geworden: drei in Norwegen, dreizehn in Schweden und ganze siebenundvierzig in Deutschland. Aber Jannik Störtebecker stand ganz oben auf ihrer Liste. Ein Kerl, der in Ahrenshoop lebt? Gerade mal zwanzig Autominuten von der ehemaligen Hertesburg entfernt? Und der Jannik heißt? Abkürzung von Jan-Niklas? Nicolao, Nikolaus, Klaus? Eindeutig eine Reminiszenz an den Ururur-und-so weiter-Großvater! Den Namen Jannik trug in Deutschland nicht einmal einer unter tausend! Und zu allem Überfluss auch noch ein Jannik Störtebecker, der Buddelschiffe baut? Heike erinnerte sich noch, wie ihr Herz schneller geschlagen hatte, als sie die entsprechende Website aufgerufen hatte: Dieser Jannik war Ende dreißig, groß und kräftig, hatte fast schulterlange rotblonde Haare und einen dichten, farblich passenden Rauschebart – nicht so ein fisseliges graues Gewirr mit Frühstückseiresten drin wie Dr. Seibert. Uroma Janna hätte ihn als »stattliches Mannsbild« bezeichnet, aber Heike war fest entschlossen, sich nicht vom unverschämt guten Aussehen dieses Buddelbötchenbauers von ihrem Ziel abbringen zu lassen. Gleich morgen würde sie dem Kerl auf den Zahn fühlen!

Das Bett in ihrem Feriendomizil war mit freundlich grün karierter IKEA-Bettwäsche bezogen, die Matratze hatte erfreulicherweise genau den richtigen Härtegrad, und Heike schlief sofort ein. Im Traum saß Dr. Seibert in ihrem Elternhaus in Büsum in der Küche, und eine uralte, bucklige Frau scherte ihm mit einem stumpfen Messer den Bart – eine ziemlich schmerzhafte Angelegenheit, aber Seibert starrte nur wie ein Lamm auf der Schlachtbank dumpf vor sich hin und gab keinen Laut von sich. Sein Bart wuchs jedes Mal wieder nach, und die Alte kratzte und schabte immer weiter und weiter und stopfte Seiberts Barthaare in einen Sack, bis der randvoll war. Dann setzte sie sich an ein Spinnrad und spann daraus einen Faden – oder besser: ein Tau. Dabei wackelte sie mit dem Kopf und schaute Heike mit zahnlosem Grinsen unverwandt an. Das fertige Tau knotete sie zu einer Henkerschlinge und drückte es ihr in die Hand. Aber als Heike sich zu Seibert umdrehte, saß da ... Benno!

Der hatte sich schon seit Ewigkeiten nicht mehr in ihr Traumleben verirrt! Heike stöhnte im Schlaf laut auf. Nach all den Jahren unter der Erde war ihr Bruder schon ziemlich angegammelt. Kaum wiederzuerkennen. An seinem halb verwesten Körper klebten Fetzen eines Bühnenkostüms: orange-rot-weiß getigerter Plüsch, dazu je ein Lederhandschuh mit einer Art Fleischerhaken und einer mit Plastikkrallen. Die schwarze Augenklappe und der Zinken sollten wohl an Käpt'n Hook erinnern. Begraben worden war Benno allerdings in seinem schwarzen Anzug. Seltsam, schoss es Heike durch den Kopf. Im Traum konnte er sich offenbar anziehen, wie er wollte. Dabei war Bennos Auftritt im Musical *Cats* damals mehr als dürftig gewesen. Da hatte er einen roten Kater namens Growltiger gespielt. Einen Piratenkater. Oder Katerpiraten. Wie überaus passend.

»Was willst du?«, fragte Heike nicht gerade freundlich. Schuldgefühle hatte sie noch nie gehabt. »Was soll der Aufzug?«

Statt einer Antwort holte Benno mit der Krallenhand aus und machte »Grrr«.

»Wow!« Heike blies genervt die Backen auf. »Als Schauspieler hättest du's sowieso nicht mehr lange gemacht.«

Statt – wie zu Lebzeiten – gekränkt den Schwanz einzukneifen, wenn seine kleine Schwester ihn mal wieder nach Kräften herunterputzte, sprang Benno urplötzlich auf, fauchte furchterregend und hätte Heike einen Prankenhieb verpasst, wenn sie nicht im richtigen Moment aufgewacht wäre.

»Pappkopp«, brummte Heike. Bennos Rache oder Vergebung war ihr schnurzegal: Uroma Bojes einzigen lebenden Nachkommen, von ihr selbst einmal abgesehen, hatte sie geradezu virtuos mit einem gezielten Schlag auf den Schädel aus dem Weg geräumt, und damit stand dem Antritt ihres Erbes, wie sie damals dachte, nichts mehr im Weg – bis auf die fünfzehn Jahre, die man ihr dafür aufgebrummt hatte. Aber die hatten sie irgendwann um fünf Jahre reduziert, und die restlichen zehn waren fast abgesessen. Dank dem doofen Seibert kriegte sie mittlerweile Freigang und neuerdings sogar Hafturlaub. Dazu hatte sie lediglich eine Cousine auf dem Darß erfinden müssen. Aber wie auch immer: Der Gerechtigkeit war damit Genüge getan und basta!

Nach all den Jahren, die sie in der Gefängnisbibliothek mit Recherchen zugebracht hatte, war ihr allerdings eines klar: Bevor sie mit dem Testament vor Gericht ziehen konnte, um die Lizenz zum Schatzausgraben zu kriegen, musste sie sicherheitshalber alle, die eventuell ebenfalls Ansprüche auf das Erbe geltend machen könnten, ausschalten. Das hätte im Zweifelsfall 'ne Menge Morde bedeutet, denn Menschen mit dem Nachnamen Boje gab es tausendfach, sogar in Katar, Mauretanien oder Neuseeland. Aber in der Urkunde hieß es zweifelsfrei »auz Büsum«, und weder in Katar noch sonstwo auf der Welt gab es einen zweiten Ort mit diesem Namen. Also galt es lediglich, eventuelle Störtebekers oder Störtebeckers auszuknipsen. Diesmal würde sie außerdem nicht so dumm sein, zum Hammer zu greifen. Schließlich gab es in der Häftlingsbibliothek allerlei Heilkräuterbüchlein und in Gottes freier Natur allerlei harmlos wirkende Sträucher mit herrlich giftigen Früchtchen. Und wer tank schließlich nicht mal gern einen selbst gemachten »Magenbitter«? Heike grinste zufrieden, drehte sich auf die andere Seite und schlief sofort wieder ein.

Am nächsten Morgen zeigte sich der September von seiner allerbesten Seite, und Heike gönnte sich ein zweites Frühstück im Garten der Alten Mühle. Der Kaffee war ausgezeichnet; das hausgemachte Brot ebenfalls. Weniger begeistert war sie von den gleich auf der Weide nebenan – quasi auf Tuchfühlung – herumstehenden Schafen. Sie mochte Tiere generell nicht besonders, und warum sich manche Leute freiwillig Katzen oder Hunde oder sogar Meerschweinchen hielten, war ihr schleierhaft. Am schlimmsten waren Wellensittiche. Benno hatte mal so einen zum Geburtstag gekriegt. Blau. Und laut! Furchtbar laut! Allerdings nicht lange, dafür hatte sie gesorgt. Ihr Bruder hatte geflennt und seinen Hansi feierlich im Garten begraben. Danach war Ruhe.

»Bääh!«, machten die Schafe, »bääääh! Bääääh!« Heike zahlte und machte, dass sie davonkam.

Bis zu Jannik Störtebeckers Kate an der Dorfstraße waren es nur ein paar Minuten zu Fuß.

»Tag, Herr Störtebecker, Heike Boje – die Podcasterin. Ich hatte mich telefonisch ...«

»Natürlich!« Der rothaarige Hüne streckte Heike seine

Pranke entgegen und strahlte übers ganze Gesicht. Er schien sich ehrlich zu freuen und ließ sie gar nicht erst ausreden. »Wunderbar! Hab Sie schon erwartet! Kommen Sie!« Er schob sie durch den Flur in die gute Stube. »Übrigens: Mein Name spricht sich Störteb-e-eker aus. Mit langem e, wie der berühmte Pirat!«

»Ach?« Bei Heike schrillten sämtliche Alarmglocken.

»Ja! Wie Mecklenburg. Das sprechen auch die meisten Leute mit kurzem e aus. Wegen dem c-k. Nur: Das Meck in Meecklenburg ...« – er zog das e betont in die Länge – »das kommt nicht von Meckern oder so, sondern von Altsächsisch mikil, und das heißt ganz einfach groß. Also: große Burg. Ähm ... wenn Sie auf der Chaiselongue Platz nehmen möchten?«

»Danke.« Heike setzte sich gehorsam auf das ausladende grüne Samtsofa. Nicht im Traum hatte sie damit gerechnet, bei Jannik Störtebecker so schnell zur Sache zu kommen. »Also Störtebeeker?«

»Genau.« Ihr Gastgeber verschwand in der Küche und kam mit einer hübsch verzierten Tortenplatte zurück. »Ich hoffe, Sie mögen Apfelkuchen! Und ich hoffe, Sie nehmen mir meinen kleinen Vortrag nicht übel. Ich hab das nur erwähnt wegen ihres Podcasts.«

»Wegen was?« Oje! Heike biss sich auf die Lippen. Einen unaufmerksamen Augenblick lang hatte sie vergessen, dass sie sich den Besuch bei Jannik Störtebecker als angebliche Online-Journalistin erschlichen hatte. Hastig kramte sie das alte Diktafon, das sie auf die Schnelle bei Ebay geschossen hatte, hervor, legte es auf den Tisch und schaltete es ein. Störtebecker schien ihren Ausrutscher nicht bemerkt zu haben: Er legte ihr ein gewaltiges Stück Kuchen auf den Teller und redete munter weiter. »Na ja, das liegt halt an der alten Schreibweise. Früher schrieb man zum Beispiel auch Küken mit c-k und hat es trotzdem Küüken und nicht Kücken ausgesprochen.«

»Interessant.«

Der Apfelkuchen roch verlockend, und Heike sagte nicht Nein, als ihr der rothaarige Riese einen Suppenlöffel voll Sahne daraufklatschte. »Selbst gebacken!«, erklärte Störtebecker stolz.

»Toll.«

Heike rief sich innerlich zur Ordnung: Jetzt bloß nicht sentimental werden! Dass der Typ leckeren Kuchen backen kann, wird ihm im Zweifelsfall nicht das Leben retten! Mit jeder Minute wuchs ihre Gewissheit, einen gefährlichen Konkurrenten vor sich zu haben. Was, wenn man sie Urur-ur-soundsoviel-Opas Schatz ausgraben ließe, und kaum wär der gefunden, würde dieser Kerl aufkreuzen und sein Pflichtteil einfordern? Oder sogar das Ganze? Der Kerl glich zu allem Überfluss der Gesichtsrekonstruktion anhand des – wie es hieß: »mutmaßlichen« – Störtebeker-Schädels, den man auf dem Hamburger Grasbrook gefunden hatte, wortwörtlich bis aufs Haar! Das konnte kein Zufall sein! Ob sich DNA über sechshundert Jahre hält? Heike merkte, wie ihr Herz schneller schlug. Sie selbst kam mit ihren dünnen, straßenköterbraunen Haaren dann wohl eher nach der mütterlichen Linie. »Ach, Herr Störtebecker, dann hat ihre Leidenschaft für Buddelschiffe wohl mit ihrem fast gleichnamigen Vorfahren zu tun, ja?« Warum nicht gleich mit der Tür ins Haus fallen?

»Nicht ganz!« Ihr Gastgeber lachte dröhnend. »Ich habe das Buddelschiffbauen von meinem Vater gelernt und der wiederum von meinem Großvater und so weiter. Mein Urgroßvater hat das Ganze sogar noch professionell betrieben. Damals fanden die Dinger ja noch reißenden Absatz.« Er lachte erneut und zuckte mit den Schultern. »Für mich ist das nur 'n Hobby. Ich arbeite ja beim Nationalpark. Bin von Haus aus Wildbiologe – falls das für ihren Podcast von Interesse ist.«

»Natürlich.« Heike schüttelte sich innerlich. Wildbiologe? Wahrscheinlich wühlt der hauptberuflich in riesigen Haufen Wildschweinkacke rum. Wie die Typen in *Jurassic Park*. Sie klammerte sich an das Bild, denn der Kerl war sehr viel netter, als ihr blöder Bruder Benno es je gewesen war. Wenn sie nicht ein paar negative Seiten an ihm fand, würde es ihr deutlich schwerer fallen, ihn aus dem Weg zu räumen. Sie griff in ihre Jackentasche und umklammerte das Fläschchen mit dem selbst gebrauten »Magenbitter« wie einen Talisman.

»Wenn Sie dann so gut sein würden?« Nach dem zweiten Stück Apfelkuchen führte Störtebecker sie über einen hübsch begrünten Hinterhof zu seiner Werkstatt. Die war beinahe noch gemütlicher als die Wohnstube: Auf raumhohen Wandregalen thronten unzählige Buddelschiffe in allen nur erdenklichen Größen und Formen, vor dem Fenster stand ein riesiger Arbeitstisch, und an der Stirnseite befand sich ein uralter Kachelofen, flankiert von zwei Ohrensesseln. Der heimelige Anblick wurde lediglich von dem dicken roten Kater gemindert, der sich auf einem der Sessel zusammengerollt hatte. Heike schluckte.

Bestimmt war hier jedes Sitzmöbel voll mit Katzenhaaren – und sie hatte den dunkelblauen Hosenanzug an! »Fuck!«, entfuhr es ihr, und sie schlug sich erschrocken auf den Mund.

»Ach, vor dem müssen Sie keine Angst haben!« Störtebecker klopfte ihr beruhigend auf die Schulter. »Das ist Benno. Der ist uralt und tut Ihnen nichts. Oder sind Sie allergisch?«

»N-n-nee«, brachte Heike mühsam hervor. Benno? Das Vieh hieß Benno? Schlagartig fiel ihr der Traum der vergangenen Nacht wieder ein. Da hatte ihr Bruder dieses blöde orangerote Katerkostüm angehabt. Ob das eine Art Wahrtraum gewesen war? Langsam beschlich sie ein ungutes Gefühl.

»Schauen Sie: Das hier wird ein Nachbau der berühmten Bremer Kogge.« Störtebecker schickte sich an, der angeblichen Podcasterin anhand eines halb fertigen Schiffsmodells die einzelnen Arbeitsschritte zu erklären. »Die meisten Leute wundern sich, wie ein so großes Schiff in so eine kleine Flasche kommen kann. Das Geheimnis ist: Lediglich der Schiffsrumpf muss durch den Flaschenhals passen!« Er war offensichtlich ganz in seinem Element. »Mast, Rah und Schot werden fix und fertig zusammengebaut, anschließend flach auf den Rumpf gelegt, und dann wird beides vorsichtig in die Flasche reingeschoben.«

Heike nahm den sonoren Bariton ihres Gastgebers nur noch wie durch Watte wahr. Ihr Mund wurde trocken, und ihre Beine drohten, ihr den Dienst zu verweigern: Da hing sie! An der Wand in Störtebeckers kuscheliger Buddelschiff-Werkstatt! Hinter Glas, in einen einfachen Holzrahmen –

unschuldig und scheinbar völlig harmlos! Dieselbe Urkunde! Nur mit wesentlich überzeugenderem Text.

Ik, Nicolao Stoertebeker, Anno Domini MCCCIC, vermake mien gesambt goden toe mien tiure son Jannik Störtebecker auz Ahrenshoop.

»Bevor man das Schiff reinschiebt, muss man natürlich den Untergrund – also quasi das Meer – mit Modelliermasse in die jeweilige Flasche einbringen. Dann wird der Rumpf mitsamt dem Aufbau eingeklebt, und wenn alles trocken ist, zieht man vorsichtig am Vorstag und klebt ihn am Steven fest. Dabei gilt es natürlich darauf zu achten, dass sich nichts verheddert oder ... ähm ...« Störtebecker unterbrach sich erschrocken: Die nette Podcasterin schwankte plötzlich, krallte sich an der Tischkante fest und starrte ihn mit weit aufgerissenen Augen an.

»Um Himmels willen! Ist Ihnen nicht gut? Soll ich Ihnen ein Glas Wasser bringen?«

Heike schüttelte den Kopf und deutete mit zitternden Lippen auf die Urkunde.

»Ach das!« Störtebecker lachte. »Na, deswegen müssen Sie nun wirklich nicht in Ehrfurcht erstarren. Die Dinger gab's 1993 in Ralswiek auf dem Mittelaltermarkt, bei den ersten Störtebecker-Festspielen auf Rügen. Hat mir mein Opa damals gekauft. Die waren in täuschend echt wirkender Kalligrafie vorgefertigt, und man konnte für'n Zehner in der gleichen Schönschrift seinen Namen und Wohnort eintragen lassen. Also: zehn Mark damals noch. Nicht Euro. Westmark, versteht sich.«

Heike hörte das Blut in ihren Ohren rauschen, und vor ihren Augen baute sich eine schwarze Welle auf und raste unaufhaltsam auf sie zu. Ihre Rechte tastete nach dem Hammer, der in Reichweite auf der Tischkante lag.

»Die Leute auf dem Mittelaltermarkt haben sich natürlich köstlich amüsiert, dass ich tatsächlich Störtebecker heiße und zu allem Überfluss auch noch in Ahrenshoop ...« Störtebecker hielt erschrocken inne. »Benno?«

Das Letzte, was Heike Boje in ihrem Leben sah, war ein orangeroter Kater, der – gerade noch im Augenwinkel erkennbar – mit lautem Fauchen an ihr vorbeiflog.

»Tragischer Unfall in Ahrenshoop« war einen Tag später in der Regionalzeitung zu lesen. »Heike B. hatte den Kater des Buddelschiffbauers offenbar mit einer plötzlichen Handbewegung aufgeschreckt, woraufhin sich das Tier in ein Regal mit Ausstellungsstücken flüchtete. Dabei stürzte eine vierzig Zentimeter lange Flasche, in der sich ein Schiffsmodell der berühmten Störtebeker-Kogge *Toller Hund* befand, herab. Heike B. strauchelte und fiel in die Scherben. Sie verblutete trotz Jannik S. verzweifelter Bemühungen, ihr Leben zu retten.«

Wenige Wochen später versah Dr. Seibert das Dossier über die Gefängnisinsassin Heike Boje mit dem Vermerk »anhaltende Wahnvorstellungen« und legte es ad acta.

Jannik Störtebecker machte sich daran, die beschädigte Kogge zu restaurieren. Sein Kater saß auf der Fensterbank und schaute zu.

»Karma is a bitch«, brummte Störtebecker.

Und Benno schnurrte leise vor sich hin.

Der Sage nach ...

... soll Störtebekers Beutegut noch heute auf dem Darß verborgen sein – dort, wo früher die Hertesburg stand. Einmal im Jahr, in der Johannisnacht, vom 23. auf den 24. Juni, soll eine Jungfrau mit einem Korb voll Wäsche zwischen Prerow und Zingst den Strand entlanglaufen. Wenn ein frommer, unverheirateter Mann sie mit den Worten »Grüß Gott, liebe Jungfrau! Was schaffst du gerade?« anspricht, ist die Jungfrau von ihrer Aufgabe, den Schatz zu bewachen, erlöst, und ihr Retter erhält zur Belohnung alles Gut, Geld und Gold, das Störtebeker und seine Likedeeler in der damaligen Hertesburg versteckt haben.

Bis heute ist das allerdings niemandem gelungen.

KOMMISSAR ADAM UND DER TOD IM STUHLMANNBRUNNEN
Carola Christiansen

Hamburg

»Tot!«, ruft der Sanitäter. Er kämpft sich aus dem sprudelnden Wasser heraus, klettert tropfnass aus dem Becken und geht ohne ein weiteres Wort zu seinem Rettungswagen, der zwar ohne Sirene, doch mit kreiselndem Blaulicht am Ausgang Richtung Straße wartet. Einmal dreht er sich noch um: »Macht euch auf eine Überraschung gefasst!«

Damit verschwindet er hinter der Hecke. Nun ist nur noch das Prasseln des Wassers zu hören, das sich über Zentauren aus Metall und einen menschlichen Körper ergießt. Der ist bärtig und sitzt verkehrt herum auf einem der Pferdemänner.

Hauptkommissar Adam hebt eine Augenbraue.

»Kann endlich jemand das Wasser abstellen?«

Sie hatten beim zuständigen Amt angerufen, so schwer sollte es nicht sein, auf den Aus-Schalter zu drücken.

Inzwischen ist der Rechtsmediziner, Fernando McAllister, eingetroffen. Er wartet ungeduldig am Beckenrand, sein Gesichtsausdruck verheißt nichts Gutes. Gerade als er sich umdreht, versiegt das Wasser. Kommentarlos zieht er Schuhe und Socken aus, krempelt die Hosenbeine hoch und watet zu den kämpfenden Zentauren. Adam folgt ihm, zumindest mit Blicken.

Es ist noch früh, doch bereits ungewöhnlich warm. Selbst McAllister hat auf seinen obligatorischen Trenchcoat verzichtet, mit dem er für gewöhnlich seine Ähnlichkeit mit dem Fernsehkommissar Columbo zelebriert.

»Was haben wir?«, ruft Adam nach einer Weile. Er erhält keine Antwort. McAllister klettert gerade behände auf die abgewandte Seite des Brunnens. Entweder hat er ihn nicht gehört, oder er ignoriert ihn. Adam traut ihm Letzteres durchaus zu. Knurrend setzt er sich auf den Beckenrand und zieht die Schuhe aus. Er hat gerade einen Fuß auf den glitschigen Grund gestellt, da stößt der Rechtsmediziner einen lauten Pfiff aus.

»Das ist ja mal etwas Besonderes!«

Adams zweiter Fuß taucht ins eisige Wasser.

»Was ist mit ihm?«

»Er, hm, ist eine Frau!«

»Bitte?« Adam sieht zurück zu Kommissarin Neubauer. Sie zuckt die Schultern. McAllistair blickt um die Skulptur herum und zupft am Bart des Toten. Er lässt sich einfach abziehen.

Adam starrt auf das Gesicht. Eine Frau? Jetzt ergeben die Worte des Sanitäters Sinn. Er pflügt durch das knöcheltiefe Wasser auf Mac und die Tote zu. Neubauer weiß, dass sie sich um Zeugen zu kümmern hat.

Adam ist schon tausendmal an dem Brunnen vorbeigegangen. Zwei Zentauren kämpfen um einen Fisch. Symbolhaft soll dieser Kampf die Auseinandersetzung zwischen Hamburg und Altona um die Fischereirechte darstellen.

Am Beckenrand sitzt links und rechts eine Nereide, die Wasser gegen die Kontrahenten speit. Vier Echsen hocken am Rand und sprühen mit. Die Kämpfer selbst baden in einem mächtigen Wasserstrahl. Im Augenblick sprüht zum Glück nichts. Um bei dem rutschigen Boden nicht auf dem Hintern zu landen, geht Adam sehr langsam. Endlich angekommen, hält er sich am muskulösen Oberschenkel eines Pferdemannes fest. Knapp über ihm ist die Leiche halb auf den Rücken des Zentauren gezurrt worden. Der Rechtsmediziner späht um das Pferdehinterteil herum. »Finally«, murmelt er.

Neubauer sammelt Schaulustige und mögliche Zeugen vor dem Becken. Die Szene erinnert Adam an versprengte Schafe, die vom Hütehund zusammengetrieben werden.

Sie bemerkt seinen Blick und ruft: »Spaß beim Plantschen?«

»Mit Badehose wäre es schöner!«

Er wendet sich an McAllister. »Was zum Teufel ist das hier?«

»Alles, was du siehst, sehe ich auch. Vielleicht ein kleines bisschen mehr ...«

»Aha, und das wäre?«

Die Tote sitzt rücklings auf der Kuppe eines Zentauren, fixiert durch den erhobenen Schweif. Rücken und Kopf lehnen am Oberkörper des Pferdemannes. Ein bizarrer Anblick. Vom Beckenrand klicken Handykameras. McAllister, der normalerweise Publicity genießt, brüllt sogar noch vor Adam, beim nächsten Foto würde er dafür sorgen, dass sämtliche Handys konfisziert werden. Eine leere Drohung, doch sie wirkt, die Mobiltelefone verschwinden.

»Eine interessante Inszenierung«, sagt er leise zu Adam. »Außerdem nützlich für den Täter, das Opfer wird praktisch geduscht und alle Spuren abgespült.«

Adam wirft einen langen Blick auf das Gesicht der Toten. Obwohl ihre Augen geschlossen sind, wirkt es nicht friedlich.

»Todesursache?«

»Ich melde mich. Nur so viel: Nach einem natürlichen Tod sieht es nicht aus. Komm ruhig später im Institut vorbei.«

In diesem Moment ertönt ein merkwürdig gurgelndes Geräusch. Bevor sie begriffen haben, wo es herkommt, beginnt eine der Nereiden Wasser zu speien. Eine Echse fällt ein. Sie erwischen Adam, als hätten sie direkt auf ihn gezielt. Vom Beckenrand ist unterdrücktes Gelächter zu hören. Es spotzt noch einige Male, dann versiegt das Wasser wieder. Pitschnass steigt Adam aus dem Brunnen. »Sag nichts«, knurrt er Neubauer an.

Es fällt ihr sichtlich schwer, ein Grinsen entwischt ihr trotzdem. Sie räuspert sich und sieht an Adam vorbei auf die Tote.

»Das Gesicht kommt mir bekannt vor. Nur, woher?«

Er streicht sich die nassen Haare nach hinten und wischt das Wasser aus seinem Gesicht. »Mit oder ohne Bart …?«

»Ohne natürlich. Sigi, bitte!«

»Lass das«, erwidert er automatisch und meint die Abkürzung seines ungeliebten Vornamens.

Sie scheint angestrengt nachzudenken, schließlich sagt sie frustriert:

»Ich komme einfach nicht darauf!«

»Der Kleidung nach war sie nicht obdachlos. Vielleicht hat sie einen Ausweis dabei. Es war kein Herankommen, ohne die Stricke zu lösen. Hast du Zeugen gefunden?«

Inzwischen ist das Gelände abgesperrt, Schaulustige drängen sich außerhalb der Flatterbänder. Die Spurensicherung hebt die Tote gerade behutsam von dem Zentauren herunter.

»Warten wir zwei Minuten, dann wissen wir zumindest mehr, was Papiere angeht.«

Adam sieht zurück zu Neubauer. »Also, ist jemandem etwas aufgefallen? Hier hängen doch rund um die Uhr Leute herum.«

»Nur wie immer nicht dann, wenn es uns helfen würde! Wir müssen bei den Anwohnern in der Museumsstraße klingeln, die sind am dichtesten dran. Vielleicht hat da jemand etwas gehört.«

»Veranlasse das. Ich besorge mir etwas Trockenes zum Anziehen.«

Er ist durchnässt bis auf die Unterhose und will nur abwarten, ob bei dem Opfer ein Ausweis gefunden wird.

Die Taschen des Opfers waren leer. Auf dem Revier geht Neubauer die aktuellen Vermisstenanzeigen durch, obwohl sie weiß, dass es zu früh ist. Selbst wenn gestern jemand vermisst wurde, hätten sie wenige Stunden später noch keinen Fall aufgemacht. Erwartungsgemäß findet sie nichts, doch während sie mechanisch die Einträge der letzten Tage überfliegt, sieht sie immer wieder das Gesicht der Toten vor sich. Sie hat es vorher schon gesehen. Endlich erscheint Adam. Er hat die Kleidung gewechselt, doch seine Haare sind feucht.

»Mac hat das Opfer identifiziert!«

Er lehnt sich an den Schreibtisch und blickt auf die Vermisstenanzeigen auf ihrem Bildschirm.

»Echt? Super! Wer ist sie?«

Adam grinst. »Manchmal zahlt es sich aus, die Hamburger Hautevolee zu kennen ...« Er lässt Neubauer einige Sekunden zappeln, bevor er fortfährt: »Sie ist die Tochter eines Hamburger Reeders, und jemand hat ihr den Schädel eingeschlagen.«

Neubauer zieht die Luft ein. »Natürlich, daher kannte ich das Gesicht! Vor Kurzem war ein Bericht über sie in der Zeitung. Nicht im Gesellschaftsteil«, fügt sie hinzu, er weiß, den liest sie nie.

»Mord also – wundert mich nicht, bei der Inszenierung ...«

»Gut, Nati du Weise«, spottet Adam, »lass mich an den Früchten deiner herausragenden Allgemeinbildung teilhaben!«

»Sie sollte in Kürze das Unternehmen ihres Vaters übernehmen. Die beiden wurden sich in einem Interview gegenübergestellt. Es gab da auch noch einen Bruder.«

»Aha. Dann werden wir der illustren Gesellschaft mal einen Besuch abstatten! Melde uns an, aber sag nicht, warum.«

Adams Grinsen ist diesmal sehr flüchtig. An das Überbringen von Todesnachrichten würde er sich nie gewöhnen.

Nach einem Umweg über das Büro des Revierleiters – auch er ist inzwischen über die Prominenz des Opfers im Bilde und hat sie antreten lassen – steigen sie in Adams schmutzig weißen Mustang mit den blauen Rallye-Streifen.

In strahlendem Sonnenschein fahren sie die Elbchaussee entlang. Ein Tag wie ein Versprechen, blauer Himmel, zu ihrer Linken das Glitzern der Elbe zwischen den Villen. Sie haben die Scheiben heruntergekurbelt und genießen den Fahrtwind. Nach einer Viertelstunde biegt Adam links auf eine Einfahrt. Blendend weißer Kies knirscht unter den Reifen seines Erbstücks. Vor ihnen ein Prachtbau mit Elbblick. Viel Rasen und alter Baumbestand, alles sehr gepflegt. Jeder Quadratzentimeter zeugt vom Wohlstand des Besitzers.

Eine junge Frau in Jeans und weißem T-Shirt öffnet.

»Frau Aldenhoven?«

Sie schüttelt den Kopf. »Die Haushaltshilfe.«

Bevor sie weitersprechen kann, taucht ein grauhaariger Herr hinter ihr auf. »Aldenhoven. Sie wollen zu mir.«

Er nickt der jungen Frau knapp zu. »Danke, Vera.«

Sie folgen ihm in einen geräumigen Salon, in dem ein junger Mann auf einem der Sofas lümmelt und ins Handy tippt.

»Mein Sohn. Alexander, bitte!«

Der Angesprochene blickt auf. Sichtlich widerstrebend legt er das Handy zur Seite.

»Sie hatten angerufen ...«, beginnt Aldenhoven. Nach einem Blick auf ihre Gesichter verstummt er und räuspert sich.

»Was ist passiert?«

»Wir haben schlechte Nachrichten für Sie. Ich muss Ihnen leider mitteilen, dass Ihre Tochter tot aufgefunden wurde.«

Das Gesicht des Mannes wird mit einem Schlag grau. Innerhalb von Sekunden scheint er um Jahre zu altern. Sein fassungsloses Schweigen erstickt jeden Versuch zu sprechen,

Stille dehnt sich aus. Aldenhoven stützt sich schwer auf die Lehne eines Sofas. Das Gesicht seines Sohnes ist undurchdringlich.

»Vater, bitte setz dich doch!«

»Wie ...«, bringt Aldenhoven schließlich heraus.

»Leider«, beginnt Adam, doch der Sohn unterbricht ihn: »Sie sollten gehen, Sie sehen ja, wie Ihre Nachricht meinen Vater mitnimmt!«

Adam mustert das Bürschchen. Es ist älter, als er zuerst gedacht hat, Mitte dreißig vielleicht.

»Das verstehen wir natürlich. Wir müssen jedoch zeitnah mit Ihrem Vater und auch mit Ihnen reden. Ihre Schwester ist keines natürlichen Todes gestorben. Je eher wir also mit der Ermittlung beginnen können, umso größer ist die Chance, den Täter zu fassen.«

Aldenhoven senior stöhnt. »Ermordet? Haben Sie das gerade gesagt?«

»Leider.«

»Vater, bitte reg dich nicht auf!« Alexander Aldenhoven funkelt Adam an. »Ich denke, es reicht!« Er steht jetzt hinter dem Sofa, auf dem sein Vater mittlerweile sitzt, und hat die Lehne so fest gepackt, dass seine Fingerknöchel weiß hervortreten.

»Selbstverständlich. Dann sprechen wir vorerst nur mit Ihrer Haushaltshilfe.« Adam nickt Neubauer zu. Der ältere Aldenhoven richtet sich im Sofa auf.

»Beginnen Sie ruhig mit mir!«

»Vater, bist du sicher?«

»Sicher, spar dir die Show! *Ich* will, dass der Täter gefasst wird.«

Die Art, wie er das ›ich‹ betont, lässt Adams Augenbraue weiter in die Höhe schnellen. Der jüngere Aldenhoven wird blass.

»Nehmen Sie bitte Platz«, sagt der Senior.

Kaum sitzen sie, fragt er, ob Vera etwas zu trinken bringen solle. Adam bejaht, er hat zwar mehr als genug Koffein im Blut, doch er will sehen, wie Familienmitglieder und Angestellte miteinander umgehen. Auf die Frage, ob seine Tochter Feinde gehabt hätte, zögert Aldenhoven. Vera ist inzwischen wieder an der Tür, sie dreht sich um und wirft dem Sohn einen hasserfüllten Blick zu. Dann zieht sie die Tür mit einem Knall zu.

»Feinde ... ein hartes Wort! Konkurrenten, sicher. Sie soll, sollte das Unternehmen weiterführen. Das ist kein Geschäft für zartbesaitete Gemüter!« Er wischt sich über die Augen.

»War sie ihr ältestes Kind?«, fragt Adam.

Aldenhoven schüttelt den Kopf. Adams Blick wandert zu dem Sohn. »Sie sind älter als Ihre Schwester?«

Der junge Aldenhoven nickt mit zusammengepresstem Mund.

»Ist es nicht ungewöhnlich, dass Ihre Schwester den Betrieb übernehmen sollte, nicht Sie?«

Der Befragte wirkt, als wolle er aufbrausen, doch sein Vater hebt eine Hand, und er beherrscht sich. Adam lässt ihn schmoren. Gerade als er fortfahren will, klingelt es an der Haustür.

Neubauer lehnt sich vor und sagt: »Entschuldigung, ich müsste kurz verschwinden – wo finde ich Ihre ...«

»Vera wird Sie hinführen.« Der Vater nickt dem Sohn zu, der folgsam zur Tür geht. Neubauer folgt ihm. Als er die Tür öffnet, sind sekundenlang zwei Stimmen zu hören, die zwar in gedämpftem Ton, doch eindeutig miteinander streiten. Alexander Aldenhoven räuspert sich, und es wird schlagartig still.

»Vera, zeige Frau ...«, er sieht fragend zu Neubauer. Sie sagt ihren Namen. »... äh, Frau Neubauer bitte das Gäste-WC.«

Vorhang zweiter Akt, Abgang Neubauer, denkt Adam. Sie wird sich umsehen, so gut es geht, und im besten Fall einige Worte mit Vera wechseln. Von Frau zu Frau. Inzwischen ist der Besucher hereingekommen. Ein junger Mann, der den jungen Aldenhoven mit einer Umarmung begrüßt. Der Unbekannte verbeugt sich leicht vor Aldenhoven senior.

»Vater ...«

»Justus! Justus Marquardt, mein Schwiegersohn«, fügt der an Adam gewandt hinzu. »Ein langjähriger Freund meines Sohnes, unserer Familie.«

Marquardt streckt Adam die Hand hin. Der ergreift sie.

»Hauptkommissar Adam. Sie sind über den Tod Ihrer Frau informiert?«

»Meiner zukünftigen Frau, ja. Wir sind verlobt und wollten in zwei Monaten heiraten. Vera war so, hm, freundlich, mich anzurufen. Daraufhin bin ich sofort hergekommen!«

Er stellt sich neben seinen Freund. »Es hat mich hart getroffen, aber wenn ich etwas tun kann ... du weißt, ich bin für euch da!«

»Wann haben Sie Ihre Verlobte das letzte Mal gesehen?«

Marquardt zögert mehrere Sekunden. »Hm, gestern Abend. Wir hatten eine kleine Party.«

Adam hebt eine Augenbraue. Es hat erstaunlich lange gedauert, bis Marquardt sich erinnerte. »Wo?«

»Hier. Johanna wohnte hier.«

»Dann waren Sie auch anwesend?«, fragt Adam Aldenhoven junior. Der nickt.

»Ich brauche eine Gästeliste, außerdem, wenn möglich, wer wann gegangen ist. Herr Marquardt, sind Sie über Nacht geblieben?«

»Ja. Die Namen kann ich Ihnen gleich diktieren, es waren fünfzehn Personen. Das weiß ich so genau, weil wir uns gestern seit fünfzehn Jahren gekannt haben. Das war auch der Grund unserer Feier.« Er starrt aus dem Fenster in den sonnendurchfluteten Garten. Dann räuspert er sich mehrmals, bevor er nach einem Blick auf seinen Freund hinzufügt: »Ich sage es Ihnen gleich, Sie werden es ja sowieso erfahren ... es gab einen hässlichen Streit. Deshalb sind alle Anwesenden ziemlich zur gleichen Zeit aufgebrochen. Also alle, die nicht hier wohnen.«

Der alte Aldenhoven erwacht aus seiner starren Haltung. »Einen Streit?«, fragt er. »Worüber habt ihr gestritten?«

»Es war nichts, Vater«, erwidert sein Sohn, »kein Grund zur Beunruhigung!«

»Könntest du bitte mir überlassen, wann ich mich beunruhige? Also, Justus, worüber habt ihr euch gestritten?«

Eine Spur Stahl in der Stimme offenbart die Machtverhältnisse in der Familie.

»Alex hat recht. Es war nichts. Nur die Nerven ...«, fügt er nach einem Blick auf seinen Schwiegervater in spe hastig hinzu. »Sie war sich plötzlich nicht sicher, ob wir wirklich schon heiraten sollten. Doch solche Anwandlungen hatte sie ab und zu, das war nichts Besonderes. Am nächsten Tag war es ihr regelmäßig peinlich, und sie hat mich gebeten, ihr zu verzeihen.«

»Ich bin nicht sicher, dass wir von derselben Person sprechen! Meine Tochter hatte meines Wissens keine emotionsgesteuerten *Anwandlungen*. Sie wusste immer genau, was sie wollte!«

Die beiden jüngeren Männer senken betreten den Blick.

»Vielleicht hast du Johanna nicht so gut gekannt, wie du dachtest, Vater...«

»Schweig!«, donnert der Alte. Dann wendet er sich Adam zu.

»Mein Schwiegersohn, mein Beinahe-Schwiegersohn, wird Ihnen die Namen der Gäste geben. Danach gehen Sie bitte.«

Zu Marquardt sagt er: »Das gilt nicht für dich! Du sagtest ja, dass du für uns da sein würdest...«

Der Angesprochene sieht aus, als hätte der Alte ihm gerade eine Wurzelbehandlung in Aussicht gestellt, ohne Betäubung. Unkonzentriert rattert er vierzehn Namen herunter, inklusive des seines Freundes. Adam tippt sie in sein Smartphone. Am Ende blickt er auf. »Das sind vierzehn...?«

Widerwillig entgegnet Marquardt: »Vera war auch dabei!«

Der alte Aldenhoven starrt ihn an, wie vom Donner gerührt. Er schweigt jedoch, und Vera erscheint mit Neubauer in der Tür.

Auf dem Weg zum Ausgang fragt Adam die Haushaltshilfe: »Ist es üblich, dass Sie an Partys bei Aldenhovens teilnehmen?«

Sie wirft ihm einen finsteren Blick zu. »Allerdings, warum auch nicht? Haben *Sie* etwa Standesdünkel?«

Herausfordernd sieht sie zu Aminata Neubauer. Adam fährt ungerührt fort: »Nun, Herr Aldenhoven senior wirkte erstaunt. Doch wenn Sie dabei waren, wissen Sie natürlich, worüber Justus Marquardt und die Verstorbene gestritten haben?«

»Das kann Ihnen gleich Ihre Kollegin erzählen!«

Nachdem die Tür hinter ihnen ins Schloss gefallen ist, bleibt Adam stehen. Sein Blick wandert vom gepflegten Rasen zum Elbufer, das hinter dem Haus blitzt, bis in die Kronen der alten Eichen vor ihnen, um schließlich auf Neubauer zu landen.

»Gut, spuck's aus, was hat sie dir erzählt?«

»Mehr als dir, Sigi!«

Er hebt eine Augenbraue. »Nati, nerv nicht! Sonst torpediere ich deine Beförderung – egal welche!«

»Supersensibler Sigi … « Sie lacht. »Vera meinte, Justus Marquardt wäre plötzlich überzeugt gewesen, die Tochter des Hauses wolle ihn nur seines Geldes wegen heiraten. Es ginge ihr ausschließlich ums Familienunternehmen.«

»Aha. Dann hat nicht das Opfer den Streit vom Zaun gebrochen, sondern der Verlobte?«

Neubauer zuckt die Achseln. »Das sagt zumindest Vera.«

»Aha.« Nachdenklich sieht Adam hinunter zur Elbe. »Die Bar am Strand ist hoch im Kurs bei den Reichen und den Schönen. Um diese Zeit werden wir dort mit Sicherheit Besucher von Aldenhovens Party treffen.« Er grinst. »Die Pflicht ruft!«

Tatsächlich erkennen sie an einem etwas abseits gelegenen Tisch direkt am Strand einige Gäste von Aldenhovens Liste. Sie sind selbst Adam aus der Presse geläufig. Mehrere Weinkühler stehen am Tisch. Die jungen Leute sind gut situiert. Nach einer Weile bemerkt die Gesellschaft, dass Adam und Neubauer zwischen den Tischen stehen und warten. Alle Tische sind besetzt. Die beiden werden gemustert und dann aufgefordert, sich dazuzusetzen.

»Danke, sehr nett«, sagt Adam lahm und macht sich auf die Suche nach Stühlen. Er fühlt Neubauers Blick im Rücken, dann gibt sie sich endlich einen Ruck.

»Cool, danke! Aminata Neubauer – und das ist Siegfried Adam«, hört er sie sagen. Bei seinem Namen zuckt er wie üblich zusammen. Der sorgt erwartungsgemäß für einen Heiterkeitsausbruch am Tisch. Mit finsterem Blick zerrt er zwei Klappstühle durch den Sand.

»Siegfried ... dann bist du der Drache? Wo kommst du her?«

Neubauer zögert nur den Bruchteil einer Sekunde, dann entgegnet sie leichthin: »Aus Bayern, woher sonst?«

Ihr süddeutscher Dialekt untermauert die Behauptung. Jemand sagt: »Klar, die sind da alle schwarz!«, und einige prusten los. Adam hat sich inzwischen gesetzt. Er räuspert sich laut.

»Meine Kollegin und ich sind von der Polizei. Wir machen hier eine Personenkontrolle. Also mal flugs die Ausweise auf den Tisch!«

Er zeigt seine *Marke*, lehnt sich zurück und beobachtet eine Weile gelassen, wie hektisches Suchen nach Papieren beginnt.

»Sorry, ein Scherz. Wir haben nur ein paar Fragen. Mindestens drei von euch waren gestern auf Alexander Aldenhovens Party ...«

»Witzig!«, murmelt einer, »Polizeiwillkür!«, murrt ein anderer, während ein Dritter Wein in zwei saubere Gläser schenkt und sie in Richtung der Polizisten schiebt.

»Danke, später vielleicht. Also, wer erinnert sich an den Streit zwischen Justus Marquardt und Johanna Aldenhoven?«

Blicke werden getauscht. Schließlich sagt der mit dem Wein: »Du meinst wohl zwischen Just, Jo und *Vera*?«

Neubauer hat ihre nackten Zehen im Sand vergraben, selbst Adam hat seine rahmengenähten Schuhe ausgezogen. Plötzlich ist er hellwach. Er sieht, dass auch Neubauer sich aufrichtet.

»Na, Alex und Justus waren schon in der Grundschule unzertrennlich. Weil Jo Alex beim Alten ausgebootet hat, wollte Justus als Schwiegersohn einspringen. Hätte ja auch beinahe geklappt!«

Neubauer runzelt die Stirn. »Nur beinahe?«

»Weil Justus sich in die Erbin verguckt hat. Plötzlich war er gar nicht begeistert, dass sie ein Verhältnis mit der Haushälterin hatte!«

Vereinzeltes Gelächter wird laut.

»Schon bitter«, sagt die einzige Frau, die außer Neubauer mit am Tisch sitzt, »er will *sie* heiraten, damit sein Freund beim Familienunternehmen ein Wörtchen mitreden kann, und sie *ihn*, weil sie seine Kohle für das Unternehmen haben will – dabei macht sie sich nicht mal was aus Männern!«

Wenig später im Wagen meint Neubauer: »Die Überrumpelung hat uns tatsächlich einige Verdächtige beschert!«

Adam starrt nachdenklich durch die Frontscheibe. Statt einer Antwort dreht er den Zündschlüssel und jagt den Mustang mit aufheulendem Motor Richtung Villa Aldenhoven. Am Ziel stoppt er den Wagen mit quietschenden Reifen und stürmt zur Haustür. Nachdem auf sein Klingeln niemand öffnet, läuft er zur Garage. Unter dem Rolltor ist Lichtschein zu erkennen. Neubauer ist dicht hinter ihm, als er ein Fenster einschlägt und sich hindurchzwängt. Sie folgt ihm. Drinnen bleibt er endlich stehen und flüstert: »Schnell! Jemand könnte die Nerven verloren haben!«

Im Dunkeln tasten sie sich mit seiner Handytaschenlampe voran, bis vor ihnen Stimmen zu hören sind. Plötzlich ein Schuss, dann fällt etwas polternd zu Boden. Hinter der nächsten Ecke stoppen sie abrupt. Alex Aldenhoven liegt am Boden, neben ihm kniet sein Vater. An der Wand gegenüber steht Justus Marquardt, hasserfüllt starrt er auf die Frau mit der Waffe. Veras Gesicht ist wutverzerrt. »Jo hat *mich* geliebt!«, schreit sie, »*ich* sollte den Betrieb erben, falls sie vor mir stirbt!« Der Lauf der Waffe zittert. »Wegen dieses Losers von Verlobtem hat sie aufs falsche Pferd gesetzt!« Sie lacht hysterisch. »Und ihr Weichei von Bruder konnte nicht akzeptieren, dass sie tausendmal besser ist als er!«

»Gib auf«, sagt Marquardt, »dein Spiel ist aus!«

Adam schließt gequält die Augen. Was für ein Klischee! Dann hört er Marquardts spöttischen Kommentar: »Sie wollte ja unbedingt ein Mann sein ...«, und sieht, wie der »Freund der Familie« in seinen Hosenbund greift. Während Neubauer auf Vera zielt, nimmt Adam Justus Marquardt ins Visier. Ruhig sagt er: »*Euer* Spiel ist aus!«

»Shakespeare!«, sagt Adam hinterher zu Aminata Neubauer. »Einer soll heiraten, verliebt sich und wird hinters Licht geführt. Dazu die betrogene Geliebte. Sicherlich hat Vera Johanna Aldenhoven zur Rede gestellt, Marquardt hat sie dabei überrascht. Er war ebenso wenig erbaut wie die Geliebte seiner Verlobten. Einer der Betrogenen hat zugeschlagen, wir werden klären müssen, wer – doch der Frust beider wurde zur Bühne, auf der sie die Tote inszeniert haben. Gemeinsam.«

»Diese alten Klassiker machen mich fertig!«, entgegnet Aminata.

FEST IN HOLLÄNDISCHER HAND
Jutta Götze

Friedrichstadt

Bestens gelaunt wartet Carmen mit ihrem Gepäck am Straßenrand. Gleich würde Steffi mit dem neuen 7-Sitzer um die Ecke kommen und sie einsammeln. Ob sie die anderen schon an Bord hatte? So chaotisch wie Steffi manchmal war, würde es Carmen nicht wundern, wenn sie vergessen hätte, den Rest der Clique abzuholen.

Da kommt auch schon der Kleinbus mit quietschenden Reifen vor ihr zum Stehen.

»Entschuldige bitte die Verspätung.« Steffi springt hektisch aus dem Bus. »Die Sonnenmilch ist in meiner Handtasche ausgelaufen, dann konnte ich die Sonnenbrille nicht finden, und zu guter Letzt musste ich mit dem Benzinkanister zu Fuß zur Tankstelle … mal sehen, ob wir noch Platz für dein Gepäck haben.«

Carmen öffnet die Heckklappe und traut ihren Augen kaum. »Was habt ihr denn alles mitgeschleppt? Ihr habt eingepackt, als würden wir auf Weltreise gehen!« Sie quetscht ihren Trolley in den Kofferraum und setzt sich zwischen Sylvie und Julia. Auf Annes Knien liegt ein Stadtplan von Friedrichstadt, denn die Altstadt ist das Ziel für dieses Wochenende. »Anne, wieso hast du den denn dabei? Den braucht doch heutzutage kein Mensch mehr. Ist doch alles im Handy zu finden!« Sylvie tippt wieder auf ihrem Smartphone herum und liest den anderen vor: »In dieser malerischen und pulsierenden Stadt, ›Klein Amsterdam‹ genannt, zwischen Eider und Treene angesiedelt, gibt es nach Einfluss der Niederländer viele Grachten und einen pittoresken Marktplatz.«

»Können wir nicht endlich los? Das kannst du uns doch während der Fahrt vorlesen«, wirft die sonst eher zurückhaltende Julia ein.

Steffi schwingt sich auf den Fahrersitz, und die zweistündige Fahrt geht los. Sylvie fotografiert wie eine Wilde mit ihrem Smartphone: Steffi hinter dem Steuer, Anne, die aus dem Fenster sieht, Carmen, die in ihrer Handtasche herumnestelt, Julia, die herzhaft in einen Apfel beißt, jede Kleinigkeit kommt vor die Linse.

»Ich freue mich so auf dieses Wochenende mit euch, mal richtig abschalten und das super Wetter genießen – großartig!« Julia tippt Carmen auf die Schulter. »Danke! Ich bin schon gespannt, was uns bei dem Krimi-Adventure erwartet. Im Internet steht, dass dieses Escape-Abenteuer durch die ganze Stadt führt, vorbei an vielen Sehenswürdigkeiten. Es dauert etwa drei Stunden, bis wir den Mörder entlarven und ›verhaften‹ können. Ich habe schon gepostet, dass wir Krimi-Junkies auf Mörderjagd sind.«

»Sylvie, du bist einfach unverbesserlich mit deiner Sucht nach Likes. Wir sehen hoffentlich gut auf den Fotos aus. Ansonsten: bitte löschen.«

»Ja, ja, nur Posts, die *nice* sind. Aber sagt mal, Leute, ist es nicht toll, dass wir mal wieder zusammen unterwegs sind? Danke, Frau ... wie hieß noch die Bibliothekarin, die damals den ›Crime-Circle‹ ins Leben gerufen hat?«

»Sie hatte einen ganz gewöhnlichen Namen. Schmidt? Meyer?«

»Nee, Schultze mit tz«, sagt Anne. »Was haben wir in all den Jahren an Krimis verschlungen. Hättet ihr gedacht, dass die Leseleidenschaft uns so zusammenschweißt, dass wir immer noch gemeinsam unterwegs sind?«

»Seid mal nicht so nostalgisch angehaucht. Passt eben.« Steffi hält den Wagen an und stellt den Motor ab. »Da wären wir. Parkplatz direkt vor der Tür, wenn das kein Glück ist! Aber, wenn Engel reisen ... was soll da schon schiefgehen?«

Schwer bepackt mit all den Reisetaschen stehen die Freundinnen vor dem *Gästehaus Kajüte* in der Holmertorstraße 9–11, in unmittelbarer Nähe zum Marktplatz. Die Unterkunft wird im Netz als »Geheimtipp« gehandelt, und Carmen hatte kurz entschlossen für alle gebucht. Vera, die Gastwirtin, begrüßt sie herzlich und zeigt ihnen die Zimmer.

»Hier unten ist das Grachtenzimmer. Jens und ich haben es gerade renoviert und die kleine Küchenzeile einbauen lassen. Das Badezimmer ist gleich dahinter.« Die Freundinnen werfen einen Blick ins Zimmer, und Carmen ruft fast erleichtert mit einem Grinsen im Gesicht: »Steffi, ist das nicht wie für dich gemacht? Das Zimmer ist so liebevoll möbliert, oh, seht, die maritime Deko im Bad ... ein Traum. Du hast Platz ohne Ende und wir kriegen von deinem Schnarchen nichts mit. Denkt nur an unseren letzten Ausflug, als wir alle, außer dir, Steffi, vom nächtlichen Sägen kein Auge zubekommen haben ...« Carmen geht mit den anderen hinter der Kajüten-Chefin die Treppen hinauf, und die vier Freundinnen verteilen sich auf die nebeneinanderliegenden Doppelzimmer.

»Klasse, echt tolle Unterkunft, Carmen! Mit Blick auf die Grachten. Frei nach dem Motto: Wenn man über Grachten und Kanäle spricht, kann man an Friedrichstadt denken oder an Abwasserkanäle«, frotzelt Anne.

Die Freundinnen packen ihre Sachen aus. Sylvie hat mittlerweile die idyllische Aussicht auf die Grachten, an deren Ufern kleine weiße Boote ankern, fotografiert und gepostet.

»Wollen wir gleich los oder uns hier erst einmal in dem hübsch angelegten Garten der Bier- und Weinbar *Kajüte 1876* stärken? Seht nur, wie verwinkelt der Garten mit seinen kleinen Plateaus ist. Sogar in Strandkörben können wir sitzen! Jetzt einen selbst gemachten Flammkuchen, das wär's doch. Oh, wie lecker das riecht!« Steffis Magen meldet sich lautstark zu Wort. »Dazu ein *1621*, das legendäre selbst gebraute Bier!«

»Ehrlich gesagt würde ich lieber Richtung Marktplatz starten, damit wir auf ›Mörderfang‹ gehen können.« Carmen schnürt sich die Sneakers zu, das optimale Schuhwerk für das Kopfsteinpflaster der Altstadt, High Heels wären hier völlig fehl am Platz.

»Ja, los, nach der langen Fahrt ist Bewegung doch super!« Sylvie packt die Picknickdecken ein, und die Freundinnen ziehen vergnügt los.

»Was ist hier denn los? Was für eine Farbenpracht, riecht ihr auch diesen herrlichen Blumenduft?« Julia stürzt sofort auf einen Stand mit unzähligen wunderschönen und wohlriechenden Rosen zu.

»Das sind die jährlich auf diesem romantischen Marktplatz stattfindenden *Rosenträume*, ein Blumen- und Kunsthandwerkermarkt«, gibt die Handy-Nerdin wie so oft Auskunft.

»Hey, seht mal, in einer Stunde sollen hier ›Sax Appeal‹ auftreten. Das Trio wollte ich schon immer mal live erleben! Wollen wir nicht das Krimi-Adventure sausen lassen und lieber hierbleiben?«, fragt die leidenschaftlich Saxofon spielende Anne.

Doch die anderen bummeln vorbei an ausgefallenen Schmuck- und Taschenständen, frisch gebackenen Waffeln und farbenfrohen Blumenkübeln schon weiter über den Markt Richtung Touristen-Information. Den idyllischen Marktplatz hinter sich lassend, kommen die Freundinnen, kurz bevor sie die TI erreichen, an einem Tisch mit lautstark diskutierenden Männern vorbei. Steffi, die bisher kein länger andauerndes Glück mit dem männlichen Geschlecht hatte und ständig auf der Suche nach Mister Right ist, fährt sich durchs lange Haar und nähert sich aufreizend der Gruppe. Sichtlich in Flirtlaune, tritt sie an den Tisch. Die Männer tragen trotz der Hitze einheitlich schwarze Hoodies und Jeans. Einer von ihnen springt auf und schnauzt Steffi an: »Was willst du denn hier? Hier haben Weiber nichts zu suchen. Verschwinde!«

»Entschuldige mal, bin ich dir zu nahe getreten? Geht doch zurück zu euren Heimchen am Herd!«, kontert sie schlagfertig. Der erregte Y-Chromosom-Träger rückt dicht an Steffi heran, baut sich drohend vor ihr auf und versucht, sie festzuhalten. Erschrocken dreht sie sich zu ihren Freundinnen um und tritt zurück. Der Kerl wird glücklicherweise von einem seiner Tischgenossen davon abgehalten.

»Lass die Schlampe, komm, wir trinken noch einen.«

»Kommt weiter, die machen mir Angst«, flüstert Julia. »Schnell weg!«

»Was war das denn?« Die sonst so selbstbewusste Steffi ist kreidebleich. Mit zusammengepressten Fäusten blickt sie starr geradeaus.

»Gruselig. Steffi, was hast du da in der Hand?«, fragt Anne.

Sie öffnet die Faust und streicht das zerknitterte Papier auseinander. Auf dem Zettel steht eine in akkurater Handschrift verfasste Gleichung: »›LOOKSMAXXING = Attraktivität = Erfolg, Vermögen, Potenz und Virilität = FEMOIDS raus‹«.

»Wirklich? Bist du sicher? Wisst ihr, was dahintersteckt? Das sind sogenannte Incels, frauenfeindliche Männer, die unfreiwillig im Zölibat leben und häufig von Gewaltfantasien besessen sind. Manche leben diese Fantasien auch aus und sind deshalb nicht ungefährlich! Was machen die an einem so friedvollen Ort wie Friedrichstadt?« Sylvie liest diese erschreckende Information vom Display ihres Smartphones ab.

»Was für ein Start für ein Krimi-Adventure ... ich habe ja richtig Gänsehaut von dem Zwischenfall. Los, bis zur Touristen-Info kann es nicht mehr weit sein. Lasst uns den Zugangscode für die Krimi-Tour holen und endlich anfangen.« Carmen steuert auf das kleine frisch geweißte Backsteinhaus, in dem die Touristen-Zentrale untergebracht ist, zu.

Frederick, ein Mitarbeiter, händigt ihnen den Code aus und fügt hinzu: »Alles, was ihr benötigt, ist ein internetfähiges Handy. So kann die sogenannte ›Einsatzzentrale‹ unterwegs mit euch in Kontakt treten. Denkt dran, ihr habt das Adventure gebucht, da gibt's einige Überraschungen ...«

Carmen zückt ihr Portemonnaie und legt die EC-Karte auf das Gerät. Sie wartet auf das charakteristische Geräusch, mit dem normalerweise der Beleg ausgeworfen wird. Doch nichts passiert.

»Das geht ja gut weiter. Erst der Zwischenfall eben und nun das hier«, rollt Carmen genervt mit den Augen.

»Lass mich nur machen.« Anne legt ihre Karte auf das Gerät. »So, erledigt, der Spaß kann losgehen.«

Die fünf Frauen finden problemlos zum ›Tatort‹. Dort beobachten sie, wie sich drei dunkel gekleidete Gestalten abmühen, etwas aus dem Mittelburggraben zu ziehen. Geschlossen nähern sie sich dem Treiben und rufen vergnügt: »Hallo! Seid ihr auch auf Mörderjagd? Dies ist doch der Tatort des Krimi-Adventures, oder?«

Die Männer zucken zusammen und lassen alles stehen und liegen, um schleunigst auf der anderen Seite des Grabens im Dickicht zu verschwinden. Eine Antwort bleiben sie den Freundinnen schuldig. Den Sack, den sie halb aus dem Wasser gezogen haben, lassen sie liegen.

»Wieso sind die denn so sang- und klanglos verschwunden?«, wundert sich Carmen. »Wir hätten das Rätsel doch gemeinsam lösen können! Obwohl ... die sahen genauso aus wie diese Incels von vorhin. Findet ihr nicht? Die hatten die gleichen Klamotten an. Ob die uns verfolgt haben, weil Steffi die so bedrängt hat? Nicht, dass die es auf uns abgesehen haben, weil unsere ach so neugierige und männerhungrige Steffi mal wieder allem auf den Grund gehen musste. Die sind so überstürzt abgehauen, als hätten wir sie bei irgendwas gestört.«

»Nun mal ganz entspannt, Carmen, vielleicht solltest du mal lieber Familiensagas lesen statt immer nur Krimis. Die Fantasie geht mit dir durch! Es ist doch klasse, dass es gleich mit Nervenkitzel losgeht!« Sylvie beugt sich zu dem halb aus dem Wasser gezogenen Sack und schafft es mit Annes Hilfe, ihn komplett herauszuziehen. Sie lösen den Knoten und öffnen den Plastiksack. Blutverschmierte Frauenkleidung fällt ihnen entgegen.

»Oh mein Gott, ist das echt?« Kreidebleich wendet sich Julia ab.

»Julia, komm mal wieder runter, das kann doch nur Teil des Adventures sein. Wir sind hier an einem ›Tatort‹. Und was findet man normalerweise an einem Tatort? Richtig … Indizien, Hinweise, Leichen … Und wir haben eben blutige Klamotten. Das ist bestimmt Theaterblut. Täuschend echt, da stimme ich dir zu. Du glaubst aber nicht ernsthaft, dass das diese Incels waren, die eine Frauenleiche entsorgen wollten? Am helllichten Tag? Nun mach mal halblang!«

Anne hat unterdessen die Kleidung durchwühlt und eine Gedenkmünze der Remonstrantenkirche in einer der Rocktaschen gefunden. »Bingo, das ist bestimmt das nächste Ziel!«

Genau in diesem Moment erreicht sie eine SMS auf Carmens Handy. Die ›Einsatzzentrale‹ meldet: *Das habt ihr meisterhaft gelöst, weiter so!* Erleichtert steuern die Freundinnen den nächsten Hinweis an. Mittlerweile brennt die Sonne unerbittlich vom Himmel. Die anfängliche Begeisterung weicht einer gereizten Stimmung.

»So leicht sind die Aufgaben doch nicht, mir brennen die

Füße vom Rumgerenne.« Steffi bleibt unvermittelt stehen. »Spricht was gegen eine Pause?«

»Nö. Lasst uns doch das kleine Stück bis zur Blauen Brüch gehen, da können wir uns in den Schatten setzen.« Von der Hitze erschöpft, schleppen sie sich am Westersielzug, der in die Treene mündet, entlang und breiten dort auf der Rasenfläche die mitgebrachten Picknickdecken aus.

»So, der Siesta steht nichts mehr im Wege.« Julia entkorkt mit lautem Knall den Prosecco und schenkt in die mitgebrachten Campinggläser ein.

»He, seht mal, da sind zwei Brückenspringer, die sich bereitmachen!« Steffi erhebt ihr Glas und prostet den anderen zu. »Das ist hier wie Urlaub im Süden. Brückenspringer, Boote, Sonnenschein ... herrlich!«

Die Freundinnen leeren die Flasche, und kurz darauf ertönt aufgekratztes Lachen.

»Ach ja, hier lässt es sich gut aushalten. Aber wollen wir trotzdem gleich mal weiter? Die Remonstrantenkirche wartet auf uns.« Steffi erhebt sich und packt mit den anderen zusammen. Nur Sylvie hält mal wieder den Kopf über das Handy gebeugt.

»Wusstet ihr, dass Herzog Friedrich III. von Schleswig-Holstein-Gottorf diese bezaubernde ›Holländerstadt‹ errichten ließ, um ihres Glaubens wegen verfolgten protestantischen Remonstranten aus den Niederlanden ein neues Zuhause zu geben? Später siedelten sich noch Mennoniten, Quäker, Unitarier und sogar Mormonen an, was dieser *mooie stad* den Namen ›Stadt der Toleranz‹ verschaffte.«

Carmen und die anderen rollen leicht genervt mit den Augen.

»Unitarier? Klingt wie außerirdische Gegner Captain Kirks und Spocks. Ewig diese historischen Infos, ich kann es nicht mehr hören«, erwidert Steffi gelangweilt.

»Es gab sogar um 1800 einen Galgen auf dem Marktplatz. Aber macht euch nur lustig über mich. Vielleicht hilft uns dieses Wissen noch weiter!«, empört sich Sylvie.

»Denn mal los. Auf zum nächsten Schauplatz.«

Ausgelassen setzen sie gemeinsam ihren Rundgang fort. Nur Carmen hat das Gefühl, dass sich Blicke in ihren Rücken bohren, und schaut kurz über die Schulter zurück. Sie hat sich nicht getäuscht. Drei dunkel gekleidete Männer folgen ihnen lautlos. *Habe ich die nicht vorhin schon mal gesehen? Das sind doch diese unsympathischen Typen vom Marktplatz.* Carmen läuft ein Schauer den Rücken hinunter. Sie will die anderen nicht verunsichern und setzt ihren Weg schweigend fort.

Kurz darauf erreichen sie die Remonstrantenkirche in der Kirchstraße.

»Leute, ehrlich, es ist mir zu heiß für detektivischen Spürsinn. Ich schaue mal schnell im Internet!« Schon tippt Sylvie auf dem Display herum. Doch der Akku ihres Smartphones ist leer, Julia und Anne haben keinen Empfang.

»Ach Mist, mein Handy liegt wohl noch im Hotelzimmer.« Steffi hat den gesamten Inhalt ihrer Handtasche ausgeschüttet und sucht verzweifelt ihr Smartphone.

Sie schauen hoffnungsvoll zu Carmen, deren Mobiltelefon immerhin ein wenig Signal anzeigt.

»Die Webseite lässt sich nicht öffnen, sorry, kaum Empfang!« Carmen hält ihr Handy auf mehr Balken hoffend in die Höhe. Dabei stößt sie einen jungen Mann an.

»Entschuldigung, ich war so vertieft, ich habe dich nicht gesehen. Wir wollen ein Rätsel lösen, aber wir kommen nicht so recht voran.«

»Funkloch«, schmunzelt der gut aussehende Mann, »dieses Problem haben wir hier in Friedrichstadt schon länger. Ich bin Michael und arbeite gelegentlich in der Touristen-Information. Wenn du willst, zeige ich dir einen Hotspot, wo man auf jeden Fall Netz hat. Deine Freundinnen könnten dann schon mit dem nächsten Hinweis weitermachen. Bei der Hitze wollt ihr doch bestimmt bald bei den *Rosenträumen* sitzen und ein kühles Bier genießen. Wir treffen uns dann bei der ›Hebammenbrüch‹!« Er nimmt Carmen am Arm und zieht sie mit sich fort.

»Wow, attraktiver Typ«, wirft Steffi ein und schaut ihrer Freundin hinterher, die mit dem hilfsbereiten Mann in einer der Gassen verschwindet. »Mit *dem* wäre ich auch mitgegangen ...«

»Klasse, dass der uns helfen will.« Anne schaut auf den Plan. »Dann mal los, auf zur ›Hebammenbrüch‹. Wär' doch gelacht, wenn wir den Mörder nicht dingfest machen!«

»Ich habe ein komisches Gefühl, wenn wir Carmen allein lassen. Sollten wir nicht lieber zusammenbleiben? Wir können sie nicht mal anrufen!« Steffis Stimme klingt angespannt.

»Hört mal, das klingt alles andere als positiv: Incels haben unter den Frauenhassern im Netz in den vergangenen Jahren immer mehr an Bedeutung gewonnen. Ihr Tonfall wird zunehmend rauer, menschen- und frauenverachtender. Der Groll der Incels über ihr unerfülltes Liebesleben richtet sich nicht nur gegen sich selbst, sondern paradoxerweise vor allem gegen die Frauen, die sie so dringlichst begehren. Das kann sogar bis zum Mord gehen. Übrigens, trägt dieser Michael nicht einen ähnlichen Hoodie wie die Typen vorhin am Marktplatz? Saß der nicht sogar mit an deren Tisch? Vielleicht ist der gar nicht von der TI!«

Die anderen schauen betreten zu Boden. Plötzlich wird Steffi bewusst, dass sie ihre Freundin mit einem Wildfremden alleingelassen haben.

»Carmen behält niemand lange freiwillig bei sich. Ihr wisst doch, dass sie jemanden so wortreich besabbeln kann, dass man nach kürzester Zeit genervt ist. Das hält der doch nicht lange aus!«, versucht Steffi die Freundinnen zu beruhigen. Trotz mulmigen Bauchgefühls setzen sie unverzüglich ihren Weg zur ›Hebammenbrüch‹ fort.

»Was machen wir denn, wenn Carmen nicht da ist?« Julia spricht aus, was die anderen sich nicht zu fragen gewagt haben.

»Wir sollten auf jeden Fall zur TI gehen und Frederick nach diesem Michael fragen.« Anne schaut entschlossen auf. »Los jetzt, keine Zeit mehr verplempern!«

Carmen ist anfänglich hellauf über Michaels Hilfsbereitschaft begeistert, doch als der sie wortkarg immer noch fest im Griff durch die Straßen führt, wird es ihr zu bunt.

»Du kannst mich ruhig loslassen! Müssen wir bei der Hitze so rasen?« Doch sie erhält keine Antwort. So missachtet zu werden gefällt Carmen nicht, und sie wettert los.

»Sag mal, was bist du denn plötzlich so unfreundlich – und überhaupt, was ist das für ein Scheiß, dass der Empfang hier in der Stadt so schlecht ist? Das hätte man uns doch sagen können, als wir das Krimi-Adventure gebucht haben. Wir haben jetzt schon so viel Zeit mit Herumirren vergeudet, sind Wege doppelt und dreifach gelaufen, und das alles bei der Hitze! Das nervt richtig!«

Der Zurechtgewiesene zieht die Stirn in tiefe Falten. Seine anfängliche Bewunderung für Carmen und das unwiderstehliche Begehren weichen einer großen Abneigung.

Was ist denn mit der jetzt los? Die muss ich schnell loswerden. Sie ruiniert alles, was ich mir so mühsam erarbeitet habe. Diese Frau hier schien doch wie ein Hauptgewinn und der lebende Beweis dafür zu sein, dass mein Ausstieg aus der Incel-Szene genau die richtige Entscheidung war. Dass ich einen der knapp gesäten Plätze in der einzigen Online-Selbsthilfegruppe bekommen habe, darf kein Zufall gewesen sein. Carmen und Michael biegen in die Prinzenstraße ab. Carmen wird noch immer grob von Michael festgehalten. »Au, du tust mir weh, lass mich los!« Zwei Männer kommen ihnen entgegen und fragen, ob Carmen Hilfe benötigt.

»Hier, die könnt ihr haben. Die geht mir auf die Nerven!« Michael stößt Carmen von sich weg und verschwindet ohne ein weiteres Wort.

Carmen will sich gerade bei den beiden bedanken, als die Männer sie kurz und bündig in ihre Mitte nehmen und in eine kleine Seitengasse zerren. Zu überrascht, um reagieren zu können, wird ihr klar, was mit ihr geschieht. Panisch versucht sie, sich zu befreien. Sie strampelt und schlägt um sich, doch gegen die vor Kraft strotzenden Unbekannten hat sie keine Chance. Schnell haben die Entführer ihre Hände gefesselt und Carmen geknebelt. Kalter Angstschweiß läuft ihr den Rücken hinunter, und sie wünscht sich, um Hilfe rufen zu können. Doch das penetrant nach Gummi schmeckende Tape auf ihrem Mund lässt Hilferufe nicht zu.

Oh Gott, was wollen die von mir? Die beiden stoßen Carmen zwischen Gracht und Giebel durch eine große intarsienverzierte Flügeltür in das vor ihnen liegende Gebäude, und sie stürzt stolpernd zu Boden. Mit schmerzverzerrtem Gesicht bleibt sie auf dem nach Bohnerwachs riechenden Parkett liegen. Die Männer verschließen die Tür und lassen sie allein zurück.

Was wollen die von mir? Was habe ich denen bloß getan? Hilfe! Holt mich hier raus!

Ihr Leben ist in Gefahr, das ist Carmen jetzt völlig klar. Trotz Schmerzen und Fesseln bietet sie ihre ganze Kraft auf, sich aufzusetzen. Nach einigen Versuchen gelingt es ihr, und sie lehnt sich rücklings an eine Wand.

Zum Glück, nur Schürfwunden. Ich muss hier raus! Wo sind Julia und die anderen bloß? Ob sie schon Hilfe holen?

Aus heiterem Himmel fällt ihr das Zusammentreffen mit den Incels ein.

Oh nein, lass es nicht diese frauenfeindlichen Typen sein! Hätten wir uns bloß nicht über die lustig gemacht und sie provoziert! Steffi, die nie ihre Klappe halten kann, hätte sich ihre kesse Lippe sparen sollen! Die werden sich jetzt an mir rächen wollen!

Sie bricht verzweifelt in Tränen aus, ihr Herz rast wie verrückt. Nach einer Weile sind ihre Augen leer geweint.

Trotz rasenden Pulses und stechender Kopfschmerzen versucht sie, klare Gedanken zu fassen.

Ich muss hier raus. Aber erst mal muss ich die Fesseln loswerden. Wo bin ich hier bloß? Ist das eine Anwaltskanzlei? Oder bin ich in einer Bibliothek? Im Stadtarchiv vielleicht? Überall Bücherregale und Aktenordner. Die Fenster ... alle vergittert. Oh, da oben ist eins ohne Gitter! Wie komme ich da nur ran? Und wie kriege ich es auf? Ich will hier raus!

Carmen richtet sich auf und sucht nach einer Möglichkeit, die Fesseln zu durchtrennen. Dabei fällt ihr Blick auf den Heizungskörper unterhalb des unvergitterten Fensters. Sie möchte schreien, doch der geknebelte Mund lässt es nicht zu. Blankes Entsetzen macht sich in Carmen breit. Von panischem Schrecken gepackt, sieht sie eine ohnmächtige, an den Heizkörper gekettete Frau.

Oh mein Gott! Noch ein Opfer! Ich muss ihr helfen! Wo bin ich da nur hineingeraten? Sie stößt die Regungslose mit dem Fuß an, jedoch erfolglos.

Aufwachen, so wach doch auf! Bitte! Ich bringe uns hier raus!

Carmen hört knarrende Geräusche von der Treppe herkommend und zuckt angsterfüllt zusammen. Ihr Blick richtet sich voller Hoffnung auf Rettung zur Tür, doch sie wird schwer enttäuscht. Es sind dieselben Männer, die sie hier eingepfercht haben.

»Was tust du da? Lass ab von der Alten, oder willst du genauso enden wie die?«, ruft einer der Kerle. Carmen wird vor Angst kreidebleich, als die Männer sie unsanft eine Holztreppe hinab in den Keller schleifen.

Was haben die mit mir vor? Carmen sackt mutlos in sich zusammen. Ihr Blick fällt auf einen Schandpfahl, und ihr wird klar, dass dieser Albtraum längst nicht vorbei ist. Die Männer stellen sie an den Pfahl und nutzen erneut das übel riechende Klebeband, dieses Mal, um Carmen zu fesseln. Der Kleinere von ihnen steht so dicht neben ihr, dass sie seinen warmen, nach Lakritz riechenden Atem spürt. Plötzlich verlassen die beiden den Keller und lassen die kraftlose Carmen allein. Mittlerweile ist der Sommertag einer Abenddämmerung gewichen. Carmens Verlies wird nur spärlich durch hineinschimmerndes Mondlicht beleuchtet. Ausgelaugt von den vergangenen Stunden, hat Carmen nur noch den Wunsch, dass dieser Albtraum endlich aufhört.

Sie vernimmt erneut knarzende Geräusche auf der Treppe und richtet sich auf, als sie die Entführer auf sich zukommen sieht.

»Los jetzt. Rauf da. Ohne Rumgezicke. Sonst lernst du uns so richtig kennen!« Die Entführer lösen Carmen vom Schandpfahl und schubsen sie Richtung Treppe. Dort zerren sie die verzweifelte Carmen die Stufen hinauf. Die ungleiche Gruppe setzt sich in Bewegung, Ziel ist der Marktplatz.

Hoffentlich ist noch irgendjemand unterwegs und bemerkt uns! Ein letzter Funke Hoffnung macht sich breit. *Da, da ist jemand! Bitte, schau hier rüber! Ich wurde entführt! Ruf die Polizei!* Doch dieser übrig gebliebene Besucher der *Rosenträume* torkelt, ohne Carmen und ihre befremdenden Begleiter zu bemerken, Richtung Hafen davon.

In der Mitte des Platzes, an der Marktpumpe mit dem pseudogotischen Brunnenhäuschen, halten sie an. Carmen wird unsanft auf eine Bank vor dem Brunnen gesetzt. Die grausigen Ereignisse der letzten Stunden haben sie zermürbt.

Was habe ich denn bloß getan, dass ich das erleiden muss? Was ist mit der Frau an der Heizung? Was machen die Mädels wohl gerade? Ob sie mich suchen? Wir wollten doch nur eine ausgelassene Zeit zusammen erleben und kein True-Crime! Hätten wir bloß Anne nachgegeben und uns heute Nachmittag ›Sax Appeal‹ angehört. Sie wollte das Trio doch so gerne live genießen. Lieber am farbenprächtigen Rosenmeer erfreuen, anstatt freiwillig fingierten Tätern auf die Spur zu kommen. Dann wäre mir all das erspart geblieben. Wie sich während eines einzelnen Flügelschlags eines Schmetterlings mein Leben verändert hat!

Erschöpft und in ihr Schicksal ergeben fällt ihr Blick auf eine langsam auf sie zukommende Gestalt, die, wie hätte es anders sein können, einen schwarzen Hoodie trägt. Das Gesicht ist vom Schatten der Kapuze verdeckt, und doch scheint ihr diese Person mit dem eigenwillig schwingenden Gang nicht unbekannt zu sein.

Woher kenne ich den nur? Wer ist das? Dieser Michael, der mir den Hotspot zeigen wollte und mich hat sitzen lassen? Jemand von der Touristen-Info? Einer der Entführer? Komm, Carmen, denk nach, wie reagieren die Ermittler in Krimis, wenn sie in solch aussichtslose Situationen geraten? Auf jeden Fall lassen die sich nicht unterkriegen! Ein Fünkchen Widerstand regt sich in ihr.

Ihren Gedanken nachhängend, bemerkt Carmen nicht, wie ihr vorsichtig das Tape vom Mund entfernt wird. Das Brunnenhaus ist liebevoll mit Rosenstöcken und -blättern dekoriert. Stimmungsvolles Licht sorgt zusätzlich für eine romantische Atmosphäre. Doch das scheint Carmen in ihrer Situation völlig fehl am Platz zu sein. Sie sieht Anne, Julia, Sylvie und Steffi, drei der Entführer und die Frau, die an die Heizung gekettet war, vor ihr stehen. *Zum Glück, sie lebt.* Das ist der einzige Gedanke, den Carmen absurderweise fasst. Der Mann vor ihr nimmt die Kapuze vom Kopf, und sie sieht in das strahlende Gesicht von … Thijs.

»Thijs, DU? Was soll der merkwürdige Aufzug? Spinnt ihr? Was soll das Ganze hier? Ihr habt mich zu Tode erschreckt! Thijs, weißt du, was ich in den letzten Stunden durchgemacht habe? Wieso bist du nicht in Amsterdam, deine Eltern besuchen – und wer ist das? Die Frau lag eben noch an eine Heizung gekettet in dem Raum, in den die Entführer auch mich gesteckt haben! Ihr seid mir mehr als eine Erklärung schuldig! Was seid ihr denn für Freunde? Darauf kann ich echt verzichten!«

Aufgebracht springt Carmen auf und läuft los.

Was soll dieses Theater von Thijs? Wieso stehen Anne und die anderen da und grinsen dämlich aus der Wäsche? Verhalten sich so beste Freundinnen?

Thijs schafft es gerade noch, Carmen festzuhalten.

»Was bist du so aufgebracht? Beruhige dich! Hör mir doch bitte erst mal zu! Ich kann es dir erklären! Erinnerst du dich? Du hast mir von eurem Krimi-Wochenende in Friedrichstadt erzählt. Da hatte ich spontan die Idee, dich hier vor deinen Freundinnen erst hinters Licht und im August, also genauer gesagt am 08.08. vor den Altar zu führen. Es sollte der perfekte Heiratsantrag für dich werden. Für dich, die Krimis so sehr liebt! Übrigens, die Frau an der Heizung ist meine Schwester Griet, die du nun leider, wie soll ich sagen, unter erschwerten Bedingungen kennengelernt hast. Sie wollte erst nicht mitmachen, doch als ich ihr sagte, dass sie so auf dich aufpassen könnte, falls du den ›Spaß‹ hier nicht verkraftest, hat Grietchen dann doch zugestimmt, und sie hat doch echt ein realistisches Opfer abgegeben, findest du nicht? Deine Freundinnen wussten von nichts. Ich habe sie erst eingeweiht, nachdem dich meine Kumpels aus Holland ins Stadtarchiv gebracht hatten. Die vier haben mir hier am Brunnen geholfen, meinen Plan umzusetzen. Sie sind unschuldig!« Verschmitzt schaut Thijs zu Carmen auf. Er greift in seine Hosentasche und holt ein kleines Kästchen hervor. Er öffnet es, und Carmen sieht einen wunderschönen, mit einem Edelstein besetzten Ring. Sie ist nur kurz sprachlos und hingerissen, als sie den zauberhaften Ring sieht. Dann reißt sie ihn aus Thijs' Händen. Das Schmuckstück Richtung Brunnen werfend, bricht es aus ihr heraus: »Glaubst du wirklich, dass ich so mir nichts dir nichts, nach diesen traumatischen Erlebnissen auf sanft lächelnde treu Ergebene umschalte? Du hast sie ja nicht alle – und noch eine Frage zum Verständnis: Wer ist dieser Michael? Gehörte der auch zu deinem Plan?«

»Michael? Nein, nie von ihm gehört. Wir waren zu dritt plus meine Schwester.« Thijs wirkt verblüfft.

»Dann war der Typ echt ein Incel? Oh mein Gott, was für ein wahr gewordener Albtraum. Mehr Glück als Verstand, dass ich dann doch nur von euch ›entführt‹ worden bin. Das war dann quasi meine Rettung, oder was? Du hast doch nicht alle Murmeln in der Tüte!«, fällt sie ihrem Freund wütend ins Wort.

Thijs ignoriert die Empörung seiner aufgebrachten Freundin und beugt sich zum Brunnenhäuschen. Er greift nach dem verschmähten Verlobungsring, der wie durch Zufall am Griff der Pumpe hängen geblieben ist, und kniet mit seinem typischen einnehmenden Lächeln vor ihr nieder.

»Carmen, *mijn Liefste*, willst du meine Frau werden?«

Auf diese Frage kann es nur eine Antwort geben ...

GRENZERFAHRUNG
Franziska Henze

Travemünde

Die Rollen meines Reisekoffers stottern über die sandige Promenade. Es wäre vernünftiger, einen anderen Weg zum Hotel einzuschlagen, doch ich will das sehen, was ich damals zuerst sah: den Strand mit seinen unzähligen Strandkörben. Auch heute stehen sie in Reih und Glied gen Wasser ausgerichtet, als warteten sie auf den Startschuss zu einem geheimen Wettlauf. Drei Kinder verkaufen bunt bemalte Muscheln am Strandaufgang, und das Maritim, ein gewaltiges Hotelhochhaus mit Leuchtfeuer in der obersten Etage, patrouilliert noch immer in vorderster Reihe. Ich hätte dort ein Zimmer reservieren können, Jens hat mir mehr Geld hinterlassen, als ich zu Lebzeiten ausgeben kann. Aber als ich las, dass das kleine Hotel, in dem sie mich damals untergebracht haben, noch existiert, gab es keine andere Option. Mein Blick streift den Jachthafen, ich entdecke eine kleine Fähre, die zum Priwall hinüberfährt.

Ich wollte nie nach Travemünde zurückkehren, das habe ich mir damals geschworen. Zu viel Schmerzhaftes ist mit diesem Ort verbunden, der für mich das Ende meines ersten Lebens symbolisiert. Ich musste damals weg aus dem

Norden, möglichst weit, sonst hätte ich das nicht überlebt. Es war ein Segen, dass ich kurz darauf Jens kennenlernte; ohne zu zögern bin ich ihm nach Stuttgart gefolgt. Ich weiß nicht, was ich ohne ihn angefangen hätte. Doch seit seinem plötzlichen Tod dröhnt diese innere Leere, die mein zweites Leben seit jeher auf Schritt und Tritt begleitet wie ein dunkler Schatten, noch lauter in meinen Ohren, überlagert jeden Gedanken. Tagsüber vermisse ich Jens. Nachts schrecke ich immer wieder hoch, sehe in meinen Träumen mein jüngeres Ich, verfroren, zusammengekauert in dem schmalen Boot, während das Brackwasser über meinen Beinen zusammenschlägt.

In meiner Brust zieht es sich zusammen. Es fühlt sich an, als sei das alles erst gestern geschehen. Und doch ist es ewig weit weg. Ich muss die Dämonen der Vergangenheit vertreiben, sonst bin ich verloren. Wo sollte mir das besser gelingen als an jenem Ort, an dem ich schon einmal ein altes Leben hinter mir gelassen habe? Wie viele Leben kann ein Mensch leben?

Ich verharre einen Augenblick vor dem Hotel, eine innere Aufregung ergreift von mir Besitz. Durch die dicke Glastür beobachte ich einen schmalen Mann mit kantigen Gesichtszügen hinter der Rezeption. Ich atme tief durch.

Das kann sie nicht machen! Ich zerknülle das Anwaltsschreiben und stopfe es tief in meine Jacketttasche. Jetzt schickt dieser Winkeladvokat die Post auch noch hier ins Hotel. Schlechter Umgang. Kindeswohlgefährdung. Carla weiß, dass das gelogen ist. Jule ist mein Leben, ich würde ihr nie schaden. Ich zähle die Tage bis zu den Besuchswochen-

enden wie Kinder die Tage bis Weihnachten. Dieses Wochenende wird Jule nicht kommen. Die nächsten auch nicht. Carla will sie mir wegnehmen und eine Familie gründen mit diesem Schnösel aus reichem Hause, dessen Namen ich nicht einmal kenne. Weil ich nicht fähig sei, eine Familie zu haben, hat sie mit mitleidigem Blick gesagt. Es läge an meiner Kindheit, es sei nicht meine Schuld, aber wenn ich anders aufgewachsen wäre, wenn ich wüsste, wie Familie geht, hätten wir vielleicht eine Chance gehabt. Oder wenn ich Geld hätte, habe ich bitter hinzugefügt.

»Geht das?«, unterbricht Rebecca meine Gedanken. Ich weiß nicht, wann sie hereingekommen ist, eben stand ich noch allein an der Rezeption. »Ob du meine Schicht übernehmen kannst«, setzt sie nach.

»Okay.« Arbeiten ist allemal besser, als allein zu Hause rumzuhängen. Und wer weiß, wie lange ich diesen Job noch habe. Das Hotel hat seine besten Tage lange hinter sich, und die meisten Touristen übernachten lieber in Ferienwohnungen oder stylishen Hotels. Rebecca wirft mir eine Kusshand zu und verschwindet.

Ich überfliege die Buchungen. Für heute haben sich nur zwei neue Gäste angesagt, obwohl Samstag ist. Es wird ein ruhiger Tag werden.

Kurz darauf wird die Glastür aufgestoßen, und vor mir steht eine zierliche Frau mit einem Koffer. Ihre kinnlangen braunen Haare umrahmen das fein gezeichnete Gesicht mit den tief liegenden dunklen Augen. Ich schätze sie auf Anfang fünfzig, sie könnte auch älter sein. Sie sieht aus wie jemand, der sich ein weitaus nobleres Hotel leisten könnte. Was sie wohl zu uns verschlägt?

»Willkommen im Hotel Meeresleuchten«, sage ich. »Sie haben reserviert?«

»Ja, auf den Namen Schuster.« Ihre Mundwinkel zucken nach unten, während sie spricht. Für einen Augenblick habe ich das Gefühl, ihr schon einmal begegnet zu sein, doch dieser Moment huscht so schnell vorbei, wie er gekommen ist.

»Schön. Füllen Sie bitte das Anmeldeformular aus.«

Sie zieht die Klemmmappe, die ich über den Tresen schiebe, zu sich und beginnt zu schreiben.

Der dicke, silberne Schlüsselanhänger mit der Nummer 12, den ich vom Haken nehme, liegt kalt und schwer in meiner Hand. Ein Relikt aus alten Zeiten. Die anderen Häuser haben alle auf diese modernen Schlüsselkarten umgestellt, die die Gäste ins Portemonnaie stecken können und deren Verlust nur wenige Euro kostet, statt, wie bei uns, den Austausch eines Schließzylinders nach sich zieht.

»Ich bräuchte noch ihren Personalausweis zum Abgleich«, sage ich und reiche ihr im Gegenzug den Schlüssel.

»Ach bitte, könnte ich Zimmer 16 haben?« Sie sieht mir direkt ins Gesicht. Ihr Lächeln ist aufgesetzt, stoppt kurz unter den Augen. »Da habe ich beim letzten Mal gewohnt. Oder ist es belegt?«

»Das nicht, aber Nummer 12 ist größer, und Sie haben einen schöneren Ausblick auf die Altstadt.« Ihr letzter Besuch muss lange her sein. Die 16 ist das kleinste Zimmer, das vermieten wir nur, wenn wir ausgebucht sind – und das war, zumindest seit ich hier arbeite, also die letzten fünf Jahre, nur ein Mal der Fall.

»Bitte«, insistiert sie.

»Wie Sie wünschen.« *Ich zucke mit den Schultern, tausche die Schlüssel und nehme ihren Ausweis entgegen. Mir soll's egal sein. Ich überprüfe das Foto, überfliege ihren Namen, den Geburtsnamen, stocke. Sekundenlang starre ich darauf. Ich habe das Gefühl, die Erde hat mit einem gewaltigen Ruck aufgehört, sich zu drehen. Als ich ihr Ausweis und Schlüssel reiche, pocht mein Herz so laut, dass ich mich frage, ob sie es hört. »Erste Etage, hier links die Treppe hinauf«, kratzt sich meine Stimme mühsam den Hals empor. »Lassen Sie es mich wissen, wenn Sie noch etwas benötigen.«*

Warme, abgestandene Luft schlägt mir entgegen, als ich die knarzende Tür aufschiebe. Vermutlich hat lange niemand dieses Zimmer bewohnt. Mitten im Raum bleibe ich stehen. Er kommt mir so viel kleiner vor als damals, und doch scheint sich kaum etwas verändert zu haben. Ja, die Auslegeware ist mittlerweile stark ausgetreten, und unter dem zweiflügeligen Fenster hat sich ein großer dunkler Fleck hineingefressen, dem man augenscheinlich erfolglos mit scharfem Putzmittel beizukommen versuchte. Aber über dem schmalen Polsterbett, das an der langen Wand steht, hängt noch immer der Druck eines großen Segelschiffs. Wie oft bin ich in den letzten Monaten in meinen Träumen hier gewesen! Ich streife die Schuhe ab, lege mich aufs Bett, mache mich ganz klein. Mit um meinen Oberkörper geschlungenen Armen starre ich wie damals aus dem Fenster. Auf dem Fensterbrett liegt eine Fliege, kreiselt zweimal auf dem Rücken, streckt dann die Beine in die Luft. So schnell kann alles vorbei sein.

Sie ist es. Mein Hirn versucht, das alles zu begreifen, es gelingt mir nicht. Ich sehe ihre zuckenden Mundwinkel wieder vor mir; verächtlich scheint mir diese Geste nun, als sei dieses Hotel, dieser Ort, einfach alles hier ihrer nicht würdig, als sei es eine große Gnade, dass diese Frau, der der Reichtum aus allen Poren trieft, unser Hotel besucht.

Sie hat mich nicht erkannt. Das hätte ich bemerkt. Ich balle die Fäuste.

Die mit Sand bedeckten Bohlen kratzen unter meinen Fußsohlen. Sie enden abrupt mitten am Strand etwa fünfzig Meter vor dem Wasser. Die Sonne ist längst untergegangen. Der Sand, durch den ich weiterstapfe, ist mittlerweile kalt. Ich hätte eine Jacke überziehen sollen. Von der Promenade aus schallt Musik herüber, irgendein Schlager, und ein paar Meter entfernt von mir spielen ein paar Jungen zwischen den Strandkörben Fußball. Mühsam krempele ich meine Hosenbeine hoch, hocke mich hin, blicke zum Horizont, tauche meine Hand ins Wasser. Die Ostsee ist wärmer als damals, in sanften Wellen schlägt sie an den Strand, züngelt zuweilen bis zu meinen Füßen. Ich schließe die Augen. Und dann bin ich wieder achtzehn: Meine dicke Wollstrumpfhose klebt nass und kalt wie eine zweite Haut an meinen Beinen, der Strickpullover hängt schwer an mir herunter, meine nassen Haare kleben mir im Gesicht. Ich habe das Gefühl, seit Ewigkeiten in der Dunkelheit unterwegs zu sein, meine Arme sind so schwer, ich kann sie kaum noch heben. Mit steifen Fingern halte ich das schmale Seil umklammert, dass außen um das Schlauchboot läuft. Das Paddel habe ich verloren, als ich die Suchscheinwerfer, die sich durch den Nebel glitzernd auf die tanzenden Wellen legten, näher kommen sah und mich flach auf den Boden presste. Ich hielt sogar die Luft an. Sie haben mich nicht entdeckt, aber seitdem bin ich allein dem Sturm und der Strömung ausgeliefert. Die Wogen werden immer höher, klatschen gespenstisch über mir zusammen. Immer mehr Wasser spült ins Boot. Verliert es auch an Luft? In der Ferne donnert es. Sind es Schüsse? Oder ein herannahendes Gewitter? Plötzlich höre ich Stimmen. Ich habe Angst, zu sterben. Ich weiß nicht, wo ich bin. Obwohl ich nicht an Gott glaube, bete ich. Lieber Gott, mach, dass sie mich nicht erschießen. Mach, dass ich es bis in den Westen geschafft habe!

Ein Schrei, dann trifft mich etwas hart an der Hüfte. Ich kippe vornüber ins Wasser. Ist das das Ende? Hat jemand auf mich geschossen? Aber nein, das ist nicht mehr in meiner Erinnerung, das ist das Hier und Jetzt. Schwerfällig rapple ich mich auf, klopfe mir den Sand von den nassen Klamotten. Mein Herz schlägt hart gegen den Brustkorb.

Ein Junge mit spitzbübischem Gesicht kommt angerannt, klaubt neben mir einen Lederball aus dem Wasser. Und dann, als habe es dieses Schusses bedurft, kommen mir endlich die Tränen. »'tschuldigung«, nuschelt er verschreckt, dreht sich um und rennt, noch schneller als er gekommen ist, davon.

Ich sehe sie in Richtung Strand verschwinden. Eigentlich könnte ich jetzt nach Hause gehen. Die Rezeption ist abends nicht besetzt, der andere Gast hat vorhin seine Buchung storniert, und ihr Schlüssel öffnet nicht nur ihre Zimmer-, sondern auch die Haustür. Stattdessen nehme ich den Zentralschlüssel und steige hinauf in den ersten Stock.

Ihre Kleidung hängt ordentlich im Schrank neben dem Eingang, alles teure Designerstücke. Den Kulturbeutel finde ich im Bad, sie hat ihn auf die Ablage über dem Waschbecken gestellt, daneben liegt ein Extra-Etui mit Schmuck. Mehrere Ohrringe, zwei Ringe, Perlenkette, Armbänder, eine Goldkette mit einem funkelnden roten Herzanhänger daran. Jule würde so etwas sicher gefallen.

Die Frau hat sich nicht die Mühe gemacht, den Schmuck in den Safe zu legen. Ob das schlau war?

Ich gehe weiter ins Zimmer, betrachte das Buch auf dem Nachttisch, irgendein Frauenroman mit buntem Cover, ziehe ein zerknittertes Foto, das ihr als Lesezeichen dient, heraus. Mein Zeigefinger ruht zwischen den Seiten, als ich das Bild betrachtete. Ein Mann, diese Frau und ein Mädchen im Teenageralter. Vater. Mutter. Kind. Eine Bilderbuchfamilie. Dem Mann steht die Liebe ins Gesicht geschrieben. Genauso wie der Reichtum. Sachte streiche ich mit den Fingerspitzen über das Foto. Ich denke an Jule, an verpasste Chancen, an die Liebe zu meinem Kind, an Gerechtigkeit, an mein Unglück. Ein Kind sollte nicht ohne seine Eltern aufwachsen. Meine Hand fängt an zu brennen, als sei das Foto eine lodernde Flamme. Ich schiebe es in meine Jeanstasche, lege das Buch zurück und verlasse das Zimmer.

Als ich ins Hotel zurückkehre, ist meine Kleidung triefend nass, und mein Spiegelbild in der Glastür des Hotels verrät mir, dass meine Wimperntusche mir in dunklen Schlieren die Wangen hinabläuft.

»Guten Abend, Frau Schuster.«

So wie der Mann an der Rezeption mich anstarrt, liefere

ich sicher ein erbärmliches Bild ab. Kein Wunder, denn ich sehe aus, als wäre ich in ein Sommergewitter geraten, obwohl es draußen doch staubtrocken ist. Er ist diskret genug, sich nicht zu meinem Auftreten zu äußern. Fast auf den Tag genau fünfunddreißig Jahre ist es her, dass ich in ähnlichem Zustand mitten in der Nacht von zwei alten Fischern in dieses Haus gebracht wurde.

»Brauchen Sie noch etwas?«, fragt er und zieht seine geraden Augenbrauen eng auf der Stirn zusammen, was ihm einen herrischen Ausdruck verleiht.

Ich fröstle. Unbedingt muss ich schnell aus den nassen Sachen raus. »Eine Bitte habe ich tatsächlich. Ich würde gerne hinausfahren, Travemünde und den Priwall von der Wasserseite aus sehen, und vielleicht noch etwas weiter aufs Meer«, stolpert es aus meinem Mund, ohne dass sich der Wunsch vorher in meinem Kopf formuliert hat, während das Wasser meiner nassen Kleidung auf den Hotelboden tropft.

»Verschiedene Reedereien bieten Rundfahrten ab Travemünde an. Sogar welche mit Verköstigung an Bord. Ich kann Ihnen gern ein paar Routen heraussuchen.« Er lehnt sich zurück, verschränkt die Arme vor der Brust.

»Nein, das meine ich nicht. Ich dachte an eine private Tour. Mit einem Motorboot auf die Ostsee raus, am Abend. Es macht nichts, wenn es teuer ist.«

Er fixiert mich schweigend. Irgendetwas ist da in seinem Blick, was ich nicht deuten kann. Als er nicht antwortet, wende ich mich ab, bin schon fast aus dem Raum.

»Ich habe ein Boot«, sagt er plötzlich in die Stille. »Morgen ist mein freier Abend. Passt Ihnen das? Mein Boot liegt im Fischereihafen. Neun Uhr«, er stockt einen Moment, bevor er weiterspricht, »nur sagen Sie bitte meinen Kollegen nichts davon. Wir dürfen eigentlich nichts privat mit unseren Hotelgästen unternehmen.«

Ich zögere. Der Mann ist mir nicht sympathisch. Wenn ich recht darüber nachdenke, umgibt ihn etwas Düsteres, Unheimliches. Aber ich will, ja, ich muss das machen, um meinen inneren Kompass zurechtzurücken. »Gern«, sage ich schnell, bevor ich es mir anders überlegen kann.

Was sie wohl mit dieser Tour bezweckt? Weiß sie doch Bescheid? Ist dies ein aberwitziger Versuch, alles wieder ins Lot zu bringen? Sicher nicht. Sie will nur die verwöhnte Touristin spielen, die den beleuchteten Travemünder Strand mit einer Kamera knipst, die mehr kostet, als ich in einem Monat verdiene. Ich nehme einen Schluck aus meiner Bierflasche, teste Top- und Seitenlichter und lege eine Wolldecke auf die Sitzfläche des Motorbootes, das ich mir ausgeliehen habe. John war mir noch etwas schuldig. Ich bin bereit. In weniger als einer halben Stunde geht die Sonne unter.

Sie trägt dunkle Jeans und ein marineblaues Poloshirt, zwischen dessen offenen Knöpfen der rote Herzanhänger aus ihrem Schmucketui hervorblitzt.

»Es sieht ein wenig nach Nebel aus«, sagt sie, als ich ihr die Hand reiche, um ihr an Bord zu helfen. Wieder dieses Zucken der Mundwinkel. Wie ein geheimes Erkennungszeichen, von dem sie selbst nichts weiß.

»Ach was«, sage ich, »das ist die Ostsee, da tut ein bisschen Nebel nichts.« Ich gebe mir größte Mühle, zuversichtlich und freundlich zu klingen. »Wo soll's denn langgehen?«

»Zuerst würde ich gerne am Priwall entlangfahren. Dann raus auf die See.« Sie legt ihre Handtasche und einen grob gestrickten Pullover, den sie mitgebracht hat, neben sich auf die Sitzfläche.

Schweigend hole ich die Fender ein und starte den Motor. Erst als wir den Hafen verlassen haben, schiebe ich den Gashebel voll nach vorn. Die Kraft des Bootes unter meinen Händen zu spüren ist ein belebendes Gefühl.

Die plötzliche Geschwindigkeit presst mich fest auf die Sitzfläche des kleinen Bootes. Im Licht der untergehenden Sonne schaue ich über die Schaumkronen der Wellen hinweg auf den Priwall, der ruhig und friedlich daliegt, immer kleiner wird, während wir aufs offene Meer abdrehen. Keine Erinnerung mehr an die rot-weiße Absperrkette, die damals bis ins Wasser hinein Ost von West teilte, oder das Schild, das auf die nahe Grenze hinweist.

»Irgendwo hier haben sie mich damals rausgefischt«, rufe ich gegen den Motorlärm an, Gischt spritzt mir ins Gesicht. Ich muss das loswerden.

»Was?«, ruft der Mann zurück, er hält den Blick weiter geradeaus aufs Meer gerichtet. Er sieht in der dunklen Kleidung und der Mütze fast aus wie ein Fischer. Ganz anders als im Hotel. Welches von beiden mag die Verkleidung sein?

»Die DDR«, sage ich, »ich bin geflohen. Allein, mit einem Schlauchboot. 1988. Beinahe wäre ich ertrunken, es fehlte nicht mehr viel. Es war ein Glück, dass so spät abends noch ein paar Fischer draußen waren.« Die Gefühle von damals kehren zurück, ich kann sie fast greifen, während ich spüre, das um uns herum der Wind auffrischt. Die Einsamkeit.

Der Verlust. Das Wissen, lieber in der Ostsee zu verrecken, als noch einen Tag zu bleiben.

»Ein Glück«, wiederholt der Mann in meine Gedanken hinein. »So eine Flucht ist sicher keine leichte Entscheidung. Haben Sie es nie bereut?«

»Nein!« Ich starre auf seinen Hinterkopf, schüttle vehement den Kopf. »Das war die beste Entscheidung meines Lebens.«

Ich weiß nicht, was ich erwartet habe. Keine Umarmung, keine Entschuldigung wie bei Julia Leischik im Fernsehen. Das habe ich mir vor Jahren gewünscht, als ich allein in meinem Bett im Schlafsaal des Waisenhauses lag und mich in den Schlaf weinte. Vielleicht hätte ich das auch noch gewollt, als ich sie Jahre später gesucht habe. Bis nach Travemünde konnte ich ihrer Spur folgen, sogar Fotos von ihr hingen im Seebadmuseum, betitelt mit: Bilder einer geglückten Flucht. Dann verlor sich die Spur. Heute ist mir klar, dass sie weggezogen ist und den Namen ihres Mannes angenommen hat. Auch ich wäre weitergezogen, hätte ich nicht Carla hier getroffen. Ich schüttle still den Kopf. Nein, ich erwarte keine Liebe von dieser Frau, die mir eine Mutter hätte sein sollen. Aber doch zumindest ein Wort der Reue, ein Bedauern, irgendeine Einsicht, dass das, was sie getan hat, falsch war. Dass es nicht nur um sie ging. Das ist sie mir schuldig. Die beste Entscheidung meines Lebens, äfft eine Stimme in meinem Kopf sie nach. Ich weiß jetzt: Ich war ihr egal. Was ist sie nur für ein Mensch? Zwei Tage war ich alt, als sie erst das Krankenhaus und dann das Land verließ. Ohne mich, ihren Sohn. Niemand war da, wenn ich weinte. Keiner hat auf meine Wunden gepustet, wenn ich gestürzt war, mich getröstet, mich umarmt. Ich war für alle nur das Balg von der, die rübergemacht hatte. Diese mitleidigen Blicke in meinem Rücken. Mein Vater hat später versucht, mich aus dem Waisenhaus rauszuholen, aber seine neue Frau war dagegen. Konnte man es ihr verübeln? Ich war schon dreizehn und kannte nur das Heimleben. Meine Mutter hat nie nach mir gesucht, obwohl doch anderthalb Jahre nach ihrer Flucht die Mauer offen war.

»Ich war nicht mehr glücklich in der DDR, wollte die Welt sehen«, sagt sie. Es klingt, als wolle sie mich überzeugen. Ich spüre die Wut auf diese Frau in meiner Brust brennen. Sie hat mein Leben zerstört, bevor es überhaupt angefangen hatte. Ich schalte den Motor aus. Die Wellen schieben das Boot hin und her, spielen damit ein Spiel, dessen Regeln nur sie kennen. Wasser spritzt an Deck. Der Nebel hat zugenommen, und wir sind so weit von der Küste entfernt, dass sie nur noch anhand des schwachen Scheins des Leuchtfeuers zu erahnen ist. Ich drehe mich zu ihr um, sehe ihr ins Gesicht. Das Topplicht legt dunkle Schatten unter ihre Augen. Sie erwidert meinen Blick. Jetzt bin ich sicher, dass sie weiß, wer ich bin.

Eine letzte Chance will ich ihr geben. »Haben Sie niemanden zurückgelassen? Gab es denn niemanden, den sie vermisst haben über all die Jahre?«

Er wirft sich in die Brust, während er seine Fragen maschinengewehrartig in den immer stärker werdenden Wind brüllt. Warum ist er so aggressiv? Ich habe einigen Menschen von meiner Flucht erzählt, doch eins hatten alle

Reaktionen gemein: die Bewunderung. »Allein über die Ostsee! In einem Schlauchboot! Mit gerade mal achtzehn!«

»Nein, es gab niemanden«, rufe ich ihm zu. Das ist die Wahrheit. Ich hatte eine glückliche Kindheit, meine Mutter hat mich allein großgezogen, aber nach ihrem Tod war ich ganz allein. Volker zählte nicht. Ja, es gab Zeiten, da dachte ich, aus uns könnte mehr werden. Jedes Wochenende hat er mich in Rostock im Internat der Berufsschule besucht. Doch als ich ihm erzählte, dass ich schwanger bin, ist er ausgeflippt. Das Kind könne unmöglich von ihm sein, hat er behauptet, außerdem hätte ich noch nicht einmal meine Ausbildung beendet. Schließlich hat er eine Abtreibung von mir verlangt. Als ich diese verweigerte, blieb er weg. Erst kurz vor meiner Entbindung haben wir uns wiedergesehen, fast hätte ich an eine Versöhnung geglaubt, als er mit Blumen vor der Tür stand. Dann fand ich den Stasi-Ausweis in seiner Jackentasche. Ich habe Volker nie wiedergesehen.

»Es gab niemanden«, wiederholt er gedehnt.

Ich glaube, diese Stimme zu kennen. Aber nein, das ist unmöglich, mein Gehirn spielt mir einen bösen Streich, weil ich eben an ihn gedacht habe. Volker ist jetzt schon über sechzig, und vermutlich würde ich ihn nicht einmal auf der Straße erkennen.

Der Nebel um uns wird immer dichter, die Lichter unseres Bootes werfen nur noch schmale Streifen auf die dunklen Wellen. In meinem Kopf vermischt sich alles. Diesen Moment damals, als die Welle sich wie eine gewaltige Hand unter mein Schlauchboot schob, es in die Luft hob und mich aufs Meer warf, die Schmerzen in meinem Bauch von der Geburt, die erst wenige Tage her war, und das Jetzt, hier im Dunkeln mit diesem Mann, in dessen Blick nackte Wut aufblitzt, als er einen Schritt auf mich zutut. Er streckt die Arme aus. Seine Hände, sie kommen näher, sind schon viel zu dicht, gleich an meinem Hals.

Sie versucht, rückwärtszukrabbeln, als ich näher komme, aber wo soll sie hin? Hinter ihr ist nur das schwarze Wasser.
»Was wollen Sie von mir? Sie machen mir Angst!« Ihre Stimme verliert sich in der Dunkelheit, die nur dann und wann vom Licht des Leuchtfeuers unterbrochen wird. »Geld? Ich habe nicht viel dabei, aber nachher kann ich Ihnen mehr geben.« Sie wirft mir ihre Handtasche vor die Füße wie einem Hund einen alten Knochen. Ich lache laut. Packe sie an den schmalen Schultern. Sie versucht, mich abzuschütteln. Das ging vor Jahren, indem sie einfach verschwand. Heute klappt das nicht mehr.
»Bitte nicht«, schreit sie schrill.
Ich lege die Hände um ihren Hals. Er ist dünn und sehnig, fast wie bei den Vögelchen, die im Waisenhaus in einer riesigen Voliere gehalten wurden. Gehegt und gepflegt wurden die, mit Broten gefüttert, während wir Kinder oft ohne Essen ins Bett geschickt wurden. Ich kann noch heute das Knacken hören, das ihre kleinen Körper von sich gaben, als ich ihnen den Hals umdrehte.
Sie bohrt ihre Fingernägel in meine Unterarme, versucht verzweifelt, meine Hände von ihrem Hals zu ziehen, röchelt, um Luft zu bekommen. Ich kann nicht loslassen. Das muss sie doch verstehen! Hätte sie nur einen Moment ihre Schuld eingestanden, zugegeben, dass eine Mutter bei ihrem Kind bleiben muss. Sie ist der Grund, weshalb ich eine

schreckliche Kindheit hatte, sie ist der Grund, weshalb Carla sagt, ich könne Familie nicht. Sie ist der Grund, weshalb ich Jule verliere.

Ihr Körper erschlafft unter meinem Griff. Wie eine achtlos hingeworfene Jacke liegt sie nun zu meinen Füßen. Ich beuge mich über sie, reiße mit einem Ruck die Kette von ihrem Hals. Dann packe ich einen Arm, ein Bein von ihr, verwundert, wie leicht sie ist, und ziehe sie auf den Bootsrand. »Mein Name ist Sandro«, schreie ich, als ich ihr den Tritt verpasse. Tränen laufen mir über die Wangen.

Das Geräusch, als sie auf die Wasseroberfläche trifft, ist nicht mehr als ein kurzes Schmatzen, mit dem das Wasser sein Opfer verschlingt. Den Punkt, an dem sie untergegangen ist, kann ich schon nach wenigen Sekunden nicht mehr ausmachen, zu sehr treiben mich die Wellen, die klatschend an der Bootswand brechen, weiter. Ich klaube ihre Handtasche vom Bootsboden auf, werfe sie hinterher. Sie schwimmt davon wie eines dieser kleinen Plastikbötchen, die Kinder im knietiefen Wasser an einer Schnur hinter sich herziehen. Jule besitzt auch so eines.

*

Es ist Viertel nach drei. Ich bin zu spät dran, obwohl ich die Nachmittagsschicht habe. So etwas passiert mir selten. Seit Carla mit Jule ausgezogen ist, weiß ich schlicht und einfach nicht, womit ich meine Zeit verbringen soll, außer bei der Arbeit.

»Ich habe schon auf deinem Handy angerufen.« Rebecca steht direkt neben mir im Personalraum, während ich mein

T-Shirt ausziehe und ein Oberhemd aus meinem Spind nehme. »Oh Gott, was hast du denn da gemacht?« *Sie deutet auf meine Unterarme. Zahlreiche Kratzer, einige tief und blutig, haben sich in leuchtendem Rot in meine Haut gegraben.*

»Ach, das«, *antworte ich und schlüpfe in das Oberhemd,* »ich möchte Jule eine Katze schenken und war bei einer alten Dame, die welche zu verkaufen hat. Das Biest mochte mich allerdings nicht sonderlich.« *Ich lächle.* »Aber du rufst mich doch nicht an, weil ich mal fünfzehn Minuten zu spät bin.« *Ich gebe mir Mühe, einen Vorwurf in der Stimme mitschwingen zu lassen, schließlich ist sie es, die mir ständig ihre Schichten aufdrückt.*

»Natürlich nicht.« *Sie schüttelt den Kopf.* »Ich wollte wissen, ob du die Frau Schuster gesehen hast. Die war heute nicht beim Frühstück, und Jutta vom Seebadmuseum war um 10 Uhr mit ihr verabredet, und sie ist nicht gekommen.«

»Keine Ahnung. Vielleicht ist sie abgereist? Ich habe mich sowieso gefragt, was die bei uns will. So wie die aussieht, gehört die doch mindestens in ein Fünf-Sterne-Haus.« *Ich werfe einen Blick in den Spiegel, beobachte, wie sich meine Mundwinkel beim Sprechen nach unten ziehen. Wütend schlage ich den Spind zu, gehe durch den Flur bis zur Rezeption. Rebecca folgt mir.*

»Ich weiß nicht«, *sagt sie und klickt nervös im Buchungssystem unseres Computers herum,* »Frau Schuster hat bis Freitag gebucht und auch schon bezahlt.«

Ich zucke mit den Schultern und wende mich den Angeboten eines neuen Wäschereidienstes zu.

»Wusstest du, dass sie aus der DDR geflohen ist? Mit einem Schlauchboot über die Ostsee? Ist das nicht krass?«

Rebecca plappert immer weiter. »In Boltenhagen hat sie abends ihr Boot ins Wasser geschoben. Das muss man sich mal vorstellen.«

»Ja, und ihr Kind einfach zurückgelassen«, entfährt es mir. »Hat sie erzählt«, schiebe ich hastig nach.

Hat Rebecca etwas bemerkt? Ich muss vorsichtiger sein.

»Da musst du irgendwas verwechseln«, korrigiert sie mich. »Ich habe mich gestern lange mit ihr unterhalten. Sie hat mir erzählt, dass sie schwanger war. Sie kam ins Krankenhaus, und sie haben ihr für den Kaiserschnitt eine Vollnarkose gegeben. Als sie erwachte, haben sie ihr gesagt, dass das Kind bei der Geburt gestorben ist. Sie durfte es hinterher nicht einmal sehen. Ist das nicht fürchterlich? Sie konnte ihr Baby nicht zu Grabe tragen, und ihr Freund entpuppte sich als Stasi-Spitzel, der über alles, was sie tat, brühwarm Bericht erstattete.« Rebecca schüttelt sich. »Da wäre ich auch geflohen! Sie hatte sogar gemeinsam mit dem Kerl einen Namen für das Baby ausgesucht – Sandra, wenn es ein Mädchen geworden wäre, Sandro für einen Jungen. Scheint ein häufiger Name gewesen zu sein, damals.« Sie sieht mich durchdringend an, legt die Hand auf meinen schmerzenden Unterarm. »Stell dir mal vor, vielleicht hat man ihr einfach nur gesagt, das Baby sei tot, weil sie nicht so spurte, wie sie sollte. Sie hat es schließlich nie zu Gesicht bekommen!« Ich spüre, wie die Hitze in meine Wangen steigt.

Rebecca greift nach dem Zentralschlüssel. »Wo steckt sie nur? Das lässt mir wirklich keine Ruhe, ich werde oben mal nachsehen.« Ihre Schritte entfernen sich auf der Treppe.

*

Deine Mutter hat dich verlassen, sie wollte lieber ein Leben ohne dich, hatte mein Vater mir gesagt. Das Blut rauscht in meinen Ohren. Ich spüre, wie der Boden unter meinen Füßen schwankt, Hilfe suchend stütze ich mich mit dem Unterarm auf dem Tresen ab. Meine rechte Hand tastet nach meiner Gesäßtasche. Sie ist noch da. Mit spitzen Fingern ziehe ich die Kette heraus. In sattem Blutrot funkelt der Herz-Anhänger für Jule in meiner Hand.

Meine Beine geben nach. Ich falle wie in Zeitlupe, sehe, wie das Herz – es muss mir aus der Hand gerutscht sein – auf dem Boden aufschlägt, zerspringt. Dann wird alles schwarz.

TINE, TIDE UND DIE TRUDE
Regina Schleheck

Husum

Als die dicke Frau mit der Schürze und dem Oma-Haarknoten die Tür öffnete, wäre Tine ihr am liebsten direkt um den Hals gefallen. Stattdessen hielt sie sich an ihrer Mutter fest und äugte hinter der Blümchen-Reisetasche hervor.

»Moin, ihr Lieben! Ihr seid die neuen Gäste? Frau Wiesner? Ich bin die Trude!«, sagte die Frau, gab Maren die Hand und ging in die Knie. »Und wer bist du?«

»Tine«, sagte Tine.

Die Falten im Gesicht der Alten vertieften sich zu einem Strahlen. »Tine! Du heißt Tine? Bist du das erste Mal in Husum?«

Tine nickte, hin- und hergerissen zwischen Sorge und einem warmen Gefühl. War irgendetwas falsch daran? An ihr?

»Meine Familie stammt von hier«, hörte sie Mama sagen. »Meine Großeltern sprachen immer von der ›grauen Stadt am grauen Meer‹, aber wir haben auf dem Weg hierher quietschbunte Häuser gesehen.«

Die Frau, die Trude hieß, stützte sich mit einer Hand auf dem Knie ab, wuchtete sich hoch, seufzte »Ja, ja, der Storm!« und zwinkerte.

Storm? Meinte sie Sturm? Was war daran lustig?

»Ihr seid hier goldrichtig«, sagte sie. »Kommt rein.«

Sie winkte sie ins kühle Innere, wo hinter der Tür eine Holztreppe in die erste Etage führte.

Als sie abends vom Balkon über die Wiesen aufs Meer hinaussahen, war Tines Nase voll von dem Salz, das sie schon bei der Fahrradfahrt über den Deich geatmet hatten. Sie waren zum Einkaufen weiter in die Innenstadt gefahren, wo sie auf dem Marktplatz die Brunnenfigur fanden, von der Trude erzählt hatte, Holzschuhe an den Füßen, auf ein Ruder gestützt. Sie stand gleich vor der Kirche, der sie den Rücken zukehrte, und guckte aufs Meer. Weil die Frauen der Schiffer immer damit rechnen mussten, dass ihre Männer nicht mehr wiederkämen, hatte Mama erklärt. Da mussten sie das Ruder schon selbst in die Hand nehmen.

Tine hatte sich über den Rand des Brunnens gebeugt und den steinernen Kuhkopf nass gespritzt, der, das Maul halb im Wasser, die Bronzefigur anstierte.

»Papa ist auch nicht wiedergekommen«, meinte sie.

»Genau. Aber wir kommen ja auch allein klar«, sagte Mama und hielt ihren Arm fest. »Pass auf, du spritzt den Herrn nass.« Sie lächelte in Richtung eines Mannes, der neben Tine auf der steinernen Einfassung saß und in ein Krabbenbrötchen biss.

»Hmm«, grunzte der, kaute, schluckte und ergänzte: »Bei der Hitze ist man doch froh über jede Abkühlung.«

»Stimmt«, sagte Mama und: »Nein, Tine!«, weil die prompt Mama nass spritzte.

Der Mann zog die Augenbrauen hoch. »Du heißt Tine?«
»Genau«, sagte Tine.
»Die Figur da heißt auch Tine.«

»Ja, das hat Trude schon erzählt.«

»Trude?« Der Mann sah Mama fragend an.

»Unsere Ferienwohnungs-Vermieterin«, sagte die.

»Trude Bornewasser?«

Mutter lachte. »Sie kennen sie?«

»Husum ist ein Dorf.« Der Mann grinste. »Sie ist meine Tante. Mein Haus ist gleich um die Ecke. Grüßen Sie sie von mir.«

»Von?«

»Florian.«

»Richte ich aus«, sagte Mama.

»Und Sie?«

Mama wirkte verwirrt. »Was meinen Sie?«

»Mensch, Mama!« Tine verdrehte die Augen. Sie wies auf sich: »Tine!« Auf den Mann: »Florian!« Dann auf ihre Mutter: »Maren!«

»Oje, sorry«, meinte Mama.

»Die Geschichte geht übrigens ein bisschen anders«, meinte Florian.

»Welche Geschichte?«

»Die von der Fischersfrau.« Er wies auf die Figur. »Der Sage nach hat die ganze Stadt einmal ein großes Fest am Strand gefeiert. Nur eine Frau war krank und konnte nicht mitmachen. Die stand am Fenster ihres Hauses und sah als Einzige hinter den Feiernden Wolken aufziehen, die eine Sturmflut ankündigten. Sie rief laut, um die anderen zu warnen, aber keiner hörte sie. Da zog sie schließlich ein brennendes Scheit aus dem Ofen und warf ihn auf ihr Bett, das sofort lichterloh brannte – wie das ganze Haus. Da rannten alle zum Haus der Frau, um es zu löschen, und brachten sich so gerade noch rechtzeitig in Sicherheit. Daran erinnert das Denkmal, und deshalb guckt die Figur in Richtung Meer.«

»Auch eine schöne Geschichte«, meinte Mama. »Aber wir müssen jetzt los.«

Als sie am Abend vom Balkon auf das Meer hinausblickten, fiel es Tine plötzlich wieder ein: »Was war eigentlich mit dem Sturm?«

»Sturm?« Mama fixierte den Horizont, der im Schein der untergehenden Sonne lichterloh zu brennen schien. »Die Sturmflut meinst du, vor der die Frau gewarnt hat?«

»Nee, der mit den bunten und grauen Häusern«, stellte Tine richtig.

»Bunte und graue ...? Ach, *Storm* meinst du?«

»Trude sagte das.«

»Der Schriftsteller, genau. Theodor Storm. Der hat ein Gedicht über Husum gemacht, da heißt es ›Am grauen Strand, am grauen Meer‹ und ›Du graue Stadt am Meer‹. Das ist ziemlich berühmt. Jedenfalls haben deine Urgroßeltern es immer aufgesagt, wenn sie von ihrer Heimatstadt sprachen. Als Kind dachte ich deswegen, hier wär alles grau und schwarz.«

»Isses nicht«, stellte Tine fest.

»Für dich aber ganz bald«, sagte Mama. »Weil du jetzt gleich die Augen zumachst.«

Am nächsten Vormittag packte Mama allerhand ein, und sie fuhren zum Strand. Obwohl Tine schon das Seepferdchen hatte, bestand Mama darauf, dass sie Schwimmärmchen anlegte, als sie ins Wasser gingen. Die Strömung wäre zu gefährlich.

Nachher picknickten sie auf einer Decke, und Mama las vor. Etwas von Herrn Storm. Das Märchen von der Regentrude. Die einschläft, weil die Menschen sie vergessen haben. Weshalb alle Felder austrocknen und der Feuermann die Herrschaft übernimmt. Aber ein Bauernsohn, Andrees, schafft es, die Regentrude zu finden und aufzuwecken. Mit einem magischen Spruch, den auch alle vergessen haben, und mithilfe eines Mädchens, in das er sich verliebt hat, das Maren heißt. Beim zweiten Versuch erst klappt es, weil sie vor Sonnenaufgang aufbrechen müssen, im Hellen ist der Feuermann zu stark.

»Maren und Trude!« Tine wollte es nicht glauben. »Steht das in echt da?«

Mama schwor, das hätte der Herr Storm so geschrieben und dass ihre Eltern sie so genannt hätten, weil ihre Oma schon so geheißen hätte.

Tine schüttelte den Kopf – und sah, was in der Zwischenzeit passiert war: »Das Meer trocknet aus!«

Tatsächlich war der Rand des Wassers ein ganzes Stück weiter weg als vorher.

»Das ist die Tide«, sagte Mama und erklärte die Sache mit Ebbe und Flut.

»Tide! Das sagst du nur, weil ich Tine bin!« Tine lachte. »Und der Mond ein Magnet! Du hast selbst gesagt, wir haben Klimawandel. Die Sonne ist viel zu heiß, die Erde vertrocknet, und überall brennt es.«

»Stimmt ja auch. Aber das Meer kommt und geht, glaub mir. Das mit dem Klimawandel ist eine andere Sache. Eine schlimme. Da müssen wir dringend dran arbeiten. Für die nächsten Generationen.«

»Vielleicht muss jemand die Trude wecken«, schlug Tine vor.

Mama drückte sie an sich. »Wenn es hilft ...«

Als sie die Fahrräder in den Schuppen schoben, stand die alte Trude im Vorgarten und schnitt trockene Triebe ab. Tine lief zu ihr hin. »Du schläfst ja gar nicht!«

»Noch nicht.« Die Alte winkte sie herbei. »Willst du mir beim Gießen helfen, kleine Tine?«

»Wir haben gestern Ihren Neffen in der Stadt getroffen«, sagte Mama. »Er lässt grüßen.«

»Soso.« Trude ließ Wasser in eine kleine Kanne laufen.

Tine kicherte. »Ich habe ihn auch ein bisschen gegossen.«

»Das kann er gebrauchen. Er ist Feuerwehrmann.« Trude zwinkerte und hielt ihr die frisch gefüllte Gießkanne hin. »Die Blumen haben es gerade aber noch viel nötiger. Magst du?«

»Ich mache schon mal Abendessen!«, rief Mama und verschwand im Haus.

Nachdem sie die trockene Erde tüchtig gewässert hatten, lud die Trude Tine auf eine Limo in die Parterre-Wohnung ein.

Tine erzählte von dem Tag am Strand, dem Meer und dem Märchen von der Regentrude.

»Ach deshalb hattest du Sorge, ich könnte eingeschlafen sein?« Trude lachte und wurde dann wieder ernst. »Deine Mutter hat schon recht. Die Menschen haben vergessen, dass sie mit der Natur achtsam sein müssen.« Sie wies aus dem Fenster auf den Deich und das Meer dahinter. »Guck, ist das nicht ein Geschenk?«

Tine fixierte den Horizont, der Schlieren warf.

»Dunst ist die Welle …«, murmelte sie.

Trude folgte ihrem Blick. »Staub ist die Quelle«, ergänzte sie.

»Du kennst den Zauberspruch?«, rief Tine. »Auswendig? Man muss ihn aufsagen, damit die Trude aufwacht und der Brunnen wieder sprudelt!«

»Ich bin alt und vergesslich, kleine Tine. Aber ich verrate dir einen Trick, wie wir es hier in Husum machen: Für den Fall der Fälle haben wir ihn aufgeschrieben und in einen Briefumschlag gesteckt, den wir in der Schublade aufbewahren.«

Tines Blick ging in die Zimmerecke, wo neben der Küchentür ein Schreibtisch stand.

»Magst du noch eine Limo?«, fragte die alte Trude.

Tine nickte, und Trude verschwand in der Küche. »Bei der Hitze müssen auch die Menschen viel trinken«, sagte sie, als sie mit dem gefüllten Glas zurückkam.

Tine war gerade damit beschäftigt, ihr T-Shirt in die Hose zu stopfen. Sie griff nach dem Glas, trank es in einem Zug leer und sprang auf. »Danke!«

Anderntags machten sie eine Tour mit dem Krabbenkutter. Tine war erleichtert. Sie stand am Bug und guckte nach vorn. Die Nordsee war riesengroß. Auch wenn die Hitze über den Wellen flimmerte – so viel Wasser konnte nie und nimmer austrocknen!

Mama rief sie zu sich. Die Besatzung war gerade dabei, zwei große, an seitlichen Auslegern befestigte Netze aus dem Wasser zu ziehen. Kinder und Erwachsene konnten beobachten, was zwischen den Maschen zum Vorschein kam: Tang, Muscheln und allerhand Wimmelzeug. Eine junge Frau klaubte auf, was sie »Beifang« nannte, also alles, was keine Krabbe war, hielt es hoch, sodass alle es ansehen konnten, bevor sie es über Bord warf. Der Kapitän erklärte, was es war: Plattfische, Krebse – die durfte man sogar anfassen, er zeigte, wie man sie packen musste, dass sie einen nicht zwicken konnten. Tine legte er einen kleinen Seestern auf die Handfläche. Es kribbelte ein bisschen, als er die Arme rollte und streckte. Mama drehte ihn vorsichtig um, sodass Tine die unzähligen Noppenbeinchen sehen konnte, die sich hin und her bewegten.

»Er braucht Wasser!«, rief Tine.

»Der kommt auch eine Weile ohne aus«, beruhigte der Kapitän. »Aber wenn du genug gesehen hast, wirf ihn ruhig wieder ins Meer.«

Das tat Tine. Genauso einen Einsiedlerkrebs, eine Miesmuschel und einen richtigen Krebs, die der Kapitän ihr nach und nach reichte.

»Danke«, sagte Tine und zupfte an seiner Hose. »Wie heißt du eigentlich?«

»Mensch, Tine!« Mama verdrehte die Augen. »André Hinrichs! Er hat sich doch vorgestellt, als er uns begrüßt hat.«

André lachte. »Ich habe deinen Namen auch vergessen, sorry!«

»Tine«, sagte Tine. »Das ist Maren.«

»Deine Schwester?«

»Ihre Mutter«, sagte Mama, die ein bisschen rot geworden war.

»Aber du darfst Maren sagen«, korrigierte Tine.

»Darf ich?« Der Kapitän lachte, schüttelte Mama die Hand, sagte: »Moin, Maren!«, zog seine Kapitänsmütze ab und stülpte sie Tine auf den Kopf. Die konnte für einen Moment nichts sehen, nur hören, dass Mama kicherte und »Moin, André!« sagte.

Als sie die Mütze in den Nacken schob, sah sie, dass diesmal André ein bisschen rot geworden war. Er drehte sich aber schnell um, fischte ein graues Schuppentierchen aus dem Netz, hielt es hoch und erklärte, alle würden es Krabben nennen, aber in Wirklichkeit wären es Garnelen oder kleine Shrimps mit langen Fühlern. Dann warf er das Würmchen in einen großen Topf Salzwasser, der bereits erhitzt wurde.

Tine hatte genug gesehen, lief wieder zum Bug und ließ sich auch nicht zum Krabbenpulen und -kosten locken, obwohl Mama sie mehrfach rief.

Als sie den Husumer Außenhafen erreichten und von Bord gingen, waren Tines Ohren taub vom Dieselmotordröhnen. Der Boden wankte unter ihren Füßen, und sie musste sich erst einmal aufs Kopfsteinpflaster setzen. Mama ging neben ihr in die Knie, schob ihr die Mütze in den Nacken und legte die Hand an ihre Stirn.

André, der die letzten Passagiere verabschiedete, kam dazu und fragte: »Seekrank, kleine Krabbe?«

Tine schüttelte den Kopf.

André hielt ihr ein Wasserfläschchen hin. »Trink was. Bei dem Fahrtwind merkt man nicht, wie heiß es ist.«

Mama half, den Verschluss aufzudrehen und hielt Tine die Öffnung der Flasche an den Mund. Tine verschluckte sich fast, so gierig trank sie.

»Setzt euch da drüben in den Schatten.« André zeigte auf ein Mäuerchen. »Ich komme gleich zu euch.«

Nachdem er die Mannschaft entlassen hatte, stellte sich heraus, dass das Mäuerchen zu seinem Haus gehörte, in das er sie einlud. Für Mama goss er einen Tee auf, und der »Krabbe« bot er eine Dose Friesenkekse an, weil sie auf dem Schiff nichts gegessen hatte. Tine mampfte und fühlte sich schon viel besser.

»Danke.« Mama nahm die Tasse, pustete und sah sich um. »Lebst du hier allein?«

»Jou«, sagte André. »Mein Vater ist vor vielen Jahren auf See geblieben und meine Mutter letzten Sommer gestorben.«

»Oh, das tut mir leid.« Mama beugte sich wieder über die Tasse. War der Tee so heiß, dass sie ganz rot wurde?

André war auch wieder rot geworden, aber wirkte eher wütend. »Sie ist im eigenen Bett erstickt, während ich auf einer Mehrtagestour war. Ein Schwelbrand im Kaminofen. Der Regler war zu. Ich begreife das nicht. Sie hat ihr Leben lang mit dem Ofen geheizt ...«

»Wie schrecklich!«, sagte Mama.

»Was es noch schlimmer macht: Seit einigen Jahren haben wir hier in Husum immer wieder Probleme mit Feuer ... erst der Großbrand im Nordseehotel, das zum Glück gerade leer stand. Dann nach und nach vier alte Leute. Zwei haben überlebt und sind ins Altersheim gegangen, weil sie sich nicht mehr sicher fühlten. Als wenn jemand wollte, dass die nächste Generation übernimmt.«

Mama nippte Tee und guckte traurig.

»Der Feuermann!«, sagte Tine böse. »Aber du und

Mama – ihr könntet doch zusammen ... also für die nächsten Generationen sorgen! Mama heißt schließlich Maren, und du ...«

Mama sprang auf, feuerrot im Gesicht. Sie setzte die Tasse ab und packte Tine an der Hand. »Entschuldige bitte«, sagte sie in Andrés Richtung. »Tine geht es wieder gut, wie es scheint. Wir sollten dann besser mal los.« Sie drückte André die Kapitänsmütze in die Hand und zog Tine zur Tür.

»Oh, das tut mir leid«, erwiderte André. »Ich wollte euch nicht ...«

»Mir tut es leid!«, wiederholte Mama. »Lieben Dank für alles!«

Auf dem Weg sprach sie eine Weile kein Wort. Erst als sie den Schlosspark erreicht hatten, fragte sie: »Willst du auf den Spielplatz?«, und setzte sich auf die Bank, während Tine rutschte, schaukelte und wippte. Aus den Fenstern des Schlosses wehte Klavier- und Geigenspiel herüber.

Als sie weitergingen, nahm Mama Tines Hand. Sie suchten einen Supermarkt auf und kauften Obst, Nudeln und Eier. Zu Hause machten sie Essen und spielten den Rest des Abends »Mensch ärgere Dich nicht«. Kein Wort mehr über André.

Tine wachte davon auf, dass Sirenen jaulten. Es war stockdunkel und roch angebrannt. »Mama!«, rief sie.

Die stöhnte, als hätte sie Mühe, wach zu werden. Dann klirrte eine Scheibe, und alles ging sehr schnell. Das Fenster wurde geöffnet, eine dunkle Gestalt mit Helm erschien. Ein Lichtstrahl blendete Tine, die sich an Mama festhielt. »Hierher, schnell!«, rief eine Männerstimme. Jemand kletterte herein. Tine fühlte sich von zwei kräftigen Armen gepackt, in der Fensteröffnung erschien ein zweiter Mann mit Helm, der sie auf den Arm nahm. Unten flackerte Blaulicht, heulten Sirenen, Scheinwerfer strahlten das Haus an, sie erkannte einen metallenen Käfig, in den man sie setzte, während Mama mithilfe des ersten Mannes hinterherkletterte, wovon der Korb tüchtig ins Wackeln geriet. Dann fuhr die Leiter, an deren Ende sie hingen, langsam nach unten, die Männer hielten sie fest, Tine klammerte sich an Mama. Unten wurden sie in knisternde Folien gewickelt, und die Feuerwehrleute brachten sie zu einem Krankenwagen, wo eine Ärztin sie empfing. Noch während sie Tine und Mama untersuchte, nahm der erste Mann den Helm ab.

»Florian!«, rief Tine.

Er lächelte. »Na, das war ja gerade noch rechtzeitig«, sagte er.

»Was ist mit Trude?«, rief Mama.

Florian legte den Arm um sie. »Sie ist auf dem Weg ins Krankenhaus.«

Durch die offene Tür konnte Tine den unteren Teil des Hauses vor lauter Qualm kaum erkennen. Immerhin sah sie kein Feuer.

»Glück gehabt«, meinte die Ärztin. »Sie scheinen außer dem Schreck nichts abbekommen zu haben. Gut, dass die Feuerwehr so schnell da war.«

»Was ist denn passiert?«

»Ein Schwelbrand im Keller«, sagte Florian. »Ich hab's zum Glück gerochen, als ich nach Mitternacht vorbeikam. Für so was habe ich als Feuerwehrmann eine Antenne.«

Er bot ihnen an, in seiner Gästewohnung unterzukommen. Der Brand sei gelöscht. Aber jetzt müsste erst alles untersucht und gründlich gelüftet werden, bevor sie ihre Sachen holen könnten. Dann müssten die Zimmer geputzt, Bettzeug und Polster geprüft, Lebensmittel entsorgt werden ... er werde sich auf jeden Fall kümmern, es sei ja das Häuschen seiner Tante, und er gehe für alles in Vorlage.

»Danke«, sagten Mama und Tine.

In der Wohnung drehte sie den Schlüssel zweimal rum und ließ ihn stecken. Sie kuschelten sich in dem großen Doppelbett zusammen. Tine lauschte lange auf Mamas Atem. In ihrem Kopf ging es rund und rund. Erst als Licht durch die Ritzen der Jalousie sickerte, fielen ihre Augen wie von selbst zu.

Kaum dass sie Mama in der Küchenzeile rumoren hörte, klingelte es an der Tür. Florian brachte Kleidungsstücke, Spenden, wie er sagte. T-Shirts, Kleider, Jogginghosen, die halbwegs passten. Immerhin hatte Mama noch ihr Handy gegriffen, das immer neben ihrem Bett lag. In der Klapphülle fand sich ein Geldschein. Sie würde mit Tine in einem Café frühstücken, sagte sie und verabredete mit Florian, dass sie um zwei Uhr nach der Ferienwohnung sehen würden.

Sie waren kaum um die Ecke gebogen, als am Ende der Straße André auftauchte. »Maren! Tine!«, rief er und lief los. Tine rannte auf ihn zu, warf sich ihm in die Arme, er hob sie an und schwenkte sie im Kreis, ehe Mama sie erreichte und gleich mit in den Arm genommen wurde. »Himmel, bin ich froh, dass euch nichts passiert ist«, stöhnte er. »Ich hab gleich alles stehen und liegen gelassen, als ich davon gehört habe ...«

»Florian hat uns gerettet«, rief Tine. »Trudes Neffe.«

»Ja, ich weiß«, sagte er. »Das ist hier wie ein Lauffeuer ...«

»Hast du auch von Trude gehört?«, unterbrach Mama. »Wie geht es ihr?«

»Nicht jetzt.« André guckte Tine an.

»Lauf schon mal vor!«, sagte Mama. »Such einen schönen Tisch mit Blick aufs Meer aus!«

Tine flitzte los.

Als die beiden endlich hinterhergetrödelt waren, hatte sie schon die Karte durchgeblättert. »Darf ich einen Eisbecher?«

Mama runzelte die Stirn. »Zum Frühstück?«

»Ausnahmsweise. Auf den Schreck.« André schob Maren die Karte zu. »Bitte, lass mich euch einladen.«

Aber Mama wollte nur einen Kaffee. Sie habe keinen Appetit.

»Was ist denn nun mit der Trude?«, wollte Tine wissen, als die Kellnerin wieder weg war.

Die beiden sahen einander an.

Mama nahm ihre Hand. »Sie ist eingeschlafen«, sagte sie.

»Wo ist sie? Im Krankenhaus?«

Wieder sahen die beiden einander an.

Dann zeigte Mama in Richtung Horizont. »Irgendwo da drüben«, sagte sie.

»Wer weckt sie denn wieder auf?«, fragte Tine. Aber da kam der Eisbecher, und sie hatte erst einmal gut zu tun.

Den Rest des Tages gab es allerhand zu tun. Die Sachen in der Ferienwohnung abholen. Den Schlüssel zum Schuppen nahmen sie mit, sodass sie das meiste mit dem Fahrrad erledigen konnten: die Kleidung in den Waschsalon bringen. Im Supermarkt neue Zahnbürsten und Lebensmittel kaufen. Die getrocknete Wäsche wieder abholen.

Die Polizei würde sich noch bei ihnen melden, sagte Florian, er habe Marens Nummer angegeben. »Ihr habt nichts mitgekriegt, oder? Als ich reinkam, habt ihr fest geschlafen!«

»Bis du das Fenster kaputt gemacht hast!«, bestätigte Tine.

Den Koffer und die Strandsachen säuberte Mama in Florians Ferienwohnung gründlich. Nur den roten Rucksack rückte Tine nicht heraus. »Den hab ich im Bad sauber gemacht. Der riecht kein bisschen.«

Die neue Wohnung war kleiner als die in Trudes Haus, sie konnten auch nicht aufs Meer gucken, aber sie war ganz gemütlich.

»Ein paar Tage kann man es hier aushalten«, meinte Mama.

»Hm«, meinte Tine.

»Wenn du willst, fahren wir morgen mit dem Auto nach Nordstrand, da kann man eine Schiffstour zu den Seehundbänken buchen.«

»Au ja! Mit André!«

Mama wurde rot. »Nein, der geht vor Sonnenaufgang schon auf Krabbenfang. Aber findest du Seehunde nicht spannend?«

Das fand Tine schon. »Vielleicht übermorgen«, meinte sie. »Morgen besser einfach zum Meer.«

»Auch gut«, meinte Mama. »Ein bisschen Ruhe ist mir gerade auch am liebsten. Ich dachte nur, es bringt dich auf andere Gedanken …«

»Wann ist eigentlich Sonnenaufgang?«, wollte Tine wissen.

»Keine Ahnung. Um fünf vielleicht. Auf jeden Fall furchtbar früh.«

Nach all dem Durcheinander gab es spätnachmittags eine warme Mahlzeit, und gleich danach gähnte Tine so heftig, dass Mama sie zum Zähneputzen schickte. Kaum lag sie im Bett, schlief sie auch schon ein.

Als sie die Augen wieder aufschlug, war es dunkel. Mama atmete tief und gleichmäßig. Tine tippte auf das Handy. Die Vier kannte sie von ihrem vorletzten Geburtstag. Leise, leise kletterte sie aus dem Bett, zog sich an und packte sicherheitshalber eine Jacke in den Rucksack. Die Tür lehnte sie nur an, damit es nicht klackte, schlich die Treppe hinunter und zog die Haustür vorsichtig zu. Dann machte sie sich auf den Weg.

Es war angenehm kühl und gerade so dunkel, dass kein anderer unterwegs war, sie aber keine Angst hatte. Der Weg kam ihr trotzdem länger vor als sonst. Der Strand wollte gar nicht aufhören, und der Horizont rückte kein bisschen näher, auch als sie schon weit gelaufen war. Aber der rosa Streifen wurde immer größer und leuchtender, als wollte er sagen: Du bist auf dem richtigen Weg! Du wirst sie schon finden! Aber beeil dich, bevor die Sonne aufgeht!

Tine hatte sich nicht getraut, den Briefumschlag zu öffnen. Gut, dass sie ihn an sich genommen hatte. Das Buch war im Ferienhaus geblieben. Sonst hätte sie Maren bitten können, den Spruch noch einmal vorzulesen. Ein paar Druckbuchstaben kannte sie, und den Anfang: »Staub ist die Quelle ...« Nein: »Dunst ist die Welle«, genau! Dann »Stumm sind die Felder«? »Feuermann tanzet ...«

Egal! Wenn die Trude wach wäre, würde sie ihr helfen. Die eigene Schrift würde sie wohl lesen können.

Die Falten im Boden erinnerten sie an Trudes Lachen, als es so heiß gewesen war und sie Blumen gegossen und geschwitzt hatten. In den Furchen schimmerte es geheimnisvoll, und in einer bewegte sich etwas. Da! Ein kleiner Krebs arbeitete sich aus dem Sand hervor. Tine überlegte, ob sie ihm helfen sollte, entschied sich aber weiterzugehen. Nicht, dass der Feuermann sie einholte!

Der Untergrund wurde matschiger und lebendiger. War das nicht der Seestern, den sie bei André auf dem Schiff in der Hand gehalten hatte? Nun kniete sie sich doch hin, rief »Hallo!« und stupste ihn an einem seiner Ärmchen. Er winkte zurück. Aber sie musste doch weiter. Die Strecke vor ihr schien endlos. Als sie sich umsah, war da nur noch ein schmaler grüner Streifen irgendwo am anderen Ende der Welt. Der braune Schlick dehnte sich genauso wie in der anderen Richtung. Die halbe Strecke hatte sie also geschafft. Der Himmel leuchtete jetzt feuerrot. Tine war auf einmal unsicher, von wo der Feuermann kommen mochte. Wo es am hellsten war? War sie überhaupt noch auf dem richtigen Weg? Überall nur dunkler Sand und Horizont. Als Mama ihr die Richtung gezeigt hatte, war die Sonne schon hoch oben am Himmel gewesen. Irgendwo in Richtung Meer hatte ihr Finger gewiesen. Nur: Wo war das Meer? Strand, wohin sie guckte – und ganz schön matschig. Ihre Sandalen waren durchnässt. Ausziehen machte keinen Sinn mehr. Sie zog sie trotzdem aus, weil sie so schwer an den Füßen wurden, und packte sie in den Rucksack. Wenn die Jacke dreckig würde, konnte man sie waschen. Hauptsache, der Brief im Reißverschlussfach blieb trocken. Das Meer kommt und geht, hatte Mama gesagt. ›Tide‹ hieße das. Aber von wo und wohin? Wenn das Wasser, das sich um ihre Füße sammelte, zum Meer gehörte – woher kam es?

Als die Sonne schon den ganzen Himmel angeknipst hatte, gingen Tine die kleinen Wellen bis zu den Waden. Das Laufen wurde mühselig. Eine Pause wäre jetzt schön gewesen. Aber dann hätte sie im Nassen gesessen. Tine gähnte und stapfte weiter. Je höher das Wasser stieg, desto mehr zog es an ihr. Der Saum ihres Kleids wurde nass. Sie hielt an und rief: »Trude!« Niemand antwortete.

In der Ferne sah sie etwas auf dem Wasser. Schiffe? Sie winkte. Wenn, dann waren sie viel zu weit weg.

Tine nahm die Arme zu Hilfe, um sich einen Weg zu bahnen. Das Wasser leckte an ihrem Rucksack. Sie nahm ihn ab und schwenkte ihn in der Luft. Rief abwechselnd »Trude!« und »Hallo!« Eins der Schiffe schien etwas näher gekommen zu sein. Oder war sie es, die sich weiter herangearbeitet hatte? Die Wellen zerrten an ihr. Sie waren schrecklich kalt. Bevor sie das Gleichgewicht zu verlieren drohte, setzte sie den Rucksack lieber wieder auf. Wenn er oben bleiben sollte, müsste sie wohl schwimmen. Als sie sich vorsichtig nach vorn legte, atmete sie tief ein, so eisig fühlte es sich an – und kriegte prompt Wasser in die Nase. Sie hustete, es spritzte ihr in die Augen, und dann schrie sie doch ein bisschen. Merkte aber, dass sich den Wellen anzuvertrauen, weniger anstrengend war als das Gehen. Beim Seepferdchen hatte sie gelernt, dass es nicht darum ging, so schnell wie möglich anzukommen, sondern sich vom Wasser tragen zu lassen. Aber im Schwimmbad waren ja auch nicht so doofe

Wellen und so viel Salz, und das Becken war nicht so groß und Mama in der Nähe – und der Schwimmlehrer. Als sie noch einmal mit den Zehenspitzen testen wollte, wie tief es war, spürte sie keinen Grund mehr. In dem Moment dachte sie zum ersten Mal, dass sie es vielleicht nicht wieder zurück schaffen könnte.

Sie holte tief Luft und schrie wie am Spieß, die Augen fest geschlossen, spürte Wasser auf dem ganzen Gesicht, aber ein Teil davon war angenehm warm. Das musste aus ihren Augen kommen.

Weil das Wasser auch ihre Ohren überschwemmt hatte, hörte sie das Rufen vor lauter Schreien erst, als ein harter Griff sie am Oberarm packte und in die Höhe zog. Sie blinzelte unter Tränen, während jemand sie über den Rand eines hölzernen Boots wuchtete, riss die Augen auf und rief: »André!«

Als Andrés Krabbenkutter die Kaimauer erreichte, standen dort jede Menge Menschen, vornweg Mama und rechts und links von ihr Polizisten. Noch ehe André das Tau festziehen konnte, das er über den Poller geworfen hatte, sprang Mama an Bord. Tine ließ die Wolldecke fallen, in die André sie gewickelt hatte, und fiel ihr um den Hals.

In Andrés Haus rubbelte Mama Tine im Badezimmer tüchtig trocken, zog ihr eines von Andrés T-Shirts über, wickelte sie wie ein Baby in ein Badetuch und trug sie in die Wohnküche, wo alle um den Tisch saßen, auf dem Teetassen dampften. André erzählte eben den Polizisten, dass er im Wattenmeer von Ferne den roten Rucksack gesehen, darauf zugehalten und Tine mit dem Beiboot aufgesammelt hatte.

Dann musste Tine erzählen. Wie sie die Trude gesucht

hatte. Was gar nicht so leicht war, weil Mama nicht aufhörte, sie zu drücken, zu rufen: »Ja, bist du denn ...? Wie konntest du denn ...?«, zu weinen und zu lachen.

Bei dem Brief hakte sie nach. »Den Spruch in einem Umschlag? Was für ein Umschlag?«

Tine zögerte. Wie sollte sie das erklären?

»Du hattest einen Brief dabei?«, fragte einer der Polizisten.

Hatte sie das nicht gerade erzählt?

»Ja, mit dem Zauberspruch für die Regentrude.«

»Wo hattest du den her?« Das war wieder Mama.

Der andere Polizist hielt Tines Rucksack hoch. »Da waren aber nur deine Jacke und Sandalen drin.«

»In dem kleinen Fach«, sagte Tine.

»Was für ein Brief?«, wiederholte Mama.

Der Polizist öffnete den Reißverschluss, zog den Umschlag heraus und legte ihn auf den Tisch.

Alle starrten darauf.

»Trude Bornewasser«, las Mama. »Zum letzten Mal, Tine: Wo hattest du ihn her?«

Na, und dann erzählte Tine, was Trude ihr erzählt und dass sie den kurzen Moment genutzt hatte, als die alte Frau in der Küche war, um in der Schublade von dem Schreibtisch ...

»Du hast den Umschlag *geklaut*?« Mamas Stimme klang genau so, wie Tine befürchtet hatte. Gut, dass André im selben Moment den Arm um ihre Schultern legte.

»Sie sagte, das haben doch alle in Husum ... da macht es doch nichts – und ich wollte ihn ihr doch bringen! Weil du doch gesagt hast, sie schläft, aber sie war gar nicht da ...«

»Fraglich, ob der Inhalt überhaupt noch lesbar ist ...«, sagte der eine Polizist.

»Oder ob wir ihn dem Erben oder den Ermittlern aushändigen müssen«, vollendete der andere.

»Oder ihn wegwerfen«, ließ sich der Erste wieder vernehmen.

»Das lässt sich klären.« André stand auf, ging zum Küchenschrank, holte ein Messer und hielt es dem ersten Polizisten hin. Der schlitzte den Umschlag auf und zog vorsichtig einen zusammengefalteten, eng mit Tinte beschriebenen Bogen heraus. Das Papier war feucht, die Buchstaben verwischt, aber lesbar. Das konnte selbst Tine erkennen.

»Da steht ›Verfügung‹«, sagte der Polizist.

»Ah, es gibt also doch ein Testament?«, der andere.

»Vom Januar dieses Jahres«, ergänzte der Erste.

»Sieh an! Lies!«

Der andere las schweigend, bis er unvermittelt »Oha!« sagte.

»Was?«

»Sie hat ihn enterbt. Weil sie ihn für den Zündler hält. Er hat entsprechende Andeutungen gemacht. Dass er die ...« Er sah André an. »Er hat Ihre Mutter erwähnt ...«

»Ich wusste es!« André sprang auf und griff nach dem Bogen, aber der Polizist wehrte ihn ab.

»Wir klären das! Wir sind da schon länger dran.«

Er sah seinen Kollegen an. »Er hatte ihr wohl vorgeschlagen, ihm ihr Haus zu Lebzeiten zu überschreiben. Als sie das abschlug, muss er gesagt haben, er wolle nur vorbeugen. Alte Leute würden halt tüdelig. Ob sie sich an die alte Stine Hinrichs erinnere? Die habe er am Vorabend ihres Ablebens noch besucht. Zum Glück gebe es die Feuerwehr, die fast immer rechtzeitig zur Stelle sei. Sie hat das als Drohung verstanden, hätte aber nichts in der Hand. Sie schreibt, im Fall der Fälle sollten die Umstände ihres Todes untersucht werden.«

»Ha!«, knurrte der zweite Polizist. »Jetzt haben wir ihn! Immer der Erste, wenn's irgendwo brennt …«

»Schweinehund!«, rief André.

Mama legte eine Hand auf seinen Unterarm.

Tine versuchte immer noch zu begreifen, was sie gerade gehört hatte. »Stand da gar nicht der Zauberspruch, der die Trude weckt und den Feuermann besiegt?«, fragte sie.

Mama drückte sie an sich. »Die Trude wird wohl nicht mehr wach. Aber der Feuermann …«

Tines Blick ging zum Fenster. »Doch! Die Trude hat mich gehört! Guck doch! Es regnet!«

AUSGEFISCHT

Anke Küpper

Neustadt in Holstein

»Aufgrund von Fangverboten und Umsatzeinbrüchen gilt es, neue Wege zu gehen.« Beschwörend wie eine Priesterin hob Julia beide Hände, die Innenseiten nach vorn gerichtet. Seit zwei Stunden predigte sie im Versammlungsraum des Neustädter Fischeramts, suchte immer wieder Blickkontakt mit den Fischern an den Tischen vor ihr, wartete auf ein Zeichen von Einverständnis in den wettergegerbten Gesichtern. Vergebens, die Männer hatten nur Schnauben und Kopfschütteln für ihre Worte übrig. Ein kleiner, ungepflegter Typ mit verblichener Windjacke und tief in die Stirn gezogener Kappe war besonders ignorant. Mehrfach war er zwischendurch verschwunden. Ihretwegen hätte er nicht wieder auftauchen müssen! Jetzt saß er vornübergebeugt, auf die Ellenbogen gestützt, die Fäuste an die Ohren gedrückt. Hörte er überhaupt zu?

Panta rhei – alles fließt, sollte sie normalerweise an dieser Stelle sagen. Ihre Chefin in der Beraterfirma, die im Auftrag des Landesfischereiverbands das Fortbildungspaket entwickelt hatte, für das Julia heute warb, stand leider auf hochtrabende, pseudophilosophische Einsprengsel. Ein Prinzip aus der Antike akzeptierte man angeblich eher als Umweltverschmutzung, Klimawandel oder Profitgier eines Konzerns – und wer Altgriechisch verstand, bewahrte sich angesichts des drohenden Jobverlusts immerhin seine Würde. Wenn die Chefin meinte. Selbst war die Frau natürlich noch nie arbeitslos gewesen! Julia ahnte, dass der Quatsch den Männern vor ihr den Rest geben würde.

Stattdessen beendete sie ihren Info-Vortrag mit einem klaren Appell: »Nächstes Jahr ist es vielleicht ganz vorbei mit der Fischerei! Nutzen Sie Ihre Chance. Jetzt!«

Erschöpft ließ sie die Hände sinken schwer wie Bojengewichte hingen sie an ihr herab. Zwei Stunden lang hatte sie ununterbrochen geredet, von Touristenfahrten zu den Schweinswalen, Seebestattungen und Trauungen auf dem Kutter geschwärmt, auch Sicherungsfahrten beim Aufbau von Offshore-Windparks waren eine Option. Die ganze Zeit über prasselte der Regen gegen die Scheiben. Durch die hinabrinnenden Schlieren zerfloss der Hafen vorm Fenster zu einem surrealistischen Bild. Ein Zittern durchlief sie. Im Raum roch es nach kaltem Kaffee, Fisch und Männerschweiß. Sobald sie durch die Nase atmete, wurde ihr übel. Oder war das die Angst? Wenn sie nicht mindestens drei Teilnehmer für eine der Maßnahmen gewann, musste sie selbst bald wieder stempeln gehen. Dieser Termin war ihre letzte Chance.

»Haben Sie noch Fragen? Sonst liegt hier vorn die Liste, in die Sie sich eintragen können.« Sie klopfte auf den Tisch neben sich, versuchte, durch den Mund zu atmen.

Ein bartstoppeliger Hüne in fleckiger Gummihose erhob sich als Erstes, rückte polternd seinen Stuhl zur Seite. »Ich will rausfahren und Fische fangen. Ich brauche keine

Leute an Bord, die mir bei der kleinsten Welle das Boot vollkotzen!« Grußlos ging er an ihr vorbei und verließ den Saal.

Julia stützte sich kurz an der Tischkante ab.

Der Nächste, der nach vorn kam, arbeitete in vierter Generation als Fischer. Er konnte sich nichts anderes vorstellen, als Netze für Dorsch und Hering auszuwerfen. »Wenn das nicht mehr geht, fahr ich meinen Kutter zur Abwrackwerft nach Greena«, erklärte er.

Immerhin, zwei Männer trugen sich ein. Bei dem Breitschultrigen mit der leuchtend gelben Regenjacke und dem adrett gestutzten Bart war Julia sich sicher, dass er bei den Touristen gut ankommen würde, besonders bei den weiblichen. Hauke Brodersen, las sie seinen Namen.

»Nur Meckern bringt nichts.« Er legte den Stift ab und bedankte sich für ihren Vortrag. Als er sie ansah, vertieften sich die Fältchen um seine Augen. Warum war er ihr in der Masse der abweisenden Gesichter nicht aufgefallen? Dankbar lächelte sie ihm nach.

Der Raum leerte sich. Schließlich war nur noch der unangenehme Typ mit der Kappe übrig. Er stand an seinem Platz, schien es nicht eilig zu haben. Dabei hatte es mittlerweile aufgehört zu regnen. Sie sah an ihm vorbei aus dem Fenster. Die Sonne brach durch die Wolken, die Kutter und Segelboote im Hafen hatten ihre Konturen wieder und glänzten wie frisch poliert. Bevor sie gleich nach Kiel fuhr, würde sie sich in das Restaurant neben dem Fischeramt setzen und eine Kleinigkeit essen.

Das Husten des Mannes holte sie zurück in den Raum. *Bitte!*, flehte sie innerlich, *trag dich in die Liste ein.*

Er kam tatsächlich nach vorn, griff den Stift, ließ ihn wieder los, räusperte sich und sagte: »Du hast dich gar nicht verändert.«

Warum duzte er sie? Die Leute wurden immer respektloser! »Würden Sie sich dann bitte eintragen, ich muss los.«

Der Mann rührte sich nicht. »Ist offenbar zu lange her!« Ein Lachen wie eine verkalkte Kaffeemaschine.

Angewidert trat Julia einen Schritt zurück, stieß gegen das gerahmte Gedenkblatt hinter ihr. Am liebsten hätte sie sofort ihren Mantel vom Haken genommen und wäre gegangen. Aber ihr fehlte noch die dritte Unterschrift. Sie zwang sich zu einem Lächeln.

»Erkennst du mich echt nicht?«

Während sie dachte, dass die hohe Stimme nicht zu seinem Äußeren passte, nahm der Mann die Kappe ab. Blonde Locken quollen hervor. Jetzt, wo der Schirm nicht mehr die Hälfte seines Gesichts verschattete, registrierte Julia die goldenen Sprenkel in den grauen Augen. Und erschauerte.

Vor ihr stand kein Mann, sondern eine Frau.

Nicole mit dem Engelshaar. Damals das schönste Mädchen in der Klasse. Heute ... na ja. »Du bist ...« Julia strich sich über ihren Kaschmirrock, als müsse sie überlegen. »Nicole Winter?«

»Endlich macht's klick.«

Sie sah an Nicole hinab. »Du bist Fischerin geworden? Du hast dich ziemlich verändert!«

Wieder dieses röchelnde Lachen.

»Schön, dich zu sehen. Aber ich muss los.« Panik stieg in Julia auf, eine dunkle Flut, die sie mitzureißen drohte. Bloß weg hier! Aber vorher brauchte sie noch Nicoles Namen in der Liste. Sie hielt ihr den Stift hin. »Bitte, trag dich noch ein.«

»Ich bin nicht sicher.« Nicole steckte die Hände in die Jackentaschen. »Kannst du vorher einmal mit mir rausfahren? Dann wüsste ich, dass sich mein Boot für die Touren eignet.« Sie machte eine Pause und zeigte eine Reihe kleiner, spitzer Zähne. Wie ein Hai. Oder ein Piranha. Hatte sie damals schon dieses Gebiss gehabt? Alle hatten immer nur ihre goldenen Locken bewundert.

»Ich habe keine Zeit.« Julia würde auf das Restaurant verzichten und gleich abdüsen. Sie hatte keine Lust, dass die Vergangenheit sie einholte. Zumindest nicht in Form von Nicole!

»So kann ich mich nicht in die Liste eintragen.«

»Dann eben nicht.« Julia stöhnte. Zur Not würde sie eine Unterschrift fälschen. Bis Kursbeginn fiel ihr schon etwas ein. Sie packte ihren Mantel und ihre Aktentasche und ließ Nicole stehen.

»Vielleicht sieht man sich mal wieder«, rief Nicole ihr hinterher.

Hoffentlich nicht! Sie eilte die Treppe hinab.

Nicole war ihre beste Freundin auf dem Gymnasium gewesen. Hatte sie zumindest gedacht. Bis sich Nicole ausgerechnet an Florian rangeschmissen hatte, den Jungen, in den Julia unsterblich verliebt war. Damit war ihre Freundschaft Geschichte gewesen! Energisch stieß sie die Haustür auf und lief durch den Vorgarten, vorbei an zwei Partyzelten und einem aufgebockten historischen Kutter. An den Zäunen hingen Reusen und Fischernetze zum Trocknen. Vielleicht rief sie den smarten Fischer in der gelben Jacke an und fragte ihn, ob er einen Kollegen hatte, der eine Fortbildung brauchte. Genau! Warum war sie da nicht gleich draufgekommen? Hauke ... so nett, wie er war, würde er ihr bestimmt helfen.

Ihre Absätze klackten über den gepflasterten Weg zum Tor. Auf der Promenade wandte sie sich nach rechts. Ihr Wagen parkte um die Ecke an der Durchgangsstraße.

Mit Schwung fuhr sie wenig später vom Bordstein.

Klong.

Und noch mal klong.

Sie rammte den Fuß auf die Bremse. Hatte sie einen Platten? Sie stellte den Motor ab, zog die Handbremse an, stieg aus und ging um den Wagen herum.

Mist, nicht nur ihr rechter Vorderreifen war platt, sondern auch der Hinterreifen. Zudem war die Felge eingedellt. Im Elendsredder in Kiel hatte es neulich eine ganze Vandalismus-Serie gegeben. Aber hier? Außerdem hatte sie keine Kratzer im Lack. Sie schaute zurück zu der Stelle auf dem Bürgersteig, an der sie geparkt hatte. Braune Scherben schimmerten auf dem regenfeuchten Asphalt. Eine weggeworfene Bierflasche! Hatte das Glas ihre Reifen aufgeschlitzt? Sie zog ihr Handy aus der Manteltasche. 18 Uhr. Ob sich heute noch jemand fand, der beide Reifen wechselte? Besser, sie rief gleich beim ADAC an. Obwohl es erfahrungsgemäß dauerte, bis die jemanden schickten. Und dann wurde sie in die nächste Werkstatt abgeschleppt und musste womöglich in Neustadt übernachten! Sie fluchte. Aber was hatte sie für eine Wahl? Sie hatte nur einen Ersatzreifen dabei. Entschlossen öffnete sie die Telefon-App und tippte das Adressbuch an.

»Alles okay mit dir?« Eine Stimme ließ sie herumschrecken, fast wäre ihr das Telefon aus der Hand gefallen. Nicole!

»Sieht nicht so aus, oder?«, erwiderte sie spitz.

»Ein Kumpel von mir hat eine kleine Werkstatt. Ich kann ihn anrufen, wenn du willst.«

Julia zögerte. Beim ADAC war sie laut Computerstimme die Zwanzigste in der Warteschleife. »Na gut.« Sie ließ das Handy sinken.

Sofort zückte Nicole ihr Smartphone.

»Eine gute Freundin von mir ...«, verstand Julia. Dann brauste ein Motorrad an ihnen vorbei, das Knattern des Auspuffs übertönte den Rest der Worte. Als Nicoles Ärmel hochrutschte, sah sie die Narben. Drei zackige Wülste quer über die Pulsadern. Sie sog die Luft ein. Hatte Nicole ...

»Jan ist in zehn Minuten mit dem Abschleppwagen da.« Nicole steckte ihr Handy in die Jackentasche, der Ärmel rutschte zurück. »Hier an der Straße ist es zu gefährlich. Er nimmt dein Auto mit in die Werkstatt. Und ich lad dich zum Fischbrötchen ein. Vielleicht hast du ja doch noch Lust auf eine Tour. Oder sonst setzen wir uns einfach auf eine Bank mit Blick aufs Wasser.« Beim Lächeln zeigte Nicole wieder ihre Zähne.

Lag es daran, dass ihr die Sonne ins Gesicht schien und die scharfen Züge aufweichte? Jedenfalls dachte Julia höchstens noch an einen Goldfisch. Oder war es einfach an der Zeit zu verzeihen? Die Sache war über zwanzig Jahre her. Eine Teenie-Schwärmerei, wenn Julia ehrlich war. Und wer weiß, wäre sie mit Florian zusammengekommen, hätte sie vielleicht nie Gero kennengelernt. Sie sollte nicht so nachtragend sein!

Nicoles Kumpel erwies sich als freundlicher Althippie mit schütterem Zopf. Mit schief gelegtem Kopf umrundete er ihren Wagen. »Eine Stunde wird's dauern. Mindestens, ich muss auch die Felge ausbeulen. Willst du mitkommen in die Werkstatt?«

Bevor sie antworten konnte, sagte Nicole: »Nein, wir setzen uns solange ans Wasser.«

Was sollte das? Sie hatte noch gar nicht Ja zu Nicoles Vorschlag gesagt. Aber bevor sie widersprechen konnte, meinte Jan: »Gute Idee. Ich rufe euch an, wenn ich fertig bin.«

Weg war er.

»Nimm den Matjes«, sagte Nicole, als sie wenig später am Fischbrötchentresen vor Klüvers Brauhaus anstanden. »Der stammt noch aus der Ostsee.«

Dazu bestellte jede von ihnen ein alkoholfreies Bier. Umständlich zog Nicole ein Portemonnaie hervor, der speckige Fetzen wurde durch Klebeband zusammengehalten.

»Lass mal, ich mach das«, winkte Julia ab. Das war ja nicht mit anzusehen!

Nicole widersprach nicht.

Mit Brötchen und Bier in der Hand schlenderten sie über die Promenade Richtung Fischerhaus. Eine Frau, die ihnen entgegenkam, schaute erst zu Julia, dann zu Nicole und wieder zurück. Schüttelte die Frau den Kopf, oder bildete Julia sich das nur ein? Nicole und sie waren aber auch ein ungleiches Paar! Julia in ihrem schicken Kostüm mit dem neuen hellen Sommermantel, daneben die verhärmte Fischerin. Für Freundinnen würde sie jedenfalls niemand halten. Bloß wofür dann? Nicole hatte seit vorhin kein Wort mehr über ihre gemeinsame Vergangenheit verloren. Und

Julia würde garantiert nicht den Anfang machen. Reden war nicht immer die Lösung, in diesem Fall schien ihr Totschweigen besser. Schließlich hatte sie nicht vor, Nicole je wiederzusehen. Sobald ihr Wagen repariert war, würde sie Neustadt verlassen, und der Spuk wäre vorbei. Die Kurse, für die sie mit ihrem Vortrag geworben hatte, gab zum Glück jemand anders.

Die Bänke vorm Zaun des Fischerhauses waren allesamt besetzt. Ein älteres Paar hatte sich ebenfalls Fischbrötchen und Getränke mitgenommen, um sie hier zu verzehren. Eine Horde Teenager hockte auf den Lehnen, die Füße auf den Sitzen.

»Da vorn liegt mein Boot.« Nicole zeigte zum Steg. An den Klampen waren mehrere Kähne mit Außenbordmotor und drei kleine Kutter vertäut. »Ich habe eine Decke, damit du dir deinen Mantel nicht schmutzig machst. Wollen wir uns reinsetzen?«

Ungern. Aber im Stehen wollte Julia auch nicht essen, und wie es aussah, gab es in der Nähe keine weiteren Bänke.

Nicoles Boot war, wie konnte es anders sein, das heruntergekommenste von allen. Ein hölzerner kleiner Kutter. Gleich der zweite nach dem Treppenabgang zum Steg. An Deck reihten sich Plastikwannen voller algenverdreckter Netze. Die Kajüte saß so schief auf dem Rumpf, dass Julia fürchtete, sie würde beim nächsten Windstoß umstürzen. An vielen Stellen blätterte die Farbe ab, legte morsch aussehendes Holz frei.

»Keine Angst, die Schäden sind nur oberflächlich. Die Technik ist auf dem neuesten Stand, das Boot läuft mit Flüssiggas.« Konnte Nicole Gedanken lesen? Sie sprang an

Deck, nahm Julia den Proviant ab und reichte ihr die Hand. Auch das noch! Aber so lässig wie Nicole würde Julia es allein nicht ins Boot schaffen. Zum Glück war Nicoles Hand warm und trocken, ihr Griff überraschend fest. Trotzdem schüttelte Julia sie sofort ab, sobald sie mit beiden Füßen an Bord stand. Bloß nicht zu viel Nähe!

»Mach's dir gemütlich.« Nicole wies auf eine Kiste vor der Kajüte. »Mir reicht die Reling.«

Gemütlich? Beinahe hätte Julia laut aufgelacht. Die Kiste war genauso algen- und schlammverdreckt wie die Netze und der Rest des Bootes. »Erwähntest du nicht eine Decke?«

»Ach ja, entschuldige.« Mit einem bedrohlichen Knirschen öffnete Nicole die Kajütentür. Als sie in der kleinen Kammer verschwand, dachte Julia kurz daran, zurück an Land zu klettern. Aber da tauchte Nicole schon wieder auf.

»Hier, bitte.«

Ein filziges graues Ding. Julia verkniff sich, daran zu schnuppern, immerhin wirkte es algenfrei.

»Guck nicht so!« Nicole lachte. Es klang angestrengt. Julia musste sich zusammenreißen. Sie würde es ja wohl noch so lange mit Nicole aushalten, bis ihr Wagen repariert war!

Sie setzte sich, die Kajüte als Lehne im Rücken, nahm zwei Bissen von ihrem Matjesbrötchen und trank einen Schluck Bier hinterher. Köstlich, trotz allem! Kurz schloss sie die Augen, hielt ihr Gesicht in die Abendsonne und genoss den leichten Wind auf der Haut. Eine Möwe kreischte über ihr, und sie vergaß für einen Moment, dass weniger als zwei Meter entfernt die Frau an der Reling lehnte, die sie jahrelang bis in ihre Albträume verfolgt hatte.

Als ein Motor aufheulte und ein Ruck das Boot durchfuhr, schreckte sie auf.

Wo war Nicole? Hektisch schaute sie sich um.

Ihre ehemalige Freundin stand in der Kajüte. Sie hatte den Kutter losgemacht und steuerte rückwärts vom Ufer weg.

Was sollte das? »Halt, stopp!« Julia sprang auf. Um von Bord zu gehen, waren sie schon zu weit vom Steg entfernt. Der Boden unter Julias Füßen schwankte.

Nicole steckte den Kopf aus der Kajüte. »Ich habe eine Nachricht von einem Kollegen bekommen, dass die Schweinswale wieder in der Bucht sind. Das musst du sehen!«

»Ich habe aber keine Lust auf Wale!« Julias Stimme brach.

»Du hast doch nicht etwa Angst? Ich fürchte mich nur in dunklen Kellern, nicht auf See.« Geschickt lenkte Nicole das Boot in die Mitte des fjordähnlichen Hafens und gab Gas.

In dunklen Kellern? Was redete Nicole da? Julia verabscheute beides. Wo war sie hier hineingeraten? Sie sollte besser Hilfe rufen! Unauffällig griff sie in ihre Handtasche und tastete nach ihrem Handy. Sie fühlte ihr Portemonnaie, das Schminktäschchen. Sonst nichts. Hatte sie es im Auto liegen lassen? Oder in ihre Aktentasche gesteckt, die im Kofferraum des Wagens lag? Sie erinnerte sich nicht. Aber das war die einzige Erklärung. Ein Dieb hätte auch ihr Portemonnaie genommen.

»Nicole!« Sie stand auf, taumelte in Richtung Kajüte, bemühte sich, ihrer Stimme einen festen Klang zu geben. »Ich möchte sofort zurück. Mir wird schlecht.«

»Dann setz dich hin und guck auf den Horizont.« Nicole hatte die rechte Hand am Steuerrad, mit der linken schob sie einen Schalthebel von sich weg. An der Innenseite ihres Handgelenks blitzte ein ähnliches Narbenmuster wie rechts auf. »Mir ist von ganz anderen Dingen schlecht geworden«, schimpfte sie.

Der Kutter beschleunigte, und sie brausten auf eine rostige Spundwand zu, die anstelle einer Hafenmauer ins Wasser ragte. Erst kurz vorher zog Nicole eine Kurve, vorbei an der Barriere in Richtung Ostsee. Julia taumelte, stieß sich die Hüfte an der Reling. Hatte Nicole versucht, sich umzubringen? Sie hangelte sich zurück zu der Kiste und ließ sich darauf sinken. Aber warum? Mit beiden Händen klammerte sie sich am Rand der Kiste fest. Sie war doch diejenige, die damals betrogen worden war, die gelitten hatte, während Nicole ihren Spaß hatte! Für den Rest des Schuljahrs war sie krank gewesen vor Kummer und danach für ein Auslandsjahr in die USA gegangen. Bei ihrer Rückkehr war Nicole zum Glück längst aus Kiel weggezogen gewesen.

Genauso wie Florian.

Nicht mal fünf Jahre später hatte sie zufällig die Nachricht von seinem Tod gelesen. Er hatte auf Rügen gelebt, war mit über hundert Stundenkilometern auf gerader Strecke gegen einen Baum gerast. Die Bremsen seines Wagens hatten versagt. Ein tragischer Unfall. Statt Trauer hatte sie eine merkwürdige Genugtuung gespürt, die sie selbst erschreckt hatte.

Rechts rauschten sie jetzt an einem Jachthafen vorbei, links hinter ihnen entfernte sich der Strand, wurde zu einer schmalen gelben Linie. Sollte sie von Bord springen und an Land schwimmen? Ihr einziges Schwimmabzeichen war das Seepferdchen, lange würde sie schätzungsweise nicht durchhalten. Sie spürte ihren Herzschlag, ihr Atem ging stoßweise. Gerade als sie aufspringen wollte, um eine Waffe zu suchen, irgendein Werkzeug, das sie ihrer Entführerin über den Kopf ziehen konnte, drosselte diese die Geschwindigkeit.

Sie waren mitten auf der Ostsee, das Ufer ein Streifen am Horizont, die nächsten Boote nicht mehr als kleine Pünktchen im Meer. Nicole schaltete den Motor aus und kam aus der Kajüte.

Julia zwang sich, gerade zu sitzen und ihr ins Gesicht zu sehen. Wenn sie Angst zeigte, würde Nicole erst recht zubeißen.

»Was ist denn mit dir los? Du bist ja ganz blass!« Nicole wies aufs Meer. »Da vorn! Siehst du sie?« Sie machte wieder das Goldfischgesicht. Hatte Julia sich den Hai nur eingebildet? Sicher nicht!

Trotzdem schaute sie in die Richtung, in die Nicoles Finger zeigte. Sanft wellte sich das Wasser. Eine schillernde Folie, die sich bis zum Horizont zog. Von einem Wal keine Spur.

»Da!«, rief Nicole erneut. »Hauke hatte recht!«

»Hauke?«

»Er hat mir die Nachricht geschickt.«

Warum hatte Nicole das nicht gleich gesagt! Bei der Erinnerung an Haukes Lächeln wurde Julia warm. War sein Boot eins der Pünktchen? Vielleicht begegneten sie ihm anschließend im Hafen.

»Da!«, rief Nicole wieder. Jetzt sah Julia es auch. Zwei

lang gestreckte schwarze Körper schossen aus dem Wasser, formten einen Bogen und tauchten wenige Meter weiter wieder unter.

Aber waren das wirklich Wale? Angestrengt starrte Julia aufs Wasser. Nur ein leichtes Kräuseln auf der Oberfläche verriet, dass sie da gewesen waren. Ohne die dreieckige Rückenflosse hätten es auch Schwimmer im Neoprenanzug sein können.

»Habe ich dir zu viel versprochen? Das ist was ganz Besonderes! Es gibt höchstens noch fünfhundert Tiere in der Ostsee.« Nicoles Stimme war schrill vor Begeisterung.

Als die Wale etwa hundert Meter weiter wieder auftauchten, diesmal war noch ein drittes Tier dabei, klingelte Nicoles Handy. Sie presste es ans Ohr, sagte kein Wort und legte nach höchstens zehn Sekunden auf. »Wir müssen leider abbrechen. Das war Jan, dein Wagen ist fertig.«

Leider? Julia stieß die Luft aus und bemühte sich, ihre Erleichterung nicht zu deutlich zu zeigen.

Nicole ging in die Kajüte, startete den Motor und steuerte zurück in Richtung Hafen. Julia setzte sich wieder auf die Kiste. Fast hätte sie gelacht, so jäh war die Anspannung von ihr abgefallen. Nicole hatte ihr wirklich nur die Wale zeigen wollen! Langsam litt sie unter Verfolgungswahn.

Als die Spundwand wieder in Sicht kam, rief Julia in Richtung Kajüte: »Kommst du gleich noch mit zum Wagen?« Die Aktentasche mit der Liste lag auf der Rückbank. Zwar war Nicoles Kutter nicht der schickste, aber mit etwas Glück fanden die Touristen das authentisch. Vintage im Gegensatz zu den neuen Metallkähnen und Fiberglasbooten. Irgendwie hatte das auch was Originelles!

Sie hörte Nicole nicht kommen, spürte nur den Schlag. Sofort wurde es dunkel um sie herum.

Als sie wieder aufwachte, lag sie gefesselt an Händen und Füßen in der kleinen Kabine, die von der Kajüte abging. Über ihr ragte Nicole auf. Aus der Jackentasche lugte etwas Goldfarbenes. Ihre Handyhülle?

»Jetzt hast du Angst, oder?« Der Hai war zurück. Bedrohlicher als je zuvor. »Ich habe dich gesehen«, flüsterte sie. »Damals in der Tür zu Florians Partykeller.«

»Ja, und?«, rief Julia. »Wie du dich an ihn rangeschmissen hast! Schäm dich!«

»Spinnst du? Nachdem du mir von ihm vorgeschwärmt hast, wollte ich ihn überreden, sich mit dir zu treffen. Aber dann ...« Sie jaulte auf wie ein angeschossenes Tier. »Jahrelang habe ich mir gewünscht zu sterben. Florian hat mich vergewaltigt – und was macht meine Freundin? Sie guckt zu und verschwindet dann!«

»Was?«, stieß Julia aus. Florian hatte Nicole vergewaltigt?

»Du hast richtig gehört – und jetzt wagst du es, nach zwanzig Jahren hier einfach so aufzutauchen, und willst schon wieder mein Leben zerstören! Aber nicht mit mir!« Nicole spuckte aus, ließ Julia auf dem Kabinenboden liegen und verschloss die Kajütentür von außen.

Keuchend versuchte Julia, sich aufzurappeln. Die Fesseln schnitten ihr in die Haut. Erinnerungsfetzen rasten durch ihr Hirn. Bilder, Gefühle, Töne, die sie längst begraben hatte. Wie sie die Tür zum Keller geöffnet hatte, Florians Lustschreie, die beiden schemenhaften Körper. Ihr Schock, als sie erkannt hatte, wer da vor ihr lag. Eine eindeutige Situation! Und doch hatte sie sich offenbar getäuscht! »Verzeih mir«, rief sie. Konnte Nicole sie denn nicht hören? »Verzeih mir!« Sie schluchzte. Tränen rannen über ihre Wangen.

Gerade rechtzeitig kam sie hoch, um durchs Fenster zu sehen, wie Nicole von Bord sprang. Und was war das? Hinter ihr kletterte jemand über die Reling. Ein Mann mit einem Zopf. Jan? Wo kam er so plötzlich her? Er hatte doch erst vor wenigen Minuten angerufen!

»Hilfe!«, rief sie. Rüttelte am Türgriff. Vergeblich. Hatte Nicole sie eingeschlossen? Oder von außen etwas vor die Tür geschoben? Dass Nicole ihr so etwas zugetraut hatte! Als Julia wieder nach vorn sah, war es zu spät. Wie ein Tsunami ragte die Spundwand vor ihr auf.

Ihr Schrei verschmolz mit der Explosion des Tanks.

*

Nicole saß im Strandkorb auf ihrem kleinen Balkon und ließ die Zeitung sinken.

»Und?« Ihr gegenüber auf dem Fußschemel hockte Jan.

»Geschafft«, murmelte sie.

»Tragisches Kutterunglück«, titelten die *Lübecker Nachrichten*. Noch im Krankenhaus hatte sich ein Reporter zu Nicole durchgefragt und ihr die Information entlockt, dass das Steuerrad blockiert hatte und sie und Julia panisch vom Kutter gesprungen waren. Von Schluchzern geschüttelt hatte sie ihm anvertraut, wie sie nach der Explosion vergeblich nach Julia Ausschau gehalten hatte. *Als hätte das Meer sie verschluckt.* Nicole war völlig entkräftet und orientierungslos gewesen, ein Rettungsschwimmer hatte sie schließlich in ein Schlauchboot gezogen. Niemand äußerte Zweifel, dass das Ganze etwas anderes als ein Unfall war. Der Kutter war nicht versichert gewesen. Wieso hätte Nicole ihn mutwillig zerstören und dabei ihr eigenes Leben riskieren sollen? Die Befragung durch die Polizei war reine Routine gewesen.

»Habe ich dir doch gesagt.« Jan beugte sich vor und strich ihr eine Locke aus der Stirn. »Unmöglich, die Fesselung nachzuweisen. Deshalb habe ich eins der Netze genommen, die an Bord herumlagen.«

Ach, Jan! Sie seufzte. Was würde sie ohne ihn tun? Nachdem sie es Julia mit seiner Hilfe heimgezahlt hatte, hatte sie einen tiefen Frieden verspürt wie zuletzt nach Florians Tod. Manchmal war das Leben doch gerecht, und wenn man zwanzig Jahre drauf wartete! Jetzt mussten sie nur noch die Sache mit Hauke regeln.

»Wo bleibt der Typ?« Jan sah auf die Uhr an seinem Handgelenk. »Ich hole schon mal die Kekse und setze den Kaffee auf.« Er erhob sich und verschwand in Richtung Küche.

Nicole lehnte sich im Strandkorb zurück. Als sie vor zwei Wochen zufällig Julias Foto im Infokasten vor dem Fischeramt entdeckt hatte, hatte sich die Kiste geöffnet, die sie für immer im Keller ihrer Erinnerung vergraben geglaubt hatte. Das Grauen war hervorgesprungen, als sei es nie weg gewesen. Nächtelang hatte sie schlaflos im Bett gelegen, Florians Gewicht und Julias Blick auf sich gespürt.

Dann hatte sie angefangen, die Kekse zu backen. Julias Lieblingskipferl. Sie hatte drei Tütchen Digitalis-Samen, die sie eigentlich nächstes Frühjahr in Jans Kleingarten hatten aussäen wollen, in den Teig gestreut. Es sah aus wie klein gemahlene Vanilleschote. Zur Sicherheit hatte sie noch ein fein gehacktes Blatt untergemischt und nach dem Backen jedes Kipferl einzeln in Puderzucker gewälzt. Da würde man nichts Bitteres mehr durchschmecken. Und wenn man erst die Wirkung spürte, war es zu spät.

Als sie schon zwei Schachteln voll gebacken hatte, war Jan plötzlich auf die Idee mit dem Auto und der Bootstour gekommen. Bombensicher! Der alte Kutter war sowieso zu nichts mehr nutze, beim Gedanken an Touristenfahrten hatte sich Nicoles Kehle zusammengekrampft. Und die Beseitigung der Leiche war quasi im Gesamtpaket enthalten. Wäre Julia nicht freiwillig mitgekommen, Nicole hätte sie aufs Boot geschubst.

Es klingelte an der Tür, kurz darauf hörte sie Jans Stimme. »Komm rein, Kumpel!«

Kumpel! Von wegen!

»Moin! Darf ich?« Hauke wartete ihre Antwort nicht ab und quetschte sich neben sie in den Strandkorb. Sie rückte so weit wie möglich an den Rand, ein Schraubenkopf drückte in ihren Schenkel.

Julias Blick, mit dem sie Hauke angestarrt hatte! Ekelhaft! Nach dem Vortrag im Fischerhaus hatte Nicole sofort begriffen, weshalb sie von Anfang an dieses ungute Gefühl bei ihm gehabt hatte. Julia stand auf einen ganz bestimmten Typ Mann! Zwar hatte Hauke auf den ersten Blick wenig Ähnlichkeit mit Florian, aber seine Art, sich zu bewegen – und vor allem zu reden –, war die gleiche. Ein Angeber und Schnacker!

Auch jetzt trug er diese affige Schönwetterjacke mit dem Hahn drauf. Moncler. Bei KiK hatte er die bestimmt nicht mitgehen lassen. Ein erster Sturmeinsatz auf See, und das Teil wäre sofort hinüber! Aber dazu kam es schätzungsweise sowieso nicht. Obwohl Hauke sich in die Liste eingetragen hatte, würde sie wetten, dass er den Kurs schwänzen würde. Wenn er nicht mehr fischte, frisierte er einfach ein paar alte Autos zusätzlich. Oder was ihm sonst so in den Sinn kam, um seine klamme Kasse aufzubessern. Von seiner Ex wusste sie, dass er ständig Geldsorgen hatte und jede Gelegenheit nutzte, um an ein paar Euro zu kommen. Ladendiebstahl, Erpressung ... Leute wie er fielen immer auf die Füße. Aber nicht auf ihre Kosten!

»Julia hat Kekse gebacken.« Jans Worte rissen sie aus ihren Gedanken. Er hielt Hauke die geöffnete Schachtel hin.

Gierig griff Hauke zu.

Nicole wechselte einen Blick mit Jan.

»Nimm ruhig noch einen.« Jan stellte die Box auf den Klapptisch am Balkongeländer und ging zurück in die Küche, den Kaffee holen.

Hauke hustete, prustete eine Wolke Puderzucker auf seine Jacke. »Ganz schön süß, deine Kekse.«

»Findest du?«

»Hast du da was reingetan? Bisschen Dope oder so?«

»Wie kommst du auf die Idee?«

Er lachte angestrengt und presste eine Hand auf den Bauch. Seine Gesichtsfarbe näherte sich der Jacke an.

Nicole wechselte auf den Fußschemel. »Was willst du? Spuck's aus!« Sie wollte es von ihm hören, bevor ihn die gerechte Strafe traf. Bei Julia hatte sie leider keine Zeit dazu gehabt.

»Was ich will?«

»Du hast doch Jan gesehen!«

»Jan?« Er krümmte sich.

»Weshalb bist du hier?« Sie beugte sich vor, zerrte an seinem Arm, als ließe sich so ein Geständnis aus ihm herausschütteln.

Hauke hustete. »Ich wollte ... dir anbieten ... bei meinem Boot einzusteigen ... Whale Watching ... und ...« Seine Worte kamen stoßweise.

»Sonst nichts?«, schrie sie. Vor einer knappen Stunde hatte Hauke angerufen. Er hatte darauf bestanden vorbeizukommen, um ihr einen Deal vorzuschlagen. Auf ihre Nachfrage hatte er nur gelacht. *Wart's ab.* Als sie Jan davon berichtet hatte, hatte es in seinen Augen geflackert. Er war plötzlich sicher gewesen, dass Hauke ihn beim Aufstechen von Julias Reifen gesehen hatte. Und jetzt wollte er sie erpressen!

»Reicht das nicht?« Hauke röchelte, krümmte sich und griff sich ans Herz. Als er erschlaffte, vornüberkippte und auf sie zu fallen drohte, drückte sie ihn mit Schwung zurück in den Strandkorb. Nach der Sache mit Florian hatte sie angefangen zu trainieren. Die jahrelange Arbeit auf dem Kutter hatte ihr Übriges getan.

»Tut mir leid, Kumpel«, flüsterte sie und zog ihm die Kapuze ins Gesicht.

HANSELÜGE

Anja Marschall

Lübeck
1902

Schnaufend rollte die Lok dem Hauptbahnhof von Lübeck entgegen. Im vorletzten Waggon schaute Kommissar Sötje aus dem Fenster der zweiten Klasse. Langsam zogen sie an schäbigen Häuschen, eingeklemmt zwischen stolzen Stadthäusern vorbei. Kirchentürme ragten über unzählige Dächer in den wolkenverhangenen Himmel hinauf, Lastkarren und Kutschen schoben sich Richtung Altstadt.

Der Kommissar dachte an zu Hause. Eigentlich würde er jetzt mit Frau und Kind an der Elbe flanieren und bei Sagebiehls ein Stück Torte essen. Stattdessen saß er hier. Vielleicht würde er seiner Kleinen die Rahsegler, Gaffelschoner und Barken zeigen, die den Hamburger Hafen verließen, und ihr von seinen eigenen Fahrten erzählen, die er vor vielen Jahren im Auftrag der großen Reedereien gemacht hatte, denn er war nicht immer Polizist gewesen.

Es war ein anderes Leben gewesen, dass ihn, den Kapitän, damals nach Lübeck gebracht hatte. Erinnerungen rasten durch seinen Kopf, von denen der Kommissar gehofft hatte, sie würden ihm nie wieder begegnen. Damals war er auf großer Fahrt gewesen. Bis zu dem Tag, als das

Unfassbare geschah und kurz darauf alles in Trümmern lag. Fast hatte er die Vergangenheit vergessen. Fast. Doch dann erhielt er vor vier Tagen einen Brief aus Lübeck. Die gestochen scharfen Zeilen erinnerten ihn erbarmungslos daran, dass man das Vergangene niemals ignorieren konnte. Schuld klebt.

Vor dem Fenster entdeckte Hauke das Holstentor. Der Moment, sich davonzustehlen, war nun endgültig vergangen. Seufzend erhob er sich und hievte seine Reisetasche aus dem Gepäcknetz über dem Kopf, während der Zug langsam in den Bahnhof einrollte.

»Sötje!« Mit großen Schritten kam Kapitän Ooke Jessen über den Bahnsteig auf Hauke zugeeilt. Freundschaftlich schlug der schneidige Mann Hauke auf die Schulter. »Wie ich mich freue, Sie zu sehen. Bevor ich Sie in das beste Hotel am Platze bringe, lade ich Sie noch auf eine Kleinigkeit zu essen ein, Kapitän. Wie lange haben wir uns nicht mehr gesehen? Fünfzehn Jahre?«

Der Mann schien sich seit damals kaum verändert zu haben. Nicht ein graues Haar war in seinem Vollbart zu sehen, und seine Augen funkelten voll Leben.

»Ich bin kein Kapitän mehr«, entgegnete Hauke statt einer Begrüßung.

Jessen grinste. »Einmal Kapitän, immer Kapitän. Sonst wären Sie nicht gekommen.«

Vielleicht hatte Jessen recht. In seinem Brief hatte er Hauke an die Ehre seines Standes erinnert. Eines Standes, dem Hauke sich nicht mehr zugehörig fühlte. Dennoch war er gekommen, um einem anderen Kapitän in Not zu helfen.

Mit großen Schritten bahnte Jessen sich einen Weg aus dem Bahnhofsgebäude auf den Vorplatz hinaus. Während sie auf das nahe Holstentor zuhielten, versicherte Jessen mehrmals, dass die Beschuldigungen und Gerüchte gegen ihn vollkommen haltlos seien. »Gewisse Personen wollen mich ruinieren. Die Lügen grassieren seit einiger Zeit. Selbstredend ist die Angelegenheit nichts, was ein Gericht interessiert, aber wenn die anderen Kapitäne mich für schuldig halten, ist mein Patent nicht einmal mehr die Tinte wert, mit der es geschrieben wurde. Es wird ein Ehrengericht der Kapitäne einberufen. Leider habe ich mich in den letzten Jahren recht streng über den einen oder anderen von ihnen geäußert. Das scheint mir nun zum Verhängnis zu werden. Aber ich gedenke, mich mit allem, was möglich ist, dem zu wehren.«

»Mir ist nicht klar, Kapitän Jessen, warum Sie gerade mich um Hilfe bitten.«

Jessen drehte sich zu ihm um. »Nun, jeder weiß, dass Sie keinen Grund haben, mich zu mögen, stimmt's?«

»Sie haben damals im Prozess gegen mich als Zeuge der Anklage ausgesagt. Ich hätte in der kaiserlichen Handelsmarine einen zweifelhaften Leumund als Kapitän gehabt, hatten Sie zu Protokoll gegeben.«

»Dennoch sprach das englische Gericht Sie frei. Zwar mangels Beweisen, aber immerhin. Man hat Sie in Berlin sogar von oberster Stelle rehabilitiert, wie ich hörte.« Er räusperte sich. »Jeder von uns dachte damals, Sie hätten es getan.«

»Meine Mannschaft ersaufen lassen?«

Entschuldigend hob Jessen die Hände. »Na ja, damals klang all das sehr plausibel. Sie und die Engländer. Warum sind Sie nicht bei einer anständigen deutschen Reederei geblieben?«

Hauke gedachte nicht, die Frage zu beantworten.

»Heute wissen wir, dass es ein Attentat auf ihr Schiff war, aber damals ...« Jessen räusperte sich. »Warum ich gerade Sie um Hilfe bat? Weil Sie verstehen, wie es ist, wenn man zu Unrecht beschuldigt wird. Zudem sind Sie Kriminalkommissar geworden, und wie ich hörte, ein verteufelt guter dazu.«

Jessen nahm den Weg durch das alte Stadttor wieder auf. Seine Worte prallten an den roten Ziegelwänden ab, verdoppelten jede Silbe. »Jeder weiß, dass wir unsere Differenzen hatten. Wenn aber selbst Sie nichts gegen mich finden können, gibt es auch nichts zu finden. Sagen Sie vor dem Ehrengericht, ob Sie etwas gegen mich entdecken konnten. Ihnen wird man glauben.«

Hauke folgte ihm mit einem unguten Gefühl in der Magengegend. In eitle Streitigkeiten wollte er sich nicht einmischen. Jessen aber hatte ihn an seine Ehre als Kapitän erinnert. Eine Ehre, die vor Jahren in Trümmern gelegen hatte und jetzt plötzlich wieder auferstanden sein soll? Zumindest stimmte Hauke dem Mann darin zu, dass in Schifferkreisen der Ruf eines Mannes mehr als nur Geld wert war.

Der Verkehr auf der Holstenbrücke stockte. Ein Pferdefuhrwerk hatte seine Ladung verloren. Eifrige Hände halfen dem fluchenden Kutscher, die Kisten wieder aufzustapeln, damit es endlich weitergehen konnte.

Flink drängelte Jessen sich durch die wartende Menge. »Was mich angeht, Sötje«, rief er Hauke über die Schulter zu, »sollten Sie wissen, dass der Kaiser sich dahin gehend äußerte, mir das Kommando auf der *Hildebrand* zu geben.«

Hauke blieb stehen. »Sie wollen in die Kriegsmarine wechseln?«

»Warum nicht? In Berlin hält man mich für fähig, ein Küstenpanzerschiff wie die *Hildebrand* zu befehligen. Schiff ist Schiff.« Er lächelte Hauke an. »Sie sehen also, wie wichtig es für mich ist, dass an meiner Reputation kein Zweifel besteht.«

Sie hatten die Altstadt erreicht und gingen nun zügig über die Schüsselbuden auf St. Marien zu. Hauke ließ das Gefühl nicht los, dass Jessen ihm etwas verschwieg.

»Steuermann Jan Martens war für seine Renitenz bekannt«, fuhr Jessen fort. »Er war ein arroganter Kerl, der jedem unablässig widersprach. Das mag dem neuen Geist unserer Zeit entsprechen, ist auf meinen Schiffen aber unerwünscht. Das habe ich Martens mehr als einmal gesagt.« Seine mächtige Stimme dröhnte. »Es schickt sich nicht, die Entscheidungen des Kapitäns anzuzweifeln. Wo kämen wir da hin?« Er lachte. »Es ist absolut verrückt zu glauben, ich hätte mit seinem Verschwinden etwas zu tun. Pah!«

Hauke fiel auf, dass Jessen von seinem Steuermann in der Vergangenheit sprach. »Jan Martens. Der Name sagt mir etwas. Ist er der Sohn vom alten Martens? Karl-Wilhelm? Lebt der noch?«

»Ein hervorragendes Gedächtnis haben Sie, Sötje. Ja, der biestige Kerl erfreut sich bester Gesundheit, trotz seiner fast siebzig Jahre.«

»Ist er noch der Vorsitzende der Schiffergesellschaft?«

»Nein, das ist jetzt Kapitän Heitmann. Guter Mann. Aber der alte Martens hat hier das Sagen. Wenn er einen Kapitän ruinieren will, schafft es seine humpelnde graue Eminenz ohne Probleme.«

In diesem Moment begannen die Glocken von St. Marien zu läuten und stimmten mit St. Jakobi, der Katharinenkirchen und all den anderen ein ohrenbetäubendes Gebimmel an, das das Gespräch der Männer für die nächsten Meter ersterben ließ. Schweigend gingen sie die Straße hinauf, bis sie das fünfgeschossige Gebäude der Schiffergesellschaft erreicht hatten. Hauke sah an dem ziegelroten Gebäude mit den Sprossenfenstern hinauf. Er war nur ein einziges Mal im Haus der Gilde gewesen, in dem es mittlerweile auch ein passables Restaurant gab.

Hauke schaute auf die goldene Wetterfahne mit einem Segelschiff auf dem Giebel und musterte das Gemälde mit dem *Adler von Lübeck* darüber. Es waren nur Symbole einer Zunft wie jeder anderen auch. Und dennoch drückten Hauke die fast fünfhundert Jahre Tradition zu Boden, als wollten sie ihm zuwerfen, dass er längst vergessen war. Er war kein Kapitän mehr und sollte darum diese ehrwürdigen Hallen nicht als solcher betreten.

An der Tür drehte Jessen sich noch einmal zu Hauke um. »Martens hat sich von Bord geschlichen, als wir Hiddensee passierten. Erst dachten wir, er sei über Bord gegangen. Ein Unfall. Die Gerüchte blühten wie Schimmel. Sogar die Gendarmen befragten mich. Der alte Martens hat sich in eine fixe Idee verrannt, wenn Sie mich fragen, Sötje. Selbst als die Postkarte aus Hamburg kam, wollte er davon nicht ablassen.«

»Eine Postkarte?«

»Ja. Sie kam zwei Wochen nach Jan Martens' Verschwinden bei seiner Frau an. Er schrieb, er wolle ein neues Leben anfangen.«

Hauke folgte Jessen ins Gebäude. »Hat Ihr Steuermann denn je erwähnt, dass er fortwolle?« Jessen verneinte. Und Hauke fragte sich, wer von einem auf den anderen Moment alles stehen und liegen lassen würde, nur um ein neues Leben zu beginnen. Zumal dieser Jan Martens wohl auch verheiratet gewesen war.

Die Männer gaben ihre Jacken an der Garderobe ab. Dann folgten sie dem Kellner in den Speiseraum, dessen hohe Eichendecke von dunklen Holzpfeilern getragen wurde. An langen Tischen saßen Seeleute in blauen Uniformen auf Bänken. Ihre Kapitänsmützen lagen neben ihnen. Neugierig drehten sich einige um, als Jessen und Hauke eintraten.

Der Kellner wollte Jessen einen Tisch in einer wenig einsehbaren Ecke des Raumes zuweisen, doch der ignorierte den Platz. Stolz hielt er auf einen anderen zu. »Wir nehmen diesen hier.« Seine Worte duldeten keinen Widerspruch. Und so trollte sich der Livrierte, um die Speisekarte zu bringen. Es war nur zu offensichtlich, was Jessen bezweckte. Er würde sich nicht verstecken. Das gefiel Hauke.

Einige Tische weiter entdeckte Hauke vier Kapitäne, die aus schmalen Augen zu ihnen herüberschauten. Einer davon war Karl-Wilhelm Martens. Der Vater des verschwundenen Steuermanns.

»Überzeugen Sie den Alten davon, dass der Junge noch lebt, Sötje«, raunte Jessen. »Oder wenigstens, dass ich ihn nicht umgebracht habe. Denn genau das ist es, was er behauptet. Und er findet Gehör in der Stadt. Das können Sie mir glauben.«

Hauke bemerkte, dass nicht nur die Gespräche am Tisch des alten Martens einem wütenden Schweigen gewichen waren, sondern auch an den anderen Tischen. Jessen blätterte in der Speisekarte, als bemerke er all das nicht. Er bestellte Sauerfleisch mit Bratkartoffeln für Hauke und gespickten Hecht mit Bohnen für sich. »Dazu zwei große Bier.« Dann zog er ein Zigarrenetui aus der Innentasche seiner Jacke und bot Hauke daraus an. Der aber schüttelte nur den Kopf. »Ach ja, Sie bevorzugen Pfeife. Ich erinnere mich.«

Jessen roch an der Havanna, knipste das eine Ende ab und zündete sie an. Dann blies er den Rauch zur Decke, wo mehrere Nachbauten berühmter Segler aus der stolzen Hansezeit an Ketten baumelten. Hauke wurde das Gefühl nicht los, dass der Mann mit jeder Geste die Anwesenden provozieren wollte.

Da stand der alte Martens auf und kam zu ihnen herüber. »Wie ich sehe, haben sich hier zwei getroffen, die besser nicht zusammenpassen könnten«, zischte er. »Zwei Mörder.«

Hauke überhörte beflissentlich den Ton und erhob sich. Er reichte dem alten Mann die Hand. »Moin, Käpt'n Martens.« Kurz glaubte er, der Alte würde ihm die Hand verweigern. Dann aber packte Martens Haukes Hand mit erstaunlicher Kraft. »Mein Beileid zu Ihrem Verlust, Käpt'n Martens.«

Der Alte schluckte. »Sie sind zurück, Sötje?«
»Nein.«

»Gut«, entgegnete er bitter und wandte sich an Jessen. »Die Wahrheit wird ans Licht kommen. Und die Schuld wird beglichen. Wenn nicht vor weltlichen Gerichten, dann eben vor anderen.« Dann verließ er das Restaurant.

Jessen paffte weiter, als ginge ihn all das nichts an. »Ich nehme es ihm nicht übel. Jan war sein letzter Sohn. Die anderen drei sind schon vor Jahren auf See geblieben.«

Hauke trank einen Schluck Bier. »Warum war Jan Martens an Bord?«

Jessen zuckte gleichgültig die Achseln. »Für den jungen Mann war es eine Ehre, mit mir zu fahren. Wer bei mir fährt, fährt mit dem Teufel, heißt es.« Er lachte. »Jedenfalls sind meine Schiffe immer die ersten im Hafen.«

Hauke wusste um die Rekorde Jessens, der stets hart am Wind fuhr und seinen Reedern viel Geld bescherte. Doch das reichte Hauke nicht. Es musste einen anderen Grund geben, warum der junge Mann an Bord gewesen war.

Jessen beugte sich vor. »Martens hatte Wache. Bei vier Glasen der Hundewache war er weg. Einfach verschwunden. Keines der Beiboote fehlte. Er muss an Land geschwommen sein. Helfen Sie mir, die Wahrheit zu finden, Sötje. Ich kann nicht alles verlieren, nur weil ein alter Mann dem Wahn verfällt.«

»Warum, denken Sie, verließ Jan heimlich das Schiff?«

Jessen lehnte sich zurück. »Woher soll ich das wissen? Er war ein hübscher Bursche und hatte bestimmt in jedem Hafen ein Liebchen. Das dürfte seiner Frau nicht gefallen haben. Vielleicht wollte er mit einer anderen durchbrennen.«

»Der Name seiner Ehefrau?«

»Minna. Bis vor zwei Monaten wohnten sie noch bei den Schwiegereltern. Dann aber gab es Streit. Jetzt leben sie unweit vom Schifferhof in einer kleinen Wohnung.«

»Wie reagiert sie auf das Verschwinden ihres Mannes?«

Jessen paffte, statt eine Antwort zu geben.

»Was ist mit der Postkarte?«

»Die kam, nachdem der Alte mir schon die Polizei auf den Hals geschickt und mächtig Wind gegen mich in der Stadt gemacht hatte. Zum Glück kam die Karte an, bevor Berlin von der Sache erfuhr. Natürlich habe ich den alten Martens wegen übler Nachrede angezeigt.«

Der Kellner servierte das Essen. Hauke wartete mit seiner nächsten Frage, bis der Bedienstete außer Hörweite war. »Gibt es einen Grund außerhalb seemännischer Fragen, warum Sie Ihren Navigator hätten töten sollen?«

Jessen griff zum Besteck. »Nein! Ich mochte ihn nicht, aber er war ein guter Steuermann. Sein Kapitänspatent war nur noch eine Frage der Zeit. Dann wäre ich ihn eh losgeworden.« Genüsslich kaute er den Hecht, der in einem See aus zerlassener Butter schwamm. »Ich hatte, Himmeldonnerwetter noch einmal, keinen Grund, ihn über Bord zu schicken.« Er beugte sich zu Hauke. »Die Kapitäne dort drüben ...« Er warf einen Blick zu dem Tisch, an dem der alte Martens eben noch gesessen hatte. »Die gehören dem Ehrenrat der Schiffergesellschaft an. Es ist egal, was passiert ist oder nicht. Wenn der Ehrenrat mich für schuldig hält, bin ich ruiniert. Sie werden am Montag tagen. Bis dahin muss klar sein, dass gegen mich nichts vorliegt.«

Hauke stutzte. Ihm kam Jessens Eifer übertrieben vor. »Kann es sein, dass Sie mir noch etwas sagen möchten?«

Der Mann zögerte. Dann grinste er. »Kann ich auf Ihre Verschwiegenheit zählen, Sötje?« Hauke grummelte etwas, was Jessen als Zustimmung auslegte. »Sobald der Rat mich entlastet hat, reise ich nach Berlin, um mich offiziell mit Fräulein Irma von Bendemann zu verloben.«

»Die Tochter von Konteradmiral Felix von Bendemann? Des ehemaligen Chefs des Admiralstabs der kaiserlichen Marine?« Jetzt verstand Hauke, warum Kapitän Jessen derart an einer weißen Weste gelegen war. Die *Hildebrand* war offenbar nur der Anfang seiner neuen Karriere. »Respekt. Eine ausgezeichnete Partie.«

»Danke. Werden Sie mir helfen, die Angelegenheit aus der Welt zu schaffen?«

Hauke überlegte. »Ich werde mit einigen Leuten sprechen. Wenn ich nichts Belastendes erfahre, werde ich es dem Ehrenrat mitteilen.«

»Danke.«

Minna Martens verwirrte Hauke. Er fand die Frau des Steuermanns im Hof eines fünfstöckigen Miethauses beim Wäscheaufhängen. Anders als ihr Schwiegervater warf sie Kapitän Jessen nichts vor. Im Gegenteil, sie nahm ihn sogar in Schutz. »Der Vater meines Mannes hatte entschieden, dass Jan zur See müsse. Familientradition.« Sie hängte ein weiteres Stück Wäsche auf die Leine. »Jan hasste die See. Seine Liebe galt der Kunst. Er wollte Maler werden.«

»Hat Ihr Mann zuvor erwähnt, dass er ein neues Leben beginnen wolle?« Er verstand diesen Martens nicht, vor allem, da dessen Frau offenbar in guter Hoffnung war.

»Oh ja, mehr als einmal. Amerika, das war sein Traum. Er

war schon zwei Mal als Matrose dort. Darum kam die Karte ja auch aus Hamburg. Von dort gehen Schiffe über den Atlantik. Sicher hat er irgendwo angeheuert, eine Gelegenheit genutzt, die er nicht verstreichen lassen konnte. Da bin ich mir sicher.«

»Sie wussten also, dass er fortwollte. Was ich nur nicht verstehe, ist, warum er heimlich verschwand. All seine Sachen sind noch hier, oder?«

Sie lächelte. »Mein Schwiegervater hätte Jan totgeschlagen, wenn er davon erfahren hätte.«

»Sie machen sich keine Sorgen?«

Minna Martens griff in den Korb und zog einen frisch gewaschenen Kissenbezug mit gehäkelter Bordüre heraus, den sie mit zwei Holzklammern an der Leine befestigte. Erst dann antwortete sie. »Nein. Er wird gutes Geld verdienen, eine schmucke Wohnung anmieten und mich und das Kleine dann zu sich holen, wenn es erst einmal auf der Welt ist.« Ihre Hand strich über die Rundung ihres Bauches. Dann zog sie eine Postkarte aus ihrer Schürzentasche und reichte sie Hauke. »Wenn Sie mir nicht glauben. Bitte.«

Die Vorderseite zeigte eine kolorierte Ansicht des Hafens von Hamburg und zwei kurze Zeilen. »Werde mein Glück woanders suchen. Warte auf mich. Dein Jan.« Auf der Rückseite stand in akkuraten Buchstaben die Adresse von Minna Martens. Deutlich war der Stempel vom Postamt Hamburg-Neustadt und das Datum zu erkennen. 5. Mai 1902.

Sie steckte die Karte wieder ein.

»Was, denken Sie, ist passiert, Frau Martens?«

»Jan war aufbrausend und unbeherrscht.« Sie schaute

Hauke von unten her an. »Ich weiß, ich sollte das nicht sagen. Aber so war er nun mal. Darum mussten wir ja auch so plötzlich das Haus des Alten verlassen. Sie hatten sich gestritten.« Sie sah die Fassade des Hauses empor, vor dem sie standen. »Dies hier ist nur eine Notlösung.«

Hauke nahm ihr den leeren Korb ab und begleitete sie zur offenen Haustür. »Was wird nun aus Ihnen und dem Kind?«

Tief holte Minna Martens Luft. »Ich fahre zu meiner Familie nach Hamburg und warte dort, bis Jan sich meldet. Wäre er gestorben, hätte ich in den Wohnbuden der Schiffergesellschaft Unterkunft finden können oder im neuen Witwenhaus, dass sie bauen wollen. Aber Jan lebt. Ich brauche keine Witwenrente. Nur Geduld.«

»Warum ziehen Sie nicht wieder in das Haus Ihrer Schwiegereltern?«

»Niemals!«, rief sie.

Auf dem Weg zurück dachte Hauke über Minna Martens nach, die offenbar das Märchen auf der Postkarte zu glauben schien. Wusste sie mehr, als sie sagte?

Haukes nächster Weg führte ihn zum alten Martens, der in einem kleinen Fachwerkhaus mit Rosensträuchern links und rechts des Eingangs lebte. Der Alte bat seinen Besucher nicht herein. »Mein Sohn hat mehr Ehre im Leib als Kapitän Jessen, egal, was der Kerl sagt! Jan ist ein verdammt guter Seemann. Ein Mann mit Anstand. So einer schleicht sich nicht fort wie ein Dieb!« Der Alte streckte seinen knorrigen Finger gen Himmel. Dabei zitterte seine Stimme. »Der Jessen hat ihn über Bord geschickt.« Hauke hätte nicht sagen können, ob vor Wut oder Trauer. Dann schloss der Alte die Tür.

Alles in allem hatte der Vater keinen Beweis für den Tod seines Sohnes. Einzig sein Kummer wies ihm den Weg. Für all seine Anschuldigungen aber war das zu wenig.

Hauke hörte sich in der Stadt ein wenig um und erfuhr, dass Kapitän Jessen viele Neider hatte. Da war die Sache mit dem veruntreuten Geld. Später stellte sich jedoch heraus, dass ein Schreiber in der Buchhalterei der Handelsgesellschaft in die eigene Tasche gewirtschaftet hatte. Bevor man ihn belangen konnte, erhängte sich der Mann. Dann seien da ein paar Diebstähle an Bord von Jessens Schiffen gewesen, die für Gerede gesorgt hatten. Doch Hauke wusste, dass immer mal wieder etwas aus dem Schapp verschwand oder an Land liegen blieb. Nur waren all das nichts mehr als Gerüchte. Andererseits wusste Hauke auch, dass wo Rauch auch Feuer war.

Ein letzter Weg führte Hauke in die Fischergrube 52, wo ein gewisser Hinrich Henne lebte, der auf der letzten Fahrt als Bootsmann bei Jessen an Bord war. Wenn einer etwas wusste, dann der Bootsmann. Hauke schlenderte über das Kopfsteinpflaster bis zur Schwönekenquerstraße. Das Schlagen eines schweren Hammers dröhnte durch das offen stehende Tor auf die Straße hinaus. Vor dem Haus stand eine pferdelose Kutsche, an der sich zwei breitschultrige Männer zu schaffen machten, um eines der Räder abzuziehen.

»Finde ich bei euch den Henne?«

Die Männer nickten zum Tor. »Hinterm Haus.«

Hauke dankte. Er fand den Gesuchten an der Esse. Vor seinem Bauch hing ein schwerer Lederschurz. In der Hand hielt er eine Schmiedezange, deren Maul ein glühendes Stück Eisen in den Flammen umklammerte. Hitze stieg aus dem Höllenfeuer und trieb Hauke sogleich Schweißperlen ins Gesicht. »Bootsmann Henne?«, brüllte er gegen das Fauchen der Esse. Der Mann reagierte nicht. Stattdessen trat ein anderer Mann zu Hauke.

»Lassen Sie den mal eben machen. Wenn da was schiefgeht, sind sechs Stunden Arbeit im Eimer.« Neugierig musterte er Hauke, wobei er ein kariertes Taschentuch über seine Stirn fahren ließ. »Was wollen Sie denn von Hinrich?«

»Wann ist er fertig?«

»Stunde. Vielleicht zwei. Warum?«

Hauke musste sich zusammenreißen. Er war nicht in offizieller Angelegenheit hier, sondern mehr oder weniger privat.

»Warum?«, wollte der andere noch einmal wissen.

Hauke beschloss, sich in Geduld zu üben, und fragte den anderen über Bootsmann Henne aus. Der hatte wohl mittlerweile das Seemannsleben an den Nagel gehängt, seitdem ihm eine Verletzung vor einem Monat mächtig zu schaffen machte. Jetzt ging der Bootsmann offenbar wieder seinem alten Beruf nach: Schmied.

Hauke sah den Bootsmann zu einem Eimer humpeln und das Eisen in der Zange kurz dort in Wasser tauchen. Zischend quoll eine Wasserwolke aus dem Eimer heraus. »War es ein Unfall an Bord?«, wollte Hauke von dem mit dem karierten Taschentuch wissen.

»Nö. Er saß auf einem Kutschbock, und dann kam die Stadtbahn. Das Pferd ging durch. Wagen kippt um. Ladung auf den Kutscher. Tot. Hinrich hat Glück gehabt. Es hat nur sein Bein erwischt. Aber auf große Fahrt, das wird wohl nix mehr. Aber muss ja auch nicht. Hat ja ausgesorgt.«

Hauke horchte auf. »Wie das?«

»Der Hinrich hat letztens dem alten Recke die Schmiede abgekauft. Jedenfalls will er es. Wartet nur noch auf das Geld, hat er gesagt. Kommt wohl von der Schiffergesellschaft.«

»Wie kann das sein? Der Unfall war doch nicht an Bord.«

Der Mann zuckte mit den Schultern. »Keine Ahnung. Bin kein Schiffer.«

Mehr aus Gewohnheit denn aus Interesse fragte Hauke, wo der Unfall denn geschehen sei.

»Rathaus.«

Hauke überlegte. »Aber da fährt doch keine Straßenbahn.«

»Nee!« Der Mann winkte lachend ab. »Doch nicht hier. In Hamburg vorm Rathaus.«

Jetzt trat Hinrich Henne zu ihnen, ein Hüne von einem Mann. Miesepetrig musterte er Hauke. »Jo?«

»Grüße von Kapitän Jessen. Können Sie mir sagen, was in der Nacht an Bord los war, als der Steuermann verschwand?«

Unwirsch drehte sich Henne fort, griff nach einem Krug und trank in großen Schlucken. Dann wischte er den Bierschaum vom Mund. »Ne, kann ich nich'. Der Martens ist einfach weg. Amerika, hörte ich.«

»Seit der Fahrt haben Sie kein Schiff mehr betreten?« Hauke legte einen offiziellen Ton in seine Stimme.

»Wer will das wissen?«

»Kommissar Hauke Sötje. Kriminalpolizei.« Zufrieden sah er, dass er nun die Aufmerksamkeit des Mannes hatte. »Also, was war in der Nacht?«

»Der Kapitän schlief. Martens hatte Wache. Dann war er weg«, entgegnete der Kerl stur. Hauke musterte ihn scharf. Kurz überlegte er, ob er versuchen sollte, das örtliche Revier von der Dringlichkeit des Falles zu überzeugen. Nur gab es keinen Fall. Es gab ja nicht einmal eine Leiche. Verärgert zog Hauke wieder ab.

In der Nacht bekam er kein Auge zu. Die ganze Sippschaft log doch wie gedruckt! Es war weit nach Mitternacht, als Hauke das Fenster seines Zimmers öffnete und zum Mond hinaufschaute. Jede Faser in seinem Körper sagte ihm, dass hinter der Geschichte mehr steckte als ein junger Mann, den plötzlich die Sehnsucht nach einem neuen Leben überkam. Ohne Leichnam aber gab es nur Lügen. Jede Lüge aber habe einen sündhaften Charakter, sagte Thomas von Aquin schon vor Hunderten von Jahren. Dieser Charakter entstammte stets einer Gier. Sei es die kleine Gier, bei einer kriminellen Handlung nicht erwischt zu werden, oder der Gier nach mehr von etwas, das man glaubt, haben zu müssen. Lüge, Sünde, Gier. Jessen, Martens, Henne.

Lange schaute Hauke den Mond an, rauchte eine Pfeife, bevor er sich an den Tisch setzte und einen von drei Briefen verfasste.

Es war Montag. Zur vollen Zufriedenheit Kapitän Jessens und zum Unmut Kapitän Martens' sowie des Ehrenrates der Schiffergesellschaft hatte Hauke keine belastbaren Beweise gegen den Beschuldigten finden können.

Jetzt standen sie vor dem Gebäude der Gilde.

Jessen reichte Hauke die Hand. »Wenn ich etwas für Sie tun kann, Kapitän, dann lassen Sie es mich wissen. Ich stehe auf ewig in Ihrer Schuld.«

Zögerlich nahm Hauke seine Hand. »Wollen Sie wirklich Ihr neues Leben mit einer Lüge beginnen?«

Jessen stockte. »Wie darf ich das verstehen?«

»Jan Martens. Er ging nicht freiwillig von Bord.« Zufrieden bemerkte Hauke, dass er recht hatte.

Jessen fing sich schnell. Er grinste. »Sie haben keine Beweise für meine Schuld gefunden, Sötje.«

»Nein. Aber ich glaube Ihnen kein Wort.«

Jessen lachte. »Wir müssen keine Freunde sein. Dennoch haben Sie bei mir etwas gut.«

»Die Wahrheit?«

Wieder lachte der Kapitän. »Verlangen Sie nicht zu viel.«

Der Zug Richtung Hamburg stand bereits auf dem Gleis. Weißer Rauch schob sich gegen die hohe, von ziselierten Eisenträgern gehaltene Glasdecke. Hauke stand in der Nähe des Waggons, den Kapitän Jessen soeben bestiegen hatte. Um nicht entdeckt zu werden, hatte er sich eine Zeitung gekauft, hinter der er sich trefflich verstecken konnte. Als er schon meinte, die Sache würde scheitern, sah Hauke Minna Martens mit einer Reisetasche in der Hand am Zug entlanglaufen. Wieder und wieder hetzte ihr Blick in die Abteilfenster der Waggons. In der ersten Klasse entdeckte sie den Mann, den sie suchte. Ihr Gesicht strahlte. »Ooke!« Sie winkte Jessen zu. »Ooke!«

Sichtlich überrascht öffnete der das Fenster und beugte sich zu ihr heraus.

»Fast hätte ich es nicht geschafft!«, rief sie ihm außer Atem zu.

Irritiert sah er sie an. »Was willst du hier?«

Entgeistert ließ sie den Arm sinken. »Aber Ooke, du hast mir doch den Brief geschrieben.«

Hinter seiner Zeitung hörte Hauke aufmerksam zu. Die beiden kannten sich also sehr viel besser, als alle ahnten. Ob Minnas Mann davon gewusst hatte?

»Ich habe in Berlin zu tun, Frau Martens«, hörte Hauke Jessens Stimme. »Gehen Sie doch besser nach Hause.« Hauke senkte die Zeitung und beobachtete, wie Jessen das Fenster schloss.

Minna Martens indes machte keine Anstalten zu gehen. Im Gegenteil.

»Du Schuft! Du hast mir die Ehe versprochen!«, schrie sie.

Hauke grinste. Er war froh, das Temperament der Dame richtig eingeschätzt zu haben.

Noch einmal öffnete Jessen das Fenster. »Ich habe dir gar nichts versprochen«, zischte er ihr zu.

»Aber es ist doch unser Kind!«, jammerte sie.

Gerade wollte er etwas entgegnen, als Bootsmann Henne den Bahnsteig entlanggehumpelt kam. Sichtlich überrascht zuckte Jessen zusammen.

»Wo ist mein Geld?«, schnauzte er Jessen ohne Begrüßung an.

Zufrieden lächelte Hauke. Auch dem Bootsmann hatte er ein paar Zeilen im Namen Jessens geschrieben. Sicher war es nicht ehrenhaft, Lügen mit Lügen zu bekämpfen, aber in diesem Fall hieß es, eine Ausnahme zu machen. Deutlich konnte Hauke Schweiß auf Jessens Stirn sehen.

»Der Preis ist übrigens gestiegen. Ich will fünfhundert mehr. Ach was. Tausend. Der Herr kann es sich jetzt ja leisten.«

Minna Martens sah den Hünen neben sich fragend an. »Wovon reden Sie?«

»Na, unser feiner Kapitän heiratet doch die reiche Tochter von irgendeinem Admiral aus Berlin.«

Hauke legte die Zeitung zusammen und verließ den Bahnsteig. Die wütenden Schreie der Frau hörte er noch, als er schon fast das Ende des Zuges erreicht hatte.

Hauke nickte zwei Schutzmännern zu, die am Ende des Bahnsteigs warteten. Mit knappem Gruß passierten sie Hauke, um Kapitän Jessen aus dem Zug zu holen und auf die Wache zu bringen, wo er einige Fragen würde beantworten müssen. Zum Beispiel, warum Bootsmann Henne in seinem Auftrag eine Postkarte in Hamburg einstecken sollte. Hauke hatte Jessens Schrift sogleich erkannt, als Minna Martens sie ihm in die Hand drückte. Dass der Bootsmann vor dem Rathaus der Stadt einen Unfall erlitten hatte, war höchst ärgerlich und hatte den Preis für die Gefälligkeit selbstredend in die Höhe getrieben. Geld, mit dem Henne eine Schmiede in der Fischergrube 52 zu kaufen gedachte. Zudem würden Jessen und Minna Martens erklären müssen, wann der Steuermann begriff, dass nicht er der Vater des ungeborenen Kindes seiner Frau sein konnte. Minna Martens' Untreue war der Grund gewesen, warum man sie in Schande aus dem Haus gejagt hatte.

Hauke passierte den letzten Waggon, als jemand an das offene Abteilfenster trat. Kapitän Martens. Auch er hörte jedes Wort, das seine Schwiegertochter weiter vorne ihrem

Geliebten an den Kopf warf. Da also standen sie. Die Lüge, die Sünde, die Gier.

Der alte Martens reichte Hauke durch das offene Abteilfenster seine Hand. »Danke, Kapitän Sötje.«

»Nicht dafür.«

WILLKOMMEN BEI RENATE!

Fenna Williams

Wedel bei Hamburg

»Da kommt sie. Renate Bohnenkamp«, sagte Karl, der Kellner, und sah auf die Uhr. »11 Uhr. Pünktlich wie die Maurer.«

»Maurerinnen«, korrigierte Frauke automatisch. Karl ging ihr mit seinem übermäßigen Interesse an dieser Gästin schon lange auf die Nerven. Er spionierte der Frau geradezu hinterher. Entschied sie sich für das Frühstück, wünschte sie Kaffee oder Orangensaft? Aß sie Fisch zu Mittag oder stieg sie gleich ins Tortenprogramm ein? Alles, wirklich alles, wurde von ihm registriert.

Nicht nur Frauke fragte sich, warum.

Denn wer die gute Frau so sah, wie sie da im Eingang von *Zum kleinen Elbcafé am Ende der Wedeler Welt* stand und sich umsah, als gehöre ihr das Lokal, dem würde der erste Eindruck reichen, sie in die Schublade *Landpomeranze* zu stecken: graues Haar, streng zum Dutt gebunden, Blockabsätze, Ausgehkleid im A-Schnitt, um die füllige Figur zu kaschieren, die sich wohl mit Erreichen des Ruhestandes geformt hatte. Insgesamt das Abbild einer unverheirateten Grundschullehrerin aus den Sechzigern. Komplettiert wurde der Eindruck des ältlichen Fräuleins, das für ein paar Stunden am Tag mehr hören wollte als das Gezwitscher ihres Kanarienvogels, durch eine steife Einkaufstasche aus Plastik. Sobald Renate sich ihren Platz gesucht hatte, immer mit Blick auf den Fluss und immer allein, öffnete sie ohne Fehl die Tasche und förderte aus den Tiefen ihres tragbaren Warenhauses ihre ständigen Begleiter hervor: ein Schulheft, DIN A5, mit extragroßen Karos für Erstklässler, einen Bleistift und einen Anspitzer.

»Willkommen in Hamburg! Wir freuen uns, Sie im Hamburger Hafen begrüßen zu können. Willkommen in Hamburg!«, tönte die Ansage aus den großen Lautsprechern des Willkomm-Höft zum kleinen Elbcafé herüber. Karl neidete dem berühmten Schulauer Fährhaus die Einrichtung, von dem aus die sogenannten Begrüßungskapitäne Informationen zu den vorbeifahrenden Schiffen lieferten und diese mit der Nationalhymne ihres Landes ehrten. Typisch für Karl. Er war nie zufrieden, weder mit der Welt noch mit dem Kundenstamm des Elbcafés. Zu viel Wedel, zu wenig Blankenese. Er wollte höher, breiter, weiter, während Frauke, sogar nach drei Jahren, die Nähe ihres Arbeitsplatzes zur ersten Schiffsbegrüßungsanlage der Welt noch immer als beglückend empfand. Für sie war der Willkomm-Höft ein Stück Weltoffenheit, die verbale Verneigung vor den Besatzungen der Schiffe, die aus entlegenen Kontinenten Güter in den Hamburger Hafen brachten oder, am kleinen Wedel vorbei, mit heimischen Produkten auf ferne Länder zusteuerten.

Während die Nationalhymne der Bahamas erklang und die Leute an der Promenade und auf dem Pier die ›Lisa May‹, gebaut in Marseille, an sich vorbeigleiten sahen, schien Renate Bohnenkamp sich die wichtigsten Eckdaten dieses Tankers zu notieren. Bei einer Länge von dreihundertfünfzig Metern, neunundvierzig Metern Breite und einem Tiefgang von vierzehn Metern lohnte sich das, fand Frauke und wünschte sich gleichzeitig auch mehr Tiefgang bei Karl, der sich jetzt viel zu dicht hinter sie stellte und fragte: »Wie viele dieser Hefte sie wohl schon vollgeschrieben hat? Bei ihr zu Hause muss es aussehen wie in einem Klassenraum nach einer Mathearbeit.«

Frauke stöhnte. »Geh hin und frag sie, Karl. Und wenn du es über dich bringst, frag auch gleich nach ihrer Bestellung. Dein Tisch.«

Karl, der Kellner, straffte seine Schultern, ruckelte sich ein wenig zurecht und ließ sein Lächeln eine Spur schmieriger werden. Wieso glaubte dieser blasierte Hesse, dass seine Art hier im hohen Norden ankam?

Das mochte in den Millionärsvillen von Bad Homburg und Königstein dazugehören, aber hier ließ man jeden nach seiner Fasson selig werden. Peter, ihr Ex-Mann, hatte das bis heute nicht verstanden. Aber der kam ja auch aus Wiesbaden und hatte sich angeblich nur wegen ihr nach Hamburg verlaufen. Leider, dachte Frauke, denn auch nach der Scheidung brachte er sie immer noch aus der Fassung, weil er den Finger stets direkt in die Wunde legte. Kein Wunder, denn die meisten Wunden hatte sie nur durch ihn. Peters Busenfreund Karl, der Kellner, war eine davon.

»Wärst du Lackel doch daheim geblieben, kleines Karlchen, hier passt Eitelkeit nicht her«, sang Theken-Jockel leise zur Melodie des Sechzigerjahre-Schlagers *Wärst du doch in Düsseldorf geblieben* und traf damit genau den Ton, den Frauke für Karl ausgesucht hätte.

Einträchtig sahen sie dem Kollegen bei der Arbeit zu. »Wenn er Rockschöße hätte, würden die jetzt fliegen«, sagte Jockel. »Pass auf, gleich versucht er bei Frau Bohnenkamp sein Wir-sind-aus-einem-Guss-Geschleime.«

Sie beobachteten, wie Karl sich zu Renate Bohnenkamp hinunterbeugte und dabei sanft die Hand auf ihre Schulter legte.

»Der schreckt vor nichts zurück«, kommentierte Frauke die Vertraulichkeit. »Außer davor, sein Trinkgeld in unsere Gemeinschaftskasse zu tun.«

»*Ich will den Leutchen das Gefühl geben, dass sie bei uns richtig sind. Nicht, dass sie noch auf die Idee kommen, ins Schulauer Fährhaus abzudriften, statt ihr Geld in unserer Kaschemme auszugeben*«, äffte Jockel den Kollegen nach.

Frauke seufzte. »Ich wünschte, er hätte sich nicht bei uns beworben, sondern ein paar Hundert Meter weiter, im Original.«

Karl kam zurück und trug dabei seinen Auf-mich-fallen-*alle*-herein-Blick. »Arme Frau Bohnenkamp, wir sind für sie das soziale Ereignis des Tages. Der Ausweg aus der Gleichförmigkeit ihres Lebensabends. Ich tue alles, damit ihre Besuche jeden Cent ihres Trinkgeldes wert sind.« Dann entschwebte er, um einer jungen Mutter mit Kinderwagen die Tür zu öffnen und sie in seinen Bedienbereich zu manövrieren.

»... sagen wir nun Doswidanja der ›Kalinka‹ aus Sankt Petersburg, die durch den Nordostseekanal wieder heimatlichen Gefilden ...«

Mehr bekam Frauke von der Verabschiedung des russischen Schiffes nicht mit, denn Karl war zurück und trommelte mit den Fingern auf die Theke, um Jockel anzutreiben. »Wie lange dauert das noch? Ich brauche schließlich nur ein Kännchen Kaffee, ein Croissant und eine Flasche stilles, handwarmes Wasser für die Dauer-Dame an Tisch 7. Zusätzlich heiße Schokolade für die Frau mit Kind. Die scheint auch kein Zuhause zu haben. Das wievielte Mal ist sie diese Woche hier?«

Frauke hätte es ihm sagen können, doch es wäre ihr wie Verrat vorgekommen. Sie erinnerte sich gut an die Zeit, als ihr nach der Geburt ihres Sohnes daheim die Decke auf den Kopf gefallen war, während Peter jede Menge Arbeitsbesprechungen wahrnahm, die allesamt in irgendwelchen Kneipen und feuchtfröhlichen Besäufnissen endeten. Sie fand, diese Mutter machte es richtig. Willkommen bei Frauke und Jockel. Und Menschen wie Renate Bohnenkamp.

Während Frauke Geschirr einsammelte und Tische abwischte, beobachtete sie, wie die junge Mutter zu Renate Bohnenkamp hinüberging, um ihr stolz ihren Sprössling zu präsentieren. »Das ist er«, sagte sie. »Das ist unser Michi. Sie können sich nicht vorstellen, wie dankbar mein Mann und ich Ihnen sind. Ohne Sie hätten wir niemals ein Kind adoptieren können.«

»Unsinn, ich habe Ihr Problem nur in die richtigen Hände gelegt.« Renate Bohnenkamp kitzelte den kleinen

Mann am Bauch, und der dankte es ihr mit glucksendem Lachen. »Dem Leiter des Jugendamtes und Familienrichter Stolberg musste Ihre spezielle Situation nur einmal deutlich erklärt werden. Dann ging alles wie von selbst. Wenn man Leuten die richtige Richtung weist, laufen sie artig hin.«

Familienrichter Stolberg? Frauke verschluckte sich fast vor Schreck. Genau der Mann hatte bei der Scheidung dafür gesorgt, dass Peter sich in Zukunft wohlig zurücklehnen konnte und ihr nicht einmal ein finanzielles Polster geblieben war. Der Mann sollte artig sein? Frauke hegte berechtigte Zweifel.

Karl war die Szene am Tisch der Dauer-Dame ebenfalls nicht entgangen. »Das ist ja mal ein Prachtkerlchen«, lobte er das Baby und blieb stehen, als würde seine Anwesenheit das Gespräch der beiden Frauen entscheidend bereichern.

»Haben Sie vergessen, was ich bestellt habe?«, fragte Renate Bohnenkamp. »Unterstützen Sie Ihr Gedächtnis doch in Zukunft mit Papier und Bleistift. Je mehr man schreibt, desto besser wird das Erinnerungsvermögen. Sie können doch schreiben?«

Karl schnappte nach Luft und war schon einen Wimpernschlag später an Jockels Tresen. »Kann denn hier nicht mal irgendwas zackig knackig gehen?«, rief er eine Spur zu laut und murmelte dann wütend in sich hinein: »Einen Karl sollte man nicht zum Feind haben. Auch keine Renate Bohnenkamp.«

»Schlechte Laune?« Frauke grinste. »Die steife Renate hat dir eine Abfuhr erteilt, richtig? Hast du dich nicht anständig benommen?«

Karl funkelte sie an. »Typisch Hamburg. Euch Nordlichtern ist jegliches mitmenschliches Interesse fremd. Ihr begreift nicht, wenn es jemand gut mit euch meint. Für euch ist jede höfliche Erkundigung gleich Ausfragerei.«

»Was ist jetzt?« Jockel zeigte auf das bereitgestellte Tablett, als Karl keine Anstalten machte zuzugreifen.

»Jetzt? Jetzt mache ich meine gesetzlich vorgeschriebene Pause«, blaffte Karl und zog sich beleidigt ins Personalzimmer zurück.

»Sieht ganz so aus, als wäre sein Schmalz an Renates Granit heruntergelaufen«, konstatierte Jockel. »Die Frau ist mir sympathisch. Ich lege noch ein Stück Schokolade extra dazu.« Dann schob er die Bestellung zu Frauke hin, und die balancierte das Tablett gekonnt ans Ziel.

Renate Bohnenkamp war wieder allein und kehrte Frauke den Rücken zu, als die in Reichweite kam. So hörte sie mit, wie die Gästin sagte: »Um den ersten Offizier braucht sich niemand zu kümmern. Der hat in Hamburg einen festen Freund, wird wahrscheinlich sogar abgeholt. Netter Mann. Hatte immer seine Hausaufgaben. Nicht immer fehlerlos, aber auch der Einsatz zählt.«

Frauke hielt überrascht inne. Renate führte Selbstgespräche. Karl hatte also recht. Ihr fehlte Ansprache. Das würde auch erklären, warum sie so gerne die Probleme anderer zu ihren eigenen machte: Beschäftigungstherapie und der Wunsch nach Anerkennung. Aus ähnlichen Gründen, gepaart mit Geldnot, bediente Frauke im Elbcafé.

Um die alte Dame nicht zu erschrecken, räusperte sie sich und beschrieb einen größeren Bogen um den Tisch als nötig. Ganz so, als hätte sie nichts gehört. Niemand ließ sich gerne bei Selbstgesprächen erwischen, auch Frauke nicht. Innerhalb ihrer vier Wände wechselte sie schon mal Worte des Trostes und der Unterstützung jenseits von »Käsekuchen für Tisch 3« oder »Prosecco für die Damenriege auf der Terrasse«, mit einem imaginären Jockel, der nicht nur immer ihrer Meinung war, sondern obendrein liebevoll auf sie einging. Frauke seufzte. Irgendwann würde sie vergessen, dass es diese vertrauensvollen Gespräche nur in ihrer Fantasie gab. Ihre Gefühle für den Mann hinter der Theke, der in allen Belangen bestens über das Elbcafé Bescheid wusste, würden ihr im falschen Moment über die Lippen kommen und seine tatsächliche Reaktion sie unsanft in die Wirklichkeit zurückholen. Hauptsache nur, Karl ist dann nicht dabei, dachte Frauke. Das wäre ein Desaster. Der Mann wusste ohnehin schon viel zu viel über sie. Ständig tauchte er nach Feierabend unvermittelt irgendwo auf, wie ein Kasper aus der Kiste.

»Verfolgt er dich?«, hatte Jockel wissen wollen.

»Manchmal fühlt es sich so an«, hatte sie dem Kollegen gestanden. »Letzte Woche stand er an der Kasse des Supermarktes plötzlich hinter mir. Er hat auf den Inhalt meines Einkaufswagens gedeutet und wissen wollen, ob die Flasche Rheingauer ein Geschenk ist, und wenn ja, für wen, oder ob ich die alleine trinken will. Ich hatte schon Angst, der lädt sich zu mir ein.«

Theken-Jockel hatte die Augenbrauen hochgezogen. »Ich hoffe, du hast ihn abserviert.«

Stolz hatte Frauke den Kopf zurückgeworfen. »Brauche ich in der Küche. Ich will die Rieslingsuppe unseres Küchenchefs nachkochen, habe ich behauptet.«

Frauke gab sich einen Ruck, um den Gedanken an das Resultat dieser Antwort, das ihr gestern ins Haus geflattert war, zur Seite zu schieben und sich auf ihren Job zu konzentrieren. »Einen schönen guten Tag, Frau Bohnenkamp«, sagte sie freundlich. »Ihr stilles Wasser hat unser Jockel vorsorglich gestern Abend aus der Kühlung geholt. Es müsste jetzt genau die richtige Temperatur haben.«

Renate Bohnenkamp sah sie mit aufmerksamen Augen an, die wacher wirkten als die von Fraukes halbwüchsigem Sohn, der ganze Nächte vor der Spielkiste zubrachte, wenn er kurz davorstand, das nächste Level eines Computerspiels zu erreichen. Dummerweise auch wacher als ihre eigenen, denn Renate fragte: »Alles in Ordnung bei Ihnen? Die Ringe unter Ihren Augen scheinen mir nicht das Resultat einer glücklich durchtanzten Nacht.«

Frauke zuckte zusammen. »Sehe ich wieder aus wie ein Panda?«, versuchte sie zu scherzen. »Bei denen wirkt das immer so niedlich. Ich kriege das selbst mit Schminke nicht hin.« Dann gab sie zu: »Alleinerziehend heißt eben auch alleinverdienend, jedenfalls wenn der Vater vergisst ...«

»... den Unterhalt zu zahlen«, vollendete Renate Bohnenkamp.

Frauke nickte. »Wir Frauen sind so doof, wir glauben den leeren Versprechungen, heiraten die Bastarde und wachen nicht mal auf, wenn sie uns wieder und wieder betrügen und belügen.« Frauke schlug sich erschrocken auf den Mund. »Entschuldigen Sie bitte, Frau Bohnenkamp, Sie wollen einen netten Tag bei uns verbringen, nicht meiner Jammerei zuhören.«

Renate Bohnenkamp sah lächelnd zu ihr auf. »Alles, was ich auf meinen Ausflügen erlebe, hilft mir durch den Tag. Also erzählen Sie ruhig. Wie sagten Sie noch, hieß Ihr Mann?«

»Peter Gassler, aus Wiesbaden«, antwortete Frauke. »Allda von einer Mutter verzogen, die seinen Hang zu ständig wechselnder Weiblichkeit mit ›echter Männlichkeit‹ entschuldigte.«

Renate Bohnenkamp rückte ein wenig mit dem Stuhl zurück, als könne sie Frauke so besser betrachten. »Aber die Affären sind doch für Sie mit der Scheidung uninteressant geworden. Die können nicht für Ihre Augenringe verantwortlich sein. Also, wo drückt der Schuh?«

Frauke sah sich vorsichtig um. Die besetzten Tische lagen außer Hörweite. Trotzdem beugte sie sich zu Renate Bohnenkamp hinunter und flüsterte: »Kollege Karl hat mich bei meinem Mann verpetzt. Die beiden setzen sich immer wieder zu einem Heimwehtrunk zusammen, und dann reden sie über Gott und die Welt, aber am liebsten über mich. Ich koche mit Wein statt mit Wasser, hat er rumerzählt, und jetzt will mein Mann unseren Sohn zu sich holen, weil man mir als *Alkoholikerin*, die obendrein in einer *Bar* arbeitet, das Kind nicht überlassen darf.«

»Das Kind ist wie alt?«, erkundigte sich Frau Bohnenkamp.

»Im Oktober sechzehn.«

»Mit dem Alter kenne ich mich aus. Dann werden sie teuer und bockig und geben das Taschengeld für erste sexuelle Abenteuer aus. Mein Rat: Lassen Sie ihn ziehen. Und wenn er weg ist, ruhen Sie sich mal richtig aus.«

»Aber ...«, protestierte Frauke.

Renate Bohnenkamp hob die Hand. »Für die unverbesserlich Mütterlichen gibt es noch die B-Lösung. Ich gehe davon aus, die Drohung, Ihnen den Sohn wegzunehmen, stand in einem Brief von einem Rechtsanwalt, dem Sie nichts Entsprechendes entgegenzusetzen haben?«

Frauke nickte und ließ die Schultern hängen. Die ehemalige Lehrerin schob ihr das Schulheft hin. »Schreiben Sie da rein, wie der heißt. Womöglich kenne ich den sogar ... von früher, und er hat bei mir das Einmaleins gelernt. Die meisten meiner Schüler sind mir noch was schuldig. Und wenn nicht, rede ich es ihnen nachdrücklich ein.«

Am nächsten Tag erschien Renate Bohnenkamp pünktlich wie immer und nickte Frauke beim Betreten des Elbcafés freundlich zu. Der Serviererin schien es, als bliebe die Dame ungewöhnlich lange in der Tür stehen, um abschätzen zu können, welcher Kellner wo bediente. Dann setzte sie sich zielsicher an Tisch 11. Karls Herrschaftsgebiet. Frauke beobachtete aus den Augenwinkeln, wie der Kollege sich schon eine Minute später vertraulich zu ihr herunterbeugte, um ihre Bestellung aufzunehmen.

Jetzt flötet er ihr wieder Schmeicheleien ins Ohr, vermutete Frauke, als Renate den Kopf schief legte und aufmerksam zuhörte. Unversehens schnellte die Hand der alten Dame nach vorne, umklammerte Karls Handgelenk und zog ihn mit einem Ruck zu sich herunter. Ihr Griff musste einer Stahlklammer gleichen, denn das Gesicht des Kellners war schmerzverzerrt. Während sie sprach, kamen Zeichen ehrlichen Entsetzens hinzu.

»Was machen die da?«, fragte Jockel und trat hinter seiner Theke hervor. »Verbales Kräftemessen?«

Frauke seufzte. »Das wäre schön. Denn es sieht ganz so aus, als ob Renate dabei gegen unseren Karl gewinnt.«

Kurz nachdem Renate Bohnenkamp Karl entlassen hatte, wurde eine deutsche Fregatte lautstark willkommen geheißen.

»Ah, die ›Suske Haien‹ unter Kapitän Ruhland. Welch guter Tag«, sagte Renate Bohnenkamp laut genug, dass Frauke es hören konnte, und blätterte kurz in ihren Heften. »Zurück von seiner großen Fahrt nach Südostasien steuert das Schiff jetzt seinen Heimathafen und das Trockendock für die längst fällige Überholung an. Wenn mich nicht alles täuscht, ist die Besatzung mindestens vier Wochen in Hamburg. Ich finde, jedes einzelne Mitglied sollte die Stadt dabei von ihrer allerbesten Seite kennenlernen«, bekam Frauke Renates Selbstgespräch mit, bis Karl die Theke wieder erreichte.

Jockel lehnte sich vor. »Na, was hast du zu Renate gesagt?«

»Kümmere dich um deinen eigenen Dreck«, schleuderte ihm Karl entgegen.

»Jetzt wüsste ich gerne, was sie *darauf* geantwortet hat«, sagte Jockel trocken und schob dem Kollegen das nächste Tablett hin.

»Hanseaten haben keinen Humor«, zischte Karl.

»Jedenfalls nicht deinen, will es scheinen«, reimte Jockel. Aber das hörte nur noch Frauke, denn Karl war bereits auf dem Weg zum Tisch einer jungen Mutter, der es nach heißer Schokolade verlangte.

Frauke hob anerkennend den Daumen Richtung Renate Bohnenkamp. »Keine Ahnung, warum es mich so beschwingt, wenn Karl mit seiner Masche mal nicht landet. Aber es beruhigt mich ungemein, wenn nicht jeder vor ihm kuscht.« Sie seufzte. »Wie er es anstellt, weiß ich nicht, aber wenn er spricht, will ich automatisch die Hände hochnehmen, und selbst wenn er lächelt, wirkt es auf mich wie eine Drohung.«

»Das geht wohl jedem so«, bestätigte Jockel. »Nur unsere Renate scheint dagegen gefeit zu sein. Die hat in ihrer langen Schulzeit bestimmt jedes Früchtchen reifen sehen. Das prägt. Und stählt.«

Der Rest der Woche verlief wie im Bilderbuch: Frauke und Karl servierten, Jockel arbeitete ihnen zu, Renate Bohnenkamp führte Selbstgespräche und ihr Logbuch. Immer wieder unterbrachen die Nationalhymnen aus den riesigen Lautsprechern am Pier des Willkomm-Höfts das scheinbar friedliche Miteinander, zogen stattliche Pötte am Ende der Wedeler Welt vorbei. Ab und an hielt Frauke inne, sah den auslaufenden Schiffen sehnsüchtig nach und wünschte, sie könnte der Fülle ihrer derzeitigen Probleme entgehen, indem sie einfach an Bord eines Schiffes anheuerte. Benötigten Frachter Servicepersonal? Wäre sie den Anforderungen eines Kreuzfahrtschiffes gewachsen? Würde sie sich auf einem Dampfer endlich frei fühlen? Frauke wischte zum x-ten Mal über denselben Tisch.

»Träumst du?«, schnitt Karl in ihre Gedanken und baute sich provozierend vor Frauke auf. »Wir anderen arbeiten unterdessen für unser Geld, das hast du wohl nicht nötig?« Er fasste sich an den Kopf, als würde ihm gerade etwas einfallen. »Ach so, natürlich, du bekommst ja fetten Unterhalt von deinem Ex-Peter. Dumm nur, dass der wegfällt, wenn dein Sohn auszieht. Dann ist es vorbei mit dem Dolce Vita, dann musst du lernen, für dich selbst zu sorgen.«

Frauke schloss die Augen und zählte ganz langsam bis zehn, um dem Kollegen keine unüberlegte Antwort entgegenzuschleudern. Als sie die Augen wieder öffnete, stand Renate Bohnenkamp ebenfalls vor ihr.

Karl wechselte in einer Nanosekunde von hämisch grinsend zu lieblich lächelnd. »Frau Bohnenkamp, haben wir Ihren Ruf nach einer Bedienung überhört?«, erkundigte er sich beflissen. »Heben Sie in Zukunft einfach die Hand.«

»Frau Gassler, bringen Sie mir doch diese überaus leckere Rieslingsuppe. Es darf ruhig ein Schuss Wein mehr drin sein und bitte Roggenbrötchen statt Baguette«, sprach die frühere Lehrerin Frauke an, ohne von Karl Notiz zu nehmen. »Außerdem darf ich Ihnen dies übergeben. Mit besten Grüßen von Rechtsanwalt Habermas. Wenn Sie mal eine kostenlose Rechtsberatung wünschen«, fügte sie mit Blick auf Karl hinzu, »wegen Stalkings oder Belästigung am Arbeitsplatz: Er ist gerne für Sie da.« Dann drehte sie sich um und tippte beim Weggehen Karl mitten auf die Brust. »Das letzte Wasser war zu kalt, und es SPRUDELTE! Trinkgeld adé.«

Karl drehte sich auf dem Absatz um und strebte dem Tresen zu, um die Rüge postwendend an Jockel weiterzugeben, der ungerührt auf eine Flasche stilles Wasser deutete, die stattdessen an Tisch 3 gelandet und von dort zurückgebracht worden war. »Dein Fehler«, sagte er.

Ob das tatsächlich so war oder ob Jockel der Unaufmerksamkeit ein klein wenig nachgeholfen hatte, interessierte

Frauke nicht mehr, als sie den Inhalt des Schreibens überflog, das Renate Bohnenkamp ihr überreicht hatte. Zu den Klängen vom nächsten »Willkommen in Hamburg! Wir freuen uns, Sie im Hamburger Hafen begrüßen zu können!« begriff sie, dass ihr Mann ihr durch Rechtsanwalt Habermas mitteilen ließ, dass er ihr den Unterhalt der letzten drei Monate nachgezahlt und den Anspruch auf den Umzug des Sohnes in sein Haus bis auf Weiteres ad acta gelegt hatte.

»Wie hat sie das angestellt?«, wollte Jockel wissen, als die beiden am nächsten Morgen einträchtig zusammenstanden, um den ersten Kaffeedurstigen entgegenzusehen. »Und in so kurzer Zeit?«

»Ich habe nicht den Schimmer einer Ahnung«, antwortete Frauke, aber eines weiß ich: Heute isst und trinkt Renate Bohnenkamp auf meine Rechnung.«

Kurze Zeit später stand die ehemalige Lehrerin in der Tür. Wie jeden Tag beobachtete Karl, welchen Platz sie wählte, aber anders als sonst flatterten seine Lider, als sie sich für seinen Bedienbereich entschied. »Könntest du bitte Frau Bohnenkamps Bestellung aufnehmen? Ich muss ganz dringend zur Toilette«, bat er Frauke und verschwand, ohne ihre Antwort abgewartet zu haben.

»Hatte der gerade Panik in der Stimme oder in der Blase?«, fragte Theken-Jockel erstaunt.

»Lohnt sich herauszufinden«, bestätigte Frauke, und der Kollege strebte neugierig dem anderen hinterher.

Keine fünf Minuten später stellte Jockel sechs Alsterwasser für ein paar Schulschwänzer parat. »Karl hat mit deinem

Ex telefoniert. Die beiden führen was im Schilde.« Dann machte er eine Kopfbewegung in Richtung Renate Bohnenkamp. »Die zwei fragen sich, warum ein Anruf von ihr ausgereicht hat, um Rechtsanwalt Habermas mit fliegenden Fahnen in dein Lager wechseln zu lassen.«

»Tatsächlich interessiert mich das auch«, gab Frauke zu. »Daraus könnte ich vielleicht noch was lernen.«

»Dein Ex-Peter fürchtet jetzt, dass sogar Richter Stolberg noch mal ins Spiel kommen könnte«, berichtete Theken-Jockel weiter.

Noch während die zwei sich darüber Gedanken machten, wie das möglich sein könnte, hob Renate Bohnenkamp die Hand und winkte nach Karl, der mehr als widerwillig in ihre Richtung schlurfte. Die ehemalige Lehrerin redete auf ihn ein wie auf einen Erstklässler, der soeben bei einem bösen Streich erwischt wurde. Alles an Karl schien zu schrumpfen. Mit zittrigen Fingern fischte er seine private Geldbörse aus der Hosentasche und öffnete sie. Jockel und Frauke wurden Zeuge, wie ein Bündel brauner Scheine in den Besitz der ehemaligen Lehrerin überging.

»Wieso gibt Karl Frau Bohnenkamp Rückgeld? Sie hat doch bisher gar nichts bestellt«, wunderte sich Frauke.

»Ich glaube«, sagte Jockel trocken, »die zwei hatten offenbar noch eine Rechnung offen.«

Der nächste Morgen brachte eine Überraschung für Frauke und Jockel. Als die beiden das Personalzimmer betraten, war Karl bereits in voller Arbeitsmontur. Allerdings wirkte seine Kleidung, als hätte er sie seit dem Vortag nicht gewechselt.

»Fein, dass ihr endlich da seid. Ich habe Neuigkeiten für euch«, sagte er und hielt triumphierend ein Schulheft in die Höhe. Als es aufblätterte, konnte man die extragroßen Karos gut erkennen. »Es hat sich ausgebohnenhauptet. Hiermit können wir die Möchtegern-Lehrerin überführen.«

»Wir?«, fragten die anderen beiden unisono.

»Ganz sicher nicht«, fügte Frauke hinzu. »Wo hast du das Heft überhaupt her?«

»Woher schon? Aus ihrer Tasche! Auch eine Renate Bohnenkamp muss mal für kleine Mädchen.«

Frauke keuchte vor Schreck auf. »Bist du von allen guten Geistern verlassen?«

»Nein, aber das perfekte Fräulein Renate wird es bald sein. Ich weiß etwas über sie, was bisher keiner weiß, aber alle Welt wissen sollte.« Karl bleckte die Zähne. »Wenn sie das verhindern will, wird sie das sehr, sehr teuer kommen.« Er atmete tief ein und aus. »Ich brauche dringend ein neues Auto, Urlaub in der Heimat steht auch an, und wenn ich es recht bedenke: Die Monatsraten für meine Eigentumswohnung sind mir viel zu hoch.«

Frauke begriff: »Du willst Renate Bohnenkamp erpressen? Du willst die arme Frau um ihre Ersparnisse bringen?«

»Ersparnisse! Dass ich nicht lache.« Karl gackerte. »Ich habe alles genauestens recherchiert. Habe mich für stichhaltige Beweise sogar bis in die Höhle der Löwin gewagt. Um genau zu sein: in das Bordell *Zur Kleinen Freiheit am Ende der Großen*. Ich habe sozusagen durch Ganzkörpereinsatz die Wahrheit erfahren.« Karl sah triumphierend von einem zur anderen. »Renate Bohnenkamp ist nicht, was sie scheint. Renate Bohnenkamp ist *Puffmutter*.«

»Was hast du getrunken, oder war die Rieslingsuppe vergoren?«, erkundigte sich Jockel. »Irgendwas stimmt doch nicht mit dir.«

Karl wischte die Worte des Kollegen mit einer Handbewegung weg. »Ihr habt ja keine Ahnung, wer hier Tag für Tag an unseren besten Tischen sitzt: Hamburgs halbseidene Unterwelt höchstpersönlich. Renate Bohnenkamp ist bekannt und gefürchtet.«

»Offenbar nicht von dir«, knurrte Frauke leise und wünschte, er würde aufhören, schlecht über die Frau zu reden, die ihr sozusagen das Leben gerettet hatte. Ganz gleich, wer oder was die Frau ist, dachte sie, ich werfe mich schützend vor sie.

»Wisst ihr, wie das bei ihr läuft?«, fragte Karl und schob die Erklärung gleich hinterher. »Sie sitzt hier Tag für Tag und gibt ihren Pferdchen die ankommenden Schiffe durch, bevor die den Hafen erreichen. Per Standleitung. Selbstgespräche! Pah! Anweisungen sind das. Die armen ausgehungerten Matrosen haben keine Chance, ihre Heuer zu sparen, denn die süßesten Mädchen warten am Pier bereits auf sie, um sie abzuschleppen!«

»*Mann* muss ja nicht mitgehen …«, wagte Frauke einzuwerfen, während sie einzuordnen versuchte, was sie da gerade zu hören bekam.

»Nach einer so langen Reise ist der Geist willig, aber das Fleisch schwach«, behauptete Karl. »Da ist man einem solchen Angriff faktisch ausgeliefert.«

»Und das hast du alles in einer einzigen Nacht am Ort des Geschehens erfahren«, spöttelte Jockel.

»Natürlich nicht.« Karl setzte ein Kellnergesicht auf,

was so hochmütig wirkte, dass es ihm in jedem Wiener Kaffeehaus zur Ehre gereicht hätte. »Ich bin schon lange an der Sache dran. Aber nachdem sie mir gestern gedroht hat, mich bei der Besitzerin des Lokals als faul und trinkgeldgeil anzuschwärzen, damit die mich entlässt, habe ich meine Nachforschungen intensiviert. Dein Ex-Peter hat mir da mit ganzer Kraft geholfen.«

»Das glaube ich nun wieder sofort«, sagte Frauke.

»Auch ihn drängte es, zu erfahren, warum Habermas plötzlich die Strategie gewechselt und gegen den Geldbeutel des eigenen Klienten entschieden hat.«

»Weil der begriffen hat, dass die Verteilung der Lasten bisher mehr als ungerecht war?«, schlug Jockel vor.

»Weil Habermas erpresst worden ist«, schleuderte Karl zurück. »Renate Bohnenkamp hat ihm einen Hieb direkt unter die Gürtellinie verpasst!«

Frauke kicherte bei diesem passenden Vergleich, brachte aber damit Karl noch weiter auf. »Von wegen: Die meisten Leute haben bei ihr das Einmaleins gelernt. Das ist das Kamasutra, was sie und ihre Girls unterrichten.« Karl schnaubte. »Sie lockt die Leute mit Gutscheinen in ihr Etablissement, filmt sie in eindeutigen Positionen und hat danach jeden an den Eiern! Erpressung: eine ganz miese Masche. Halb Hamburg ist betroffen!«

»Kann nur die Hälfte sein«, sagte Frauke bedauernd. »Für uns Frauen gibt es solche Einrichtungen ja leider nicht.«

Diesen Einwand hörte Karl nicht, denn der schlug sich gerade vor den Kopf, als hätte er erst jetzt das wahre Potenzial seiner Entdeckung erkannt. »Wenn ich es mir genau überlege, sollte ich in viel größeren Maßstäben denken!

Warum lasse ich mir durch Renate Bohnenkamp nicht eine bessere Zukunft finanzieren? Ich werde mir eine hübsche Summe ausdenken und damit die Pacht unseres Ladens übernehmen. Es heißt doch immer, die Besitzerin sei für gute finanzielle Angebote zugänglich. Dann knalle ich ihr doch mal eines auf den Tisch, das sie nicht ablehnen kann. Und dann wird hier auf meine Art ›willkommen‹ geheißen. Karl rieb sich die Hände. »Ich muss nur noch herausfinden, wie hoch die Summe ist, die ich brauche, um meine Zukunft zu vergolden.«

»Das kann ich dir sagen, schließlich arbeite ich für den Einkauf mit der Buchhaltung zusammen«, sagte Jockel und tat, als würde er den entsetzten Blick von Frauke nicht sehen. »Ich würde dir die Besitzerin unseres Cafés sogar vorstellen, allerdings nur, wenn du mir dafür versprichst, mich zu behalten.«

Frauke ließ Theken-Jockel auf ihrer geistigen Beliebtheitsskala von hundert auf dreißig fallen. Ihn ganz aufzugeben war sie noch nicht bereit.

»Das nenne ich doch mal eine Maßnahme«, sagte Karl und wedelte mit dem Schulheft. »So würde auch dir Kuppelei, Prostitution und Erpressung den Arbeitsplatz sichern. Braver Jockel.« Er wandte sich an Frauke. »Und wie sieht es bei dir aus?«

Die Kellnerin kämpfte mit den Tränen, aber schüttelte den Kopf. »Womit Renate Bohnenkamp ihren Lebensunterhalt verdient, mag zwar den Leuten peinlich sein, die ihre Dienstleistungen einkaufen und das dann anschließend abstreiten, aber ich ändere meine Meinung über sie nicht. Ich mache auf keinen Fall mit.«

»Bravo«, sagte Renate Bohnenkamp und stieß die Tür zum Personalzimmer so weit auf, dass man sie in voller Größe im Türrahmen stehen sehen konnte. »Solidarität und Gerechtigkeitssinn sollten immer Vorrang haben.«

Frauke zog scharf die Luft ein. »Wie lange stehen Sie schon hinter der Tür?«, fragte sie.

»Und vor allem«, schaltete Karl sich ein, »wie sind Sie überhaupt ins Café gekommen? Wir haben immer noch geschlossen.«

Renate Bohnenkamp ließ ein Schlüsselbund von ihren Fingern baumeln. »Mit meinem Schlüssel natürlich, schließlich gehört mir dieses Café seit seiner Gründung, oder warum glauben Sie, sitze ich ausgerechnet hier?«

»Tag, Chefin«, sagte Jockel. »Ich fürchtete schon, Sie kämen nicht rechtzeitig und ich müsste mich noch länger verbiegen.«

»Hartes Stück Arbeit, wenn man ein Rückgrat hat, wo bei Karl Wackelpudding sitzt«, kommentierte Frauke, glücklich, Theken-Jockels Anbiederei unter Hinhaltetaktik verbuchen zu können.

Karl, der Kellner, sah unterdessen fassungslos von Theken-Jockel über Frauke zu Renate Bohnenkamp und wieder zurück. Er begriff zum ersten Mal in seinem Leben, wie wichtig guter Lehrkörper war.

Und der sagte gerade: »Jede Lektion will gelernt sein. Ihre heißt: Sei nie schlauer als der Bauer. Oder in diesem Fall: Niemand erpresst die Erpresserin. Willkommen bei Renate!«

COCKTAILSTUNDE

Angela Lautenschläger

Heringsdorf

Sorgfältig zog er die Zinken der Harke durch den staubigen Sand. Immer schräg von links nach rechts bis zur eingefassten Kante des Rosenbeetes. Anschließend setzte er die Harke exakt neben den geharkten Streifen und zog sie wieder von links nach rechts bis zur Kante. Als er am Ende der Reihe angekommen war, dort, wo die Rhododendronhecke den Blick auf die Wirtschaftsgebäude verbarg, hielt Holger inne. Er legte seine Hand, die in einem etwas mitgenommen aussehenden Gartenhandschuh steckte, auf die Rundung des Holzstiels und stützte das Kinn darauf ab. War schön geworden, dachte er zufrieden.

Den gesamten Vorplatz des Strandhotels in Heringsdorf hatte er auf diese Weise verziert. Na ja, abgesehen von den Flächen, auf denen die Autos der Hotelgäste standen. Ein paar Sportwagen und einige Limousinen, die von den älteren Gästen bevorzugt wurden, die Mühe hatten, sich aus den tiefergelegten Autos zu schälen. Und abgesehen von der Stelle, auf der Gunnar seine Angeberkarre abgestellt hatte. Wie immer direkt vor dem zweiflügeligen Eingang, sodass die Gäste um seinen Aston Martin Vantage Roadster herumgehen mussten, um ins Hotel zu gelangen. Vermutlich wollte er sicherstellen, dass auch jeder den teuren Sportwagen bewunderte. Holger hatte neulich im Supermarkt vor dem Zeitschriftenregal in einer Autozeitschrift geblättert. Fast zweihunderttausend Euro hatte Gunnar dafür auf den Tisch legen müssen. Also nicht Gunnar, denn der hatte traditionell kein Geld, sondern seine Mutter.

Holger hob das Gesicht und ließ die herrliche Sonne darauf scheinen. Usedom war das Paradies. Dreihundertfünfundsechzig Tage im Jahr frische Luft, je nach Jahreszeit etwas kälter oder etwas wärmer, Wind, mal sanft, mal stürmisch, aber immer Wetter. In einer Großstadt würde er eingehen wie eine Primel. Hier konnte er den ganzen Tag draußen sein, die Parkanlage in Ordnung halten, und abends saß er in seiner kleinen Hütte und nahm einen Feierabendcocktail zu sich. Jetzt im Sommer bevorzugte er einen Aperol Spritz, im Winter gab's Glühwein. Ein bisschen mehr Geld könnte er gebrauchen, denn Hilde Meyer zahlte nicht viel. Vermutlich weil sie ihr Geld für Gunnar brauchte. Heute war besonders schönes Wetter, nicht zu warm, nicht zu kalt, und der Wind blies auch nicht so stark. Abgesehen davon, dass ihm die Arbeit Spaß machte, bot sie ihm jede Menge Gelegenheiten für ein kleines Päuschen. Im Laufe der Jahre hatte er einige Stellen entdeckt, die vom Hotelgebäude nicht einsehbar waren, sodass seine Chefin nichts von seinen Arbeitsunterbrechungen mitbekam. Da, wo er im Augenblick stand, könnte sie ihn zwar schon sehen, aber jetzt gerade war sie damit beschäftigt, sich von Gunnar anschnauzen zu lassen. Seine Stimme war durch das gekippte Fenster von Frau Meyers Büro deutlich zu hören. Holger hatte inzwischen fünfmal das Wort Geld fallen hören. Gunnar war so alt wie Holger, hatte aber in seinem dreißigjährigen Leben noch keinen Tag richtig gearbeitet. Manchmal hielt er großspurig Vorträge über Investments und so einen Quatsch, aber wenn Holger ihn dann später darauf ansprach, winkte Gunnar nur ab. Vermutlich weil er sein bei Mutti geschnorrtes Geld in so einem Investment versenkt hatte.

Hilde Meyers unangenehm schrille Stimme riss Holger aus seinen Gedanken. Dann rumpelte etwas, eine Tür schlug, und kurz darauf stürmte Gunnar aus dem Haus. Er flankte über die geschlossene Beifahrertür in sein Cabrio, startete den Wagen und legte einen Kavalierstart hin, der auf einen Schlag Holgers Arbeit der letzten Viertelstunde zunichtemachte. Auf der Zufahrt kam der Aston Martin kurz ins Schleudern, weil er zwei Radfahrern ausweichen musste, die drohend die Fäuste schwangen, dann bog er in die Strandpromenade ein und verschwand aus Holgers Blickfeld.

Seufzend bückte sich Hilde Meyer und sammelte die Zeitschriften auf, die Gunnar in einem seiner legendären Wutanfälle vom Tisch im Salon gefegt hatte. Irgendetwas hatte sie bei dem Jungen falsch gemacht. Na ja, nicht irgendwas. Verzogen hatte sie den Bengel. Damals, als sein Vater so früh starb und sie alle Hände voll damit zu tun hatte, das Hotel am Laufen zu halten, erschien es ihr als einfachstes Mittel, ihm jeden Wunsch zu erfüllen. Aber jetzt war er eindeutig zu weit gegangen. Sie hatte ihm gerade hunderttausend Euro für den neuen Sportwagen gegeben, und er konnte ohnehin nur einen Wagen auf einmal fahren. Außerdem – was hieß schon: einmalige Gelegenheit? Sie hatte es jedenfalls noch nie erlebt, dass er das Geld, das sie ihm gab, vermehrte. Sorgfältig fächerte sie die Zeitschriften über das Segeln, Jagen und die Gourmetküche auf dem Tischchen auf. Das waren die Themen, die ihre Gäste interessierten. Das und Bernstein. Hilde war stolz darauf, dass es ihr gelungen war, die diesjährige Bernsteinmesse ins Strandhotel zu holen. Bernstein, das Gold der Ostsee. An Usedoms Stränden war Bernstein immer noch zu finden, aber die Funde der Touristen waren nicht zu vergleichen mit den Steinen, die die Händler und Aussteller morgen bei ihr zeigen würden. Dabei handelte es sich um wirklich wertvolle Stücke. Mit der Vorbereitung der Ausstellung hatte sie alle Hände voll zu tun, denn währenddessen lief der Hotelbetrieb weiter. Und nebenbei musste sie auch noch für die Sicherheit der Bernsteinsammlungen sorgen. Hilde trat ans Fenster und warf einen Blick auf den Vorplatz. Draußen stand Holger und guckte wieder mal Löcher in die Luft. Mit den Mehreinnahmen durch die Bernsteinmesse wollte Hilde die Auffahrt und den Parkplatz umgestalten, ein Rondell anlegen, mit Rosen bepflanzen und Kies auf den Sand streuen. Das war eine teure Angelegenheit, und solange ihre Gewinne auf Nimmerwiedersehen in Gunnars löchrigen Hosentaschen verschwanden, konnte sie keines der Angebote der Landschaftsarchitekten annehmen. Und dafür, dass Holger stundenlang sein Werk betrachtete, wurde er nicht bezahlt. Sie klopfte gegen die Scheibe, sodass er sich irritiert umsah. Als er sie entdeckte, winkte er freudig. Hilde klopfte auf die imaginäre Armbanduhr an ihrem Handgelenk und hoffte, dass er den Wink mit dem Zaunpfahl verstand.

Ächzend hievte Herbert Brinkmann den Musterkoffer aus dem Kofferraum seines Mercedes C-Klasse, der mittlerweile auch schon zwanzig Jahre auf dem Buckel hatte. Das Gewicht der Sammlung zog Herberts ebenfalls nicht mehr jungen Oberkörper nach unten und landete mehr oder weniger unsanft im Staub. Er zog ein Taschentuch aus der Hosentasche und tupfte sich die Stirn, während er die Kofferraumklappe zuschlug. Ein ganzes Leben lang machte er diese elende Plackerei jetzt schon mit, fuhr kreuz und quer durchs Land, um diese braunen Steine an den Mann zu bringen. Er konnte Bernstein einfach nicht mehr sehen. Aber das musste er auch nicht mehr lange. Auf der Herfahrt hatte Herbert beschlossen, dass dies endgültig seine letzte Messe war. Anschließend würde er sich in sein kleines Häuschen im Hunsrück zurückziehen und daraus höchstens hervorkommen, wenn seine Expertise für eine Begutachtung oder für einen Artikel in einer Fachzeitschrift benötigt wurde. Der Gedanke an die schöne Zeit, die vor ihm lag, gab ihm wieder Kraft. Herbert verstaute das Taschentuch in der Hosentasche, nahm die Reisetasche vom Rücksitz seines Autos und hob den schweren Koffer an. Schwankend wie eine Fregatte bei Windstärke sechs steuerte er das Eingangsportal des Strandhotels an. Immerhin war es hier drinnen angenehm kühl, ein roter Läufer und der Kristalllüster an der Decke verliehen dem nicht allzu großen Hotelgebäude eine gewisse Eleganz. Er meldete sich gerade bei der freundlichen jungen Frau hinter dem Empfangstresen an, als eine nicht mehr taufrische elegante Dame mit grauer Kurzhaarfrisur neben ihn trat.

»Ich höre, Sie sind Herr Brinkmann?« Sie reichte ihm

die Hand. »Hilde Meyer, ich bin die Inhaberin des Strandhotels.«

Herbert schüttelte ihre Hand. »Sehr erfreut. Sieht ja sehr ansprechend aus, die Anlage.«

»Vielen Dank.« Frau Meyer musterte seinen abgeschabten Lederkoffer. »Befinden sich darin Ihre Ausstellungsstücke?«, fragte sie mit gesenkter Stimme.

»Richtig. Darin sind die guten Stücke.«

Sie trat noch etwas näher heran, was Herbert nicht recht war. Wenn es nicht unhöflich gewesen wäre, würde er ein Stückchen von ihr abrücken.

»Sie wissen aber schon, dass wir für die Sicherheit der Ausstellungsstücke erst ab morgen früh 8 Uhr sorgen?« Bei diesen Worten hob sie die Augenbrauen und sah ihn ein kleines bisschen vorwurfsvoll an, was ihn ärgerte.

»Da machen Sie sich mal keine Sorgen, Gnädigste. Der Koffer und ich sind quasi miteinander verwachsen. Wir verbringen schon beinahe unser gesamtes Leben miteinander. Sieht man ja. Sind beide an den Ecken schon ein bisschen abgestoßen.« Er grinste.

»Nun denn«, sagte sie schmallippig. »Ich wollte es nur gesagt haben.« Hilde Meyer wandte sich an die Rezeptionistin. »Christina, welches Zimmer hat Herr Brinkmann denn?«

»Die Acht.«

»Die Acht«, wiederholte Hilde Meyer. »Können wir das irgendwie tauschen?«

»Wieso das denn?«, fragte Herbert, der das Gefühl hatte, dass hier über seinen Kopf hinweg etwas entschieden werden sollte.

»Weil die Acht im Erdgeschoss liegt. Wenn Sie das Fenster nur mal unachtsam gekippt lassen, ist der Koffer weg.«

»Gekippt lass ich mein Fenster nie, und schon gar nicht unachtsam.« Herbert baute sich vor der Inhaberin des Hotels auf, was nicht so imposant wirkte, wie er es sich wünschte, weil sie einen Kopf größer war als er. »Und durch ein gekipptes Fenster kriegt man das Trumm ja wohl schlecht.«

»Wie Sie meinen«, entgegnete sie, und Herbert hätte nicht gedacht, dass sie das noch schmallippiger hervorbringen konnte, als sie bisher gesprochen hatte.

»Dann sagen wir Holger Bescheid, dass er Ihnen beim Tragen hilft.«

Herbert hätte sein Gepäck auch allein tragen können, schließlich hatte er genau aus diesem Grund ein Zimmer zu ebener Erde gebucht, aber wenn einer mit anpacken wollte, würde er ihn nicht daran hindern. Als er den Anmeldezettel ausgefüllt hatte, erschien ein moppeliger junger Mann, der den Musterkoffer mühelos anhob und nach Herberts Reisetasche griff.

»Bringst du in die Acht, Holger, ne?«, sagte Christina und nahm den Anmeldezettel von Herbert Brinkmann entgegen.

Sein Handy brummte auf dem Nachttisch.

»Was!«, brummte Klaus Möhring hinein, nachdem er es ertastet hatte, und lauschte.

»Was ist weg?« Er stützte sich auf dem Ellenbogen auf. »Die Gallensteinsammlung von Professor Brinkmann?«

Geduldig wartete er den Lachanfall des Kollegen aus der Zentrale ab.

»Ach nö«, sagte er, als der Kollege die Meldung wiederholte. Klaus rieb sich über das Gesicht. »Es ist Samstag ... ich weiß, dass ich Bereitschaftsdienst habe.« Er legte das Handy zurück auf den Nachttisch und sank in die Kissen. Ein paar verschwundene Bernsteine waren nun wirklich kein Grund, seinen dringend notwendigen Schönheitsschlaf vorzeitig abzubrechen. Um den Kater, den er sich am Vorabend im Brauhaus geholt hatte, zu verarbeiten, hatten die drei Stunden jedenfalls nicht ausgereicht. Die Dinger waren weg, und er würde sich jetzt noch eine Mütze Schlaf gönnen. Als die Bereitschaft eine Dreiviertelstunde später erneut anrief, um sich nach seinem Verbleib zu erkundigen, hatte Klaus bereits eine vielfach erprobte ökonomische Duschaktion in Rekordzeit hingelegt und saß mit nassen Haaren im Wagen nach Heringsdorf.

Er stellte seinen rostroten Skoda zwischen einem Land Rover und dem Transporter einer Sicherheitsfirma ab. Zwei schwarz gekleidete Typen, die einen Großteil ihrer Lebenszeit in der Muckibude verbrachten, bewachten den Hoteleingang. Einer gab ihm mit ausgestreckter Hand zu verstehen, dass hier kein Durchkommen war, aber Klaus zückte kurz seinen Dienstausweis und betrat das Innere des Hotels. Dort standen einige Hotelgäste, die aufgebracht durcheinandersprachen. Klaus ging zu der hübschen Blondine am Tresen und erkundigte sich nach der Inhaberin. Er kannte Hilde Meyer noch aus seiner Schulzeit. Ihr Angebersohn Gunnar und er waren in eine Klasse gegangen, und er hatte diesem nervigen Typen nur deshalb keine reingehauen, weil seine Mutter für ihn und seine Freunde im Hotel die besten Partys schmiss. Sie hatte ihr Büro am Ende einer Zimmerflucht, die ein Salon und eine Bibliothek bildeten. Klaus klopfte an und öffnete zeitgleich die Tür.

Hin und wieder sah er Hilde Meyer auf Veranstaltungen in Usedom oder auf Aufnahmen im *Usedomer Tagblatt*, wo sie sich mit dem Bürgermeister oder anderen Wichtigtuern zeigte. Sie war eben eine Geschäftsfrau. Heute saß sie mit verkniffenem Mund hinter ihrem Schreibtisch, vor dem ein kleiner Rentner hockte. Am Fenster lehnte noch so ein schwarz gewandeter Muskelprotz.

»Moin, Frau Meyer.«

»Klaus, also Herr Möhring. Wir hatten Sie schon etwas früher erwartet.«

Das war ein ganz schlechter Einstieg in ein angenehmes Gespräch mit ihm. »Ich bin bei der Polizei, Frau Meyer. Da haben wir viel zu tun. So, was haben wir denn hier?« Klaus nahm sich einen mit blauem Samt bezogenen verzierten Stuhl aus der Ecke, der seinem nicht ganz unbeträchtlichen Gewicht hoffentlich standhalten würde.

Hilde Meyer deutete auf den Rentner. »Du wei... Sie wissen sicher, dass wir heute die jährliche Bernsteinmesse hier im Haus abhalten. Herr Brinkmann ist gestern Abend angereist und hat darauf bestanden, seine Sammlung in seinem Zimmer aufzubewahren, obwohl es im Erdgeschoss liegt, und ich habe ihn auch gleich darauf hingewiesen, und dann habe ich ihn gebeten, mir das hier zu unterschreiben ...« Sie deutete auf einen Computerausdruck auf ihrem Schreibtisch, unter den eine Unterschrift gekritzelt war.

Klaus sah sie an. »Ich hab kein Wort verstanden.«

Hilde Meyer seufzte wie damals, als Gunnar bei einer dieser Sausen einen Großteil der Sangria auf den Läufer gekotzt hatte, der irgendwie teuer gewesen war. Also der Läufer. Natürlich hatte Gunnar gegenüber seiner Mutter behauptet, dass Holger der Übeltäter gewesen war.

»Vielleicht darf ich mal, Herr Kommissar«, meldete sich der ältere Herr zu Wort. »Ich bin Herbert Brinkmann und seit mehr als vierzig Jahren mit meiner Bernsteinsammlung auf Messen und Ausstellungen unterwegs. Die Sammlung befindet sich immer in meinem Koffer und ist noch nie abhandengekommen. Jemand ist unbefugt in mein Zimmer eingedrungen und hat sie entwendet.«

»Genau darauf hatte ich Sie hingewiesen, und deshalb hat Herr Brinkmann mir auch diesen Zettel hier unterschrieben.«

Klaus nahm das Blatt Papier entgegen, mit dem Hilde Meyer erneut wedelte, und sah sich um. »Ihre Sicherheitsexperten konnten dieses Verbrechen nicht verhindern?«

Der Muskelmann zog die Augenbraue bis zum schwarzen Haaransatz, schwieg aber.

»Da die Messe erst heute beginnt, hat der Sicherheitsdienst auch erst heute Morgen um acht seine Tätigkeit aufgenommen.« Hilde Meyer erhob sich, beugte sich über den Schreibtisch und deutete auf das Blatt Papier in Klaus' Hand. »Genau deshalb habe ich mir von Herrn Brinkmann bestätigen lassen, dass mich keinerlei Haftung trifft, wenn etwas passiert. Keinerlei.« Erschöpft sank sie zurück auf ihren Drehstuhl.

»Okay, Herr Brinkmann«, sagte Klaus, ohne einen Blick auf den Ausdruck in seiner Hand zu werfen. »Wo und wann ist der Koffer verschwunden?«

»Während ich im Bad war, um meine Morgentoilette durchzuführen.«

»Zeigen Sie mir mal Ihr Zimmer.« Klaus stand auf, und der ganze Tross folgte Hilde Meyer durch die Eingangshalle bis in Zimmer acht, das vom Gang im Westflügel nach hinten abging. Es war recht modern eingerichtet, nicht allzu groß, aber okay. Unter dem Fenster lag ein riesiger Lederkoffer, der aussah, als hätte Kapitän Ahab damit jahrelang seine Beute über die Weltmeere geschippert. Der Kofferdeckel stand offen, die vielen mit Samt bezogenen Einsätze lagen durcheinander und waren leer.

»Haben Sie das so vorgefunden, als Sie aus dem Bad kamen?«, fragte Klaus, der zu ignorieren versuchte, dass Hilde Meyer hinter ihm aufgeregt hin und her tippelte.

»Nein, nicht so. Der Koffer war geschlossen. Aber ich habe mein Frühstück hier auf dem Zimmer eingenommen und wollte anschließend mit dem Koffer zur Ausstellung rüber, und da war der Koffer viel zu leicht.«

»Woher wissen Sie dann, dass die Steine heute Morgen weggekommen sind?«, fragte Klaus. »Haben Sie den Koffer gestern Abend vor dem Zubettgehen noch mal gewogen oder wie?«

»Ich … also, ich habe die Steine gestern Abend noch einmal betrachtet«, erklärte Herbert Brinkmann, und irgendwie glaubte Klaus ihm das nicht.

»Woraus besteht Ihre Sammlung denn?«, fragte Klaus. Er kannte nur die verkrumpelten Dinger, die die Touristen am Strand aufsammelten, und die waren meist nicht viel wert.

»Es ist die umfangreichste Sammlung Deutschlands«, erklärte Brinkmann. »Ein Teil enthält Einschlüsse von Insekten und Pflanzen, der Rest sind bearbeitete Steine. Beide sind auf ihre Weise wertvoll. Es kommt nicht auf die Größe an.«

»Ist das Fenster beschädigt?«, fragte er.

»Nein«, erklärte der Sicherheitsmensch. »Das haben wir überprüft.«

»War Ihre Zimmertür abgeschlossen?«

»Nein, ich war ja da«, erklärte Brinkmann.

»Es hätte also jederzeit jemand in Ihr Zimmer spazieren können.«

Hilde Meyer hinter ihm stöhnte derart künstlich und laut auf, als hätte sie eine tragende Rolle in einem Drama.

»Tja, ist eine schwierige Kiste.« Klaus wandte sich zu der hinter ihm stehenden Gruppe um. »Kann jemand die Steine bereits außer Haus gebracht haben?«, fragte er.

»Also, nachdem Herr Brinkmann uns um kurz nach halb acht mitgeteilt hat, dass die Sammlung verschwunden ist, haben wir niemanden mehr hinausgehen lassen.«

»Gut.« Klaus rieb sich die Hände und lächelte freundlich in die Runde. »Dann warten wir jetzt auf die Kollegen von der Dienststelle, damit die alles mal gründlich unter die Lupe nehmen.« Sein Blick blieb bei Hilde Meyer hängen. »Hätten Sie eventuell ein Tässchen Kaffee für mich, und da ich in aller Herrgottsfrühe aus dem Haus musste, vielleicht auch ein kleines Frühstück?«

Es war ihm egal, dass Hilde Meyer ihn mit einem Blick bedachte wie seinerzeit alle beteiligten Jungs nach der Sache mit der Sangria und dem Läufer.

»Herr Möhring«, sagte sie streng. »Klaus.« Das klang etwas versöhnlicher. »Wir wollen hier eine wirklich wichtige Messe abhalten, Sie haben draußen die Besucher gesehen, die wir schon vertrösten mussten, weil die Messe vor über einer Stunde hätte beginnen sollen, und dann kam die

Polizei nicht, und wir sind keinen Schritt weiter ...« Hilde Meyer warf die Hände in die Luft und ließ sie kraftlos wieder fallen. »Bitte.«

»Gut, dann nehme ich mein Frühstück ein, und Sie schicken mir einen nach dem anderen rein.«

»Wie, einen nach dem anderen? Oh Gott, Sie wollen die Gäste befragen? Da kann ich mein Hotel gleich für immer schließen. Ich dachte, wir erledigen das ...« Sie senkte die Stimme, was seinen Trommelfellen eine gewisse Entlastung verschaffte. »... diskret.«

»Gut, dann diskret im Frühstücksraum«, sagte Klaus und steuerte den Raum an, aus dem verheißungsvolles Geschirrklappern erklang.

Während er einen erstaunlich guten Milchkaffee, buttrige Croissants, selbst gemachte Schlehenmarmelade und Rührei mit Speck und Würstchen verspeiste, tanzten nacheinander die Hotelgäste, von denen einige Aussteller und einige Messebesucher waren, und zum Schluss das Personal an. Klaus notierte auf einem Notizblock der örtlichen Apotheke, den er immer bei sich trug, die Angaben der Einzelnen dazu, wann und wo sie sich aufgehalten hatten. Seine Finger wischte er zwischendurch an der Damastserviette ab. Stil hatte sie ja, die Hilde Meyer. Als Letzter stand Holger vor ihm.

»Na, Holger, setz dich.« Klaus, der innerlich schon mit dem Frühstück abgeschlossen hatte, nahm sich doch noch ein Croissant.

Holger setzte sich und legte seine schmuddeligen Gartenhandschuhe zwischen die silbernen Salz- und Pfeffersteuer.

»Und, wie is so?«, erkundigte sich Klaus.

Holger hob die runden Schultern. »Tja.«

Klaus nahm sich ordentlich was von der Schlehenmarmelade und gab der Kellnerin ein Zeichen, dass er noch eine Tasse Kaffee gebrauchen könnte.

»Was war denn da los?«, fragte er Holger, der einen hungrigen Blick über den Tisch schweifen ließ.

Holgers Blick war an Klaus' Notizen hängen geblieben. »Hast du schon was rausgefunden?«

Klaus schnalzte mit der Zunge. »Viel zu viele Leute. Ein einziges Durcheinander. Mal war der eine hier und der andere da.« Er klatschte mit der klebrigen Hand auf den Notizblock. »So kriegen wir nie raus, wer die Steine geklaut hat.« Er sah Holger an. »Hast du eine Idee?«

»Nö.« Holger fummelte einen Krümel von der weißen Tischdecke und steckte ihn sich in den Mund. »Ich hab dem den Koffer mit den Bernsteinen gestern in sein Zimmer gestellt.«

Klaus nickte.

»Und heute Morgen? Was hast du da gemacht?«

»Draußen die Hortensien geschnitten, Unkraut gezupft und den Weg gefegt.«

»Vorne?«

»Nee, hinten.«

»Hinten?« Klaus wischte sich die Finger an der Serviette ab. »Das Zimmer vom Brinkmann geht ja auch nach hinten raus.«

»Jau.«

»Hast du da nichts gesehen?«

Holger schüttelte den Kopf. »Nö. Nix.«

»Und Gunnar? Hast du den gesehen?«

»Nö. War er das?«

Klaus seufzte. »Das versuche ich gerade herauszufinden.«

Die Kellnerin kam an ihren Tisch und schenkte Kaffee nach. »Da sind Polizeibeamte eingetroffen«, erklärte sie mit gesenkter Stimme.

»Sollen alle mal reinkommen«, erklärte Klaus mit weit ausholender Handbewegung.

Zehn uniformierte Beamte betraten den Speisesaal. Unter den neugierigen Augen der letzten Frühstücksgäste instruierte er die Kollegen, die daraufhin ausschwärmten, um das gesamte Hotel zu durchsuchen. Als er sich dem Rest seines Croissants widmen wollte, war Holger verschwunden.

Zur Mittagszeit war die Durchsuchung abgeschlossen. Herbert Brinkmanns Bernsteinsammlung hatte sich dabei nicht angefunden.

»Das ist ja fantastisch«, stellte Hilde Meyer mit vor der Brust verschränkten Armen süffisant fest, als sich alle Polizeibeamten in der Eingangshalle eingefunden hatten. »Alle Hotelgäste verunsichert, den Ruf meines Hotels zerstört – und wofür?« Sie warf die Hände in die Luft und ließ sie gegen die Oberschenkel klatschen. »Sie haben nicht einmal die Steine gefunden.«

»Nein, das haben wir nicht.« Klaus zog die Hose hoch und versenkte die Hände in den Hosentaschen. »Heißt, dass sich die Steine nicht mehr im Haus befinden.«

»Auf die Idee hätten Sie ja auch schon mal früher kommen können.«

»Bin ich, Frau Meyer.« Klaus fummelte mit der Zunge einen Krümel aus seiner Zahnlücke. »Ich hab mal überprüft, wer das Hotel heute Morgen verlassen hat. Ich hab die Zeugenaussagen der Gäste miteinander verglichen. Stimmt alles überein. Niemand hat das Hotelgelände verlassen. Wir haben auch die Wagen der fünf Gäste überprüft, die auf dem Parkplatz gesehen wurden. Keine Bernsteine.«

»Die Steine haben sich also in Luft aufgelöst, oder wie?«

»Eine Möglichkeit gäbe es noch.«

»Dann mal zu.« Hilde Meyer klatschte in die Hände. »Vielleicht schaffen wir es noch mit den letzten geduldigen Gästen, so etwas Ähnliches wie eine Messe durchzuführen.«

»Dazu müsste ich noch mal mit Ihrem Sohn sprechen.«

»Mit Gunnar?«

Klaus bewegte den kleinen Finger im Ohr, um den Angriff auf sein Trommelfell abzumildern.

»Mit Gunnar. Nach Zeugenaussagen war er heute um kurz nach sieben da. Eine ungewöhnliche Uhrzeit.« Klaus lächelte. »Gunnar hat sich schon während der Schulzeit nicht durch frühes Aufstehen ausgezeichnet.«

»Klaus.« Hilde Meyer fasste seinen Unterarm und zog ihn an die Seite. »Jetzt lass mal die Kirche im Dorf. Gunnar muss hier im Haus keine braunen Steine stehlen.«

»Frau Meyer, es gibt mehrere Aussagen vom Personal und von Gästen, dass der letzte Kontakt zwischen Ihnen und Gunnar ein Streit war, bei dem es sich um Geld drehte. Wie eigentlich immer, wenn Sie sich mit Gunnar streiten. Gunnar ist chronisch klamm. Also, wo ist er?«

Hilde Meyer schnippte einen Fussel vom Ärmel ihrer Kostümjacke. »Weiß nicht. Vielleicht zu Hause.«

»Dann gucken wir da mal nach. Bis später.«

Vor der weißen Villa mit Blick auf die Ostsee stieg Klaus aus seinem Wagen. Während er den Blick über die makellose Fassade nach oben schweifen ließ, zog er sich die Hose hoch und stopfte sein Hemd in den Hosenbund. Zu Hause war für seine Begriffe eine Untertreibung für diese Behausung. Er drückte auf den Klingelknopf neben dem obersten Namensschild, Meyer. Nach einer Weile, während der Klaus darüber nachdachte, noch ein weiteres Mal zu läuten, hörte er ein Schnaufen in der Leitung.

»Moin Gunnar, Klaus hier.«

Klaus Möhring hatte eine Vorstellung davon, wie ungern Gunnar den Türöffner betätigte. Zu seiner Erleichterung gab es einen modernisierten Lift, der ihn ins oberste Stockwerk brachte. Dort erwartete ihn Gunnar mit einem schiefen Grinsen in der Tür.

»Klaus«, sagte er und trat beiseite.

Klaus durchquerte den großzügig geschnittenen Wohnraum und ging gleich auf die Dachterrasse. Hier zu sitzen, mit einer schönen Tasse Bier und in den Sonnenuntergang gucken, musste schön sein. Dummerweise hatte man von hier nur einen Blick in den Sonnenaufgang, und der Morgen war eher nicht so Klaus' Tageszeit.

Gunnar stellte sich neben ihn. Er trug eine beigefarbene Chino, ein dunkelblaues Shirt und war barfuß.

»Gunnar«, sagte Klaus. »Hast du schon gehört?«

Gunnar hatte die Hände in den Hosentaschen versenkt. »Dass du bei den Bullen bist?«

»Dass deine Mutter mächtig Stress hat.«

»Tja, ist so 'ne persönliche Eigenschaft von ihr. Kennst sie ja.«

Klaus nickte. »Hattest gestern Abend Streit mit ihr, ne?«

»Hm.«

»Worum ging's denn da?«

»Ach, nur so Hotelkram.«

»Arbeitest du im Hotel mit?«

»Wenn was anliegt.«

Die Sitzgruppe aus grauem Aluminium sah nicht billig aus. Und gemütlich. Klaus ließ sich in einen Sessel fallen. Eine Tasse Kaffee wäre schön, aber Gunnar war nicht der perfekte Gastgeber. Da konnte er lange drauf warten, dass der Hausherr ihm etwas anbot.

»Was denn für 'n Hotelkram?«

»Hm?« Gunnar setzte sich zu ihm. »Ach so, ja. Na, ist ja 'ne Menge zu tun.«

»Du hast vermutlich die Messe organisiert, nicht, Gunnar? Für die Muskelprotze gesorgt und so.«

Gunnar machte eine vage Handbewegung, vermutlich, um nicht zugeben zu müssen, dass sie im Hotel besser ohne ihn klarkamen.

»Hast du da gute Kontakte?«, fragte Klaus. Nach seiner Kenntnis trieb sich Gunnar gern in Bars herum. Nicht, dass sie davon auf Usedom viele gehabt hätten. Einfach einige Cocktailbars und ein, zwei Discos. Obwohl man so was heute wahrscheinlich nicht mehr sagte. Disco. Aber wie auch immer man die Leute nannte, die einen daran hindern wollten, diese Etablissements zu betreten, Gunnar würde sie kennen.

»Vermutlich hast du einen Hintergrundcheck bei den Leuten gemacht.«

Gunnar war ein wenig langsam heute. Aber jetzt schien der Groschen gefallen zu sein. »Ey, ich hab nichts damit zu tun.« Die Hände hielt er in Abwehrhaltung. »Das hat alles meine Mutter organisiert.«

»Und was machst du so?«

»Investments.«

Klaus hielt es für überflüssig, Gunnar dazu weiter zu befragen. Zur Not würde er sich einen Beschluss besorgen, um dessen Finanzen zu überprüfen.

»Gestern Abend hast du dich mit deiner Mutter um Geld gestritten.«

»Ich hab ihr nur ein paar Vorschläge für eine günstige Anlage gemacht.«

»Ah, das war die Stelle, als die Kellnerin dich sagen hörte: *Dann behalte dein Scheißgeld einfach, Mutter. Ich finde schon jemand anderen, der mir was gibt!*«

Gunnar kniff die Augen zusammen. »Sag mal, hör ich da so was raus wie, dass ich mit dieser Sache was zu tun habe?«

»Hast du?«, fragte Klaus.

»Geh mir nicht auf den Sack!«

»Weißt du, was ich nicht verstehe, Gunnar? Gestern Abend bist du bei deiner Mutter in puncto Geld abgeblitzt, und trotzdem stehst du heute vorm Aufstehen schon wieder auf der Matte im Hotel, und anschließend sind die Steine weg. Wo steckt der Fehler?«

In der Wohnung bimmelte ein Handy. Gunnar bedachte Klaus mit einem giftigen Blick, bevor er hineinging. Gunnar sprach leise, aber mit so viel unterdrückter Wut in der Stimme, dass Klaus jedes Wort verstand. Letztlich ging es darum, dass Gunnar einem Gläubiger klarmachte, dass er nur noch was erledigen müsse und der Anrufer dann sein Geld bekam.

Klaus verabschiedete sich von Gunnar, der immer noch telefonierte, mit einem Kopfnicken und fuhr mit dem Fahrstuhl nach unten. Keine fünf Minuten später sah Klaus Gunnar aus dem Haus kommen. Er startete seinen Wagen und folgte ihm.

Nach einem kleinen Abstecher zur Fischbude am Strand kehrte Klaus ins Strandhotel zurück. Als er die Eingangsstufen zum Hotel hinaufging, unterdrückte er ein Aufstoßen.

»Herr Möhring?« Vor ihm stand Polizeiobermeisterin Ines Engelmann.

»Na? Was gibt's?«

Ines Engelmann trat von einem Fuß auf den anderen. »Vielleicht nicht hier?«

»Kommen Sie mit.« Klaus fasste ihren Ellenbogen und ging mit ihr in den Abstellraum neben dem Büro. Erschöpft ließ er sich auf einem unbequemen Stapel leerer Wasserkisten nieder.

Ines schloss die Tür, sodass sie sich unter einer nackten Glühbirne zwischen Regalen mit Putzmitteln und Hotelwäsche recht nahe kamen.

»Diesem Schuppen geht es finanziell nicht besonders«, erklärte sie.

»Heißt?«

»Keine Rücklagen. Was reinkommt, geht auch gleich wieder raus.«

»Für den Erhalt des Hotels?«, fragte Klaus.

»Eher für den Erhalt des Lebensstils von Söhnchen Gunnar. Haben Sie gesehen, dass hier die Farbe an einigen Stellen abblättert? Und mir hat Frau Meyer was von einer Neuanlage des Gartens erzählt, die sie aus den Einnahmen der Messe bezahlen will.«

»Finden Sie mal raus, was Sie mit der Messe überhaupt eingenommen hätte. Vermutlich kostet die Organisation auch einiges. Diese Sammlung dürfte mehr wert sein als der Gewinn aus der Messe.«

»Hab ich mir auch so gedacht«, erklärte Ines. »Und dann der Brinkmann selbst. Kriegt nur eine klitzekleine Rente. Mir hat er erzählt, dass er sich nach dieser Messe zur Ruhe setzen will. Was ist, wenn er die Versicherungssumme kassieren und die Steine behalten will, um sich den Übergang in den Ruhestand zu erleichtern?«

Klaus rieb sich über das Gesicht. »Mann, Mann, Mann. Da haben wir noch ein schönes Stück Arbeit vor uns.«

»Ach so, und wussten Sie eigentlich, dass dieses Faktotum, Holger, auch hier auf dem Gelände wohnt?«, fragte Ines. »Den haben sie hier in einer windschiefen Hütte am Meer untergebracht. Müssen wir die nicht eigentlich auch durchsuchen?«

»Holgers Wohnung?«, fragte Klaus. »Das müssen wir wohl tun.«

Mit ihrer Beschreibung von Holgers Zuhause als windschiefer Hütte hatte Ines Engelmann nicht übertrieben. Wohlwollend beschrieben, erinnerten die hellblau gestrichenen Bretter an ein Schwedenhäuschen, tatsächlich dachte Klaus als Erstes an die Hütte vom Wolf und den sieben Geißlein. Glücklicherweise war es heute windstill. Vor der Eingangstür standen ausgelatschte Turnschuhe und ein Paar Gummistiefel. Drinnen roch es ein wenig muffig, aber es war erstaunlich sauber und aufgeräumt. Kein Vergleich mit seiner eigenen Wohnung. Anfang der Woche hatte Klaus darüber nachgedacht, an diesem Wochenende zu Staubsauger und Lappen zu greifen, aber dazu würde es wohl nicht kommen. Während Ines und ein weiterer Kollege sich an die Durchsuchung machten, sah Klaus sich ein bisschen um. Es gab lediglich zwei Räume, eine kleine Küche, aber eine Terrasse aus groben Planken mit Blick auf das Wasser. Neben der Terrassentür stand eine Art Bartisch mit einer interessanten Auswahl von Cocktailzutaten und geschliffenen Gläsern. Klaus hätte Holger gar nicht so viel Stil zugetraut, aber es sah aus, als hätte sein ehemaliger Schulkamerad ein Talent dafür, den Feierabend zu genießen.

»Gucken Sie mal hier.« Ines stand neben ihm und hielt ein geöffnetes Büchlein in der Hand. »Ein Poesiealbum.«

Klaus nahm ihr das Album ab und las den Eintrag, den Gunnar seinem Schulkameraden Holger im zarten Alter von zehn Jahren gewidmet hatte. *Ich schaue in die Sonne und sehe dein Gesicht! Ich schaue aufs Meer und sehe dein Gesicht! Ich schaue in die Sterne und sehe dein Gesicht! Verdammt! Geh doch mal zur Seite!* Klaus hoffte nicht, dass Gunnars dauerhaftes Mobbing Holger zu einer unbedachten Tat verleitet hatte. Aber eine Stunde später stand fest, dass die fehlende Bernsteinsammlung auch nicht in Holgers Zuhause versteckt war.

Es war ein langer Tag gewesen. Vor der Tür streifte sich Holger die Arbeitsstiefel von den Füßen, ging ins Bad, um sich die Hände zu waschen, und mixte sich dann einen Aperol Spritz. Aus der Küche nahm er einen der Eiswürfelbehälter und gab drei Eiswürfel in seinen Drink. Die gefrorenen Erbsen hatte er weggeworfen. Jetzt war das Eisfach randvoll mit Eiswürfelbehältern. Für den besonderen Geschmack hatte er statt Wasser Cola genommen. Mit dem Glas in der Hand setzte er sich auf der Terrasse in seinen Liegestuhl. Eine Hand legte er in den Nacken, in der anderen hielt er sein Glas. Genussvoll ließ er die Eiswürfel im Glas kreisen und sah zu, wie sie langsam tauten. Als die Würfel vollständig getaut waren, klingelte es immer noch in seinem Glas. Mit spitzen Fingern holte er die drei Bernsteine aus dem Glas. Vielleicht würde er sich noch ein weiteres Glas gönnen. Eiswürfel hatte er noch genug. Klaus hatte angekündigt, noch vorbeizusehen. Vielleicht würde Holger ihm dann auch ein Glas Aperol mit Eis anbieten.

FEHLTRITT
Alexa Linell

Büsum

Nicht zu warm, nicht zu kalt, Sonnenschein und eine frische Brise. Herrlich!

Zum Glück sind nur wenige Touristen da. Der Pfingststurm vor zwei Tagen hat die meisten landeinwärts gefegt. Außerdem meidet Frank das Watt direkt vor Büsum. Hier am Hundestrand Büsumer Deichhausen in Richtung Warwerort ist deutlich weniger los. Die Hundebesitzer sind mit ihren Vierbeinern beschäftigt und lassen ihn in Ruhe.

Keine Mauern, keine Zäune, keine Polizisten. So weit man sehen kann, nur Horizont über dem Watt. Das ist Freiheit. Frank schließt die Augen und atmet tief. So duftet Freiheit.

Endlich wieder!

Zufrieden beobachtet er, wie sich seine Fußabdrücke an weichen Stellen wieder mit Wasser füllen. Minigeysire spritzen aus dem festen, gewellten Wattsand. Es blubbert leise. Als versickere Wasser in trockenem Topfgranulat. Wie früher, als er mit seinen Eltern in Dänemark Urlaub gemacht hat. Stundenlang wanderte er alleine durch die Dünen und am Strand entlang. Sein Vater kannte eine Flussmündung, an der man prima Schollen treten konnte. Bei Ebbe bildete sich dort ein flacher Priel, in dem sich die Plattfische vergruben, um auf die Rückkehr des Meeres zu warten. Er war schon damals das kleinste und schmalste der Kinder, hatte aber die schärfsten Augen und entdeckte eine nach der anderen. Setzte vorsichtig einen Fuß darauf, um sie am Boden zu fixieren. Die erste flutschte ihm durch die kleinen Finger. Also trat er sie nur und rief dann begeistert nach seinem Vater. Eine Stunde später hatten sie genug für ein Abendbrot zusammen. Eine tolle Zeit. Wind und Meer und unbeschwerte Kindheit.

Frank beobachtet eine Wattwandergruppe mit Gummistiefeln, kurzen Hosen, Sonnenbrillen und Kopfbedeckungen aller Art. Zwei Kinder und ein Jugendlicher gehen ein Stück hinter den Erwachsenen, die Köpfe über ihre Smartphones gebeugt.

Frank entfernt sich etwas und entdeckt einen Priel. Hier gibt es zwar keine Flussmündung, aber vielleicht findet er trotzdem eine Scholle. Er spürt sein breites Grinsen in den Mundwinkeln.

Hier ist der Priel noch zu tief, aber weiter vorne hat sich eine lang gezogene Erhebung im Watt gebildet, die das abfließende Wasser teilt, abflacht und verlangsamt. In dem Haufen hängen Algen, ein Netz und Müll.

Frank tastet sich Schritt für Schritt in den Priel vor. Konzentriert sich auf die Struktur des Sandes. Da, da vorne! Langsam nähert er sich der kaum sichtbaren, rundlich-ovalen Erhebung im Sand. Er setzt vorsichtig den Fuß darauf. Greift zu.

Tatsächlich, eine Scholle!

Er hält den zappelnden kleinen Fisch hoch.

»Sie sind ja ein Glückspilz!«, ruft der Leiter der Wattwanderung. »Heutzutage findet man hier kaum noch Schollen.« Er führt seine Gruppe zu der Erhebung und beginnt, über das Fischsterben und Geisternetze zu dozieren.

Frank geht ein Stück weiter und setzt die Scholle an einer tieferen Stelle im Priel wieder aus. Sie ist noch zu klein, um auf dem Teller zu landen.

Kurz überlegt er, ob er zurückgehen soll, wieder näher an die Wandergruppe. Dort liegt vielleicht der Beginn einer neuen Glückssträhne. Eigentlich wollte er jetzt schon vor seinem Haus in Thailand am Strand spazieren gehen. Stattdessen muss er sich neue Objekte suchen, in die es sich einzubrechen lohnt, und vor der Polizei auf der Hut sein.

Der nächste Coup soll der letzte sein. Besser geplant als je zuvor.

Das Glück muss man suchen. Also geht er zurück, dreht der Gruppe den Rücken zu und konzentriert sich wieder auf den Priel.

»Iiiih, Kind, leg das weg«, quietscht eine Mutter.

»Aber Mama, da steht Gucci drauf.«

Frank runzelt die Stirn und dreht sich um.

Eins der Kinder hält eine schlammige Handtasche in die Höhe. Tatsächlich, Gucci.

»Aha, wieder eine aus dem über Bord gegangenen Container von vor zwei Tagen. Erst ging man von Diebstahl aus, aber dann wurden Luxushandtaschen und Gürtel an die umliegenden Strände gespült. Auf Sylt war was los, kann ich euch sagen. Vergiss es, Kleine, die bekommt man nicht mehr sauber, das haben schon ganz andere Damen versucht. Hat sich wohl in diesem verdammten Geisternetz verheddert. Alles Mögliche bleibt darin hängen. Fische verhungern, und Schildkröten ersticken, während sie darin durch das Meer treiben …« Ein weiterer Vortrag.

Frank dreht sich um und widmet sich wieder seinem Priel.

Oh! Da ist wieder eine. Er hält die Luft an und kneift die Augen zusammen, um besser sehen zu können. Das verdammte Alter. Diesmal ist der Umriss größer. Anders. Rundlicher, mit einem flachen Höcker in der Mitte. Gibt es auch etwas Giftiges, auf das man treten kann? In der Nordsee?

Einen Schritt weiter schaut ein Stück Netz heraus. Hoffentlich ist es keine Tasche.

Vorsichtig setzt er den Fuß auf den Umriss. Fühlt sich irgendwie komisch an. Nicht glitschig. Er greift mit den Fingern unter seinen Fuß und merkt, dass sehr viel mehr an dem Umriss hängt als ein Plattfisch und springt zur Seite. Dabei wird der Sand von einem aufgedunsenen Gesicht mit fast fehlender Nase gespült.

»Ahh!«, schreit Frank auf und stolpert platschend rückwärts.

»Dit is aber keene Scholle«, meint ein Jugendlicher aus der Wandergruppe und knipst ein Foto mit seinem Smartphone.

Frank hockt auf dem Rücksitz des Polizeiwagens und starrt auf die Steine am seeseitigen Deichfuß. Sie sind mit Beton verfüllt, der aussieht wie unordentlich versprühter Bauschaum. Beim ersten Mal hat er ihn mit dem Schuh angetippt. Ob es wirklich Beton ist.

Er schluckt schwer. Eine Leiche. Im Watt. Unter seinem nackten Fuß.

»Ist das alles?«, fragt die blonde Polizistin.

Frank nickt. Sie traut ihm nicht. Weiß, wer er ist.

»Zur falschen Zeit am falschen Ort?«, fragt sie ironisch.

Frank sieht kurz hoch, lächelt entschuldigend und zuckt mit den Schultern.

Er wollte nicht auffallen. Am wenigsten der Polizei.

»Bleiben Sie länger in Büsum?« Frank nickt vage. »Wir haben bestimmt noch ein paar Fragen an Sie«, sagt sie und tritt einen Schritt zurück. Er wühlt sich aus dem Auto wie ein alter Mann. Sie stehen auf dem unteren Spazierweg des Deichs am Ende einer Zufahrtsrampe.

Frank darf gehen, aber er fühlt sich wie der Hauptverdächtige. Vielleicht haben sie die Leiche schon identifiziert, und es ist mehr als ein vermisster Wattwanderer.

Scheiße – und er steckt knietief drin.

Zur Sommerzeit sollten seine Schnüffelei und die Vorbereitungen für den nächsten Einbruch in Büsum nicht auffallen. Das Zentrum ist dicht bebaut und breitet sich aus wie ein Krake. Überall laufen fremde Menschen herum, schießen Fotos und sind neugierig. Jetzt werden alle misstrauischer sein. Vor allem die Polizei. Er wird sich einen neuen Ort suchen müssen. Dabei hatte er schon eine Villa im Visier. Vollgestopft mit kleinen Kunstgegenständen, die man leicht transportieren und verkaufen kann. Außerdem hat der Hausherr kürzlich viel Bargeld abgehoben, und seine Ehefrau hat sogar ein paar teure Schmuckstücke mitgebracht. Die Gute. Für jeden Tag der Woche ein anderes Ensemble.

Also sechs für Frank. Und natürlich die schnuckelige kleine Jacht. Keine Beute, aber eine Garantie dafür, dass sie regelmäßig ein paar Tage abwesend sein werden.

Sie will den ganzen Sommer bleiben, und er wird vom Homeoffice aus für die Reederei in Hamburg arbeiten. Der neuste Trend seit Corona. Eine Katastrophe für Franks Zunft. Noch ein Grund, um früher in Rente zu gehen – und jetzt das.

Vor seinem Apartmenthaus stehen Leute von der Presse. Er biegt leise fluchend ab und marschiert in Richtung Felder.

Was soll er jetzt tun? Abwarten und hoffen, dass die Polizei schnell den Täter fängt und ihn in Ruhe lässt? Den Bullen vertrauen?

Erst mal Dirk anrufen. Der hat zwischenzeitlich auch gesessen. Berufsrisiko. Nach jahrelanger Funkstille hat er sich vor ein paar Wochen wieder gemeldet und ihm die Ferienwohnung besorgt. Weil es in Büsum viele gute Gelegenheiten gibt und sie sich auf ihre alten Tage noch einmal zusammentun könnten. Dirk ist schuld.

»Frank, altes Haus! Bist mal wieder in einen großen Fettnapf getreten, was?«, amüsiert sich Dirk zur Begrüßung.

»Arschloch! Das ist überhaupt nicht witzig. Was hast du mir da eingebrockt?«

»Wieso ich? Du bist der Erste, der hier je auf eine Leiche getreten ist. Vielleicht musst du mal 'nen Exorzismus machen oder zu 'nem weißen Voodoo-Zauberer gehen.«

»Schadenfreude ist die schönste Freude, ich weiß.«

»Tut mir ehrlich leid. Bist ein netter Kerl, sonst hätt' ich dir auch nicht mit der Wohnung geholfen. Steckst echt in der Klemme. Habe es munkeln hören, dass du einen reichen, alten Reeder gefunden hast, der bei dem stürmischen Wetter vor zwei Tagen spurlos von seiner Jacht verschwunden ist.«

»Also doch ein Verunglückter.« Frank seufzt erleichtert auf.

»Na ja, hab gehört, die Polizei hat Zweifel an der Unfalltheorie.«

»Warum?«

»Weiß nich'. Vielleicht deinetwegen.«

»Ich war's nicht. Hab ihn nur gefunden.«

»Mir klar, aber für die Bullen bist du ein Ex-Knacki. Frisch aus dem Knast bietest du dich als Schuldiger erst mal an. Vor allem nach der Geschichte vom letzten Jahr.«

Frank ballt die linke Hand zur Faust und schlägt sich damit sachte gegen die Stirn. »Warum, warum, warum.«

»Willste abhauen?«

»Nur im Notfall. Hab noch nicht genug zusammen. Diese blöde Leiche bringt meine Planung völlig durcheinander.«

»Finde den Schuldigen. Den richtigen am besten. Dann haste Ruhe.«

»Hä? Wie soll ich das denn machen?«

»Oder gib den Bullen wenigstens einen guten Tipp, der sie von dir weg auf die richtige Fährte lockt. Ich hör mich mal um. Wofür hat man Freunde? Du hast noch was gut bei mir, weil du mich damals nicht verraten hast. Hättest du dich nicht bei deiner Flucht aus dem Fenster verletzt und alle Aufmerksamkeit auf dich gezogen, wär' ich denen auch ins Netz gegangen. Plan trotzdem schon mal deinen Abgang.«

Frank beendet das Gespräch und glotzt die neugierige Kuh vor sich an, die kauend zurückglotzt. Fliegen umschwirren ihren Kopf.

»Warst du es?«, fragt er, wartet die Antwort aber nicht ab, sondern wandert zurück in die Stadt.

Er läuft einer kleinen Schafherde über den Weg. Wollen wohl zum Deich. Vielleicht muss er sich mit dem Gedanken anfreunden, in seinem Altersdomizil nebenher ein bisschen Geld dazuzuverdienen. Mit etwas Stressfreiem, Legalem und möglichst wenig Kontakt zu nervtötenden Menschen. Schafe gibt es in Thailand vermutlich nicht zu hüten. Mit Hunden kann er gut, aber ob ihm das nutzt? Ach, es wird sich schon etwas finden.

Als er den Touristenströmen näher kommt, setzt er sein Basecap auf und zieht den Schirm tief in die Stirn.

Er versteckt sich in der schnatternden Schar und schlüpft bei einer Bar, die er bisher nur einmal besucht hat, in den leeren Strandkorb. Der Bedienung gibt er einsilbig seine Bestellung – »Dunkles Flens« – auf, ohne hochzusehen. Stattdessen beschäftigt er sich mit seinem Smartphone.

Dirk hatte von einem Reeder gesprochen. Frank vertippt sich ständig auf der winzigen, digitalen Tastatur, aber das ist er gewohnt. Selbst falsch geschriebene Wörter führen ihn zu den richtigen Suchergebnissen, denn die Presse hat sich längst auf die Leiche gestürzt: »Warum musste er sterben?«, »Hat er mit den falschen Leuten Geschäfte gemacht?«, »Haben ihn die Schulden ins Meer getrieben?«. All so Zeug, und dann …

»Scheiße!«, rutscht ihm klar und deutlich heraus.

»Na, bitte schön aber auch«, beschwert sich die Bedienung, die ihm sein kaltes Bier mit der perfekten Schaumkrone vor die Nase knallt.

»'tschuldigung«, murmelt er unter seiner Schirmmütze.

»Das will ich auch meinen«, schnappt sie und rauscht davon.

Das kann nicht wahr sein! Die Wattleiche ist der Vater von dem Kerl, dessen Villa er sich vorgenommen hat. Das kann er sich jetzt abschminken.

Einen weiteren lauten Fluch spült er mit dem halben Glas Bier runter. Dann wischt er sich mit dem Handrücken den Schaum vom Mund.

»Durstig, wat?«, raunt Dirk, als er sich neben ihn in den Strandkorb schlängelt. Er winkt der Bedienung mit breitem Grinsen zu und bedeutet ihr, dass er dasselbe möchte wie Frank. Sie quittiert die Bestellung mit hochgezogener Augenbraue und knappem Nicken.

»Na, die hat ja gute Laune«, murmelt Dirk und beugt sich zu Frank hinüber. Dirk leidet an einer genetischen Mutation. Er hat mehr Zähne, als ein Mensch haben sollte. Nur so lässt sich sein breites Grinsen erklären.

»Hab was rausgefunden«, raunt er und kratzt sich den üppigen grau-schwarzen Vollbart. Sein Kopf ist völlig kahl, seine Augenbrauen dafür wieder dicht und schwarz.

»Ich auch«, erwidert Frank.

»Du zuerst.«

»Ich hatte mir eine passende Immobilie ausgesucht. Leider gehört sie dem Sohn.«

»Du magst Fettnäpfe so groß wie Karpfenteiche.«

Die Bedienung bringt Dirks Bier. Er verkneift sich zum Glück sein übliches »Danke, Puppe«.

»Und ich setz noch einen drauf.«

Frank seufzt schwer und kippt die zweite Hälfte seines Biers hinunter. Er hat das Gefühl, einen Schwips gebrauchen zu können.

»Zwischen Vater und Sohn gab es viel Streit wegen der Firma. Papa hat die Reederei aufgebaut und wollte schon vor ein paar Jahren an den Sohnemann übergeben. Aber plötzlich holt er sich eine neue Assistentin und mischt sich wieder mehr in die Geschäfte ein. Sohnemann ist stinksauer. Der will nämlich seine eigenen Vorstellungen durchsetzen und vor allem sein eigenes Unternehmen mithilfe von Papas Reederei aufbauen, bevor er das Erbe mit seiner Mutter und seinen Schwestern teilen muss.«

»Er hat seinen Vater ins Meer geschubst?«, flüstert Frank und runzelt die Stirn.

»Nee, so blöd ist der nicht. Er hat zwei Auftragsmörder engagiert, die das für ihn erledigt haben.«

»Aber in einem der Artikel stand, der Sohn und seine Mutter waren auch auf der Jacht.«

»Ja, die Mutter ist sein Alibi. Sie waren unter Deck. Papa hat die Jacht durch raue See gesteuert, und die beiden Killer sind aus ihrem Versteck an Bord gekrochen. Dann haben sie ihn abgemurkst, mit einem kleinen Anker an den Füßen über Bord geworfen und sich wieder versteckt. Eigentlich sollte Papa als vermisst gelten und seine Leiche nie gefunden werden. Der Sohnemann hatte schon ein paar vage Spuren gelegt, die gegen den Tod seines Vaters sprachen. Das hätte ihm genug Zeit für seine Pläne gegeben. Es dauert ja ewig, bis man jemanden für tot erklären lassen kann, der verschwunden ist. Dummerweise bist du der Leiche heute aufs Gesicht gelatscht.«

Frank muss würgen, schluckt das gute Bier aber wieder runter.

»Sorry, war bestimmt eklig. Die toten Frösche bei meinen Eltern im Teich waren immer ganz aufgedunsen und bläulich, wenn sie nach einem richtig kalten Winter an der Oberfläche dümpelten.« Dirk trinkt einen großen Schluck Bier. Frank hat das Bedürfnis, von unten gegen das Glas zu schlagen, lässt es aber.

»Jedenfalls ist Sohnemanns Plan nicht aufgegangen, und er ist stinksauer. Will sein Geld zurück. Oder Nachbesserung.«

Deshalb hatte der Typ so viel Bargeld im Haus. Frank reibt sich das Gesicht.

»Wie sollen die denn nachbessern?«

»Sohnemann von jedem Verdacht freihalten. Ohne Aufschlag.«

Dirk sieht Frank in die Augen und wartet.

»Was?«

»Wem könnte man das super in die Schuhe schieben, bis man safe ist?«

Frank überlegt, ob er einen Küstennebel bestellen soll, aber Alkohol ist ja bekanntlich keine Lösung.

»Scheiße«, jammert er leise. »Können die das?«

»Ich an deiner Stelle würde erst mal feststellen, wer diese Auftragskiller sind. Die müssen noch hier sein. Ich habe die Telefonnummer ihres Agenten aufgetrieben.« Dirk schiebt ihm einen Zettel in die Jackentasche.

»Die haben einen Agenten?«

»Im normalen Leben vermittelt er Models, im Darknet Auftragskiller. Hat die richtigen Kontakte.«

Dirk sieht sich unauffällig um, beugt sich zu Frank und raunt: »Pass auf. Du rufst den an und sagst ihm, dass du mich umlegen lassen willst. Hab dich um deinen Anteil an 'ner gemeinsamen Beute betrogen und mir ein Boot gekauft, um über die Weltmeere zu schippern. Du brauchst jemanden, der mich auf dem Boot abmurkst und dir deinen Anteil an der Beute beschafft. Hättest gehört, dass er solche Leute vermitteln könne. Die Einzelheiten werden dann wohl mit den Killern besprochen.«

»Bist du irre?«, flüstert Frank zurück.

»Das ist doch nur ein Vorwand, um zu sehen, welche Typen das sind. Dann kannst du ihnen folgen und vielleicht Beweise finden. Außerdem hättest du schon mal 'ne Personenbeschreibung für die Bullen.« Dirk breitet die Arme aus und strahlt.

Frank schüttelt den Kopf und will etwas sagen, aber Dirk kommt ihm zuvor: »Haste 'ne bessere Idee? Eine schnelle vor allem? Komm schon, die Villa vom Sohnemann ist nicht das einzige Sahnestück in Büsum. Willst du mit der Suche wieder von vorne anfangen?«

Nein, verdammt!

Wenn er es so haben will. Bitte schön! Frank hat für den Anruf noch SIM-Karten, die man nicht zu ihm zurückverfolgen kann.

»Wie du willst.«

»Halt mich auf dem Laufenden.« Er trinkt sein Bier aus, legt einen Fünfer auf den Tisch und verabschiedet sich.

Frank bezahlt und bricht auch auf.

Auf dem Heimweg kauft er eine Flasche Küstennebel.

Als er an der Fischbude »Lütten Aal« vorbeikommt, sieht er den Sohn seiner Leiche mit zwei Männern an einem wackeligen, weißen Stehtisch, die gerade in ihre Heringsbrötchen beißen. Sohnemann trägt ein Hawaiihemd, beige Shorts und einen weißen Schlapphut. Dazu Sandalen. Zum Glück ohne Socken. Bescheuerter Aufzug. Wenn das Tarnung sein soll, muss der Kerl noch üben. Die beiden anderen Typen kauen ungerührt, während Sohnemann sich aufregt. Frank merkt sich genau die Gesichter der beiden, ohne seine Schritte zu verlangsamen, und geht zurück in Richtung seines Apartments. Der Größere trägt einen fusseligen Schnurrbart. Ist offenbar wieder in. Die Tattoos des anderen eignen sich gut für eine Identifizierung, falls er mal im Watt enden sollte.

Kurze Zeit später klingelt er bei Frau van Hutten, seiner Nachbarin.

Sie öffnet strahlend, nimmt ihm den Küstennebel aus der Hand und zieht ihn in ihr großes Reetdachhaus. Natürlich weiß sie längst Bescheid.

»Darf ich durch Ihren Garten gehen, Frau van Hutten? Die Presse steht vorm Haus.«

»Aber natürlich«, dröhnt sie einen Kopf über ihm und aus einem doppelt so breiten Klangkörper. »Erzählen Sie. Wie sah der Tote aus? Ist Ihnen schlecht geworden? Mir wäre bestimmt übel ...«

»Es war schrecklich. Ich bin sehr erschöpft und möchte mich mit einem Tee und einer Schnulze im Fernsehen ablenken.« Sein Ton ist besonders leidend.

Ihr Angebot, die Schnulze auf ihrem riesigen Fernseher zu schauen, schlägt er dankend aus. »Ich bin heute keine gute Gesellschaft.«

Geduckt schleicht er durch ihren großen, dicht bepflanzten Garten, quetscht sich durch die Koniferen zum Nachbargrundstück und übersteigt den niedrigen Holzzaun. Über einen Nebeneingang gelangt er ungesehen bis in seine Wohnung.

Er brüht sich einen kräftigen Assam-Tee auf und zieht den Zettel mit der Telefonnummer des Agenten aus der Tasche.

Der hört sich ungeduldig Franks oder eigentlich Dirks Geschichte an und nennt ihm für morgen »Lütten Aal« als Treffpunkt. Dann waren sie es tatsächlich.

Die halbe Nacht hindurch plant Frank den nächsten Tag und packt alles, was er vielleicht gebrauchen könnte, in seinen Rucksack.

Dann legt er sich für ein paar Stunden aufs Ohr.

Am nächsten Morgen trinkt er genüsslich einen weißen Tee am geöffneten Fenster zum Garten. Danach schultert er seinen Rucksack und zieht los. Die Reporter haben sich zum Glück getrollt. Den Artikeln und Videos im Web nach zu urteilen belagern sie jetzt den Sohnemann.

Frank macht einen großen Umweg und nähert sich in Schlangenlinien dem »Lütten Aal« beim Hafen. Diesmal trägt er eine Schirmmütze aus hellgrauem Leinen, eine Brille mit schwarzem Plastikgestell und ist glatt rasiert wie eine Bowlingkugel.

Auf dem Weg holt er sich ein großes Schokoladeneis in der Waffel und schlendert schleckend durch die Straßen nahe der Fischbude. Die beiden Männer sind pünktlich, bestellen sich jeder das gleiche Fischbrötchen wie gestern und kauen still vor sich hin.

Frank zieht sich in eine einsame Gasse zurück und ruft den Agenten an.

»Es tut mir wirklich furchtbar leid, aber ich bin aufgehalten worden. Können wir das Treffen auf den Abend verschieben?«

»Das fällt Ihnen ja früh ein. Zuverlässig sind Sie schon mal nicht. Die Gage fällt somit voll im Voraus an, und der Mehraufwand kostet Aufpreis«, schnauzt der Agent ins Telefon.

Frank gibt sich angemessen kleinlaut und bekommt einen anderen Treffpunkt für den Abend.

»Es kann aber sein, dass meine Leute jetzt keinen Bock mehr haben. Gibt genug zuverlässigere Kunden. Ich werde trotzdem versuchen, sie zu überreden.«

Frank heuchelt Verständnis und bedankt sich.

Die Killer sehen schon genervt auf die Uhr, als sie den Anruf erhalten. Wütend pfeffern sie ihren Abfall in die nächste Mülltonne und dampfen mit düsteren Blicken ab.

Frank folgt ihnen mit reichlich Abstand und tut immer wieder so, als würde er in die Schaufenster und Gärten gucken. Er hat sogar ein kleines Büchlein über Büsum dabei, in dem er blättert, stehen bleibt, sich etwas ansieht und dann weitergeht.

Vielleicht sollte er Geheimagent werden. Das macht Spaß!

Allmählich erreichen sie ein Gebiet, in dem es kaum noch

Geschäfte gibt. Da Frank die Straßen, Häuser und Gärten längst für seine eigenen Zwecke erkundet hat und zum Teil weiß, wer wo wohnt, lässt er die Männer für ein paar Minuten aus den Augen. Er schlägt einen großen Bogen zu den Häusern, von denen er annimmt, dass sie dort wohnen. Und tatsächlich sieht er sie in einem davon verschwinden. Er muss lange warten, bis der Schnurrbart am Fenster im ersten Stock auftaucht. Das Erdgeschoss wäre ihm lieber gewesen.

Jetzt heißt es warten. So wie die aussehen, werden sie zu dem Treffen kommen. Die brauchen Kohle.

Trotzig lassen sie sich Zeit und gehen erst fünf Minuten nach der vereinbarten Uhrzeit aus dem Haus. Es ist schon fast dunkel.

Frank lässt ihnen einen kleinen Vorsprung und schleicht hinter das Haus. Der Balkon links gehört zu ihrer Wohnung. Alle Fenster sind dunkel.

Er horcht, sieht sich um. Niemand sonst da.

An der Wand neben dem Balkon ist ein stabiles Spalier befestigt. Daran rankt eine stattliche Rose mit bestimmt ebenso stattlichen Stacheln empor. Durch die Handschuhe gehen die nicht, aber durch seine Jeans bestimmt. Er seufzt leise. Sein Knie zwickt und erinnert ihn daran, dass er sich von solch akrobatischen Aktionen eigentlich verabschiedet hat. Anders kommt er aber nicht auf den Balkon.

Also sucht er sich im Dämmerlicht einen gangbaren Weg nach oben und packt das Spalier. Ruckelt leise daran. Bombenfest. Das sollte ihn halten. Mit der anderen Hand greift er ein Stück höher, um den linken Fuß auf eine Querstrebe zu setzen.

Er spürt einen leisen Luftzug. Dann durchfährt ein stechender Schmerz seinen Schädel.

Während er rückwärts in schwarze Bewusstlosigkeit fällt, denkt er noch, dass er vielleicht doch kein so guter Geheimagent wäre.

Das Bett ist unbequem. Und kann mal jemand das blaue Blinken abstellen?

Er will sich auf die Seite drehen, wird aufgehalten und wacht endgültig auf. Sein Kopf tut höllisch weh, aber er sieht einer schönen blonden Frau ins leicht besorgte Gesicht. Dummerweise trägt sie Uniform.

»Mal wieder zum falschen Zeitpunkt am falschen Ort?«, fragt sie grinsend.

Draußen ist es dunkel.

Seine Erinnerung endet am Rosenspalier.

»Was ist passiert?«, nuschelt er und will sich auf der Krankenliege aufsetzen. Sie hilft ihm hoch.

Keine Handschellen. Das ist ein gutes Zeichen.

Er sitzt in einem Krankenwagen und schaut hinaus auf ein Polizeifahrzeug, in dem der Schnurrbart hockt und ihn böse anstarrt.

»Erst dachten wir, Sie stecken mit drin, weil Sie plötzlich bei dem Treffen der beiden mit dem Sohn des Reeders auftauchten. Aber dann haben Sie uns die schweren Jungs auf dem Silbertablett serviert. Die waren schon auf dem Sprung. Die Koffer gepackt, unter anderem mit der Armbanduhr und dem Siegelring des Reeders. Konnten dem kleinen Zuverdienst wohl nicht widerstehen.«

Wer kann das schon?

»Fuhren mehrgleisig, die beiden. Einbruch, Raub und Auftragsmorde. Alles im Programm. Hatten hier aber noch einen anderen Auftrag zu erledigen.«

Ja, aber ich sag euch nicht, wer der Auftraggeber war.

»Während der eine Ihnen eins über den Schädel gezogen hat, hat der andere einen Komplizen in seinem Apartment massakriert. Er behauptet natürlich, er sei es nicht gewesen. Die Leiche suchen wir noch. Kennen Sie den?«

Die Polizistin hält ihm ein gerahmtes Bild vor die Nase.

Dirk! Mit schwarzgrauer Lockenmähne neben seiner Ex.

»Vielleicht sollten wir ihn zum Tatort bringen. Mit seinem Talent stolpert er über die Leiche«, wirft ihr Kollege von draußen ein.

Frank wird zum Glück übel. Der Rettungssanitäter hält ihm gerade noch rechtzeitig eine Nierenschale hin.

»Das reicht jetzt. Der Mann kommt zur Beobachtung ins Krankenhaus. Melden Sie sich beim diensthabenden Arzt, wenn Sie weitere Fragen haben.« Der Sani scheucht die Polizistin aus dem Wagen, und sie fahren los.

Der Küstennebel geht langsam ins Geld.

Frank schleicht sich wieder durch Frau van Huttens Garten in seine Wohnung. Selbst zwei Tage nach dem Vorfall warten noch ein paar Reporter vor dem Haus.

Auf der Treppe fragt er sich zum hundertsten Mal, wie das geschehen konnte. Woher wussten die Killer von Dirk? Wer hat sie dafür bezahlt? Oder hatten sie mitbekommen, dass er sich über sie informiert hat und ihn deshalb umgelegt? Und wo haben sie seine Leiche versteckt?

Zum Glück ist Frank in keinem der Fälle verdächtig. Sie haben mehr als genug Beweise gegen das Trio um den Sohnemann.

Armer Dirk. Er war ein guter Kumpel.

Frank schließt die Tür auf und schlurft in das kleine Wohnzimmer.

Nanu, hat er etwa das Fenster offen gelassen? Kühle Luft strömt ihm entgegen.

Ein schöner Dieb bist du! Machst den Weg frei für deine Kollegen, denkt er, schließt das Fenster und sieht sich um.

Auf den ersten Blick fehlt nichts.

Im Gegenteil.

Ein rosa Karton steht auf dem kleinen Holztisch.

Frank bekommt eine Gänsehaut.

Er sollte ihn nicht öffnen. Nicht mit diesem neuen, beschissenen Talent, in Fettnäpfe zu treten.

Aber was soll er sonst tun? Die Polizei rufen?

Frank seufzt schwer. Er wäre so gerne wieder zur richtigen Zeit am richtigen Ort, wie früher.

Dann schnüffelt er vorsichtig an dem Karton. Duftet nach Vanille und Schokolade.

Verdutzt tappt er in die Küche und holt ein langes Messer.

Hat Frau van Hutten einen Kuchen in sein Apartment geschmuggelt? Das hätte sie ihm doch sicher erzählt. Oder etwa nicht?

Mit dem Messer und weit ausgestrecktem Arm hebt er den Deckel an und klappt ihn nach hinten um.

Hält den Atem an.

Eine große Schokoladentorte.

Sein Magen knurrt laut.

Vorsichtig schneidet er die Torte an und stößt mit der Messerspitze gleich in der Mitte auf einen harten Gegenstand.

Er prüft dessen Größe, schneidet drum herum und schiebt die Tortenstücke zur Seite.

Zum Vorschein kommt eine rechteckige Gefrierdose.

Mit dem Messer streift er das Tortenhäubchen darauf ab und öffnet den Deckel.

Kleine Tütchen mit Edelsteinen, teurer Schmuck, ein paar Krügerrand und eine dicke Rolle mit Hundertdollarnoten liegen darin.

»Was zum Teufel ...«, flüstert Frank und sieht sich um. Horcht. Niemand bricht die Tür auf, kein SEK stürmt durchs Fenster. Nur eine Klospülung rauscht nebenan. Immer noch der Nachbar mit der Sextanerblase.

Frank zieht einen Zettel aus der Dose, faltet ihn auf und liest:

»Ich schulde dir was. Sorry wegen deines Knies und der Beule am Kopf. Aber danke für die Ablenkungen. Vielleicht reicht es bei dir jetzt auch.

PS: Halt dich von Sylt fern.«

Arschloch!, denkt Frank und grinst. Dirk hat ihn benutzt, um endgültig von der Bildfläche zu verschwinden. Immerhin hat er sich angemessen bedankt. Das könnte tatsächlich reichen für seine Rente. Es ist wie an der Börse: Man muss den richtigen Zeitpunkt für den Ausstieg erwischen.

Er verbrennt die Notiz im Waschbecken und spült die Reste im Klo herunter. Dann schlendert er in die Küche, kocht Tee und macht es sich in dem blauen Ohrensessel bequem.

Währenddessen ruft er auf seinem Smartphone eine seiner Online-Zeitungen auf und verschluckt sich gleich an der ersten Schlagzeile:

»Einbruch bei totem Reeder auf Sylt. Gibt es einen Zusammenhang mit seiner Ermordung?«

Dieser Hurensohn, denkt Frank und schiebt sich ein großes Stück Torte in den Mund.

»OH SZÜNDE, OH LIEBE!«
Anja Gust

Flensburg

Während Flensburgs ältester, anno 1532 erbauter Giebel neben Wind und Wetter vor allem dem Gescheckten Holznagekäfer – auch bekannt unter dem Namen Totenuhr – trotzte, tobte unten in der Kneipe ›Gammle Gavl‹ das Leben. Dort, mitten im 21. Jahrhundert, weit weg von den alten Holzverbindungen, fernab von all den Schlitzen und Zargen, saßen, wie üblich zum Ersten des Monats, Olli Iversen und sein Kumpel Henri Vestergaard bei einem frisch gezapften Flens zusammen.

»Das ist Fliegenfenster-Petersens Jüngste, oben auszer Jürgensgaarder Straße.« Kopfnickend wies Ollis Kumpel, aufgrund seiner Glatze auch Locke genannt, auf die blonde Aushilfskellnerin, welche seit Kurzem hier arbeitete und neuen Schwung in den Laden brachte. »Rattenscharf, wa? Wetten, dass se ihre Nippel mit Lippenstift nachtuscht?«

»Allein schon …« Olli nahm einen großen Schluck. Verdammt noch eins. Die Kleine war aber auch ein söter Feger. Kein Wunder, dass er davon träumte, mal an ihrem Ohrläppchen zu knabbern. Doch trotz seiner schmachtenden Blicke und der lässig hinters Ohr gesteckten Selbstgedrehten beachtete sie ihn überhaupt nicht. Das ärgerte ihn, zumal er extra ihretwegen sein bestes Schapptüch angezogen hatte, das er vor ein paar Tagen beim Butschern von einem Klamottenständer in der Nähe des Nordertors hatte mitgehen lassen.

»Keine Sorge. Die ist ohnehin 'ne Nummer zu groß für dich.« Damit spielte sein Kumpel auf Ollis letzten Aushilfsjob auf der *Alexandra* an, wo er die Frau des Kapitäns angebaggert hatte und deswegen prompt rausgeflogen war.

»Klei mi an Moors!«

»So einer müsstest schon was bieten, wie der Typ da drüben, der Herr Doktor.« Das Wort Doktor umrahmte Locke mit in die Luft gezeichneten Anführungsstrichen. Er wies in Richtung Tresen, wo sich ein großer Rotschopf mit Dreitagebart und einem drahtumwundenen Haarbüschel im Nacken angeregt mit Jette, der Kneipenchefin, unterhielt.

»Na.« Olli drehte den Kopf und maß den Karottenkopf eingehend: graues Jackett, lachsfarbener Lacoste-Pulli, karierte, gekrempelte Chinohose über braunen Slippern. Am Handgelenk baumelte ein Goldkettchen mit ein paar protzigen Steinchen dran. Die Rolex war dabei obligatorisch. Olli hatte eine Uhr, für die er nicht mehr als fünf Euro bezahlt hatte – vor zehn Jahren.

»Der Typ soll aus Hamburg kommen und auch sonst ordentlich auf Zack sein.«

»Wirklich?« Olli wischte sich den Schaum von den Lippen.

»Ich kenn doch min Swien an 'n Gang.« Der Tisch knarzte, als Locke sich ein Stück vorbeugte. »Wetten, dass der 'n Puff auf der Reeperbahn hat? Und am Wochenende macht er im ›Alten Meierhof‹ ein auf dicke Hose. So löpt das.«

»Dreckskerl!«

»Dreimal darfste raten, warum der hier ist.« Locke kicherte albern. »Haste etwa noch nicht das fette Geschmeide am Hals der Lütten gesehen? Das hat ihr vorhin dieser Graf Koks großspurig umgelegt, mit Küsschen links und rechts und so. Ich sach dir, da läuft was.« Er machte eine obszöne Geste mit dem Daumen.

»Nee. So eine isse nicht. Offenbar hat die Silberpolitur von Robbe & Berking dein Gehirn jetzt endgültig aufgeweicht.«

»Alleine der Anhänger mit dem Brilli ist mindestens fünf Mille wert«, überging Locke Ollis Bemerkung über seinen Job als Silberpolierer in der Silbermanufaktur. »Ich hab 'n Blick für so was.«

»So 'n Quatsch! Das ist irgend 'n billiger Schnickschnack.«

»Na, da wär ich mir aber nicht so sicher.« Vielsagend schaute Locke zu dem Typen hinüber. »Immerhin kutschiert der 'nen fetten Lamborghini. Steht gleich um die Ecke auf 'm Hafermarkt.«

»Wenn's weiter nichts ist.« Olli hob Daumen und Zeigefinger Richtung Theke. »Machste noch mal zwei klar?«

Die neue Bedienung nickte.

»Da kannste nichts machen«, zog Locke derweil weiterhin vom Leder. »Er ist eben der Favorit, und du bist die Null.«

Olli fingerte nach seiner hinterm Ohr klemmenden Fluppe. Nachdem er sie sich zwischen die Lippen gesteckt und angezündet hatte, wollte er gerade etwas erwidern, da eilte die fesche Kellnerin herbei und servierte mit kühnem Schwung die nächste Bestellung.

»Ohaueha! Hier brennt heute ja richtig die Hütte, Beste«, witzelte Locke und starrte ihr ungeniert in den Ausschnitt. »Und? Haste auch schon 'n Namen?«

»Mai-Britt.«

»Das hört sich ja an wie Scotch Britt.« Locke grinste breit und zeigte dabei seine Zahnlücke.

»Oder wie Bridgestone«, konterte sie augenzwinkernd.

»Bald Feierabend, Stonehenge?«

Mai-Britt lachte. »Kommt drauf an, wann Jette mich von der Kette lässt. Wie's aussieht, nicht vor 23 Uhr.« Sie nahm ihr Tablett und ging zum Nebentisch weiter.

»Eines muss man ihr ja lassen«, fuhr Locke kurz darauf mit bedeutungsvollem Nicken fort. »Auf 'n Mund gefallen isse jedenfalls nicht und 'ne Topfigur hat 'se obendrein. Wenn ich da an meine Antje denke ... o Gott, wie ist die aus 'n Fugen gegangen.«

Während sein Kumpel ihm bezüglich der Macken seiner Frau – sein ewiger Sargnagel – weiterhin ein Ohr abkaute, hörte Olli längst nicht mehr zu. Stattdessen lehnte er sich zurück und stieß Rauch durch die Nase aus.

»Na, hab ich's nicht gesagt«, drang wenig später Lockes Stimme an sein Ohr. »Jetzt steht se wieder neben diesem Goldkettchen-Rolex. Guck nur, wie se an ihm klebt ...« Als Olli sah, wie der Typ Mai-Britt etwas ins Ohr flüsterte und sie sich kurz darauf kichernd eine Haarsträhne hinters Ohr strich, zog sich sein Magen zu einem Knoten zusammen. Am liebsten wäre er jetzt aufgesprungen und hätte dieser

Karottenborste eine verpasst, so richtig rein in die Visage. Stattdessen malträtierte er seine Zigarette im Aschenbecher, gefolgt von einem zerknirschten »Schlampe«.

Sein Kumpel betrachtete ihn amüsiert. Da reichte es ihm. Schlagartig sprang er auf und packte Locke am Kragen. Er drückte ihn so heftig gegen eine der durchgehenden Stützbohlen, dass ein Buddelschiff herunterkippte und auf dem Schiffsparkett in tausend Teile zersprang. Mehrere an langen Seilen und Tauen angebrachte Hängeleuchten gerieten bedrohlich ins Schwingen. Schließlich zog er seinen Kumpel so dicht an sich heran, dass ihre Nasen sich fast berührten, und knurrte: »Meister, so nicht!«

Im Nu fanden sich einige »Schlichter« ein, um sich wer weiß wie aufzuspielen. Allen voran dieser Schnösel. Was laberte der dabei für einen Stuss, appellierte an irgendeine Vernunft und die Folgen unbedachten Handelns. Wie fadenscheinig. In Wahrheit wollte der doch nur vor der Kleinen punkten. Olli hätte ihn am liebsten erwürgt. Erst als Jette mit ihrer imponierenden Gestalt und ihrer Reibeisenstimme mahnte: »Ihr könnt gleich draußen weitermachen«, knickte er ein.

Kaum aber hatte sich der Tumult gelegt, fuhr Locke Olli an, ob er noch alle Latten am Zaun habe, hier einen solchen Aufriss zu machen, schließlich wolle er sich kein Hausverbot einfangen. Dabei dehnte er das Wort »er« wie einen Flitzebogen.

Olli war das alles mittlerweile schietegal. Er trank sein Bier aus und schickte sich an, 'ne Mücke zu machen.

»Haaalt! Hiergeblieben!«, pfiff Locke ihn zurück. »Du wirst doch wohl jetzt nicht den Schwanz einziehen. Darauf wartet der doch nur – und überhaupt, was soll denn deine kleine Stackelsfrau von dir denken? Biste ein Kerl, oder biste ein Kerl?«

Widerwillig sank Olli in seinen Stuhl zurück.

Plötzlich wurde Locke auffallend still. Irgendetwas schien ihn zu beschäftigen. »Wie ist das eigentlich, Olli?«, wollte er mit einem Mal wissen. »Knabberste immer noch annen Raten für dein Moped?«

»Geht dich das was an?«

»Mein ja nur ... und dann noch den teuern Sprit.« Locke stieß einen tiefen Seufzer aus. »Ich sach dir, die Welt ist ungerecht und dieser Gockel da drüben der lebende Beweis. Ich wette, der kann alles cash zahlen.«

Olli schwieg.

»Und so einer will uns was vertellen.« Locke verzog geringschätzend den Mund. »Findste nicht, wir sollten dem Ackerschnacker mal kräftig in die Suppe spucken?«

»Ja. Meinswegen.«

»Na, da sind wir ja wieder auf einer Wellenlänge.« Von einer Sekunde zur anderen schlug Locke vor, dass sie Mai-Britt nach Feierabend abpassen könnten, um ihr die Kette samt Brilli »abzunehmen«.

»Bei dir ist wohl 'ne Schraube locker.« Olli tippte sich an die Stirn.

»Nu werd mal nicht fünsch. Wir tun ihr doch nichts. Wir erschrecken se nur ein klitzekleines bisschen. Was ist schon dabei?«

»Dann sind wir dran.«

»Das glaub ich kaum.« Ein selbstgefälliges Grinsen breitete sich auf Lockes Gesicht aus. »Dann müsste se nämlich etwas zur Herkunft und dem Wert des Schmuckstücks sagen – und Obacht! Jetzt kommt Goldkettchen-Rolex ins Spiel.«

»Versteh ich nicht.«

»Sei nicht so begriffsstutzig! Ich geb dir Brief und Siegel, dass der Typ dazu keine Angaben machen wird, da es sich um Hehlerware aus irgendwelchen windigen Geschäften handelt. Womöglich würde er sogar bestreiten, die Kette je gesehen zu haben. Dadurch würde wiederum die Kleine unglaubwürdig und liefe Gefahr, selbst angezeigt zu werden. Ich kenn mich damit aus. Dat geht schneller, als du denkst.«

Olli stutzte. »Sach mal, wo nimmste das denn alles her?«

»Logische Überlegung.«

»Und wo ist der Haken?«

»Papperlapapp. Der Zirkusclown wird sein Maul halten, und gut ist. Vielleicht wird se ihm sogar gleich vor Enttäuschung den Laufpass geben. Das ist es doch, waste willst, oder? So könnten wir ihm eine braten, ohne etwas befürchten zu müssen, und nebenbei bekommste noch die Hälfte vom Gewinn. Ist das 'n Deal, oder ist das 'n Deal?«

»Aber se wird es diesem Schaumschläger sagen, und der wird uns seine Gorillas auf den Hals hetzen. Das wäre ja noch schlimmer als die Bullen.«

»Dazu muss se uns erst mal erkennen.« Locke zog den Rollkragen seines Pullovers bis über die Nase. »Siehste, so macht man das. Nennt sich englischer Pulli.« Dann nestelte er an seinem Halstuch und schob es Olli unter.

»Und was ist, wenn uns dieser Typ in die Quere kommt?«

»Jede Wette, dass der sich demnächst verpissen wird. Reviererweiterung, was glaubst'n du.«

»Oder wenn 'ne Funkdüse um die Ecke kommt? Oder wenn ... wenn se 'nen Tippschnack hat?«

»Sabbel nicht, dat geiht! Schließlich kennen wir ihren Heimweg.«

»Na denn.« Allerdings lag in Ollis Worten weiterhin ein erheblicher Zweifel.

»Ey, nicht umsonst erstreckt sich unser Revier von der Hafenspitze über die St.-Jürgen-Treppe quer durch Jürgensby bis nach Adelby rauf. Wer, wenn nicht wir, kennt die Gegend wie seine Westentasche? Das soll uns erst mal einer nachmachen! Oder meinste etwa, ich überlass der so 'n Klunker, wo se womöglich schon morgen 'nen neuen kriegen kann?«

Olli tat seinem Kumpel nicht den Gefallen, den Kopf zu schütteln.

»Alter!« Locke fuhr sich mit der Hand über die Glatze. »'n Kinderspiel. Du musst se nur fest genug aufen Rücken umklammern, damit se sich nicht wehren und ich ihr die Kette abnehmen kann. Dann wird se sich auch nicht verletzen. Das ist wichtig, denn das wäre für eine gewaltsame Wegnahme nötig, wie es ein Raub verlangt. Und ein Raub ist eine schwere Straftat, welche Gewalt erfordert, verstehste? Das ist wie 'n Syllogismus.«

»Hä?«

»Ein Syllo... na, eine Reihe logischer Schlüsse, wodurch man zu eim plausiblen Ergebnis kommt. Nehmen wir mal eine Tat. Die ist Bestandteil eines Plans und der Plan wiederum Teil eines Entschlusses, der dann wiederum maßgebend für die Durchführung ist. Was glotzt 'n so? Das ist höhere Intelligenz! Kein Wunder, dasste dein Moped abstottern musst ... Ich sach dir, das wird alles so schnell gehn, dass die Kleine am Ende glauben wird, alles nur geträumt zu hab'n. Also, wo liegt das Problem?«

Olli war völlig perplex. Lockes Kaltschnäuzigkeit verschreckte und beeindruckte ihn gleichermaßen. Entweder war sein Kumpel jetzt völlig duchgeknallt oder total genial. Und sollte Mai-Britt tatsächlich mit diesem Kerl rummachen, hatte sie einen kleinen Dämpfer mehr als verdient. Dennoch, je länger er darüber nachdachte, umso mehr zweifelte er. Es war, als nistete sich eine Unruhe ein, mit ihrer tonlosen, warnenden Stimme. Und so fragte er sich ein weiteres Mal: Sollte er da wirklich mitmachen? Ein wehrloses Mädchen zu überfallen war schließlich nicht nur feige, sondern auch gemein. Außerdem stünde das garantiert am nächsten Morgen im *Tageblatt*, womöglich mit Täterbeschreibung. Gott bewahre! »Was ist, wenn uns jemand beobachtet?«

»Um diese Zeit sind die Bürgersteige längst hochgeklappt. Glaub mir, das wird 'n Spaziergang. Darauf sollt'n wir anstoßen.« Wenig später klirrten die Gläser.

Als Goldkettchen-Rolex kurz darauf mit den Worten »Ich muss ... meine Rennpferdchen warten« aufbrach, triumphierte Locke. »Hab ich's nicht gesagt? Dieser Bastard!«

»Zufall.«

»Von wegen.« Locke zog sein Augenlid herab. »Und wir zwei Hübschen machen uns jetzt ebenfalls vom Acker.« Er zückte einen Schein und winkte Mai-Britt herbei.

»Oh nööö! Ein Flens noch!«

»Schluss jetzt. Du musst klar bleiben.«

Als Lockes rügender Blick ihn traf, verschränkte Olli die Arme vor der Brust. »Bin ich doch!«

»Biste eben nicht. Sonst würdste checken, dass wir auf gar keinen Fall bis zur letzten Minute bleiben dürfen. Oder willste dich etwa verdächtig machen, bevor es überhaupt angefangen hat?«

»Ihr wollt zahlen?«, riss Mai-Britt sie aus ihrer Kabbelei. Nebenbei stellte sie zwei Stumpen »Swattes Swien« auf den Tisch und meinte: »Gibt's heute aufzu.« Im Vorübergehen streifte sie Olli am Arm, und er rechnete fest damit, einen Stromschlag zu bekommen. Als er den Stein an ihrem Hals baumeln sah, fühlte er sich doppelt ertappt. Unwillkürlich wischte er sich die Hände an seiner Hose ab.

Mai-Britt sah ihn fragend an. »Ist was?«

»Stimmt so«, sprang Locke ein und drückte ihr einen Schein in die Hand, damit sie sich wieder verdünnisierte.

»Ist dir nicht gut?«, ließ sie jedoch nicht locker.

»Alles bestens.« Locke zwinkerte ihr zu. »Ihm ist heute nur 'n büschen schiet zupass.«

»Na dann, gute Besserung.« Sie warf Olli einen aufmunternden Blick zu. Dann fächerte sie das Geld ins Portemonnaie, räumte klappernd den Tisch ab und verschwand.

»Reiß dich zusammen«, motzte Locke augenblicklich los, kaum dass sie weg war. »Gegen so viel Dummheit kann ich bald nicht mehr gegenan. Du treibst es noch so weit, dass se was merkt!«

»A... aber hast du nicht gehört? Se hat mir gute Besserung gewünscht.«

»Ach!« Locke machte eine wegwerfende Handbewegung. »Alles nur Show. Se lücht, ohne rot tau warrn.«

Nervös wippte Olli mit dem Knie. »Ich glaub, wir blasen die Sache besser ab.«

»Mennigmal biste aber auch 'n Weichei!«, spöttelte Locke. »Jetzt hör mir mal zu! Ständig jammerste mir die Ohren voll, wie dreckig es dir geht. Und jetzt, wo sich die Chance ergibt, daran was zu ändern, knickste ein ... Also, wir machen jetzt 'nen Abflug – und das möglichst schwankend. Schließlich müssen wir ordentlich angetütert wirken. Wenn die Luft rein ist, gehen wir die Glücksburger rauf. Oben passen wir dann die Kleine ab – so kurz vor der Jürgensgaarder Straße.« Er drehte sein Schnapsglas zwischen Zeigefinger und Daumen und blickte hinein, als versuchte er, in dem schaukelnden Schnapsrest sein Spiegelbild zu erkennen. »Meinste, das kriegste hin? Oder brauchste etwa 'nen Kompass?«

Obwohl Olli den Sarkasmus in der Stimme seines Kumpels bemerkte, begann er abermals herumzudrucksen. »Und wenn ...«

»Nix wenn!« Locke wirkte mit einem Mal gestresst. »Und jetzt komm in die Pötte.« Locke packte ihn am Arm und zog und zerrte ihn in Richtung Ausgang. An der Kneipentür drehte Olli sich noch einmal um und blickte in Mai-Britts lächelndes Gesicht. Sekunden später krachte die schwere Eichentür mit dem Bullauge hinter ihnen zu. Kaum dass sie draußen waren, taumelte Olli zur Seite. Hätte er sich nicht unweit von Tante Mass' Kiosk-Bude an der nächstbesten Wand abgestützt und ein paarmal tief durch den Mund geatmet, hätte er womöglich mit einem Löwen telefonieren müssen. Ob durch die feuchtwarme Luft oder die ersten frühlingshaften Temperaturen, wenig später fühlte er sich besser. Dann aber schämte er sich für seine Schwäche und meinte, das erklären zu müssen. Doch Locke winkte ab. »Hauptsache, du bist wieder gut zupass. Wir dürfen uns keinen Schnitzer erlauben. Dafür steht zu viel auf dem Spiel.« Er hob die Hand, und Olli schlug ein.

Als es von St. Johannis elf schlug, standen Locke und Olli gegenüber der Einmündung zur Jürgensgaarder Straße, versteckt hinter einer meterhohen Feldsteinmauer, die die höhergelegenen Hanggärten abstützte.

»Im Grunde kannste ganz entspannt bleiben«, raunte Locke. Nur eine pochende Halsschlagader verriet seine Erregung. »Spätestens wenn ich der Kleinen den Weg versperre, wird se begreifen, was abgeht. Danach bist du am Zug. Und während der Aktion kein Wort! Haste verstanden? Schließlich darf se uns nicht an den Stimmen erkennen.«

»Kein Wort.« Olli nickte fast unmerklich.

»Wehe, du gehst ihr an die Titten. Dafür ist keine Zeit.«

Olli sah seinen Kumpel an, ohne feststellen zu können, ob er das ironisch gemeint hatte oder nicht. »Sach mal, Locke. Was wirst du eigentlich tun, wenn wir die Beute haben?«

»Na, was wohl? Ich werd sie schätzen lassen. Danach machen wir halbe-halbe, und dann werd ich nach Hamburg düsen, im ›Atlantic‹ den großen Festsaal mieten und auf dem Parkett 'ne Kuh fliegen lassen. Und wenn mir dort unser Goldkettchen-Rolex vor die Füße läuft – ich sach dir, der Typ hat was Minnachtiges an sich –, werde ich ihm mit Vergnügen die Worte ›Tut mir leid, mein Bester, aber du bist nicht meine Preisklasse‹ unter die Nase reiben und ihn darauf hinweisen, dass das 'ne geschlossene Gesellschaft ist.«

»Ja, aber …« Ollis Irritation wuchs. »Er könnte doch stutzig werden, woher du die Kohle hast.«

»Das wäre Sinn und Zweck der Übung.«

Olli verstand nur Bahnhof.

»Mann, Mann.« Locke schüttelte mit dem Kopf. »Doof keeken und nix wusst. Muss ich dir denn immer alles verklickern? 'n piekfeiner Anzug und italienische Lederschuhe sind vergängliche Dinge. Anders als 'n dummes Gesicht. Davon kann man 'n Leben lang zehren – vor allem, wenn es eim Widerling wie dem Lackaffen gehört, hehehe.«

»Nee, sach bloß?«

»Haaaallo!« Theatralisch schlug Locke sich mit der Hand an die Stirn. »Du bist doch auch sonst so 'n fix 'n Dutt. Vertrau mir, wenn wir die Kohle erst mal haben, wirste mich verstehn.« Er schaute demonstrativ auf die Uhr. Inzwischen war es weit nach 23 Uhr.

»Ich sag dir«, drängelte Olli abermals, »der Kerl hat se abgeschleppt. Die kommt nicht mehr. Wir sollten abbrechen.«

»Nöl nicht so rum. Du machst mich noch ganz nervös!« Suchend sah Locke die Straße hinunter. »Und hör endlich auf, hier so rumzukötern!«

Quälend langsam verstrichen die Minuten.

»Ruhig mal«, flüsterte Locke, als in der Ferne ein kleiner Lichtstrahl übers Pflaster hin und her hüpfte. »Da! Se kommt mit 'nem E-Scooter die Straße hochgefahren.« Olli band sich das Tuch nach Cowboymanier ums Gesicht, Locke zog seinen Pulli über die Nase. Dann huschte er beinahe lautlos über die Straße und versteckte sich hinter einer mannshohen Buche. Olli drückte sich gegen den Steinwall und versuchte, sich so klein wie möglich zu machen.

In dem Moment, als Mai-Britt ihr Tempo drosselte, um nach links in die Jürgensgaarder Straße einzubiegen, sprang Locke wie ein Tiger aus der Deckung und versperrte ihr den Weg. Drei schnelle Schritte und er hatte sie vom Roller geholt. Als Olli aus seinem Versteck hervorstürzte, blieb er mit dem Pullover an einem Brombeerstrauch hängen. Er fluchte.

»Was zum ...?« Gehetzt sah Mai-Britt sich um. Mit einem spitzen Schrei wich sie zurück, stolperte über den Roller, fiel rücklings hin und schlug mit dem Kopf aufs Pflaster. Bevor sie sich wieder aufrichten konnte, war Locke über ihr und fetzte ihr Jacke und Bluse auf. Dann zerrte er wieder und wieder an ihrer Kette. Doch die wollte und wollte nicht nachgeben. »Hilfe!«, schrie Mai-Britt, Locke mit aller Kraft abwehrend, der immer größere Mühe hatte, mit ihr fertigzuwerden. Als es ihr schließlich gelang, sich seinem Griff zu entwinden und sich aufzurappeln und sie ihm dabei den Rollkragen von der Nase zog, schlug er zu. Hart. Mitten ins Gesicht. Augenblicklich sank sie zu Boden, wo sie regungslos liegen blieb.

Beim Anblick von Mai-Britts blutendem Gesicht wurde Olli abwechselnd heiß und kalt. Nicht nur die Lippe, sondern auch die linke Augenbraue war geplatzt. »W... was haste gemacht?«

»Na was schon. Ich musste ihr eine verpassen.« Locke löste den Verschluss der Kette. »Se gab ja keine Ruhe. Haste doch selbst gesehen.«

»Aber se be... bewegt sich nicht m... mehr!«

»Na und? Das ist völlig normal nach so einer Kelle«, verharmloste Locke selbstgefällig.

»Oh nein! Ich hätte es wissen müssen, dass das nicht gut geht!«

»Nu jammer nicht! Komm!«

»Was 'n Aggewars! Wir können se doch nicht einfach so liegen lassen!« Olli kauerte sich neben Mai-Britt nieder und bettete ihren Kopf schützend in seinen Schoß. »Mann, wir müssen 'nen Notarzt rufen!«

»Spinnste? Dann kannste ja gleich zum Revier Norderhofenden reinmarschieren und dir Handschellen anlegen lassen!« Erneut versuchte Locke, ihn von Mai-Britt wegzuziehen.

»Lass mich. Ich mach da nicht mehr mit!« Wütend entwand Olli sich, riss sich das Tuch vom Gesicht und drückte es abwechselnd gegen ihren Mund und ihr Auge.

»So einfach ist das nicht, mein Freund! Mitgefangen, mitgehangen.«

»Wenn schon ... komm, gib mir die Kette.«

»Niemals!« Locke drückte die Beute fester an sich. »Ich-lass-mir-das-Ganze-doch-von-dir-nicht-versaun! Eher versenk ich das Ding inner Förde!«

Da reichte es Olli. Schlagartig ließ er von Mai-Britt ab und ging seinem Kumpel an die Gurgel. »Du mieses Schwein! Nu ist aber mal Schluss! Ich rufe jetzt 'nen Krankenwagen!«

»VERDAMMTER STÜMPER«, grölte Locke mit sich überschlagender Stimme. »NICHTS WIRSTE!« Gott weiß woher, plötzlich hielt er Olli ein Einhandmesser unter die Nase. Seine Augen waren starr, sein Blick wild.

Jetzt war es an Olli, jedes Wort mit Ausrufezeichen zu brüllen. »DREHSTE JETZT VÖLLIG DURCH?« Aber es war schon zu spät. Locke hatte ihn am Kragen gepackt. Keuchend wälzten sie sich am Boden. Die Fäuste flogen, die Klinge blitzte auf. Etwas klatschte aufs Pflaster, ein toter Zweig zerbrach knackend unter schwerem Schuhwerk. Dann war es still.

Bis zum Schaft steckte das Messer in Ollis Bauch. Locke wankte zurück und rannte wie von hundert Hunden gehetzt davon.

Mai-Britt schlug die Augen auf. »OH SÜNDE, OH LIEBE!«, entfuhr es ihr. Sie fasste seine Hand. »Nicht rausziehen. Ich ruf den Notarzt!« Sie zog ihr Smartphone aus der Tasche und wählte die 112.

Nachdem sie aufgelegt hatte, sah sie abwechselnd ihn und den Boden an. »Ich dachte, wenn ich mich tot stelle, würdet ihr aufhören«, sagte sie kaum hörbar.

»D... du hast alles mit angehört?«

Sie nickte. »Ich hab dich an der Stimme erkannt.«

»Ooh, ich ...« Olli griff sich an den Hals.

»Du hast dein Leben für mich riskiert. So etwas hat noch niemand für mich getan.« Sie strich ihm ein Haar aus der Stirn. »Gleich kommt der Rettungswagen und bringt dich in die DIAKO. Bald bist du wieder ganz der Alte.«

»Wirklich?« Panik stieg in ihm auf, als sein Blick abermals seine Seite streifte.

Sie nickte. Ihr linkes Auge war bis auf einen schmalen Schlitz zugeschwollen. »Ganz bestimmt.«

»Vielleicht ist ... ist es besser, wenn nicht.«

»So solltest du nicht reden«, antwortete sie in beruhigendem Ton. »Du wirst noch hundert Jahre alt. Bestimmt.«

Seine Angst zu sterben erstickte ihn, schnürte ihm die Kehle zu, hinderte ihn am Sprechen. Alles, was er tun konnte, war, dass er mit leise zitternden Lippen krächzte: »Entschuldige. Das hab ich nicht gewollt. Ich …«

»Pssst!« Sie legte ihm ihren Zeigefinger auf die gesprungenen Lippen. »Spar dir deine Kräfte. Keine Sorge. Ich werde für dich aussagen.«

»A… aber«, stammelte er. »Was wird der Typ … ähm, dein Freund dazu sagen?«

»Welcher Freund?«

»Na, der vorhin aus dem ›Gammle Gavl‹.« Sein Atem ging flacher. »Der, der …«, er schluckte, »… dir die Kette geschenkt hat.«

»Das war mein Bruder.«

»Bruder?« Olli fühlte sich, als hätte ihn nun auch noch der Schlag getroffen.

»Er hat mir nachträglich zum Geburtstag gratuliert. War längst überfällig. Aber er findet einfach keine Zeit, seitdem sein Videoclip mit seinen Zwergponys ›Ausflug mit Pommies, Mayo und Smartiy auf Hof Immengrund‹ viral ging.« Sie senkte ihre Stimme um eine halbe Oktave. »Spaziergang mit Pony, im Trend der Zeit.«

»U… und ich … ich dachte, er wäre so 'n mie… mieser Lude aus Hamburg, und du würdest auf ihn abfahren.« Ollis Blick wurde schwächer.

Mai-Britt umfasste ihn vorsichtig und stützte ihn ab. »Dein Kumpel scheint ja 'ne richtig miese Type zu sein.«

»Der kann was erleben, wenn … wenn …« Mittlerweile hatte sich eine dunkelrote Pfütze unter Olli ausgebreitet.

»Lass den Armleuchter«, hörte er sie sagen. »Jede Wette,

dass der sich über kurz oder lang beim Abfummeln der Gummi-Dichtungsringe von den Flensflaschen in Schleswig wiederfinden wird.« Sie zwinkerte ihm zu. »Unter Aufsicht versteht sich ...«

Von Weitem erklang das Signal des RTW. Erleichterung huschte über Mai-Britts Gesicht. »Nur wahre Helden reagieren wie du.«

»I... ich? E... ein Held?« Ein Hustenanfall erschütterte seinen Körper.

Mai-Britt nickte. »So wie dein Kumpel drauf war, galt dieser Stich mir. Und das alles nur wegen einer Kette, die einst meiner Mutter gehörte.« Sie winkte den Rettungswagen herbei, der soeben in die Straße einbog.

»Du ver-verzeihst mir?«, kratzte Olli mit letzter Kraft heraus, blutiger Speichel begleitete seine Worte. Seine Finger umklammerten ihre Hände.

»Ja«, antwortete sie, und in diesem ›Ja‹ lag alle Vergebung dieser Welt.

Eine quälende Sekunde später leuchtete Erkenntnis in seinen Augen auf. In dem Moment, als sein Kopf zur Seite fiel, kniete der herbeigeeilte Notarzt neben ihm nieder.

Für szolche, was nicht aus Flensburg szind:
Ackerschnacker – Besserwisser
Aggewars – Umstand, Mühe
angetütert – angetrunken
butschern – rausgehen, was unternehmen, herumstrolchen
Gammle Gavl (dänisch) – Alter Giebel
DIAKO – Evangelisch-Lutherische Diakonissenanstalt Flensburg (Krankenhaus)

fünsch – komisch
kötern – hin und her laufen
Lude – Zuhälter
schiet zupass – sich schlecht fühlen
aufen Rücken – von hinten
Schapptüch – gute, zu besonderen Anlässen getragene Kleidung
söt – süß
Stackelsfrau – entlehnt dem dänischen Wort stakkel (Mundart für Frauenzimmer)
Szünde (Petuhtantendeutsch) – Ausruf des tiefen Mitgefühls: bedauerlich, jammerschade
Tippschnack – mit jemanden chatten
vertellen – erzählen
vom Acker machen – aufbrechen

TRÜGERISCHE IDYLLE
Bettina Mittelacher

Helgoland

Da grinst er wieder. Es ist dieses herablassende, fiese Feixen, das Annika schon so oft auf die Palme gebracht hat. Wütend rammt sie ihren Spaten in ihr kleines Stückchen Erde, angetrieben durch den Ehrgeiz, etwas Blühendes und Fruchtbares zu erschaffen, nun auch noch zusätzlich befeuert durch den hämischen Blick ihres Nachbarn. Ein paar Parzellen weiter residiert dieser Kerl, dessen Namen sie nicht kennt und auf dessen Gesellschaft sie gut und gern dauerhaft verzichten kann. Vor allem auf sein spöttisches Grinsen.

Ist das etwa der Mensch von neulich? Da war doch dieser Typ vor einigen Tagen auf der Fähre, der sie immer so unverhohlen angeglotzt hat. Wenn sie sich richtig erinnert, hat er sie schon beobachtet, als sie noch an den Hamburger Landungsbrücken entlanggeschlendert ist. Sie hatte stets die Augen auf die Elbe gerichtet – immer dabei belastet von dem Gefühl, einen drohenden Blick im Nacken zu haben. Diese ungute Ahnung hat sie während der gesamten rund dreieinhalbstündigen Überfahrt auf ihr geliebtes Helgoland nicht wirklich abschütteln können.

Noch nicht einmal, als die berühmte Insel mit den spektakulären Felsen in Sicht gekommen ist – eine trutzige rote

Burg in der blau-grauen, schäumenden Nordsee. Es ist ein Anblick, der ihr sonst immer wieder den Atem raubt mit seiner wilden, ungezähmten Schönheit, eingerahmt von der unendlichen Weite der See. Doch diesmal war der Zauber getrübt. Die unheilvolle Nähe ihres Verfolgers lag wie ein düsterer, beängstigender Schatten über dem Insel-Panorama.

Nun ist dieser merkwürdige Typ also hier ganz in ihrer Nähe, nur einige Parzellen entfernt im Kleingartenverein von Helgoland? Annika überlegt einen Moment, dann schüttelt sie energisch den Kopf. »Nein«, murmelt sie zu sich selbst. »Das muss jemand anders sein. Ich sehe bestimmt nur Gespenster.«

Kraftvoll stößt sie erneut den Spaten in den Boden, stemmt sich mit ihrem ganzen Gewicht darauf, ruckelt die Erde heraus und hievt die Last dann zur Seite. Seit anderthalb Stunden müht sie sich schon in ihrem Garten ab. Ein sanfter Duft der Hortensien und Rosen, gemischt mit dem würzigen Aroma von Minze und Schnittlauch, die sie in den vergangenen Tagen gepflanzt hat, steigt ihr in die Nase. Aber der Rücken schmerzt. Die Kehle brennt. Es ist höchste Zeit für eine Pause. Annika füllt sich ein Glas mit Eistee, den sie an diesem Morgen in der kleinen Hütte auf ihrer Parzelle selbst angesetzt hat, und schaut von ihrer erhabenen Position hoch oben auf den roten Felsen gebannt aufs Meer hinaus.

Der helle Schein der Sonne vervielfältigt sich millionenfach auf der Wasseroberfläche, von den Wellen zu bizarren Mustern gebrochen. Sie liebt diesen Blick, das sich immer wieder wandelnde Naturschauspiel. Diese Weite! Diese zahllosen Schattierungen von Blau, Türkis, Kobalt, von Weiß und Eisblau, Smaragd, Jade und Cyan! Und in der Mitte dieses Panoramas liegt wie ein ruhender Anker Helgolands »kleine Schwester« mit ihren Dünen, mit ihren Stränden, dem grünen Bewuchs und den in leuchtenden Farben gestrichenen Häuschen. Die Nebeninsel, schlicht »Düne« genannt, war bis 1721 Teil Helgolands und ist seit einer Sturmflut nur noch mit dem Boot zu erreichen. Es ist wohl diese Barriere aus Wasser, die der Düne ihre Einzigartigkeit und die nahezu unberührte Natur bewahrt hat. Die traumhafte Aussicht ist es gewesen, die Annika dazu verführt hat, sich hier auf dieser Parzelle einzunisten. Der fantastische Blick ist unbezahlbar. Der pure Luxus.

Es war ihr wie ein gnädiger Wink des Schicksals vorgekommen, als sie vor einem halben Jahr erfuhr, dass dieser Kleingarten im Helgoländer Oberland zu pachten ist. Zurück zu den Wurzeln – im doppelten Sinne des Wortes! Einen Teil ihrer Kindheit hat sie auf Helgoland verbracht und fühlt sich seitdem mit der Scholle verwachsen. Auch wenn es sie für viele Jahre hinausgezogen hat in die Welt, erst auf die weiterführende Schule und fürs Studium nach Hamburg, dann für einige Zeit als Reporterin nach Wien und schließlich wieder zurück nach Hamburg, schien die Sehnsucht nach Helgoland tief in ihrer DNA verankert.

Nun sollte dieser Kleingarten – neben ihrem turbulenten Leben als Journalistin in der Großstadt und einem zweiten Wohnsitz in einer Anderthalbzimmerwohnung im Helgoländer Unterland – eine blühende Oase der Ruhe für sie werden. Fast drei Jahre hatte die Parzelle schon leer gestanden. Alle, die sich vor ihr dieses etwa dreihundertfünfzig Quadratmeter große Areal mit Blick auf die Helgoländer Düne angesehen hatten, winkten letztlich ab. Und auch

Annika hat man gewarnt, als sie sich Hals über Kopf in dieses Stückchen Erde verliebte. »Lassen Sie besser die Finger davon!«, hatte es geheißen.

Die Wohlmeinenden sprachen von einem »verwunschenen Fleck«. Andere nannten diese Parzelle »das Erbe der Kräuterhexe«. Oder auch einen »verfluchten Ort«. »Es kann gar nichts Gutes daraus werden. Nur Angst und Qual und Leid.«

»Wieso das denn?« Annika hatten Zweifel beschlichen, ob man sie unnötig ängstigen wolle. Aber warum sollte man das tun? »Die Vorbesitzer waren ein begeistertes, aber etwas verschroben und menschenscheu wirkendes Gärtnerpaar. Sie sind von hier aus spurlos verschwunden«, war die Antwort. »Niemand weiß, welches Schicksal sie ereilt hat. Ob sie tot sind, vielleicht irgendwo auf dem Grund der Nordsee. Wollen Sie sich denn wirklich auf diesem kontaminierten Terrain niederlassen?«, fragte man Annika zweifelnd.

Dennoch ist sie jetzt da. Sie hat gehofft, dass sich dieser Kleingarten trotz aller Unkenrufe wie ein weiteres Zuhause anfühlen würde. Immerhin ist sie überhaupt nicht abergläubisch, sondern Realistin und hat gelernt, allein auf sich aufpassen zu können. Bisher ist es ihr noch immer gelungen, sich gegen Widrigkeiten zu wappnen. Augen auf und durch!

Doch tatsächlich scheint sich dieses Fleckchen Erde gegen sie zu sperren. Sie spürt, wenn sie nicht gerade aufs Meer hinausschaut, eine feindliche Aura. Nicht nur, dass Annika jetzt während ihrer Gartenarbeit der zähe Boden widerspenstig vorkommt – da ist noch etwas anderes. Vielleicht hängt es mit diesem verstörenden Blick des Fremden zusammen, den sie eher auf sich spürt, als dass sie ihn wirklich sieht. Sie merkt, wie sich die Härchen auf ihren Armen aufstellen, der Adrenalinspiegel steigt. Ihr Körper wechselt in den Alarmmodus. Mit ungehobelten, nervigen Nachbarn würde sie schon irgendwie klarkommen. Aber hat sie es etwa mit einem Stalker zu tun?

Annika tritt der Schweiß auf die Stirn. Sie weiß nur zu genau, wie toxisch die Handlungen solcher Menschen sein können, die beharrlich verfolgen, belauern und bedrohen. Toxisch und zerstörerisch. Tödlich sogar. Es traf ausgerechnet ihre geliebte Schwester Greta. Sie waren ein Herz und eine Seele – bis ... ja, bis Greta vor vier Jahren plötzlich verschwand. Von einem Moment auf den anderen aus dem Leben gerissen, gerade in jener Zeit, als sie sich ihre Wirklichkeit wieder hatte zurückerobern wollen.

»Da ist dieser Stalker. Ich kann nirgendwo mehr hingehen, ohne Angst zu haben, dass er mir folgt.«

Gehetzt hatte Greta ausgesehen, als sie Annika erstmals ihr Leid geklagt hatte, gepeinigt, in echter Not. »Das geht jetzt schon Monate so«, hatte ihre Schwester gesagt. »Am liebsten würde ich mich gar nicht mehr aus dem Haus trauen.«

»Was ist denn los?«, hat Annika wissen wollen. »Du weißt, du kannst mir alles sagen!«

»Es hat immer wieder Momente gegeben, in denen mein Verfolger anscheinend aus dem Nichts aufgetaucht ist und mich einfach nur angestarrt hat«, hat Greta erzählt. »Bei anderen Gelegenheiten hat er die Hand in die Jackentasche geschoben, als wolle er gleich eine Waffe herausziehen.« Sein boshaftes Lächeln entblößte einen markanten Goldzahn. Dazu meinte Greta schaudernd: »Damit sah er aus wie ein Pirat.«

Annika hatte während dieser Schilderungen im Gesicht der Schwester nach der fröhlichen, optimistischen, selbstbewussten Frau gesucht, als die sie sie kannte. Eine Frau, die ihren Beruf als Meeresbiologin mit Begeisterung und Leidenschaft ausübt. Die von ihren Begegnungen mit Seehunden oder ihrer Forschung über eine bestimmte Sorte von Muscheln, die sich mit Vorliebe an den Schiffswracks in der Nordsee festsetzt, mitreißend erzählt. Ein Mensch, der sich mit Feuereifer ins Leben stürzt, der die Geselligkeit liebt. Wo war diese lebensbejahende Frau geblieben? Annika musste sich eingestehen: Ihre Schwester war kaum mehr ein Schatten ihrer selbst.

Viel zu lange schon hatte Greta unter einem beharrlichen, furchterregenden Typen gelitten, der sie verfolgt, bedroht, zu Tode geängstigt hatte. Überall, wo sie sich in Hamburg und Umgebung hinbewegte, schien er schon zu lauern, und in den Nächten schlich er sich in ihre Träume. Wenn sie denn überhaupt noch einschlafen konnte.

Um dem Stalker endlich zu entkommen, war Greta schließlich nach Büsum gefahren und hatte dort die Fähre nach Helgoland genommen. Es war eine stürmische Überfahrt bei Windstärke sieben bis acht, mit tosendem Wind und peitschenden Wellen. Und hier, irgendwo in den Weiten der Nordsee, verlor sich ihre Spur. Niemand hat einen Schrei gehört, niemand einen fallenden Körper gesehen. Keiner weiß, wo genau Greta über Bord gegangen ist. Und ob es ein Unglück war – oder ob sie gestoßen wurde? Sie ist nie wieder aufgetaucht.

Dieser Verlust hat in Annikas Seele eine tiefe Wunde gestanzt. Mit der Zeit ist sie vernarbt. Aber vollständig verheilen wird sie nie.

Deshalb lässt der Schmerz Annika immer wieder Zuflucht auf der Düne suchen. Schon in ihrer Kindheit hat sie diesen Teil Helgolands, der von manchen anderen so stiefmütterlich behandelt wird, ganz besonders gemocht. Dieser Ort, der von ihrer Kleingarten-Parzelle aus so unendlich friedlich aussieht, hat auch bei der direkten Berührung wie schon damals etwas Tröstendes für sie. Der Strand mit den Seehunden und Kegelrobben-Kolonien, die Dünen mit ihrem wilden Bewuchs, die Wanderwege durch die sanft erhabenen Hügel, zu denen der Wind den feinen Sand geformt hat: Das ist Natur pur.

Obwohl der Himmel immer noch wie blank geputzt aussieht, hat der Wind merklich zugenommen. Er reißt an Annikas langem, dunklem Haar und plustert ihre Windjacke wie zu einem Zelt auf. Die Fähre, die im Halb-Stunden-Rhythmus zwischen der Hauptinsel Helgoland und der Düne hin und her pendelt, gerät ordentlich ins Schaukeln. Wie gut, dass die Überfahrt nur wenige Minuten dauert. Annika ist alles andere als seefest. Ganz anders der Mann am Steuerruder. Er wirkt mit seiner kräftigen Statur, dem langen Bart und dem konzentrierten Blick wie ein Fels in der Brandung. Wind und Wellen können ihn nicht aus der Ruhe bringen. Mit traumwandlerischer Sicherheit steuert der Kapitän das Schiff an die Mole und lässt die Passagiere aussteigen.

Anders als die meisten Touristen es tun, geht Annika nicht zuerst in Richtung der Strände, sondern strebt auf das Zentrum der Insel zu. Hier, wie geduckt hinter einer Düne, eingerahmt von Heckenrosen und von einem großen schwarzen Anker bewacht, liegt der »Friedhof der Namenlosen«.

Annika sucht immer wieder die stille, fast schon mystische Atmosphäre dieses Ortes mit seinen Gedenksteinen und den vielen schlichten Holzkreuzen. Sie stehen für die nicht identifizierten Toten, die im Laufe vieler Jahrzehnte, manche sogar schon im 19. Jahrhundert, von der Brandung an die Insel gespült wurden. Was ist die Geschichte der Verstorbenen? Wer vermisst sie? Dutzende Fragen wirbeln in ihrem Kopf herum. Manchmal auch diese: Könnten womöglich ihre verschollenen Vorgänger aus dem Kleingarten hier in ihren stillen Gräbern liegen? Vielleicht sogar ihre Schwester Greta?

Annika streicht vorsichtig über das messingfarben schimmernde Metall der mächtigen Glocke, die am Eingang des »Friedhofes der Namenlosen« hängt. Die Einunddreißigjährige weiß, dass die Glocke eigentlich in Erinnerung an die Wiederfreigabe Helgolands im Jahr 1952 dort aufgebaut wurde. Doch irgendjemand hat ihr mal erzählt, dass sie öfter auch im Gedenken an die namenlosen Toten geläutet wird. Ein eher dumpf klingender, melancholischer Ton.

Nun schlägt Annika den Weg zum Strand ein. Vorgestern noch hat sie dort eine ganze Kolonie Kegelrobben gesehen. Sie hofft, dass diese großen, schweren, manchmal so träge wirkenden Raubtiere auch heute wieder im Sand liegen werden. Da! Im strahlenden Sonnenlicht sehen die Leiber wie glatt geschliffene Felsen aus. Nur gelegentlich kommt Bewegung in diese Ungetüme, wenn sich ein Kopf hebt oder die Schwanzflosse. Oder wenn sie zum Wasser robben – und dann in ihrem Element überhaupt nicht mehr behäbig wirken, sondern als pfeilschnelle Geschosse auf ihrer Beutejagd durch die Fluten pflügen.

Einige Tierbeobachter sind schon vor Annika angekommen. Sie haben sich mit ihren Kameras, bestückt mit eindrucksvollen Teleobjektiven, so dicht wie möglich an die Kegelrobben herangepirscht. Dicht, das heißt bis auf etwa dreißig Meter. Näher soll niemand ihnen auf den Pelz rücken, wie mehrere Schilder auf der Düne vorschreiben. Annika stellt sich in die Nähe einer jungen Frau in olivfarbener Windjacke, die im Sand kniet und ihre Kamera auf die Tiere gerichtet hat.

»Wollen Sie mal schauen?« Die Fremde streckt ihr ihre Fotoausrüstung entgegen.

»Darf ich?«

»Sehr gern!« Etwas unbeholfen nimmt Annika den Fotoapparat in die Hand und staunt über dessen Gewicht.

Doch dann schaut sie durch den Sucher. »Wow!«, ruft sie überrascht aus. »Ich hätte nicht gedacht, wie nah der Zoom die massigen Tiere heranholt. Beeindruckend!«

»Achten Sie doch mal auf das Gebiss der Kegelrobben!« Die junge Frau sieht geradezu andächtig aus. »Da weiß man, warum man den Tieren nicht in die Quere kommen soll!«

»Absolut!« Annika nickt. »Mit denen ist sicher nicht zu spaßen.« Während sie die Kamera zurückreicht, fällt ihr Blick auf eine kleine Gruppe von Männern in vielleicht hundertfünfzig Metern Entfernung, die ebenfalls mit Fotoapparaten und Spektiven ausgerüstet sind. Fünf von ihnen wirken wie aufgereiht, haben ihre Objektive in stiller Eintracht zu den Robben ausgerichtet.

Einer aber nicht. Er starrt eindeutig in Annikas Richtung.

Ist das wieder dieser Kerl, den sie schon mehrfach in ihrer Nähe erspäht hat? Womöglich tatsächlich ihr Kleingarten-

Nachbar? Er steht zu weit entfernt, als dass sie es mit Gewissheit sagen könnte. Außerdem hat er ein Käppi tief ins Gesicht gezogen. »Dürfte ich mir kurz noch mal …« Annika bringt ihren Satz nicht zu Ende. Die Frau, die sie hatte bitten wollen, ihr für einen Moment erneut die Kamera mit dem Zoom zu leihen, ist schon weiter gewandert. Ihre Schritte sind bei dem Rauschen der Wellen nicht zu hören gewesen. Hat sie zum Abschied noch etwas gesagt? Doch. Jetzt erinnert sie sich. Es war so etwas wie: »Sehen Sie sich vor!« Annika schaudert, obwohl die Sonne unverdrossen weiter als gleißendes Rund am Himmel steht. »Sehen Sie sich vor!« Vielleicht hat die Frau die Situation sehr schnell durchschaut und gar nicht vor den großen Beißern der Robben gewarnt. Sondern vor dem Fremden mit dem Teleobjektiv und der bedrohlichen Ausstrahlung.

Nun hat Annika es eilig, von der Düne wegzukommen. Zügig wendet sie sich in Richtung Hafen. Es kommt ihr so vor, als würde jemand sie verfolgen. Sie kämpft gegen den Impuls an, sich umzuwenden, und beschleunigt noch einmal ihre Schritte, den Blick dabei starr nach vorn gerichtet. Als sie auf den letzten Metern zur Mole ist, legt gerade die Fähre an. Sie muss warten, bis die Passagiere ausgestiegen sind, erst dann kann sie an Bord. Sie sucht sich einen Platz ganz hinten, um die anderen Menschen auf dem Schiff im Auge behalten zu können. Es wird voll, sodass sie den Überblick verliert. Plötzlich erspäht sie einen Typen, der dem Mann vorhin vom Strand ähnelt. Und irgendwie auch dem Kerl aus dem Kleingarten. Oder bildet sie sich das nur ein? Körperhaltung, Käppi und Statur passen. Aber mal ehrlich … Annika schüttelt über sich selber den Kopf. »Wo bleibt nur deine

Souveränität«, schilt sie sich. Sie nimmt sich vor: »Nicht einschüchtern lassen! Lieber der Sache auf den Grund gehen!«

Also schaut sie sich nun jedes Mal, wenn sie von ihrer Parzelle auf dem Weg in den Ort oder zurück sein Areal passiert, das Grundstück des geheimnisvollen Fremden möglichst unauffällig etwas genauer an. Auf den ersten Blick sieht alles gepflegt und unverdächtig aus: sorgfältig gestutzte Büsche, eine tintenblau gestrichene Bank, ein Gemüsebeet, in dem sicher bald die Gurken und die Tomaten geerntet werden können.

In der Dämmerung macht das Areal einen weniger einladenden Eindruck. Da wirkt die Holzhütte in der Ecke seines Grundstücks mit ihren zwei Fenstern, hinter denen die Vorhänge jeden Blick ins Innere verhindern, eher unheimlich. Manchmal sieht Annika jenseits der schweren Gardinen einen diffusen Schein, der vielleicht von einer Öllampe stammt oder von einer Taschenlampe. Ein zuckendes, nervöses Licht. Was geht darin vor? Geistert er da herum und heckt irgendetwas aus?

Zu Hause, in ihrer kleinen Wohnung im Unterland, fällt Annika in einen unruhigen Schlaf. Die Träume, die ihre Schwester damals offenbar gemartert haben, fühlen sich jetzt wie ihre eigenen an. Greta hatte von Schatten erzählt, von einem engen Raum, in dem sie sich gleichsam angekettet fühlte, aber ohne Fesseln zu tragen. Auch Annikas Träume verfrachten sie nun in ein kellerartiges Verlies, von dem mehrere Gänge wegführen, jeder in tiefste, schwärzeste Dunkelheit. Es riecht modrig. Stetig fallen von irgendwo Tropfen herunter auf den grob gemauerten Boden. Der Hall, wenn sie aufkommen, vervielfältigt sich in dem

Gewirr aus Tunneln zu einem Dröhnen. Ihr eigener Atem klingt wie das Keuchen von wilden Tieren. Die Angst hält sie gefangen, lähmt sie.

Sie stellt sich vor, wie ein Arm nach ihr greift, wie sich eine Hand um ihren Hals krallen will. Verzweifelt versucht sie, den Druck der kräftigen Finger zu lösen, irgendwie wieder zu Atem zu kommen. Doch die Hand schließt sich enger um sie, immer fester, drückt auf ihre Kehle, schnürt ihr die Luft ab ...

Mit einem Schrei wacht Annika auf. Sie ist schweißgebadet. Sofort ist ihr klar, welchen realen Hintergrund ihre Träume haben. Vor anderthalb Wochen erst hat sie eine Führung in die Bunker von Helgoland mitgemacht. Sie hat sich die Enge vorgestellt, wenn die Bewohner während der Bombenangriffe im Zweiten Weltkrieg in den Gängen ausharren mussten. Sie hat versucht, sich auszumalen, wie Furcht einflößend die Motoren der feindlichen Flugzeuge klangen und die Einschläge der Bomben. Sie hat die kalten Gemäuer berührt, die Dunkelheit geahnt, die Ängste. Und jetzt haben sich all diese Eindrücke also zu diesem Albtraum verwoben, mit dem Stalker als mörderischem Vollstrecker.

Sie muss etwas unternehmen. Oder soll sie versuchen, Ruhe zu bewahren? Was würden ihre Eltern ihr raten? Ihre beste Freundin Sophia? Natürlich. »Du musst das melden. Du kannst das nicht alles einfach so hinnehmen«, würde Sophia sagen. »Geh zur Polizei!«

»Und was dann?«, hört Annika sich fragen. »Sollen die mich beschützen vor jemandem, von dem ich noch nicht mal genau weiß, wer es ist? Vielleicht halten die mich dann für paranoid.«

»Blödsinn!«, würde Sophia widersprechen. »Die Polizei weiß, was zu tun ist. Die kann dich beschützen. Die kann herausfinden, wer dir so übel mitspielen will!«

Können sie das wirklich? Muss sie nicht erst mal selber weitere Anhaltspunkte darüber sammeln, wer es auf sie abgesehen hat? Sie könnte lachen, wenn es nicht so trostlos wäre. »Ich kann den Mann ja noch nicht einmal vernünftig beschreiben«, muss sie sich selber eingestehen. »Normale Statur, etwa eins achtzig groß, Käppi – und dann dieses maliziöse Grinsen. Großartig! Das würde bei etwaigen Ermittlungen bestimmt enorm weiterhelfen.«

Nein, sie will lieber erst mal abwarten und schauen, was sich weiter tut. »Vielleicht ist das Schlimmste ja schon vorbei«, versucht sie sich zu beruhigen. »Oder vielleicht habe ich mir den Verfolger ja doch nur eingebildet.«

Es passt eigentlich gar nicht zu ihr, so unsicher und wankelmütig zu sein. Doch dieser Mann, wer auch immer es sein mag, hat in ihren emotionalen Panzer eine Scharte geschlagen. Seine Gegenwart beunruhigt sie zutiefst. Schon die Vorstellung, er könnte in ihrer Nähe sein, geht ihr unter die Haut und ans Gemüt.

Sie ist auf der Hut, als sie nach einem schnellen Frühstück mit Kaffee und Müsli wieder von ihrer kleinen Wohnung zu ihrem Schrebergarten geht. Sie stutzt schon an der Pforte. Warum hat sie das Gefühl, dass jemand auf ihren Grund eingedrungen ist? Was sucht er? Misstrauisch beäugt sie das Stück Erde, das sie am Tag zuvor umgegraben hat. Es kommt ihr vor, als habe sich ein anderer daran zu schaffen gemacht. Sie erkennt ein Rechteck, das die Maße einer Sarggrube haben könnte. Hat jemand in der vergangenen

Nacht ein Grab geschaufelt und es nur unzureichend kaschiert? Wenn sie dort hintritt – wird sie dann in ein Loch stürzen? Ist es eine Falle?

Annika beginnt zu zittern. Zugleich ruft sie sich zur Ordnung und betritt ihre Parzelle. Vorsichtig meidet sie das Rechteck mit dem aufgewühlten Erdreich, schaut sich weiter um. Sie versucht, sich möglichst präzise in Erinnerung zu rufen, wie sie den Kleingarten zurückgelassen hat. Tatsächlich. Er wirkt auch auf den zweiten Blick deutlich verändert, nicht nur wegen der umgegrabenen Erde. Jetzt merkt sie, dass ihre Blumentöpfe umgestellt worden sind. Nein, nicht nur umgeräumt. Einige sind ausgetauscht worden. Statt der Tomatenstaude steht da jetzt eine Pflanze, die dem ursprünglichen Gewächs zwar ähnelt. Annika ist sich nicht sicher, aber es könnte der Schwarze Nachtschatten sein. Sie kramt ihr Handy hervor, aktiviert die App, mit der sich Pflanzen bestimmen lassen. Tatsächlich. Es ist der Schwarze Nachtschatten. Eine Giftpflanze!

Jemand will ihr offenbar ernsthaft an den Kragen.

Dabei weiß sie noch immer nicht, wer der Typ sein könnte, der sie belauert und verfolgt. Vor allem: Wer hätte ein Motiv dafür? So detailliert sie die vergangenen Monate Revue passieren lässt: Es fällt ihr keine Situation ein, in der sie einen Mann so gereizt oder vor den Kopf gestoßen haben könnte, dass er nun von ihr besessen ist. Besessen auf eine diabolische Art.

Oder doch?

Da war doch dieser Typ, den sie vor etwa vier Monaten auf einer Pressekonferenz getroffen hat. Ein Journalist, der sie danach unbedingt noch zu einem Drink hatte einladen wollen. »Ich bin vom *Neuen Berliner Tageblatt*«, hatte er sich vorgestellt. Und sie hatte sich noch gewundert, weil sie von dieser Zeitung noch nie gehört hatte. Eine kurze Recherche bei Google ergab, dass die letzte Ausgabe am 31. Januar 1939 erschienen ist. Wohl kaum seine aktive Zeit als Reporter. Also musste er gelogen haben.

Echt war allerdings offenbar sein Interesse an ihr. Sie erinnert sich noch an die denkwürdigen Bemerkungen, die er ihr gegenüber gemacht hatte. »Heute ist wohl mein Glückstag«, hatte er gemeint. »Dass ich Ihnen begegnet bin!« Er überschlug sich mit Komplimenten wie »schöne Frau« oder »bezaubernde Fee«. Erst hatte sie sich geschmeichelt gefühlt. Doch dann war es ihr zu viel geworden. Sie könnte noch nicht einmal sagen, was sie genau an ihm gestört hatte. Vielleicht seine Augen, die eine Spur zu eng beieinanderstanden, oder der Mund, der sie ganz entfernt an ein Hyänengrinsen erinnerte. Sorry, aber das hat sie nun überhaupt nicht angetörnt.

Vielleicht hat sie sich aber auch in ihrem Job Feinde gemacht. Gelegenheiten als Journalistin gab es einige. Diese Bande von Drogendealern, über die sie mehrfach geschrieben hat, oder der Hamburger Firmenboss, dessen unlautere Geschäftsgebaren Annika gemeinsam mit Kollegen aufgedeckt hat. Hieß es nicht, dass er mit Beteiligungen an einem Offshore-Windpark in der Nordsee das ganz große Rad drehen wollte? Aber würde so einer zum Stalker werden? Wohl eher nicht.

Trotzdem spürt sie eine immer stärker werdende Unruhe in sich aufsteigen.

Da hilft es erfahrungsgemäß, wenn sie sich an der Langen Anna den Wind um die Nase pusten lässt. Es hat merklich aufgefrischt über Nacht. Annika geht in ihre kleine Hütte, schlüpft in ihre leuchtend rote Lieblingsjacke, schlingt ein Tuch um den Hals und schnürt ihre Sneaker. Von ihrem Kleingarten aus sind es nur wenige Hundert Meter an den Klippen entlang. Immer wieder bleibt sie stehen, saugt ganz bewusst die salzige Luft in ihre Lungen und blickt fasziniert auf die vom kräftigen Westwind aufgewühlte Nordsee, auf der weiße Schaumkronen auf den Wellen tanzen. Am Himmel türmen sich mehr und mehr mächtige Wolken und werfen dunkle, unruhige Schatten auf die Wasseroberfläche.

Annika geht weiter, bis sie die Lange Anna vor sich aus der Nordsee ragen sieht. Wie üblich sind etliche andere Besucher hier, staunen über die Einzigartigkeit dieses legendären Felsens, lichten ihn ab, nutzen ihn als Panorama für ihre Selfies. Allein die Heidschnucken, die hier seit vielen Jahren zu Hause sind und sich als eifrige Rasenmäher unentbehrlich gemacht haben, lassen sich nicht von der Schönheit der Landschaft beeindrucken. Sie weiden gelassen weiter, beängstigend nah am Abgrund und manchmal sogar jenseits des Drahtzauns, der Mensch und Tier von der gefährlichen Kante fernhalten soll.

Heute allerdings ist diese Sicherung nur lückenhaft. Annika sieht, als sie weiterspaziert, dass an einer Stelle der Zaun niedergetrampelt ist, vermutlich von einer Heidschnucke. Auf etwa zwanzig Meter Länge ist lediglich eine behelfsmäßige Sperrung aufgebaut. Nichts, was die Bezeichnung Zaun verdient hätte. Und dazu zwei Schilder: Vorsicht! Abgrund! Ja, das kann man wohl sagen. Diesen fast fünfzig Meter nahezu senkrecht abfallenden Schlund möchte sicher niemand hinunterstürzen. Es wäre das sichere Todesurteil.

Annika wendet sich ab und geht weiter zur nächsten Einbuchtung an der Inselkante, von der aus sie den besten Blick auf die Lange Anna hat. Scheinbar unerschütterlich trotzt dieser bizarre Felsen wie immer der See und ihren Brechern, und doch erkennt Annika die Spuren der Erosion, die im Gestein immer mehr Furchen, Zacken und Narben hinterlässt. Diese kleinen Vorsprünge nutzen die Trottellummen und Basstölpel offenbar dankbar als Nistplätze. Es kommt Annika vor, als seien jetzt noch mehr Vögel hier als üblich. Das Zetern und Schnattern Tausender Tiere schwillt zu einem tosenden Crescendo an, das sie zunehmend nervös werden lässt. Für sie klingt es wie eine Warnung.

Tatsächlich. In dem Gewühl der Menschen glaubt sie, ihn zu erkennen: ihren Stalker. Es wirkt auf sie so, als habe er wieder eine Art Kamera oder ein Fernglas auf sie gerichtet. Ein Sonnenstrahl, der sich durch die Wolken gekämpft hat, wird blitzend von der Linse reflektiert und beeinträchtigt ihre Sicht. Aus der Entfernung kann sie ihn nicht genau ausmachen, ebenso wenig, wie sie sich sicher ist, dass es wirklich dieser gemeine Typ ist. Aber es reicht aus, um die bösen Geister in ihr wieder wachzurütteln. Dieser Ort ist heute ganz bestimmt keine Zuflucht mehr für sie. Sie will zurück, in ihren Kleingarten.

Sie nimmt ihren gewohnten Weg, als sie von der Langen Anna zurückspaziert. Etwa auf halber Strecke bleibt sie wie immer stehen, um den tief unter dem Höhenweg gelegenen Strand zu bewundern. Plötzlich fährt ihr ein Schreck in die Glieder. Sie schreit vor Überraschung und Entsetzen heiser auf.

»RIEKE, MARRY ME« hatte da unten jemand aus Steinen drapiert. Diesen Schriftzug gab es schon seit Wochen, vielleicht sogar noch länger. Sie hatte sich jedes Mal schmunzelnd gefragt, ob Rieke ihren Verehrer wohl erhört und ihm mit »Ja« geantwortet hat. Doch jetzt ist da unten kein Heiratsantrag mehr. Jemand hat die Steine umgruppiert. »Annika, du bist tot« steht da jetzt! Sie wünscht, es wäre ein böser Traum. Doch die Botschaft ist erschreckend real.

In diesem Moment rumort ihr Handy in ihrer Hosentasche. Das muss er sein! Wahrscheinlich beobachtet er sie aus irgendeinem Versteck, weidet sich an ihrer Angst. Sie wirft einen Blick auf das Display. Tatsächlich. Es ist wieder eine unterdrückte Nummer. Gestern hatte sie sieben solcher Anrufe, der letzte kam um 2.30 Uhr in der Nacht. Wenn sie rangeht, hört sie manchmal ein ersticktes Atmen. Und manchmal – nichts. Sie kann sich nicht entscheiden, was sie gruseliger findet. Wahrscheinlich die Stille. Ihr Gehirn füllt sie unweigerlich mit schauerlichen Geräuschen: mit dem Rasseln von Ketten, einem erstickten Schrei, mit dem Schneiden eines Messers in Fleisch.

Jetzt fällt ihr wieder ein, was sie vor einigen Nächten geträumt hat.

Auch da ist sie in einer Art Kerker eingesperrt. Licht, das unter dem Türblatt in den Raum dringt, zerfasert das Dunkel, taucht das Zimmer in ein diffuses Anthrazit. Die Sicht ist gerade eben ausreichend, um einen geheimnisvollen Schrank zu erkennen, in dem sie kratzende Geräusche wahrnimmt. Von einem Tier vermutlich – oder von vielen. Ratten? Skorpione? Schlangen? Riesenspinnen? Nun nimmt sie unheimliche Schatten wahr, die auf sie zuhuschen, die anwachsen, ihre Gestalt verändern und immer bedrohlicher werden. Sie versucht zu schreien. Doch statt eines Hilferufs entfährt ihrer Kehle nur ein ersticktes Gurgeln ...

Wie hatte sie diesen Albtraum vergessen können? Es muss ein Schutzmechanismus gewesen sein, der ihr dabei geholfen hat, ihn tief in ihr Unterbewusstsein zurückzudrängen. Doch jetzt ist er da, überwältigt sie geradezu. Schnürt ihr die Luft ab, wie neulich in der Nacht.

Panik wallt in Annika auf. Sie denkt zurück an die unruhigen Zeiten im Leben ihrer Schwester, als diese ihr immer wieder von dem Terror des Stalkers erzählt hat. Sie hat von Panik gesprochen, von Entsetzen. »Das wird mir alles zu viel. Ich habe nur noch Angst. Was will der Kerl von mir? Ich kann nicht mehr!«

Dieser letzte Satz, den Greta voller Angst ausgestoßen hat, hallt wieder und wieder in Annikas Kopf, wie ein nervtötender Ohrwurm. Es könnte ihr Requiem werden.

Annika fasst einen Entschluss. Sie muss herausfinden, ob ihr Parzellennachbar wirklich ihr Verfolger ist. Auch wenn sich mittlerweile die Dunkelheit über Insel und Meer gelegt hat: Sie mag nicht eine Minute länger warten, um sich Gewissheit zu verschaffen. Sie strafft die Schultern und macht sich auf den Weg zu seinem Kleingarten. In diesem Moment sieht sie, dass er sein Grundstück verlassen hat, ein einsamer Spaziergang entlang der Klippe, vermutlich bis zur Langen Anna oder darüber hinaus. Wie ein schmaler Suchscheinwerfer schneidet sich der Strahl seiner Taschenlampe in die Schwärze. Obwohl sie keine eigene Lichtquelle bei sich hat, kann sie einen Abstand von mehr als hundert Metern zu ihm wahren, ohne dass sie fürchten muss, vom Pfad abzukommen. Der Vollmond schaut immer wieder lange genug zwischen den Wolkenfetzen hervor, ein helles Kreisrund am Himmel, das ihr den Weg weist. Sie hört den Wind und das Rauschen der Wellen tief unter sich, hin und wieder das Blöken der Heidschnucken, die sich einige Meter vom Abgrund entfernt ihre Schlafplätze gesucht haben.

Als unruhiger dunkler Schatten bewegt er sich in Richtung Lange Anna, geht weiter, bis er an eine andere Einbuchtung des Höhenwegs gelangt – genau da, wo der Zaun schadhaft ist. Dort bleibt er stehen und starrt wie eine reglose Statue aufs Meer hinaus. Es wäre wohl die richtige Nacht, das salzige Aroma der Luft, das passende Licht, die angenehme Milde der Temperaturen, um dort zu verweilen. Diese wilde, schöne Region auf der Insel könnte gerade jetzt ein mystischer, wunderschöner Ort sein.

Doch Annika hat anderes im Sinn. Diese Klippe ist vielleicht genau der richtige Platz, um ihn zur Rede zu stellen. Sie muss sich beeilen. Seine Gewohnheiten kennt sie schließlich nicht. Sie hat keine Ahnung, ob er einer Routine folgt, wie lange er wohl an dieser Stelle verharrt. Annika will das Überraschungsmoment nutzen, um ihn entlarven zu können. Es muss Schluss sein mit seinem Versteckspiel.

Sie wendet sich nach links, weiter landeinwärts, und beschreibt einen weiten Bogen, den Blick jedoch immer weiter auf seine schmale Silhouette an der Klippenkante gerichtet. Als sie seine Höhe erreicht hat, ändert sie erneut die Richtung und geht langsam auf ihn zu, jeder Schritt mit Bedacht gesetzt, um ihn nicht aus seiner Starre zu erschrecken und zu alarmieren. Noch vier Meter, bis sie ihn erreicht haben würde, noch drei, noch zwei. Gerade, als sie ihn ansprechen will, scheint er zu spüren, dass er nicht allein ist. Er wirbelt herum, fixiert sie – und ein niederträchtiges Grinsen breitet sich in seinem Gesicht aus. Entsetzt sieht Annika, dass dabei, angestrahlt vom Vollmond, ein Goldzahn entblößt wird. Die Worte ihrer Schwester hämmern durch ihr Gehirn: »Damit sah er aus wie ein Pirat.«

Ja! Er muss der Mann sein, der Greta auf dem Gewissen hat! Es scheint ihm zu behagen, wie sich ihre Augen vor Schreck weiten. »Dieselbe Panik wie bei der anderen«, höhnt er. »Wie nett!«

Das ist zu viel. Blitzartig schnellt Annika nach vorn und versetzt ihm einen heftigen Stoß gegen den Oberkörper. Alle Wut, die ganze aufgestaute Angst bündelt sich in dieser Bewegung, sodass die Wucht ihn ins Taumeln versetzt. Entgeistert rudert er mit den Armen, um das Gleichgewicht wiederzuerlangen.

Mit einer Hand versucht er noch, nach ihr zu greifen. Vergebens.

Wie in Zeitlupe neigt sich sein Körper dem Wasser zu, bevor er vollständig den Halt verliert und hinabstürzt. Es kommt ihr endlos vor, wie er fällt. Sie horcht angestrengt, ob sie hören kann, wie sein Körper auf dem Wasser aufschlägt. Doch da ist nur das Rauschen des Windes und das Gurgeln der aufgepeitschten See.

Schluchzend und maßlos erschöpft sinkt Annika an der Kante der Klippen auf die Knie. Irgendwo in der Ferne meint sie, den Hall der Glocke von der Düne zu vernehmen. Ein dumpfer, melancholischer Gong, wie eine kurze Totenmesse. Aber wer sollte die Glocke gerade jetzt angeschlagen haben?

Es muss ein Irrtum sein. Ein Laut allein in ihrem Kopf. Doch es klingt magisch.

DAS LETZTE BIER

Regine Seemann

Sylt

Das Schokotäfelchen, das er auf die rechte Seite seines Tellers geschoben hatte, verhöhnte ihn. »Ich wette, dass du es nicht schaffst, mir zu widerstehen«, schien es zu flüstern. »Meinst du, so ein kleines Täfelchen wie ich macht noch einen Unterschied bei dem riesigen Marzipan-Muffin, den du gerade verdrückt hast?« Kommissar Oliver Karo seufzte ergeben, nahm die zarte Süßigkeit in die Hand und steckte sie sich ganz in den Mund. Dieser Tag war kalorientechnisch sowieso schon verloren, so wie der gestrige und der vorgestrige es gewesen waren. Im Grunde war es nicht seine Schuld, dass er während der Corona-Pandemie mehrere Kilos zugenommen hatte. Mit dem Eintritt in die vierte Lebensdekade kam er leider langsam in ein Alter, in dem die Gewichtszunahme deutlich schneller ging als die -abnahme. Zumindest war das bei ihm so. Proportional zu der immer schneller werdenden Verbreitung des Virus ging die Verlangsamung seines Metabolismus einher. Sein mehr als zehn Jahre jüngerer Ehemann Thilo hingegen war stoffwechseltechnisch noch nicht gehandicapt. Der Plan, Oliver in seiner Freizeit mehr Bewegung abzuverlangen, indem sie sich wie viele Freunde und Bekannte einen Corona-Hund zulegten, schlug leider auch teilweise fehl. Denn während Thilo fast ausschließlich Anzeigen von Border Collies und Schäferhunden angeklickt hatte, hatte Oliver sich in das knitterige Trollgesicht der kleinen Französischen Bulldogge Desdemona verliebt. Und die wurde es dann auch. Allerdings war damit auch klar, dass es aufgrund der Anschaffung des Hundes nicht zu kilometerlangen Wanderungen kommen würde. Denn Moni hatte die Angewohnheit, sich nach circa dreißig Minuten Spazierengehen am Strand auf ihren pelzigen Hintern zu setzen und ihre Herrchen mit vorwurfsvollem Blick aus feuchten Glupschaugen anzustarren. Natürlich wollte man den kurzbeinigen Hund nicht überfordern und drehte regelmäßig um. Oliver dachte gerade daran, dass morgen ein wundervoller Tag war, um sich in dem großen Fitnessstudio in Westerland anzumelden. Überrascht und begeistert von seiner eigenen Entschlossenheit nahm er einen großen Schluck seines Blutorange-Schwarz-Tees, als sein Diensthandy klingelte. Sicherlich machten die Punks wieder Theater. Seit der Einführung des 9-Euro-Tickets im Juni hatten sie sich vor allem in Westerland breitgemacht, zum Ärger der ansässigen Hotel- und Restaurantbesitzer. Meist hingen sie bei der Dicken Wilhelmine ab, tranken Bier und verunreinigten das Wasser des Brunnens mit Kot und Urin. Nachdenklich beendete Oliver das Gespräch nach kurzer Zeit, stand auf und legte zehn Euro auf den Tisch, bevor er die Kleine Teestube verließ. Dieses Mal ging es um etwas anderes.

»Du hast Schokolade auf deiner Krawatte.« Malin Dreher, Olivers Kollegin, nahm ein Reinigungstüchlein aus ihrer

Handtasche und bearbeitete den Fleck damit. Nach einer Minute betrachtete sie zufrieden ihr Werk und nickte. Sie hatten sich auf dem Parkplatz an der Westerstraße getroffen, um gemeinsam zur Strandpromenade zu gehen, wo die Toten gefunden worden waren.

Malin war, wenn möglich, immer mit dem Rad unterwegs. Da sie ein kleines Kind hatte, arbeitete sie in Teilzeit und hatte gerade erst mit dem Dienst begonnen. Schon von einiger Entfernung konnte man die Menschenansammlung sehen. Oliver erkannte einige uniformierte Polizisten, ausschließlich junge Leute, die gerade Bäderdienst auf der Insel machten, um im Sommer die ansässigen Beamten zu unterstützen.

»Was meinst du?«, fragte Malin. Oliver zuckte mit den Achseln und erwiderte: »Wahrscheinlich Überdosis.« Malin nickte. Seit sechs Jahren hatte es keinen Mordfall mehr auf Sylt gegeben. Suizide traten schon mal auf, aber auch selten. Bei dem Völkchen, das Sylt seit Wochen belagerte, kam es doch sicher häufiger Mal dazu, dass eine tödliche Überdosis von irgendwas eingenommen wurde. Obwohl Oliver zugeben musste, dass es zwar in der letzten Zeit oft Stress mit den Punks gegeben hatte, allerdings selten im Zusammenhang mit harten Drogen. Die beiden Leichen lagen neben der Strandpromenade im Sand. Zwei Kollegen von der Spurensicherung waren bereits dabei, das Terrain nach Auffälligkeiten abzusuchen. Oliver versuchte, unter der rot-weißen Absperrung hindurchzukommen, was aufgrund seiner Körperfülle jedoch genauso aussichtslos war wie Limbo tanzen. Deshalb drückte er das Absperrband herunter und kletterte darüber hinweg, was einen ähnlich eleganten Eindruck machte. »Was haben wir?«, fragte er, weil die Kommissare in den Serien, die er sich gern ansah, dies auch immer fragten. Alex, einer der beiden Kriminaltechniker, schüttelte den Kopf. »Bin ich Rechtsmediziner? Ich kann dir bisher nur sagen, was du selber siehst: ein toter Mann und eine tote Frau, auch wenn sie auf den ersten Blick nicht wie eine aussieht.« Er zeigte auf die rechte Leiche. »Wir haben sie aus ihren Schlafsäcken geholt und schicken sie jetzt in die Rechtsmedizin nach Kiel. Die beiden da«, Alex wies mit dem Kopf auf zwei Punks, die betroffen ein paar Meter entfernt im Sand saßen, »haben sie gefunden.« Oliver ging auf eine Gestalt mit hellgrünem Irokesenhaarschnitt zu, die eine dreckige, zerrissene Jeans und ein T-Shirt mit der Aufschrift »Elvis lebt!« trug. »Ich kann das gar nicht glauben. Gestern Abend haben wir mit den beiden noch oben beim Brunnen Bier getrunken.« Das mit allerlei Metall durchstochene Gesicht des jungen Mannes war zu einer Maske erstarrt. »Wann war das?«, fragte Malin. »Muss so gegen 22 Uhr gewesen sein. Ein Tourist kam auf uns zu und hat uns eins ausgegeben. Frisch gezapftes Jever aus dem Goldenen Esel.« Malin nickte knapp.

»Ich muss Sie bitten, sich hier zur Verfügung zu halten und später mit aufs Revier zu kommen, um uns einige Fragen zu beantworten.« Bei Malin zumindest saß der Text.

»Warum später?«, fragte Oliver.

»Ich denke, wir sollten uns zuerst mit dem Bier befassen«, antwortete seine Kollegin bestimmt.

Den knapp zehnminütigen Weg zur Dicken Wilhelmine legten Malin und Oliver diskutierend darüber zurück, ob der Tod der beiden Punks nicht doch ein Tötungsdelikt sein könnte. »Ich finde es ja etwas voreilig, so zu tun, als hätte jemand die beiden ermordet«, sagte Oliver.

Malin schüttelte bestimmt den Kopf. »Aber falls dem so sein sollte: Die Spur mit dem Bier ist ja zumindest jetzt noch frisch.« Sie musterte ihren Kollegen streng. »Wir können uns natürlich auch in dein Büro setzen und Sahnetörtchen essen, bis das Ergebnis der Obduktion kommt.« Die Fußgängerzone in Westerland quoll wie immer im Sommer geradezu über von Menschen. Der Brunnen, in dem die Skulptur der wohlbeleibten vollbusigen Frau sich die Füße wusch, war wieder von einer Gruppe von Punks umlagert. Zwei hatten Einkaufswagen voller Klamotten neben sich stehen. Anscheinend hatten auch sie vor, hier länger zu bleiben. Drei junge Frauen mit bauchfreien Tops und kurzen Hosen machten Selfies mit zwei Punkerinnen und drückten ihnen danach einige Münzen in die Hand. »Die vernehmen wir auf dem Rückweg«, sagte Malin zu Oliver, der kurz angehalten war. Eine Minute später standen sie vor dem Imbiss Goldener Esel und rüttelten an der Tür. »Geschlossen«, sagte Oliver und klopfte ans Fenster. »Da ist aber jemand drin!« Oliver kannte Henning, den Wirt des Goldenen Esels, gut, da er selber nach Feierabend hier gern das eine oder andere Bierchen trank. So schlecht gelaunt wie heute hatte er ihn allerdings noch nie gesehen. Malin schilderte kurz ihr Anliegen, und Henning bat sie, auf den hölzernen Klappstühlen Platz zu nehmen. Aus der Küche hörten sie lautes Geklapper.

»Nicht dass einem diese Punks sowieso schon das Geschäft versauen, zu allem Überfluss ist gestern kurz vor

Feierabend auch noch die Geschirrspülmaschine kaputtgegangen«, seufzte Henning. »Wegen dem Scheiß-Corona gibt es keine Ersatzteile. Na ja, heute Nachmittag kommt Fritz. Vielleicht kriegt der das Ding ja noch mal wieder zum Laufen.«

Oliver war ein wenig schockiert ob des Desinteresses an dem Tod eines Kunden. »Wenn publik wird, dass einer der Punks gestorben ist, nachdem er ein Bier bei dir getrunken hat, kommen bestimmt noch weniger«, sagte er.

Henning schnalzte mit der Zunge. »Aber zuerst werden mir alle Gastwirte in Westerland eine Medaille verleihen.« Dann runzelte er die Stirn. »Ihr denkt doch nicht etwa, dass ich etwas mit dem Tod dieser beiden Wesen zu tun habe, oder?«

Ohne diese Frage zu beantworten, fuhr Malin fort: »Können Sie sich an den Mann erinnern, der das Bier für die Punks geholt hat? Es muss gegen 22 Uhr gewesen sein.«

»Ja, ziemlich genau sogar. Obwohl es nicht mal was Ungewöhnliches ist, dass diesem Ungeziefer Bier ausgegeben wird. Einige Touris finden es unheimlich witzig, sich mit den Punks fotografieren zu lassen. Es war aber unser letzter Kunde, bevor die Spülmaschine den Geist aufgab. Er war ziemlich groß, typischer Tourist mit Camp-David-Hemd, Sonnenbrille und Hipster-Bart. Dunkle Haare, Pferdeschwanz. Hat bar bezahlt. Er hat sechs Jever vom Fass gekauft. Bevor er sie raustrug, hat er sich noch kurz hingesetzt, ich nehme an, um zu telefonieren. Habe ich aber nicht sehen können, da er mir den Rücken zugedreht hat.«

Oliver klopfte ihm auf die Schultern. »Du solltest Detektiv werden.«

»Ist wahrscheinlich lukrativer als Imbiss-Wirt«, sagte Henning.

»Darf ich einmal in die Küche gehen?«, fragte Malin.

Henning grinste. »Sie dürfen sogar beim Abwaschen helfen.«

Ellie Lindström öffnete ihren Kleiderschrank und begann damit, die Kleidung ihrer Eltern in Kartons zu packen. Diese würden alle samt und sonders dem Roten Kreuz vermacht. In ziemlich genau einer Woche kam das Umzugsunternehmen, und dann würde sie diese Insel auf unbestimmte Zeit verlassen. Und auch dieses Haus, ihr Elternhaus, würde es nur noch für kurze Zeit geben. Nach langer Überlegung hatte sie an Labelle Bionda, einen TV-Reality-Star, verkauft. Mit dem Wissen, dass sie das Haus plattmachen würde, um dann eine ungehinderte Panoramaaussicht auf das Watt zu haben. Der C-Promi hatte schlicht und ergreifend am meisten geboten. Zwar hatte Justin darauf hingewiesen, dass es doch schöner gewesen wäre, wenn die kleine Kate, in der Ellie aufgewachsen war, nach langen Jahren wieder von Kinderlachen erfüllt sein würde. Aber letztlich war es ihm auch egal, ob das Haus stand oder fiel. Hauptsache, er konnte sein faules Leben weiterführen. Viele hatten sich darüber gewundert, als die Ellie mit dem Tierarztstudium, die sicherlich eine goldene Zukunft vor sich hatte, ausgerechnet den brotlosen Künstler Justin Lindström heiratete. Der Grund dafür war einzig und allein, dass sie schöne Kinder wollte. Ellie war klein und unscheinbar, etwas zu kräftig mit mausfarbenen Haaren und Sommersprossen. Als ihre biologische Uhr mit Anfang dreißig anfing zu ticken, ging sie ganz bewusst auf die Suche nach einem Adonis, egal, ob schlau oder dumm. Denn die Intelligenz würden die Kinder ja von ihr erben. Ihre Wahl fiel auf Justin, den sie auf dem Hurricane-Festival in Scheeßel kennengelernt hatte. Groß, muskulös, mit lockigen braunen Haaren und grünen Augen mit braunen Sprenkeln, schien er ihr der ideale Vererber für gutes Aussehen. Der Deal war, ihm ein Kunststudium zu finanzieren und ihn in seiner Karriere als Künstler zu unterstützen. Das Problem an der ganzen Sache war nur: Es kamen keine Kinder, denn im Gegensatz zu Justins trainiertem Body waren seine Spermien nicht ganz so fit. Sie hatten es sogar mit künstlicher Befruchtung versucht. Auch vorletztes Jahr noch einmal. Das hatte jedoch alles nichts gebracht, und Justins Karriere blieb auch aus.

Ellie sah sich in dem verwohnten Schlafzimmer um. Dann stopfte sie ein Hemd in den Karton, das ihr Vater auf Fotos aus den Sechzigerjahren getragen hatte, und schüttelte den Kopf. Anders als ihre Eltern war sie bereit, sich auch mal von etwas zu trennen, wenn es an der Zeit war.

»Die Tote, die alle nur Divi nannten, kommt ursprünglich aus Hamburg. Sie hatte einen Personalausweis in ihrem Rucksack. Eigentlich heißt sie Sandra Allermann.« Malin wedelte mit einem Stück Plastik vor Olivers Nase herum. »Ich habe bereits mit der Polizei in Hamburg gesprochen. Sie sind gern bereit, Amtshilfe zu leisten. Vielleicht sind unter der angegebenen Adresse ja noch Verwandte von Sandra aufzutreiben, die benachrichtigt werden müssen.«

Oliver überlegte. Bei dem toten Mann wurden keinerlei Papiere gefunden. Alle hatten ihn Prinz genannt. Laut

Aussagen der beiden Zeugen waren Divi und Prinz seit fast zwei Wochen auf Sylt. Sie hatten einige nur flüchtige Bekannte unter den jungen Leuten. Sowohl der Mann als auch die Frau hatten in der letzten Zeit auf der Straße und in der besetzten Roten Flora im Hamburger Schanzenviertel gehaust. Oliver zog die Schublade seines Schreibtisches auf und holte einen Schokoriegel heraus.

»Ich glaube zunehmend weniger an eine Überdosis«, sagte Malin. »Die beiden sollen nur ab und zu mal Hasch geraucht haben. Na ja, und Alkohol halt. Harte Drogen waren wohl nicht im Spiel.«

»Dann war es wahrscheinlich Suizid. Du hast Henning doch gehört. Es ist nicht ungewöhnlich, dass den Punks Bier ausgegeben wird«, sagte Oliver und ließ den Karamellschmelz auf seiner Zunge zergehen. Eigentlich wollte er das Pensionsalter erreichen, ohne auf dieser wunderschönen Insel einen Mord aufklären zu müssen.

Thilo lauerte hinter der Haustür, als Oliver leicht genervt von dem ereignislosen Tag aufschloss. Eineinhalb Tage waren seit dem Leichenfund vergangen, und sie wussten noch immer nichts über die Todesursache.

»Alles Gute zum vierten Hochzeitstag«, sagte er und drückte ihm einen riesigen Strauß mit roten Rosen in die Hand. »Es macht nichts, dass du es vergessen hast«, schob er hastig hinterher, als er sah, dass Oliver verlegen wurde.

»Überraschung«, sagte dieser jedoch und zog etwas aus der Hosentasche. Es war die alte Taschenuhr aus dem Schaufenster des Trödelladens in Tinnum, die Thilo schon seit einigen Wochen begeistert angestarrt hatte. »Und ich war vorgestern so traurig, dass sie auf einmal nicht mehr da war.« Thilo drückte Oliver einen Kuss auf den Mund. »Ich verschwinde in die Küche und zaubere uns was.« Oliver ging ins Wohnzimmer und holte eine Vase aus der Vitrine. Gerade als er die Blumen auf dem Esstisch platzierte, klingelte sein Diensthandy. Er fluchte leise, weil er vergessen hatte, es auf lautlos zu stellen. Er hatte keinen Bereitschaftsdienst.

»Lara Siebold aus der Rechtsmedizin Kiel. Ich habe eben in der Sylter Polizeizentrale angerufen, aber da Sie wohl mit den beiden Toten befasst sind, hat man mir Ihre Nummer gegeben.«

»Okay«, sagte Oliver, »wie sieht es denn aus?«

»Die beiden haben eine Überdosis Natrium-Pentobarbital zu sich genommen. Das ist ein starkes Betäubungsmittel.«

»Also Suizid?«, fragte Oliver hoffnungsvoll. Am Telefon herrschte einen Moment lang Stille.

»Ich würde es nicht ganz ausschließen, aber das Mittel ist zumindest in Deutschland nicht frei verkäuflich. In manchen Ländern wird es bei Sterbehilfe eingesetzt. Außerdem nutzen auch Tierärzte es zur Euthanasie.«

»Hm«, machte Oliver, noch nicht ganz schlüssig, was er mit den Informationen anfangen sollte.

»Da ist noch etwas«, sagte Lara Siebold. »Der Tote hatte ja keine Papiere bei sich. Ich schätze ihn auf Ende zwanzig. Er hat eine Besonderheit. Am rechten Fuß hat er sechs Zehen. Vielleicht hilft Ihnen das bei der Identifizierung irgendwie weiter.«

Oliver bedankte sich und beendete das Gespräch. Er überlegte kurz, noch bei Malin anzurufen, sah jedoch, dass Thilo mit den Tellern um die Ecke kam. Um Platz auf dem Esstisch zu schaffen, schob Thilo den Block zur Seite, auf dem Oliver sich gerade Notizen gemacht hatte, und stockte. »Warum hast du einen Fuß mit sechs Zehen gemalt?« Oliver berichtete ihm kurz von dem Telefonat. »Ich kannte einmal jemanden, der genau diese Form von Polydaktylie hatte. Ein früherer Mitschüler von mir. Jan von Meppen. Er ist spurlos von der Insel verschwunden, als er fünfzehn Jahre alt war. Damals wurde auch ein Verbrechen nicht ausgeschlossen. Man hat jedoch nie eine Leiche gefunden.«

Oliver, der nicht an Zufälle glaubte, sagte: »Dann schließt sich hier wohl der Kreis« und biss herzhaft in das warme Knoblauchbrot. Auch wenn dies nun doch nach deutlich mehr Arbeit aussah als anfangs angenommen, den Appetit würde er sich nicht verderben lassen.

Linda Dietz, die Leiterin der Sylter Kriminalpolizei, griff sich den Edding, stand vom Tisch im Besprechungszimmer auf und ging zum Flipchart. »Ich fürchte, auf die Verstärkung aus Flensburg können wir dieses Mal lange warten. Die haben da nämlich gerade alle Corona.« Sie sah sich in der Runde ihrer sieben Mitarbeiter um. »Da es gerade keine Kite-, SUP- oder Surfmeisterschaft auf Sylt gibt, ist hier bis auf den ganz normalen Wahnsinn ja momentan auch nicht allzu viel los.«

Rico Falk, ein sehr junger Kollege, meldete sich. »Was ist mit der Lindner-Hochzeit?«, fragte er.

»Die ist ja erst in zwei Wochen. Bis dahin haben wir den Fall Divi und Prinz hoffentlich aufgeklärt. Das müssen wir«, betonte sie. »Die Presse ist schon voll davon.«

»Hast du mit Hamburg telefoniert?«, fragte Oliver. Seit er sich mit der Tatsache abgefunden hatte, dass es sich recht wahrscheinlich doch um Mord handelte, war plötzlich sein Jagdinstinkt geweckt.

»Ja, und es ist sehr interessant, was mir die Kollegin erzählt hat. Unser Prinz hat in Hamburg einen Schäferhundmischling, der eine künstliche Hüfte braucht. Der Hund ist laut seiner Mitbewohner sein Ein und Alles. Die OP mit Vor- und Nachbehandlung kostet allerdings so um die zehntausend Euro. Prinz hat seinen Kumpels erzählt, dass er nach Sylt fahren wollte, um das Geld zusammenzubetteln. Das kam denen schon komisch vor, denn so einen hohen Betrag kriegt man durch Betteln ja eigentlich nicht zusammen.« Linda machte eine Pause. »Über seine Vergangenheit hat Prinz übrigens nie gesprochen. Divi und er waren ziemlich eng befreundet, aber kein Paar.«

Linda Dietz schrieb alle Informationen in Stichworten auf das Papier. »Am interessantesten ist ja die Frage, ob Prinz wirklich Jan von Meppen ist. Bist du damit schon weitergekommen, Oliver?«

»Malin und ich haben heute Morgen herausgefunden, dass die Schwester von Jan von Meppen, Ellie Lindström, noch auf Sylt lebt, und zwar unweit ihres Elternhauses in Keitum.«

»Gute Arbeit«, lobte Linda Dietz, »dann stattet ihr der Dame gleich einen Besuch ab. Außerdem werden Rico und Tanja sich an den Computer setzen und noch mehr Details über das Betäubungsmittel herausfinden. Bitte die hiesigen Apotheker abklappern, ob es vielleicht Bestände gibt und etwas fehlt. Der Rest von euch fährt die Tierärzte der Insel ab und fragt nach dem Natrium-Pentobarbital. Irgendwo muss es ja herkommen, wenn die beiden es nicht doch irgendwie in Hamburg aufgetrieben haben. Wir treffen uns um 16 Uhr wieder hier.« Zufrieden mit der Verteilung der Aufgaben, legte Linda Dietz den Edding zur Seite.

Keitum war schon seit er hier lebte Olivers Lieblingsort auf der Insel. Natürlich war da zum einen die Kleine Teestube, die immer einen Besuch wert war. Aber auch das weitläufige Watt, die fast ausnahmslos reetgedeckten Häuser und die eindrucksvolle Kirche St. Severin hatten es ihm angetan. Keitum hatte so viel Grün, Weiß und Blau zu bieten wie kein anderes Dorf auf Sylt. Ellie und Justin Lindström lebten in einer Dreizimmerwohnung in einem weißen Reetdachhaus am Rand von Keitum mit Blick aufs Watt. Auf Malins Klingeln öffnete sich die Tür, und sie standen einer Frau etwa Mitte dreißig gegenüber, die sie verdutzt anblickte. »Ich habe für die Zeugen Jehovas nichts übrig«, sagte sie und machte Anstalten, die Tür wieder zu schließen.

»Dreher und Karo von der Sylter Kriminalpolizei. Wir ermitteln in einem Tötungsdelikt. Sind Sie Ellie Lindström?«

Die Frau nickte und bat Oliver und Malin in ein kleines, sehr aufgeräumtes Wohnzimmer, das schlicht in den Farben Creme und Blau eingerichtet war. Ikea, vermutete Oliver. »Wir haben Grund zu der Annahme, dass wir Ihren Bruder gefunden haben«, sagte Malin. »Er wurde vorgestern tot am

Strand von Westerland gefunden.« Er sah die Überraschung im Gesicht von Ellie Lindström.

»Der arme Jan«, seufzte sie. »Wie sicher ist es denn, dass er es ist?« Oliver zog Fotos der Leiche aus seiner Tasche und legte sie auf den Tisch. Ellie Lindström nickte langsam. »Das sieht aus wie er. Obwohl ich ihn schon so lange nicht gesehen habe.« Sie griff nach der Aufnahme von dem Fuß mit den sechs Zehen. »Ja, er ist es. Es gibt gar keinen Zweifel.«

»Wahrscheinlich hat ihr Bruder zumindest in den letzten Jahren in Hamburg gelebt.«

Ellie Lindström hob die Hand. »Darüber weiß ich nichts.«

»Er ist einer der Punks, die in den letzten Wochen nach Sylt gekommen sind.«

»Interessant«, sagte sie. »Das passt zu ihm. Er hat sich hier immer über die Reichen und Schönen aufgeregt. Schon als er noch ein Junge war.«

»Jan brauchte Geld für die OP seines Hundes. Deshalb ist er nach Sylt gekommen. Hat er sie nicht deswegen aufgesucht?« Ellie Lindström schüttelte den Kopf. »Sie haben ihn also in den letzten Tagen nicht gesehen?«

»Nein! Falls Sie keine weiteren Fragen haben, ich muss bis zum nächsten Mittwoch das Haus meiner Eltern räumen. Und ab dann bin ich hier nicht mehr erreichbar. Ich ziehe nach Salzhausen in die Nähe von Lüneburg.«

»Ja, das haben wir recherchiert«, sagte Oliver. »Sie geben Ihre Tierarztpraxis auf Sylt auf und werden Teilhaberin in der Heideklinik für Pferde. Ganz neu, ganz exklusiv. Dafür braucht man doch bestimmt eine Menge Geld.«

Ellie Lindström schien nicht überrascht. »Ich habe das Haus meiner Eltern verkauft. Mein Vater ist vor zwei

Monaten gestorben. Und da Sie ja sowieso wahrscheinlich nachfragen werden: Es wurde von einer Schauspielerin namens Labelle Bionda gekauft. Sie wird es abreißen, um eine bessere Aussicht auf das Watt zu haben. Bisher wohnt sie nämlich nur in zweiter Reihe.« Oliver hatte ein Bild zu dem Namen im Kopf. Thilo liebte Reality-Shows, zappte jedoch immer weg, wenn er ins Wohnzimmer kam, weil ihm das peinlich war. Er verortete eine Labelle Bionda als Dreadlocks tragende vollbusige blonde Frau, die bereits im Big-Brother-Container eingesessen, von Heidi Klum ein Foto und vom Bachelor mehrere Rosen bekommen hatte. Zuletzt hatte sie sich paarungsbereit und quasi nackt am Strand einer karibischen Insel im Sand gesuhlt, um ihren Adam zu finden.

»Ich hatte als Pferdetierärztin eine mobile Praxis. Meinen Bürokram habe ich hier gemacht.«

»Benutzen Sie auch das Betäubungsmittel Natrium-Pentobarbital, um Tiere einzuschläfern?«

»Ja, das kommt leider gelegentlich vor.« Malin berichtete davon, dass Jan durch das Betäubungsmittel gestorben war, und forderte die Tierärztin auf, ihren Bestand durchzusehen. Beim Abschied an der Tür sagte Ellie Lindström: »Ich hoffe, Sie haben keine Gefühlsausbrüche von mir erwartet. Aber Jan war für mich schon seit fünfzehn Jahren tot.«

Oliver nahm die Hundeleine vom Haken und den Ball aus dem kleinen Korb, der auf der Garderobe im Flur stand. Thilo hatte Spätschicht im Krankenhaus, und so trat er die abendliche Hunderunde alleine an. Desdemona sah ihn an, erhob sich von ihrer Decke und kam interessiert angewatschelt. Während Oliver die Haustür abschloss und der Hündin gut zuredete, damit sie ihm in den immer stärker werdenden Regen folgte, dachte er über ihren Fall nach und überlegte, wie viel Überwindung es Jan von Meppen wohl gekostet hatte, nach so langer Zeit wieder einen Fuß auf die Insel zu setzen. Laut Thilos Erzählungen hatten ihn viele Gleichaltrige wegen seiner Andersartigkeit geärgert. »Gemobbt« würde man heute sagen. Desdemona schaute ihr Herrchen flehentlich an, und Oliver zog den Ball aus der Tasche. Er warf ihn zugegebenermaßen nicht besonders weit, aber für Moni gerade weit genug. Heute Nachmittag hatte Ellie Lindström noch einmal angerufen und ihnen eine unerwartete Nachricht mitgeteilt. Die Schlüssel für ihr Medikamentenlager im Keller waren nicht auffindbar. Da sie ihre Praxis schon vor einem Monat aufgegeben hatte, um in Ruhe den Umzug vorbereiten zu können, war sie längere Zeit nicht im Keller gewesen. Ihr Medikamentenlager aufzulösen war eines der letzten Dinge auf ihrer To-do-Liste. Deshalb sei ihr das Fehlen des Schlüssels bisher auch nicht aufgefallen. Sie vermutete, dass der Schlüssel einfach in dem Hin und Her zwischen der Wohnung und ihrem Elternhaus abhandengekommen sei. Morgen würde sie den Ersatzschlüssel aus dem Bankschließfach abholen und die Medikamente kontrollieren. Moni brachte den Ball zurück, und Oliver warf ihn erneut. Während der kleine Hund begeistert versuchte, das fliegende Stück Plastik in der Luft zu fangen, nagte Olivers Verstand an der Frage, auf die bisher noch niemand eine Antwort gefunden hatte. Falls jemand es auf Prinz abgesehen hatte, weil dieser wieder auf Sylt aufgetaucht war, warum hatte dann auch Divi sterben müssen?

Der nächste Tag begann sonnig. Die Meteorologen hatten vorausgesagt, dass das Thermometer bis auf fünfunddreißig Grad klettern würde. Malin kam Oliver im Flur des Polizeireviers bereits aufgeregt entgegengelaufen. Donnerstag war der Tag, an dem ihr Mann die Tochter in die Kita brachte. Deshalb fing Malin immer schon um 7 Uhr an zu arbeiten. »Die Chefin, Rico und Sabine haben zwei Striche«, sagte sie. Oliver kombinierte, dass dies wohl bedeutete, dass sie Corona-positiv sind. Oliver selber hatte sich bereits zu Hause getestet und war froh, dass er noch immer verschont geblieben war. »Aber jetzt kommt der eigentliche Hammer. Ellie Lindström hat vor zehn Minuten angerufen. Sie hat die Schlüssel für ihren Kellerraum in der Jacke ihres Mannes gefunden. Und siehe da: Es fehlen drei Flaschen von dem Natrium-Pentobarbital. Justin Lindström hat heute frei und ist zu Hause. Ich würde sagen, da gibt es Klärungsbedarf.« Noch bevor Oliver etwas sagen konnte, war sie auch schon an ihm vorbeigerauscht und hatte ihre Tasche von der Garderobe genommen.

Justin Lindström hatte ein angebissenes Marmeladenbrötchen in der Hand, als er ihnen die Tür öffnete. Seine Frau stand hinter ihm, sagte aber nichts. »Dürfen wir reinkommen?«, fragte Malin. Justin nickte. Er schien überrascht zu sein, die zwei Polizisten zu sehen. Oliver meinte aber noch etwas anderes in seinem Gesicht zu sehen: Panik! Justin Lindström hatte kein Pokerface.

»Herr Lindström, ich nehme an, dass Ihre Frau mit Ihnen über ihren verschollenen Bruder gesprochen hat?« Wieder ein Nicken. Oliver wusste nicht, wie er die Frage besser hätte verpacken können, um nicht Ellie Lindström in die Pfanne zu hauen, weil sie ja offensichtlich in den Sachen ihres Mannes herumgeschnüffelt hatte, aber Malin war schneller. »Ihre Frau hat den Schlüssel für den Medikamentenkeller in Ihrer Jacke gefunden. Wo waren Sie am letzten Sonntag um 22 Uhr?«

Justin Lindström bekam einen knallroten Kopf und drehte sich zu seiner Frau um. »Wie?«, stammelte er. Ellie wich drei Schritte zurück und hob ihre Arme vor ihren Kopf, als wolle sie sich schützen. Für einen kurzen Moment berappelte Justin sich wieder. »Ich war den ganzen Abend mit meiner Frau zusammen. Wir haben uns eine Serie angesehen.« Er starrte seine Frau an, aber Ellie schüttelte langsam den Kopf.

»Warum lügst du?«, fragte sie leise. »Du bist um 19 Uhr aus dem Haus gegangen, ohne mir zu sagen, wohin.« Sie fügte hinzu: »Wie so oft.« Ellie griff in ihre Handtasche. »Da ist noch etwas.« Sie wischte sich eine Träne aus dem Gesicht. »Nachdem ich heute meinen Schlüssel bei dir gefunden hatte, wurde ich skeptisch und habe nach weiteren Hinweisen gesucht, und da habe ich diesen Brief in deinem Nachtschrank gefunden.« Sie hielt Oliver ein Schriftstück hin, das er kurz überflog. Es war eine Nachricht von Jan, dass er dringend Geld brauchte und sich mit Ellie am Sonntag beim Goldenen Esel treffen wollte.

»Du Schlampe«, schrie Justin und stürzte sich auf seine Frau. »Du hast das doch alles eingefädelt.« Als Oliver und Malin es schafften, Justin von Ellie wegzuziehen, hatte der ihr bereits ins Gesicht geschlagen, dass ihre Lippe blutete.

Ellie schrie und versteckte sich hinter dem Sessel. »Du hattest doch nur Angst, dass wir Jan etwas von dem Erbe abgeben müssen und dann dein Traum vom faulen Leben als untalentierter Künstler vorbei wäre«, kreischte sie. »Du bist ein Mörder!« Justin hatte unterdessen auf innere Migration geschaltet. Er stand im Flur mit um den Körper geschlungenen Armen und wiegte den Oberkörper hin und her.

Oliver, der Angst hatte, dass er wieder auf seine Frau losgehen könnte, legte ihm Handschellen an. »Justin Lindström, hiermit verhafte ich Sie wegen Körperverletzung. Außerdem stehen Sie in dringendem Tatverdacht, Ihren Schwager Jan von Meppen umgebracht zu haben. Sie haben das Recht auf einen Anwalt. Alles, was Sie sagen, kann vor Gericht gegen Sie verwendet werden.« Ohne weiteren Widerstand ließ der mutmaßliche Mörder sich aus der Wohnung führen.

Ellie Lindström machte den Kühlschrank auf und schenkte sich einen Korn ein. Im Großen und Ganzen war sie mit ihrer Leistung ganz zufrieden. Natürlich musste sie am Nachmittag noch mal aufs Revier fahren, um eine Aussage zu machen. Was sie gesagt hatte, war im Prinzip nicht gelogen. Glücklicherweise war sie nicht zu Hause gewesen, als Jan und Divi den Brief abgegeben hatten. Es waren also tatsächlich nur Justins Fingerabdrücke darauf. Nachdem sie ihn gelesen hatten, war Justin sehr ängstlich gewesen, dass Jan Ansprüche auf das Erbe erheben könnte. Natürlich machte es auch Ellie Sorgen, denn ohne den gesamten Erlös vom Haus ihrer Eltern wurde es nichts mit der Teilhaberschaft in der Pferdeklinik. Letztlich hatte auch sie die Idee gehabt, wie alles ablaufen könnte, denn Justin war zu dumm für derartige Planspiele. Dafür hatte er sich gleich bereit erklärt, derjenige zu sein, der die Tat ausführen würde. Leider hatte Jan ja mindestens eine Person eingeweiht. Die Punkerin war dabei gewesen, als er den Brief gebracht hatte. Deshalb musste sie auch sterben. Natürlich wussten sie nicht, ob er auch noch anderen von seiner Schwester erzählt hatte, aber das Risiko mussten sie eingehen.

Mit der tödlichen Dosierung von Natrium-Pentobarbital bei Menschen kannte Ellie sich aus. Schließlich hatte sie so auch ihren schwer krebskranken Vater erlöst. Leider hatte Justin sie dabei beobachtet. Er hatte sie in den letzten Wochen damit erpresst, dass er sie anzeigen würde, wenn sie sich nun, da das viele Geld da war, scheiden lassen wolle. Faktisch hatte er aber nichts gegen sie in der Hand, denn die Asche ihres Vaters war längst in der Nordsee verteilt. Ellie wollte sich einen zweiten Schnaps einschenken, unterließ es dann aber. Sie konnte ja wohl kaum angeschickert bei der Polizei erscheinen. Stattdessen nahm sie ihr Telefon und wählte die Nummer ihres Familienanwalts.

Oliver nahm ein Taschentuch und wischte sich über die Stirn. Es war mittlerweile unerträglich heiß in seinem Büro. Umso größer war seine Begeisterung, als Malin mit Eis um die Ecke kam und sich auf seine Schreibtischkante setzte. Sie reichte ihm sein Lieblingseis, Magnum Mandel. »Das haben wir uns verdient«, sagte sie und biss herzhaft in die dicke Schokoglasur, die mit lautem Knacken nachgab. Oliver hatte seine Kollegin schon immer für äußerst kompetent und clever gehalten, aber heute hatte er sie sogar bewundert. Er musste zugeben, dass er ihre Idee belächelt hatte, die noch nicht abgespülten Biergläser aus dem Goldenen Esel mitzunehmen. Zwar hatte sie nie wirklich an eine Überdosis oder Suizid geglaubt, aber so vorausschauend zu agieren war schon beachtlich.

Natürlich hatten sie Glück, dass es nur wenige nicht gespülte Gläser waren und Henning für das frisch gezapfte Pils auch immer die Gläser mit dem Jever-Aufdruck benutzte. Nun würde man im Labor die auf den Gläsern sichergestellte DNA mit der von Justin Lindström vergleichen. »Hast du Zweifel, dass er es war?«, fragte Malin. Oliver schüttelte den Kopf.

»Nein, ich bin mir sicher, dass er als Tourist verkleidet Jan und Divi das tödliche Bier ausgegeben hat. Ich bin mir aber nicht im Klaren, welche Rolle seine Frau tatsächlich dabei spielte.« Malin zuckte mit den Schultern und verließ das Büro, weil ihr Handy klingelte. Oliver fiel noch etwas Wichtiges ein, was er erledigen musste. Er suchte über Google eine Telefonnummer heraus und tippte sie in sein Handy ein. »Guten Abend, hier ist Oliver Karo«, sagte er, »ich möchte mich für ein Probetraining in Ihrem Fitnesscenter anmelden.« Nach dem Anruf lehnte er sich zurück, zog seine Schreibtischschublade auf und nahm ein Karamellbonbon heraus. Heute hatte er noch Schonfrist. Ab morgen würde er ernst machen.

DAS SCHWEIGEN DER MÖWEN
Ricarda Oertel

Föhr

»Nicht vergessen, Mama: Noah braucht zum Schlafen immer seinen Schnuller«, sagt Franzi in der offenen Tür und kann sich kaum von dir lösen.

Dabei ist es doch nur ein Tag! Irgendwann nachts kommt sie ja wieder und schläft auch hier.

»Mach dir keen Kopp«, beruhige ich sie. »Dich hab ich schließlich auch großgekriegt, und zwar ganz allein.«

Sie lächelt. »Ich weiß. Aber neuerdings verlegst du ja gern mal was.«

»Herrgott, wie soll ich das Teil denn vertüdeln?« Ich deute auf die Schnullerkette, die wie festgetackert an deinem Strampler hängt. »Denk lieber an den Schlüssel. Dann musst du uns nachher nicht wecken. Jetzt mach, dass du wegkommst. Du verpasst noch die Trauung.«

Leider nicht ihre eigene. Bloß die ihrer alten Schulfreundin.

Puh, endlich geht sie, und ich kann mal ohne sie Zeit mit dir verbringen. Ich meine, es ist ja nicht so, dass ich deine Mama nicht lieb hätte. Aber sie ist immer so schrecklich aufgeregt und überbesorgt. Seit du da bist, noch viel mehr.

Ganz neugierig guckst du mich an, mit deinen großen blauen Augen. Als wolltest du sagen: Ömchen, jetzt hauen wir mal richtig auf die Kacke! Und hast gleich das nötige Material dazu bereitet, mien Schietbüddel. Mit dir und der Welt zufrieden, passend zu deinem Namen. Noah heißt der Ruhebringende, das habe ich mir gemerkt. Ich wusste gleich, dass du anders bist als deine Mutter. Sie war schon als Kind anstrengend. So ungestüm, laut und wild. Manchmal denke ich, sie hat ADHS.

Wie brav du jetzt aus dem Fläschchen trinkst. Kein Tröpfchen geht daneben.

»Nachher gehen wir zwei beiden an die frische Luft«, säusele ich, und ein zartes Grunzen tönt aus deinem Mund.

Die Sonne lockt durchs Fenster von der Ostseite her. Wir können uns auf die Bank vor meinem Häuschen setzen und den Wellen zuschauen, die sich bei Hochwasser zum Ufer hin wiegen, vor und zurück, so wie ich dich. Dann sing ich dir Lieder vor, und die Möwen kreischen den Chor dazu. Das wird dich alles zum Staunen bringen. Aber vorher will ich dich baden und wickeln. Franzi hat eine monströse Tasche dagelassen, mit allem, was wir für dich brauchen und nicht brauchen. Sie meinte zwar, du müsstest heute nicht mehr gewaschen werden. Aber wir müssen ja nicht auf alles hören, was deine Mutter so schnackt, was? Ich kichere leise. Du wirst es lieben.

Schon plätschert das Wasser fröhlich. Ich teste die Temperatur mit der Innenseite meines Handgelenks. Das hab ich schon bei Franzi so gemacht, genau wie mit der Milch. Ein Thermometer brauchen nur hysterische Mütter. Meine Wanne ist 'n bisschen groß für dich, aber ich halt dich ja fest. Auch wenn mir der Rücken dabei wehtut. Wie süß du mit deinen Pfötchen rumplanschst und dich entspannst. Jetzt mache ich dich richtig sauber, mien Lüttchen. Ich weiß nicht, was weicher ist, deine Haut oder der Schwamm. Ich drück ihn sanft über deinem Köpfchen aus, dein Haarflaum wird nachher wie Seide sein und süß duften wie die Heckenrosen am Strand, die gerade verblühen.

So 'n Schiet. Ich dachte, ich hätte das Handtuch dabei gehabt. Warte kurz, in der warmen Wanne wirst du ja nicht frieren. Ich hol es schnell.

Oh. Auf dem Küchentisch steht noch meine Tasse Kaffee. Ich erinnere mich. Franzis Klingeln hatte mich unterbrochen. Schade, ganz kalt geworden. Ich setz neuen auf. So. Der Kaffee läuft durch. Was wollte ich noch gleich hier?

Ich zucke mit den Schultern. Das passiert mir immer öfter. Mach manchmal dumm Tüch, aber das muss niemand wissen. Langsam bin ich wohl doch 'ne olle Schabracke. Ich lass mich in meinen geliebten Schaukelstuhl nieder. Wippe vor und zurück. Vor und zurück. Bestimmt fällt's mir gleich wieder ein.

»Das war eine schöne Idee von dir, Nina.« Jans Flüstern an meinem Ohr schickt mir ein Kribbeln über den Nacken.

Seine Hand umfasst die Reling, die andere spüre ich an meiner Taille, während die Fähre sich langsam Wyk nähert. Gebannt sehen wir der Stadt entgegen, deren Häuserfronten von der Morgensonne beschienen werden. Die Wellen tänzeln um uns herum, werfen sich die Farben des Himmels zu. Wir haben Glück mit dem Wetter, eine Übernachtung im Regen hätte mir nicht gefallen. Der Schlafstrandkorb, den ich für uns gemietet habe, steht am Ufer von Goting bei Nieblum, eine kurze Busfahrt vom Anleger entfernt. Es gibt zwar auch welche in Wyk, aber ich wollte weg vom Trubel. Diese Auszeit auf der Insel haben wir uns verdient. Die letzten Monate haben uns aufgerieben. Mehr noch, auf null gesetzt. Schnell atme ich das Ziehen weg, das sich schmerzhaft durch meine Brust bohrt.

Jan bemerkt es, streicht eine dunkle Locke fort, die vor meinem Auge hängt. »Wir schauen nach vorne, ja?«

Ich nicke stumm. Alles auf Reset.

Die Fähre legt an. Ich schultere den Rucksack, Jan trägt unsere Tasche mit der Decke, den Kissen und Schlafsäcken.

Als wir in Nieblum aus dem Bus steigen, lächelt er. Reetdachhäuser ducken sich auf engen Kopfsteingassen aneinander, Rosen in Weiß und Rosa ranken die Hausfassaden empor. Cafés, urige Läden. Ein Fischgeschäft, aus dem würziger Räucherduft dringt. Am liebsten möchte ich losbummeln, aber zuerst sollten wir den Strandkorb beziehen, um wenigstens das Schlafzeug abzuladen. Wir besorgen eine Gästekarte bei der Tourist-Information im Dörpshus und schlagen den Weg zum Strand ein. Irgendwo da muss der Südwester Kiosk sein, an dem wir den Schlüssel für den Strandkorb bekommen.

Dann sehen wir es wieder. Das besänftigende Meer. Ich verfolge die krumme Linie, an der sich Wellen und Sand in immer neuen Formationen berühren. Alle sechs Stunden wechseln hier die Gezeiten. Die Zeichen stehen eindeutig auf Flut. Salzluft füllt meine Lunge, mein Herz wird weit. Und zum ersten Mal habe ich das Gefühl, dass alles wieder gut werden kann. Heute und hier, an diesem Ort, mit Jan.

Ich drücke seine Hand, aber er zieht sie schon aus meiner, um nach rechts zu zeigen, zu einer entfernt liegenden spitzgiebeligen Hütte.

»Das muss der Kiosk sein!«

Wir laufen weiter, bis ich ein unbestimmtes Gefühl im Rücken spüre. Intuitiv drehe ich mich um. Und wirklich, ich entdecke eine weißhaarige Frau, die an einer efeuberankten Hauswand nicht weit hinter uns auf einer Bank sitzt und uns mit seltsam leeren Augen anstarrt. Das Reetdach spendet ihr Schatten. Ihr Gesicht ist von Falten durchzogen, dünne Haarsträhnen haben sich aus ihrem Dutt gelöst und bewegen sich im Wind. Die Alte sitzt reglos dem Meer zugewandt, mit einem Stoffbündel auf dem Schoß. Es ist ein Baby, schützend in eine Decke gewickelt. Sofort ist da wieder dieser heiße Stich in meiner Brust. Ich beiße mir auf die Lippe. Die Frau sieht jetzt das Kind an, der stumpfe Ausdruck ihrer Augen weicht einem Leuchten. Sie streichelt seine Wange und hebt es an ihr Herz, schnuppert an seinem Kopf. Sanft wiegt sie das Bündel hin und her.

Es sind nur Sekunden, und doch reichen sie, mich um Monate zurückzukatapultieren. Der gefürchtete Krampf im Unterleib. Das Blut an der Innenseite meiner Schenkel. Mein galoppierendes Herz, das im selben Moment wusste: Ich verliere es. Wieder einmal. Nach all den vergeblichen Versuchen.

Ich schließe die Augen, dann zwinge ich mich in die Gegenwart zurück. Jan ist mir inzwischen ein paar Schritte voraus, er hat mein Innehalten nicht bemerkt und geht zielstrebig auf den Kiosk zu. Ein riesiger Findling stemmt sich daneben in den Boden. Mir ist plötzlich, als würden

Gewichte an mir hängen. Mühsam stapfe ich durch den Sand hinter ihm her, bis wir bei der sonnengelb gestreiften Markise ankommen.

Wir wickeln die Schlüsselübergabe mit dem Strandkorbwärter ab. Die Toilette mit Waschbecken steht uns die ganze Nacht zur Verfügung, erklärt er uns. Er händigt uns auch einen Handfeger und eine Taschenlampe aus. Jan leuchtet mich damit an, lässt ein SOS in Lichtmorsezeichen aufblinken: »Huh, pass auf dich auf – die Nacht wird schaurig!«

Ich lache, aber es klingt rau, beinah wie die Schreie der Möwen über unseren Köpfen. Dann begeben wir uns zurück in Richtung unserer Schlafstätte, die mir erst jetzt auffällt. Vorhin war ich zu gefangen im Oma-Baby-Idyll. Der längliche Strandkorb steht auf einem Holzpodest nah bei den Dünen und erinnert an einen Sarg. Nein. An einen überdachten Schlitten mit Kufen, korrigiere ich mich kurzatmig. Oder einen Kinderwagen, blitzt es mir durch den Kopf, bevor ich mich dagegen wehren kann. Wie im Reflex wende ich mein Gesicht wieder der Alten zu. Sie wiegt das Baby noch immer, und die Fetzen eines Kinderlieds wehen von ihren Lippen zu uns herüber: »Häschen in der Grube, saß und schlief …«

Auch wenn die Sehnsucht mich zerschneidet, kann ich den Blick nicht von den beiden abwenden. So viel Frieden und Harmonie liegt in diesem Moment. Ich stupse Jan an. Er müht sich gerade damit ab, das angerostete Schloss am Strandkorb zu öffnen.

»Schau mal!«, flüstere ich.

Er folgt meinem Blick, und im selben Moment weiß ich, dass es ein Fehler war. Sein Gesicht verdunkelt sich, ein stiller Vorwurf. »Nina, ich dachte, wir sind hier, um mal auf andere Gedanken zu kommen.«

»Natürlich. Hast ja recht. Ich finde es nur so rührend.«

Er ringt sich ein Lächeln ab. »Ja. Ist es.«

Aber nun sei wieder brav und gib Pfötchen, höre ich ihn denken.

Verdammt, ich bin unmöglich. Das ist gar nicht seine Art. Außerdem war ich es doch, die herkommen wollte. Um wieder Leichtigkeit und Romantik in unser Leben zu bringen, das Schöne wieder zuzulassen. Wir sind hier, um zu vergessen. Vielleicht sogar mal ohne den Gedanken an Nachwuchs miteinander zu schlafen. Also werde ich diesen Tag nicht mit meinen Stimmungen verderben.

Ich gebe Jan einen Kuss, und dann ziehen wir gemeinsam das Verdeck des Strandkorbs zurück. Im Inneren ist er grauweiß gestreift, zwei Bullaugen sind in die Seitenwände eingelassen. Am Kopfteil ist ein Regal angebracht, in dem wir unsere paar Sachen verstauen können. Ich krame auch die Flasche Wein, Knabberzeug und Teelichter für die Nacht hervor – im Korb dürfen wir nicht essen und auch keine Kerzen anzünden, aber wenn wir uns nachher auf eine Decke in den Sand setzen, kann uns das niemand verbieten. Ich möchte, dass alles perfekt wird.

Hat dir mein Liedchen gefallen, mien Lüttchen? Ich kann noch so viele. Für Franzi habe ich auch immer gesungen. Sie war richtig gierig danach. Die ganze Liederfibel bin ich manchmal durchgegangen, und wenn ich damit fertig war, hat sie mit ihren Patschhänden das Buch zurückgeschlagen, damit ich wieder von vorn anfange. Dabei war ich doch so müde. Ach, sie war ja nie zufrieden, das Prinzesschen Nimmersatt. Nicht so bescheiden wie du.

Hier am Wasser ist der Wind frisch, aber du bleibst geschützt in meinem Arm. Ich habe dir nach dem Baden eine frische Windel und den Strampler wieder angezogen. Und dich kuschelig in deine Babydecke eingewickelt. Nur dein Näschen und der süße Haarflaum gucken raus. Natürlich hab ich auch den Schnuller dabei – dass deine Mutter mir so wenig zutraut! Dabei willst du das Ding gar nicht. Bist ja ganz still und friedlich auch ohne diesen Tüddelkram. Ich schüttele amüsiert den Kopf, kitzele deine Wange. Aber oh, du bist eingeschlafen. Dann geh ich besser rein und leg dich in den Stubenwagen, den ich schon vor deiner Geburt vom Dachboden geholt habe. Franzi wollte die olle Wiege nicht, aber für eure wenigen Besuche bei mir ist sie noch gut genug. Vielleicht hau ich mich dann auch ein Weilchen aufs Ohr. Ich bin ja nicht mehr die Jüngste, da tut ein Mittagsschläfchen gut. Und nachher gehen wir spazieren. Laufen kann ich noch meilenweit. Ach, wir machen uns das richtig gemütlich. Schade, dass wir das nicht öfter haben und ich dich so selten sehe. Aber ich versteh Franzi. Es ist für sie 'ne halbe Weltreise bis zur Fähre in Dagebüll, und dann noch die teure Überfahrt. Diesmal passte es perfekt, die Trauung der Freundin findet hier auf unserer Heimatinsel statt. Auch wenn mich der Anlass ein bisschen traurig macht. Franzi ist – so wie ich es war – alleinerziehend, der Vater hat sich aus dem Staub gemacht. Ich hätte ihr ja was anderes gewünscht. Außerdem war sie 'ne Spätgebärende. Ob sie wohl noch jemanden findet?

Aber was soll's. Das Leben mit Partner muss nicht unbedingt besser laufen. Zum Beispiel das Paar da hinten. Die sich an dem komischen Ding zu schaffen machen. Wirken auch nicht mehr taufrisch und erst recht nicht glücklich. Sonst kommt man doch auch nicht auf die Idee, sien Mors in so 'nen grauen Sarkophag zu packen. Wie lebendig begraben. Romantisch soll das wohl sein. Ich bekäme ja Platzangst.

Eigentlich will ich keine Fremden so nah an meinem Haus campieren haben. Unter freiem Himmel, draußen vor meiner Haustür. Am Ende vögeln die noch da rum!

Ach, ich schweife ab. Beinah hätt' ich dich über meine Grübelei vergessen, mien Lüttchen. Du schläfst aber auch so selig in meinem Arm, dich merk ich ja kaum. Das Paar ist endlich abgezogen. Haben ihre Sachen verstaut und den Sarg wieder zugeschlossen. Trotzdem, das nenne ich Gottvertrauen. Na, lett se moken.

Komm, Noah-Schätzchen. Die Möwen werden mir zu laut, nachher wecken sie dich noch auf. Wir gehen rein.

Nur unsere Wertsachen nehmen wir mit, als wir uns zu einem ausgedehnten Spaziergang am Strand aufmachen. Mit jedem Schritt wird mir leichter zumute. Der Wind spuckt winzige Tröpfchen an mein Gesicht, Jan und ich haben die Finger ineinander verschränkt. Barfuß und mit hochgekrempelten Jeans waten wir durchs Wasser. Zum Schwimmen ist es uns zu kühl, aber auch so ist es herrlich. Meine Waden kribbeln, der Sand reibt wie sanftes Schmirgelpapier an meinen Zehen. Hier draußen rückt alles in die Ferne, was mich zu Hause niederdrückt. Das Rauschen der Wellen trägt die Schwermut davon.

Später schlüpfen wir in die Sandalen und machen einen Schlenker zurück nach Nieblum. Wir schauen uns die rot geklinkerte Kirche St. Johannis an. Auf dem Vorplatz liegen Reis und Blumen verstreut, hier muss gerade jemand geheiratet haben. Wir gehen uralte Grabsteine mit Inschriften ab, die aus dem Leben der Toten erzählen. Frühere Kapitäne und Walfänger.

Dann stöbern wir in den kleinen Läden. Jan kauft mir eine wunderschöne Silberkette mit Bernsteinanhänger. Flocken und Bläschen schimmern darin, winzige Kristalle in transparentem Gold. Draußen holt Jan das Schmuckstück aus dem Säckchen und legt es mir um den Hals. Ich berühre dankbar den Stein, der sich glatt wie ein Handschmeichler an meine Halsmulde schmiegt.

Unsere Mägen knurren laut. Wir lachen beide.

»Essen? Und dann zum Strandkorb?«, fragt er. Dieses vielsagende Blitzen in seinen Augen habe ich lange nicht mehr gesehen.

Wir entdecken ein Restaurant mit dem Namen *Altes Landhaus*. Das weiße, reetgedeckte Gebäude wirkt einladend, riesige Hortensien und viel Grün schmücken den Außenbereich, wo wir spontan einen Platz bekommen. Jan bestellt Föhrer Salzwiesenlamm, ich eine Kutterscholle. Die Preise sind uns heute egal. Wir trinken Wein, lächeln uns über dem silbrig verwitterten Holztisch an.

Ich bin satt und leicht angeschickert, als wir am frühen Abend wieder beim Strandkorb ankommen. Jan scheint es ähnlich zu gehen, denn er fummelt noch hilfloser an dem Schloss herum als vorhin. Schließlich kriegen wir das Ding geöffnet und setzen uns barfuß hinein. Strecken uns darin aus. Himmlisch bequem. Ich schmiege mich an Jans Seite, und gemeinsam blicken wir über das verebbende Meer.

Niedrigwasser. Sandbänke und Priele wechseln einander ab, in den mäandernden Wasserlinien spiegeln sich matte Blautöne. Nur vereinzelte Spaziergänger sind noch unterwegs. Bis zum Sonnenuntergang wird es eine Weile dauern. Jan gähnt unverhohlen. Seine Brust hebt und senkt sich, jeder seiner Atemzüge wiegt mich sanft. Sein Herz schlägt in ruhigem Takt.

Ich zucke zusammen, blinzele. Tiefe Dämmerung, am Horizont ein blassrosa Streifen. Verdammt, wir sind tatsächlich beide eingenickt. Das muss die Meeresluft sein.

Sachte knuffe ich Jan in die Seite. Er knurrt unwillig.

»Wach auf! Wir haben den Sonnenuntergang verpasst.« Ich hatte es mir so romantisch vorgestellt. Hektisch krame ich nach der Decke, den Teelichtern und dem Wein. Wenigstens diese kleine Zeremonie möchte ich mit ihm erleben.

»Die Nacht ist ja noch lang«, raunt Jan und hilft mir, die Decke im Sand auszubreiten.

Bald brennen die Lichter, und wir stoßen mit den mitgebrachten Plastikgläsern an. Sie klingen dumpf. Der Wein ist bei Weitem nicht so gut wie der vorhin im Restaurant, aber das macht uns nichts aus. Wir reden und lachen. Auf Jans Haut reflektieren die zuckenden Kerzenflammen, Schatten wandern in immer andere Winkel seines Gesichtes. Er sieht mich lange an, und dann küsst er mich. Wir bleiben nicht länger auf der Decke und ziehen das Verdeck des Strandkorbs über uns zu, sperren die Dunkelheit aus.

Es ist tief in der Nacht, als unser Flüstern schließlich

verstummt. Von draußen höre ich die Wellen heranschwappen, die Flut erobert schleppend das Ufer zurück.

Mist. Ich muss auf die Toilette. Vorsichtig öffne ich das Verdeck, um Jan nicht zu wecken. Der Nachthimmel wölbt sich über uns, mit Sternbildern tätowiert. Großartig. Aber mir wird auch mulmig bei dem Gedanken, allein durch die Dunkelheit zu müssen, selbst wenn es nur wenige Hundert Meter sind. Ob ich Jan doch wecke? Nein. Er schläft tief, vom Wein und unseren Zärtlichkeiten beseelt, und ich will kein Schisser sein. Ich knipse die Taschenlampe an, fingere nach dem Schlüssel für den Waschraum und schlüpfe in meine Schuhe.

Dann stapfe ich los. Der Lichtkegel der Taschenlampe hüpft vor mir her. Ich war noch nie nachts am Meer. Es atmet neben mir, ein bäuchlings liegendes riesiges Tier mit schwarzem Rücken. Alles andere scheint wie verbannt. Sogar die Möwen sind verstummt. Ich fröstele.

Kurz bevor ich den Kiosk erreiche, dringt ein leises Summen an mein Ohr. Irritiert drehe ich mich um. Erst kann ich nicht viel erkennen, dann schält sich eine schmale Gestalt aus der Finsternis. Sie schiebt etwas vor sich her, mühsam durch den Sand. Einen Kinderwagen. Die Melodie kommt mir bekannt vor. Ich habe sie heute schon einmal gehört. Häschen in der Grube. Es ist die Oma von heute Morgen. Warum geht sie um diese Zeit mit dem Kind spazieren?

Jetzt singt sie mit brüchiger Stimme. »Armes Häschen, bist du krank, dass du nicht mehr hüpfen kannst?«

Bestimmt musste sie das Baby irgendwie beruhigen. Ich habe von Eltern gehört, die nachts ihr Kind im Auto spazieren fahren, damit es endlich schläft.

Ich straffe die Schultern. Diese Gedanken treffen mich heute nicht mehr, der Tag mit Jan war wunderbar und hat mir Hoffnung gegeben. Kurz berühre ich den Bernsteinanhänger. Er wird mich immer daran erinnern, dass unser gemeinsames Glück nicht davon abhängt, ob wir Eltern werden.

Entschlossen wende ich mich zum Kiosk. Die Jalousien sind heruntergelassen, die Markise eingefahren, als habe der Laden ein riesiges wimpernloses Auge geschlossen. Ich öffne die Waschraumtür mit dem Schlüssel.

Als ich wieder nach draußen trete, zucke ich zusammen. Die alte Frau steht wenige Schritte von mir entfernt, sie lehnt mit der Hüfte gegen den großen Findling und hat das Baby im Arm. Ihr Plan ist wohl aufgegangen, zumindest höre ich keinen Laut. Warum lässt sie das Kind nicht im Kinderwagen schlafen?

»Hallo«, sage ich leise und möchte an ihr vorbei zurück zum Strandkorb gehen.

Sie wendet mir überrascht das Gesicht zu. »Meine Güte, Franzi! Musst du mich so erschrecken!«

»Entschuldigung. Aber Sie müssen mich verwechseln. Ich heiße nicht Franzi.«

»Ist die Hochzeit denn schon zu Ende?«

Entgeistert starre ich die Alte an. »Meinen Sie meinen Freund und mich?« Dachte sie, wir würden hier heiraten, als sie uns vorhin beobachtete? »Wir verbringen nur eine Auszeit. Keine Hochzeit.«

»Ach je. Schade. Dabei wär's eigentlich schon schöner, wenn Noah einen Vater hätte, oder?«

Irgendetwas stimmt hier nicht. Diese Frau ist völlig

verwirrt. Unmöglich kann ihr jemand das Kind anvertraut haben. Oder ist es etwa ... eine Puppe? Es bewegt sich auch gar nicht. Menschen mit Demenz wird doch manchmal Spielzeug zu therapeutischen Zwecken gegeben. Mein Herz klopft alarmiert, ich erschauere leise.

»Ein Hübscher ist er, Ihr Noah«, sage ich vorsichtig. Sicher wäre es nicht gut, sie aus ihrer Traumwelt zu reißen.

»Oh ja, das ist er!« Stolz blickt sie ihm ins Gesicht. Hebt ihn in die Höhe.

Die Decke, die ihn umhüllte, fällt zu Boden. Die Beine hängen steif und seltsam verdreht ab. Zögerlich trete ich einen Schritt näher. Ich schalte instinktiv die Taschenlampe ein, lasse den Schein über die kleine Gestalt gleiten.

»Was soll das, Franzi?«, zischt die Alte. »Du weckst ihn noch auf mit dem Licht!«

Ein kalter Schauder stürzt mir über den Rücken. Das ist keine Puppe. Sondern ein Baby. Wächsern, mit fleckiger Haut und eingefallenen Wangen, die Augen starr.

Ich schreie auf, die Lampe fällt mir aus der Hand. Das kann nicht sein. Das ist nicht real, nur ein Albtraum. Ich habe zu viele Babys verloren.

»Sei doch still, verdammt!«, höre ich die Frau wie durch Watte.

Kein Albtraum. Das hier ist Wirklichkeit.

In meinem Kopf rauscht das Blut, ich schnappe nach Luft. Ich muss etwas tun. Sofort. Vielleicht kann ich das Kind retten. Es wiederbeleben. Ich muss Hilfe holen.

»Geben Sie mir das Kind«, stoße ich rau hervor. »Bitte!«

»Aber doch nicht jetzt.« Sie spricht ganz langsam, als sei ich schwer von Begriff. »Siehst du nicht, dass Noah schläft?«

»Lassen Sie mich Ihnen helfen, Noah geht es nicht gut!«
Meine Stimme wird schrill. Ich rufe nach Jan, aber der Wind verwirbelt den heiseren Klang meiner Worte ins Nichts.

»Herrgott, Franzi, natürlich geht's ihm gut! Du bist immer so hysterisch. Guck, ich hab sogar seinen Schnuller dabei.« Die Frau sieht mich triumphierend an.

Ich muss das leblose Kind aus den Händen dieser Irren befreien. Zitternd lege ich meine Hände an den kleinen Körper, versetze der Alten einen Tritt. Nur sachte und gerade so kräftig wie nötig, damit sie das Baby loslässt.

Aber das tut sie nicht, stattdessen wirft sie sich mit überraschender Kraft gegen meine Seite. »Franzi! Du ungezogenes Gör!«

Ich taumele. Falle rückwärts gegen den Findling. Mein Kopf zerspringt. Tausend Splitter, ein Funkenregen. Rot. Schwarz.

Nein. Ganz hinten ... ganz hinten sehe ich ein Licht.

Meine Güte, was für ein Theater! Ich weiß nicht, was immer mit deiner Mutter los ist, mien Lüttchen. Tritt mir einfach gegen das Bein, als wäre sie drei Jahre alt. Das geht doch nicht!

Aber langsam beruhige ich mich. So kenne ich sie. Vielleicht hat sie wirklich ADHS.

»Franzi! Nun hör auf mit dem Unsinn.«

Sie rührt sich nicht. Die Kette an ihrem Hals habe ich noch nie gesehen. Steht ihr aber gut. Das Mondlicht spiegelt sich hübsch darin.

»Komm schon.« Ich seufze. »Steh auf, ich hab das nicht so gemeint.«

Herrje, typisch. Macht erst so ein Geschrei, und jetzt redet sie nicht mehr mit mir. Guckt einfach durch mich durch.

Vielleicht hat sie sich zu viel hinter die Binde gekippt bei der Feier. War auch wieder so überdreht und irgendwie verwirrt. Wer soll dieser Jan überhaupt sein?

Dann muss sie wohl hier ihren Rausch ausschlafen. Nutzt ja nix. Kann sie ja schlecht tragen.

Hauptsache, du kommst in dein warmes Bettchen, Noah. Ich leg dich erst mal in den Kinderwagen zurück und lauf mit dir nach Hause. Siehst du, schon sind wir da. Ganz willig lässt du dich in die alte Wiege heben. Wachst nicht mal auf. Sanft zieh ich das Deckchen über deinem Bauch glatt und sing dir ein Schlaflied. Guten Abend, gute Nacht. Das mochte Franzi früher auch immer so gern. »Morgen früh, wenn Gott will, wirst du wieder geweckt ...«

Ich gebe dir einen Kuss aufs Näschen. Oh, ganz kalt von der frischen Meeresluft. Den Tag hätten wir gut überstanden, wir zwei.

Einen Moment bleibe ich noch. Ich schiebe meinen Schaukelstuhl zu dir heran. Nur noch 'nen Schlummertrunk für mich, bevor ich auch ins Bett geh. Friesengeist, den gönne ich mir ja nur selten. Mit dem Glas in der Hand setze ich mich zu dir. Ein bisschen erschöpft bin ich jetzt schon nach der ganzen Aufregung. Ich schaukele vor und zurück. Vor und zurück. Das leise Knarzen der Kufen auf den Holzdielen beruhigt meine Nerven. Sonst ist alles still. Wie gut das tut. Endlich Ruhe.

Ich trink einen Schluck vom Schnaps und summe vor mich hin.

Draußen steckt jemand einen Schlüssel ins Schloss. Mein Herz setzt aus. Nach Luft schnappend richte ich mich auf. Meine Hand krallt sich schützend an deine Wiege. Ich starre zur Tür. Sie öffnet sich knarzend.

Wer zur Hölle ist das? Eine Fremde!

»Du bist noch wach, Mama?«

Ach so! Ich fass mir an die Brust. Franzi ist zurück. »Hast du mir einen Schreck eingejagt!«

»Bist du gut klargekommen?« Ihr Blick wandert zum Stubenwagen.

»Aber ja, mien Deern.« Ich lächele. »Guck mal, wie süß dein Püppchen schläft. Wie war's denn in der Schule?«

Was ist nun schon wieder? Warum verzerrt sich ihr Gesicht so komisch? Ist das überhaupt Franzi?

Ihr Geschrei geht mir durch Mark und Bein. Seufzend nehme ich noch ein Schlückchen. Doch. Sie ist es.

KALTE WURZELN
Alex Roller

Hamburg

»Lisa! Lisa, bleib bei Oma!«

Keine zwei Schritte von mir entfernt kullert ein Plastikball über den Sandweg, leuchtend rot, mit blauen und weißen Figuren darauf, die sich an den Händen halten. Eine kreischende Dreijährige in Sandalen stürmt hinterher, gefolgt von einer grauhaarigen Frau mit hektischen Flecken auf den Wangen. Ihre Stimmen hallen in meinem Kopf nach. Zentimeter für Zentimeter drehe ich mich in meinen Turnschuhen auf dem schmalen Weg im Kreis: Eine Rutsche, eine Schaukel, ein Klettergerüst, von Sonnenstrahlen umarmt auf einer Lichtung im Wald, vor geheimnisvollem Dunkel. Ein Stück weiter, versteckt hinter Büschen in saftigem Grün ein kleines Holzhaus, weiß mit blutroten Fensterläden. Lachende Kinder mit erhitzten Gesichtern toben auf der Wiese um rustikale Tische und die Sonnenstühle ihrer Eltern herum. Ein Parkplatz. Auf der anderen Seite des Weges unter Bäumen ein schwarz getünchter Flachbau, hölzern, wie eine Laune der Natur unter das Blätterdach gelegt. Davor, zum Greifen nahe, eine Ansammlung aufgestellter Schirme über zahllosen Ausflüglern. In kurzen Hosen und T-Shirts mit sonnenschutzgecremten Gesichtern sitzen sie auf einer Terrasse mit verwitterten Betonplatten und lackierten Tischen.

»Einmal Streuselkuchen?«

Eine junge Frau mit wippendem Zopf und einem Teller in der Hand steuert auf mich zu. Gehobene Augenbrauen über freundlichen, dunklen Augen. Sie bleibt vor mir stehen. Die Zunge klebt mir am Gaumen. Ich bringe keinen Ton hervor.

»Wir kommen!«, schrillt es umso lauter hinter mir. Die Frau mit dem grauen Schopf drängt sich an mir vorbei, die Dreijährige im Schlepptau. Das Mädchen brüllt wie am Spieß. Eine Autotür kracht. Ich presse die Handflächen auf meine Ohren, kann nicht sagen, ob der Lärm von außen kommt oder von innen. Ich starre der Bedienung und der alten Frau nach, die ihre Enkelin an einer der kleinen Sitzgruppen in einen Kindersitz zwängt. Ich weiß, dass es sich bei den Bäumen, die ein wuchtiges Dach aus Blättern und knorrigen Ästen über dem Ausflugslokal bilden, um Eichen und Buchen handelt. Ich weiß auch, dass jedes der zwei Weizenbiere, die von einem Mann mit David-Bowie-Shirt am Tisch hinter der Großmutter einem einzelnen Gast serviert werden, mehr als zweihundert Kilokalorien haben. Aber ist das zweite Bier für mich? Wartet der Mittfünfziger mit dem angegrauten Kinnbart, der sich nach dem ersten Schluck den Schaum von der Lippe leckt und hinauf in die brennende Sonne blickt, auf mich?

Übelkeit steigt in mir auf, zwingt mich zu schlucken. Ich erinnere mich aus dem Stegreif an mindestens drei David-Bowie-Songs, aber nicht, ob ich allein hier bin, nicht, woher ich komme oder wie alt ich bin. Nicht einmal daran, wie ich heiße!

Der Weg unter mir scheint zu kippen. Ich stolpere auf das Klettergerüst zu, klammere mich an eine der roten Metallstreben. Von der Terrasse sieht es vermutlich aus, als sei ich betrunken. Ein Blackout? Unsinn! Nach einer durchzechten Nacht fehlen Erinnerungen an den vergangenen Abend, aber man weiß, wer man ist!

Atme, befehle ich mir, *dann geht es dir besser*. Das Gegenteil bewahrheitet sich. Ich fühle mich wie abgeschnitten von der Welt. Entwurzelt. Wie eine heiße Welle bricht Panik über mich herein. Hektisch jagt mein Blick über die Gäste des Lokals. Eine Frau mittleren Alters mit Baseballcap und Trägertop setzt sich zu dem Mann mit den Weizenbieren. Ein warmer Tag. Sommer! Die Blüten der Hortensie am Eingang der Gartenterrasse sind winzig und grün. Hamburg! Darauf lassen die staubigen Kennzeichen der Autos auf dem Parkplatz schließen. Aber was ist mit mir? Es muss einen Hinweis darauf geben, wer ich bin!

Ganz ruhig. In wenigen Augenblicken ist der Spuk vorbei, versuche ich mich zu beruhigen. Vorsichtig löse ich meine Hände vom Gerüst, schiebe meine schmutzigen Finger in die tiefen Taschen des grünen Leinenkleides, das ich trage. Anstatt eines Portemonnaies, eines Führerscheins, irgendeines anderen persönlichen Dokumentes stoße ich auf einen einzelnen Schlüssel. Nicht zu einem Auto oder einer Haustür – flacher, mit einem Anhänger in der Form einer glitzernden roten Kugel. Eine Verbindung zu dem Leben, an das ich mich nicht erinnere.

Sorgfältig stopfe ich ihn zurück, klopfe den rauen Stoff erfolglos nach weiteren Taschen ab. Es ist eher ein Kleinmädchen-Kostüm als ein Kleid, froschgrün mit rosa Knöpfen. Gelächter dringt von der Terrasse zu mir herüber. Mit Macht strampelt mein Verstand gegen die Verzweiflung an. Ich trete auf den Weg zurück, schaue mich erneut um. An einem zusammengeschobenen Achtertisch erhebt sich eine Gruppe Besucher. Männer, Frauen, Kinder. Wie ein Bienenschwarm wuseln sie, umringt von zwei Cockerspaniels, Taschen und Kinderwagen, vom Gasthaus auf den Weg hinaus, umarmen und herzen sich. Ich mit meinem Froschkleid mittendrin.

Niemand nimmt Notiz von mir, niemand scheint mich überhaupt zu sehen. Ein Lederrucksack streift meinen Arm. Die dazugehörige Schwangere mit einer beeindruckenden blonden Lockenpracht lächelt mich entschuldigend an. Beinahe hätte ich mich an ihre Brust geworfen vor Erleichterung, ich bin nicht unsichtbar. Drehe ich vollkommen durch?

In Filmen passiert so etwas. Menschen erleiden nach einem Unfall oder Sturz ein Trauma. Bei dem Gedanken fasse ich mir an den Kopf. Ein dumpfer Schmerz verschlägt mir den Atem. Sofort ziehe ich die Hand zurück, starre auf die Fingerspitzen. Blut! Eine dünne Spur – genug, dass ich mir dessen sicher bin. Ich raffe den Stoff meines Kleides. Die Knie sind unversehrt, das Leinen jedoch mit Erde beschmutzt, genau wie meine Hände. Erneut betaste ich den Hinterkopf. Die Wunde ist klein, geschwollen, aber nicht besorgniserregend. Ich schaue nach oben zu den Baumkronen. Könnte ein Ast auf mich herabgestürzt sein? Oder hat mich jemand niedergeschlagen?

»Mein Gott!« Erneut hetzt mein Blick über die Gäste des Lokals.

Die zwei Familien nehmen von meinem Ausruf keine Notiz. Sie wenden sich ab, pilgern in zwei Gruppen den Sandweg entlang, vorbei an einer Bank, einen kleinen Hang hinunter. Wie in Trance folge ich ihnen, fort von den Menschen an den voll besetzten Tischen, die mir mit einmal Angst einjagen. Ich brauche etwas, das ich kenne. Etwas, das meiner Erinnerung auf die Sprünge hilft. So macht man das in diesen Filmen.

Meter für Meter zwinge ich mich vorwärts. Wo ist ein vertrauter Ort, ein Mensch, ein Gegenstand, den ich anfassen kann? Der Weg teilt sich. Mitten auf der Gabelung bleibe ich stehen, schaue mich um: eine Badestelle! Im Schatten der Bäume: ein breiter, gemächlicher Bach in einem sandigen Bett. Auf der Oberfläche treiben vereinzelt Blätter.

Obwohl auch hier schwüle Sonnenwärme die Luft beherrscht, zittern meine Arme. Diesen Platz kenne ich.

Vor Freude könnte ich schreien, streife mir Turnschuhe und Socken von den Füßen, wate in das flache Gewässer. Mein Gott, wie eisig! Gänsehaut bildet sich auf meinen Armen. Ich zwinge mich, still zu stehen, atme die warme Luft des Sommers ein, konzentriere mich auf die Berührung des Wassers, des Untergrundes. Der Boden wirkt fest, Steine, Sand. Tief grabe ich meine Zehen hinein. Ein Gefühl, das ich kenne. Habe ich als Kind hier gespielt? Papierschiffe gebastelt und mit Schätzen aus Eicheln und Blättern vom Ufer aus auf Fahrt geschickt? Mit gespreizten Fingern durchkämme ich die Wasseroberfläche, spüle Reste von Blut und Schmutz fort, schnuppere an den Tropfen auf meinen Handflächen, schließe die Augen, damit der feine Geruch, der von ihnen ausgeht, jeden Winkel meines Gedächtnisses durchdringt. Frische, Feuchte – Sommer. Mein Atem beschleunigt sich. Die Erinnerung – nicht mehr als einen Hauch entfernt. Streng dich an, ein klitzekleines bisschen noch!

Ich stakse durch das Nass, bespritze mir die Arme, schaue zwischen den ausladenden Baumkronen in den Himmel hinauf – die Erinnerung bekomme ich nicht zu fassen. Tränen sammeln sich in meinen Augen. Ich muss wissen, wer ich bin. Ich muss einfach! Was, wenn ich mich nie erinnere? Wenn irgendwo Menschen auf mich warten und ich sie nie wieder in die Arme schließen kann? Eine Mutter? Kinder? Jemand, der mich liebt! Ich betrachte meine Hände, die mit jeder Sekunde heftiger zittern. Kein Ring. Nicht einmal ein heller Streifen, der die Erinnerung an einen Ring hätte heraufbeschwören können. Wie alt bin ich? Fünfunddreißig? Vierzig?

Vielleicht wartet niemand auf mich. Vielleicht bin ich allein. Eine Einsiedlerin, eine schreckliche Person in einem froschgrünen Kleid! Wie den Hauch einer Erinnerung spüre ich Einsamkeit in meinen Gliedern. Wütend schlage ich mit den Handballen gegen meine Stirn. Wieso erinnere ich mich nicht?

Tränen perlen meine Wangen hinab, bilden beim Aufprall kleine Ringe auf der Wasseroberfläche. Ich ertrage die Kälte nicht länger, stürze hinaus ans Ufer, quetsche meine nassen Füße in die Schuhe. Ich brauche Hilfe, jemanden, dem ich vertrauen kann. Die Polizei. Die können ermitteln, wer ich bin. Irgendjemand muss mich vermissen!

Ich berühre mit den Fingerspitzen ihre Schulter. Sie schreckt hoch, als hätte sie ein Stromschlag getroffen.

»Oh, nicht doch. Ich wollte ... Ihnen keine Angst machen.« *Mühsam stolpern die Worte über meine Lippen.* »Ich dacht nur ... weil ...«, *ich deute auf ihre Tränen,* »also, ob ich möglicherweise helfen kann?«

Mit den Socken in der Hand wischt sie sich mit dem Handrücken die feuchten Spuren von den Wangen.

»Wenn Sie vielleicht ein Handy haben?«

»Ein Handy? Ja, sicher. Nicht hier, aber oben ... im Wagen«, *ich schlucke.* »Meine Enkelin hat es mir gekauft, hilft mir mit solchen Sachen, seit mein Mann mich ... verlassen hat, aber ich ...«

Ich sehe ihr an, dass sie mir nicht zuhört.

»Wen möchten Sie denn anrufen?«, *frage ich und versuche, nicht neugierig zu klingen. Sie weicht meinem Blick aus, dreht an einem der rosa Knöpfe ihres Kleides.*

»Die Polizei.«

Ich beiße mir auf die Lippen. »Was ist denn geschehen?«

Frische Tränen kullern über ihre Wangen. Ich greife in die Hosentasche und reiche ihr mein Stofftaschentuch. Sie nimmt es, vergisst jedoch, die Tropfen fortzuwischen.

»Ich weiß es nicht. Das ist ja das Problem. Ich weiß überhaupt nichts mehr. Nichts! Mein Kopf ...« *Sie schlägt sich mit dem Tuch gegen die Stirn.* »Leer. Absolut ...« *Ihre Worte gehen in Schluchzen über.*

Instinktiv ziehe ich sie an mich, drücke ihren bebenden Körper an meine Brust. Ihre Tränen rinnen meinen Hals entlang in den Ausschnitt meines Shirts. Sie will sich aufrichten, ich halte sie fest, möchte, dass sie spürt, dass sie nicht

allein ist. Vielleicht bin auch ich es, die diese Gewissheit braucht.
Widerwillig dränge ich das Gefühl zurück. Reiß dich zusammen. Tu, was zu tun ist! Umständlich löse ich die Umarmung, zupfe ihr schreckliches grünes Kleid zurecht, räuspere mich.

»Strandbad« ist der erste Gedanke, der mir kommt, als ich wage, sie richtig anzuschauen. Strohhut mit schmaler Krempe auf grauen Locken, geringeltes, langes Shirt, Leggings, ungewöhnlich für eine Frau Mitte siebzig, auf die ich sie schätze. Vor allen Dingen aber bequem, unaufgeregt, als wäre sie genau hier im Wald zu Hause.

Mit sanftem Druck schiebt sie mich zu einem einzelnen kleinen Findling, der zwischen Weggabelung und Uferlinie aus dem Sandboden ragt. Ich überlasse mich ihrer Führung, der beruhigenden Wärme ihrer Worte, ihren Händen an meinen Schultern, setze mich auf den kühlen Stein. Erzähle. Das bisschen, das ich zu erzählen habe.

Sie lächelt. Ein warmes, ermutigendes Lächeln, das ihr von Falten überzogenes Gesicht einnimmt. Vielleicht, weil ich nicht mit Details von gewalttätigen Übergriffen oder anderen Gräueltaten aufwarte, vielleicht auch nur, weil etwas zu vergessen in ihrem Alter alltäglich ist.

Zwei junge Männer, barfuß, tragen ein brandneues Kanu an uns vorbei. Einer blond, schlaksig, kaum größer als ich, der andere zwei Köpfe länger, von der Sonne braun wie sein ausgewaschenes T-Shirt mit dem blauen Katamaran auf der Brust. Haselknick heißt die Adresse, an der ich mich befinde, erklärt mir die Frau, gelegen im Landschaftsschutzgebiet, in unmittelbarer Nähe zum Rodenbeker Quellental, ganz im Norden Hamburgs. Das Wasser, an dessen Rand die beiden Männer das Kanu absetzen und langsam hineinschieben, ist die Alster. Mit nassen Füßen klettern die beiden in die schwankende Schale, greifen nach den Paddeln. Immerhin, die Stadt hatte ich mir von den Autokennzeichen richtig erschlossen.

»Der einzige persönliche Gegenstand, den ich bei mir trage, ist das hier«, vertraue ich ihr an, taste mit klammen Fingern nach dem Schlüssel, doch wo ist er? Ich versuche es auf der anderen Seite meines Kleides, fummle an dem grünen Ding herum, stehe auf, um besser in die Tasche hineinlangen zu können – nichts! Habe ich den einzigen persönlichen Gegenstand verloren, den ich hatte? Womöglich im Wasser? Frische Tränen kullern meine Wangen hinab. »Ich ... ich ...«

Während das Kanu davongleitet, schauen sich die beiden Männer zu mir um.

»Ruhig, Mädchen. Ganz ruhig.« Die alte Dame fasst mich am Arm. »Wir werden bestimmt alles finden.«

Erschöpft lasse ich mich zurück auf den Stein sinken, presse mir ihr Stofftuch ins Gesicht. Wie konnte mir der Schlüssel aus der Tasche fallen? »Ich muss die Polizei rufen«, erinnere ich mich laut, will aufstehen, die Frau hält mich zurück.

»Du bleibst schön sitzen. Ich hole mein Handy.«

Mit diesen Worten lässt sie mich an der Badestelle zurück. Ich kann noch immer nicht fassen, dass ich den Schlüssel verloren habe. Meine Erinnerung! Wie von außen schaue ich auf mich herab. Zitternd, zusammengesunken auf diesem

Stein, allein, am Alsterwanderweg, einem der beliebtesten Ausflugsziele am Hamburger Stadtrand, wie ich inzwischen weiß, wünsche mir nichts sehnlicher, als aufzuwachen.

Ich trage keine Uhr. Lediglich mein Zeitgefühl sagt mir, dass der Gang zu ihrem Wagen und zurück so lange nicht dauern kann. Ich bin mir sicher, dennoch brauche ich weitere Minuten, bis ich im Stande bin, mir einzugestehen, dass sie nicht zurückkommt.

Eine frische Welle der Panik erfasst mich. Mit einem Schlag ist mir jeder Mensch lieber als die Einsamkeit. Ich fliehe den Weg zurück, hinauf zum Parkplatz der Gaststätte, schaue mich zwischen den Autos nach dem geringelten Shirt um, kann die Frau jedoch nicht entdecken. Vielleicht ist der Akku von ihrem Handy leer? Versucht sie, anderweitig Hilfe zu holen?

Auf der Terrasse räumt der Bowie-Mann ein Glas von einem der Tische. Ich folge ihm in die Gaststätte. Der Geruch frischer Pommes und Bratkartoffeln überfällt mich wie aus dem Hinterhalt. Der schmale Raum ist dunkel, wenige, durchweg leere Tische, das Leben findet draußen statt. Der Mann, mindestens einen halben Kopf kleiner als ich, verschwindet hinter dem Tresen, dunkles Holz, wuchtig und Raum einnehmend. Von der Frau keine Spur.

»Was brauchst du?«, fragt er mich über den Aufsatz seiner Zapfanlage hinweg.

Ein Telefon, sollte ich antworten, doch ich bin noch nicht bereit, mich dem Gespräch mit der Polizei zu stellen.

»War gerade jemand da, um zu telefonieren?«

»Wer? Hier?« Er schaut von dem Glas, das er unter den Hahn hält, zu mir auf.

»Graues Haar, Ringelshirt, Strohhut ...«

»Nee, klar.« Er lacht, konzentriert sich wieder auf das Zapfen. »Sie ist rüber zum Wagen.«

»Ich war am Parkplatz ...«

Er schüttelt den Kopf, nickt Richtung Wand, hinter der die Terrasse liegt. »Wohn-Wagen!«

»Wohnwagen?«

Er stellt das Glas ab. Seine Stirn kraust sich, als dächte er, ich hätte nicht alle Tassen im Schrank. Ich fühle mich unwohl unter seinem Blick, unsicher, ob er sich einen Jux mit mir erlaubt.

»Ist alles okay mit dir? Deine Oma kam mir auch schon so komisch vor.«

»Meine Oma?«

»Graues Haar, Hütchen?« Er kommt hinter seinem Tresen hervor, das Glas in seiner Hand gefüllt mit frischem Bier. »Na, ihr seid heute ja lustig drauf.«

Woher kennt er meine Oma? Weiß er, wer ich bin? Tausend Fragen jagen durch meinen Kopf. Ich will ihm zumindest eine stellen, von der Terrasse dringt eine Männerstimme zu uns: »Michi!« Ehe ich mich gefasst habe, ist er zur Tür hinaus.

Ich starre auf das Stofftaschentuch, das ich noch immer in der Hand halte. Die nette ältere Frau vom Wasser – meine Oma? Ich weiß nicht, ob ich erleichtert oder besorgt sein soll, zumindest aber muss ich mich in meinem Alter verschätzt haben. Im Wissen, doch nicht allein auf dieser Welt zu sein, stolpere ich dem Mann hinterher nach draußen, laufe über die Terrasse hinweg weiter zur Wiese mit den Spielgeräten. Mit einem Mal ahne ich, wo dieser Wohnwagen steht.

Die Hütte hinter dem Spielplatz mit den roten Fensterläden steht auf der ersten von mehreren durch Sträucher und Bäume abgeschirmten kleinen Wiesen eines Campingplatzes. Ein Wohnwagen nach dem anderen, umwebt von tanzenden Sonnenstrahlen, hebt sich vom satten Blattwerk der Umgebung ab. Wie wild hämmert das Herz in meiner Brust. Ich laufe die Reihen ab, hoffe, die alte Dame zu entdecken. Meine Oma! Fehlanzeige. Die feuchten Füße scheuern in meinen Schuhen. Ich will aufgeben, noch einmal den Wirt befragen, da springt mir am äußersten Ende des Platzes, an der Tür eines Wagens mit vermoostem Kanu auf dem Dach, ein Funkeln ins Auge: rot und glitzernd. Der Anhänger mit meinem Schlüssel.

Wieder und wieder bohre ich die scharfe Klinge des Messers in den schmalen, mit Erde verkrusteten Schlitz, versuche, die rostige kleine Klappe aufzuhebeln. Warum zum Kuckuck funktioniert das nicht? Tiefer und tiefer presse ich die Schneide, rutsche ab ... nein, nein, nein! Aus einem Schnitt im Zeigefinger quillt Blut. Notdürftig wickle ich das Geschirrtuch um die Hand, versuche es noch einmal. Das verfluchte schwarze Gehäuse gibt seinen Inhalt nicht preis. Nicht nach all dieser Zeit. Samt Küchentuch schleudere ich das Messer zum Mülleimer, verfehle ihn. Verzweifelt starre ich das Gerät auf der Arbeitsplatte an. Ein Geburtstagsgeschenk, zu seinem Fünfzigsten. Ein Jahr und zwei Tage, bevor ... Ich stöhne auf. Reiß dich zusammen, sonst ist alles umsonst gewesen!

Erneut nehme ich den Apparat in die Hand. Mit oder ohne Gehäuse, das kleine Ding im Innern, das die Daten speichert, muss weg, das ist selbst mir klar. Ich sehe mich nach einem Versteck um. Das hätte ich gleich machen sollen, wertvolle Zeit ist verstrichen.

Die Staufächer in den Sitzbänken, die Schrankräume an der Decke, Bettkasten, Spültisch: Würde die Polizei den Wohnwagen durchsuchen? Wenn die Beamten es nicht veranlassten, würde gewiss Jessica es tun, spätestens, um ihn zu verkaufen, wenn ich ins Gefängnis sollte.

Kalter Schweiß rinnt mir die Schläfen hinab. Ich lehne mich gegen das Spülbecken, presse mir die Faust an die Rippen. Alles, nur keinen Anfall. Bitte. Nicht jetzt, in dem Moment, wo mir das Schicksal eine zweite Chance schenkt. Eine, die in wenigen Minuten verstrichen sein könnte. Rufen Sie sofort einen Arzt, wenn Sie Anzeichen spüren, hatte Dr. Hansen verlangt und mich an meine Vorerkrankungen erinnert.

Ich rapple mich auf, verdränge Dr. Hansens Worte genau wie den Druck in meiner Brust. Ich muss retten, was zu retten ist, bevor sie sich erinnert.

Warme Luft schlägt mir entgegen, als ich den kleinen Innenraum des Wohnwagens betrete. Ihre Wangen glänzen rot, das Hütchen sitzt schief auf ihren Locken. Hektisch weicht sie zurück, stützt sich an der Sitzbank ab, um nicht aus dem Gleichgewicht zu geraten. Sorgfältig sehe ich mich um, in jeder noch so kleinen Nische, als befürchte ich einen Hinterhalt.

Sie ist allein. Die Ausstattung des Wohnwagens wirkt einfach, mit dunklem Holz und zerkratztem Linoleumboden, gleichzeitig gemütlich, bunte Kissen um den Tisch und in der Bettnische. Alles sieht sauber aus, bis auf die kurze Arbeitsplatte neben der Spüle, auf der sich dunkle Krümel abzeichnen.

Erst jetzt bemerke ich den kleinen Kasten in ihren Händen. Ihre Finger krallen sich so fest darum, dass trotz Sonnenbräune ihre Knöchel hell hervortreten. Eine Digitalkamera. Ebenfalls voller dunkler Krumen. Erde? Vielleicht liegt hier der Schlüssel zu meiner Vergangenheit.

Ich trete näher an die Arbeitsplatte heran. An der Kante klebt etwas. Dunkelrot, feucht.

»Habe ich mich hier verletzt ... Großmutter?«

»Woher weißt du ...« Sie schluckt. »Nein ... draußen. Das hier ist von mir.« Sie hebt die Hand. Blut klebt an ihrem Zeigefinger. »Du bist doch okay, oder? Hast du jedenfalls gesagt, bevor du losgerannt bist – du hast mich nicht einmal erkannt!« Ihre Stimme zittert. »Es war keine Absicht, das ...«

»Genau wie es keine Absicht war, mir den Schlüssel zu stehlen?« Herausfordernd schaue ich sie an. »Wie hast du es gemacht?« Ich kenne die Antwort, bevor sie den Mund öffnet. »Die Umarmung. Unten am Wasser, als du mich angesprochen hast. Nicht, um mir zu helfen, wie ich dachte. Einzig und allein, weil du in diesen Wagen wolltest.«

Erneut schaue ich mich um. Mit einem Mal weiß ich nicht, warum ich hergekommen bin. »Ich rufe die Polizei.« Das hätte ich längst tun sollen.

»Kind, das darfst du nicht!«

»Ich will wissen, was hier vorgeht! Wer ich bin. Sag es mir!«

Aus einer plötzlichen Eingebung heraus zeige ich auf die Kamera, die sie noch immer umklammert. »Die war hier im

Wagen, stimmt's? Da ist die Erklärung drauf!« Das Entsetzen in ihrem Gesicht ist Antwort genug. Ohne eine weitere Reaktion abzuwarten, greife ich nach dem Apparat, versuche, ihn ihr zu entwenden. Verbissen krallt sie sich an das kleine Gehäuse, das Gesicht rot vor Anstrengung, ihr Hut fällt hinter ihr auf die Sitzbank, sie lässt nicht los. Es ist lächerlich. Trotzig zerre ich noch kräftiger …

»Jessi!«

Mit einem Ruck gleitet das Gerät aus ihren Fingern. Der Schwung wirft mich zurück, ich reiße die Arme hoch.

»Jessi, nein!«

Jessi. Jessi, nein. Nein, nein, nein …

Ihre Worte hallen in meinem Kopf nach. Jessi … du darfst nicht die Polizei rufen. Bleib hier!

In der Sekunde, in der ich mit der Schläfe gegen den Küchenschrank pralle, gibt mein Verstand die ersehnten Informationen frei. Wie ein Feuerwerk schießt die Vergangenheit in meinen Schädel. Stimmen, Bilder – ich glaube, mein Kopf explodiert. Erinnerungsschnipsel wirbeln durcheinander, als hätten sie darauf gewartet, dass der entscheidende Funken überspringt.

Wie betäubt von der Flut an Eindrücken, vertrauten Gesichtern, Orten und Gefühlen umklammere ich die Kamera.

»Jessi! Um Himmels willen. Nicht wieder.« Granma greift nach meinem Arm, will mich halten, ich schubse sie fort.

»Du warst es!«

Ihre Atmung geht stoßweise. Ich schere mich nicht darum, bin gefangen in den Szenen vor meinem inneren Auge, sehe die erdverschmierte grüne Regenjacke, wie ich auf Knien zurückweiche, um keine Sekunde später wieder heranzurutschen, zu buddeln, mit beiden Händen in der schwarzen Erde, weil ich sehen muss, was ich lange weiß, bevor ich das Medaillon von Mama freischaufle. Und die Kamera. Alles, was im Gegensatz zu den Knochen nach über zwanzig Jahren nicht verwest ist. Dann: Granmas Gesicht. Wie sie um die Ecke des Wohnwagens kommt. Ich hatte sie beschimpft und beleidigt. Sie hatte nicht einmal den Versuch unternommen, sich zu verteidigen. Erst als ich sie anfuhr, ich würde die Polizei rufen, floss Leben in sie zurück.

»Du warst es«, sage ich noch einmal, wie um mir zu bestätigen, dass ich mich tatsächlich erinnere. Ihre Mundwinkel zucken. Wie gebannt starrt sie auf den kleinen Apparat, den ich in Händen halte. Mehrmals drücke ich den An-Knopf, mehr um meiner Frage Nachdruck zu verleihen, als dass ich glaube, der alte Kasten würde funktionieren.

»Was ist da drauf?«

»Nichts«, kommt die Antwort aus Granmas Mund geschossen.

»Ach, deshalb hast du das Ding vergraben?« Ich lache. »Deshalb hast du es mir vorhin aus der Hand gerissen? Mich vor lauter Panik gegen den Wagen gestoßen?« Sie hatte die Wahrheit gesagt. Das Blut an der Tischkante stammt nicht von mir. Mein erster Sturz war draußen passiert, gegen den Fensterrahmen, dort, wo das Display meines Handys im Gerangel mit ihr am Radkasten des Wohnwagens zersplittert war. Ich hatte getobt, ihr den Fotoapparat sofort wieder entrissen und für die Polizei in den Wagen geschlossen, die ganze Zeit Granma mit ihrem »Jessi, nein« im Nacken. All die Jahre hatte ich zu einer Mörderin gehalten. Hatte sie geliebt. Wie konnte ich! Immer weniger Sauerstoff gelangte in meine Lunge – der Moment, bevor ich die Erinnerung verlor.

Tränen quellen in meine Augen. Ich weiß nicht, wie ich das brachiale Gefühl in meiner Brust ertragen soll. Warum nur hatte ich mich so unbedingt erinnern müssen?

»Wie konntest du? Wie ... Scheiße, verdammt, du ...?« Das Zittern kehrt zurück. Von meinen Fingern, die ich um die Kamera presse, in meine Arme, schraubt sich hinauf in Nacken und Kiefer, als stünde ich bis zur Kehle im eiskalten Wasser des Alsterlaufs.

»Was ... ist ... da ... drauf?«

Ihrem Gesicht ist anzusehen, dass sie abwägt.

»Du kannst die Tat sowieso nicht mehr leugnen«, setze ich nach. Ihr Schweigen brennt wie Feuer in meinen Ohren. Gegen meinen Willen zieht es meinen Blick zum Fenster. Hinaus hinter den Wagen, wo ich anlässlich Granmas Geburtstag den Sommerflieder in die Erde bringen wollte. Sofort habe ich das Medaillon mit dem Foto vor Augen. Den sanften Blick und die schmalen Lippen meiner Mutter. Obwohl ich keine Erinnerung an sie besitze, spüre ich, seit ich denken kann, jeden einzelnen Tag die Ohnmacht, mit der ich sie vermisse. In meinem Hals, meiner Brust, bis in die Knie. Reichte das nicht? Konnte mit drei Monaten von der Mutter verlassen zu werden nicht genug sein? Musste Granma mir mit gerade mal dreizehn Jahren auch den Großvater nehmen? Ihn in seiner Regenjacke und mit dem Amulett seiner Tochter um den Hals hinter dem Wohnwagen verscharren?

Im Morgengrauen auf und davon, hatte sie damals behauptet. Ich konnte es nicht glauben. Woche um Woche hatte ich auf dem Stein an der Badestelle gewartet, im grünen Kleid mit den rosa Schleifen, das er so sehr an mir mochte. Dort, wo wir beinahe jeden Tag in den Ferien das alte Kanu ins Wasser geschoben und uns auf den schmalen Fluss hinaus hatten treiben lassen. Dorthin sollte er verdammt noch mal zurückkommen. Wenigstens ein einziges Mal noch sollte er »Das wagst du nicht!« rufen, bevor ich ihm das kalte Wasser an die Brust spritzen würde, auf der seit dem Tag, an dem sie verschwunden war, das Medaillon meiner Mutter ruhte. Stattdessen fegte der Herbst die Blätter von den Bäumen, wurde zum Winter, bedeckte die kahlen Zweige mit Eiskristallen. Er kam nicht. Konnte nicht kommen.

Was kam, war der Vorwurf, sie sei schuld, dass er gegangen war. Stumm, bohrend, in Form immerwährend grüner Kleider, die ausdrückten, was ich nicht aussprach. Ich war ein Feigling.

Sie eine Mörderin.

»Ich gehe jetzt.« Ich wende mich von ihr ab.

»Jessi! Es ist nicht, wie du denkst.«

Ich lache erneut auf, weiß nicht, was ich denke. Will es nicht wissen, will nur fort. Fort von ihr, fort vom Paradies der Dauercamper am Stadtrand, vom Ort meiner Jugend, an dem ich die schönsten Tage meines Lebens verbracht habe. Die schönsten und die schrecklichsten. Wo ich als Kind den Großvater verlor, als Baby die ...

Der Gedanke, der über mich hereinbricht, ist ungeheuerlich. Meine Hand am Türrahmen bleibe ich mitten in der

Bewegung stehen. Nein. Unmöglich! Oder? Granma, dicht hinter mir, die noch immer auf mich einredet, stößt gegen meinen Rücken, verstummt. Wie in Zeitlupe drehe ich mich zu ihr um.

»Sie ist auch tot, nicht wahr?«

Mit offenem Mund starrt Granma mich an.

»Mama! Sie ist auch tot, nicht wahr?«

Ich sehe den Kampf der Gefühle in ihren Augen, weiß sofort, dass ich recht habe.

»Ich hasse dich«, sage ich.

Granma versucht, etwas zu erwidern, bringt keinen Ton heraus, presst sich die Hände auf die Brust. Mit versteinerter Miene wende ich mich ab. Stolpere über den kleinen Tritt hinweg aus dem Dunkel des Wagens hinaus ins Licht.

Aus weiter Ferne dringt Lachen in mein Bewusstsein. Jessi!, denke ich. Meine kleine Jessi. Ich weiß, dass ich einer Erinnerung erliege. Gegen meinen Willen treibt der Schmerz in meiner Schulter mich in die Gegenwart zurück, als hätte mir jemand einen Dolch in den Rücken gestoßen. Mühsam öffne ich die Augen. Ich liege seitwärts auf dem Linoleum, einen Arm, ein Bein angewinkelt, stabile Seitenlage, mit dem Gesicht keine Handbreit vom Mülleimer entfernt. Jemand muss meinen Sturz gehört haben.

Mühsam taste ich nach etwas, woran ich mich hochziehen kann, der kalte Schmerz, der mir bis in die Fingerspitzen fährt, nimmt mir den Atem. Das ist anders als der Schwächeanfall neulich, ganz anders. Vorsichtig lasse ich mich zurück auf die Seite sinken. Fühlt sich so ein Herzinfarkt an? Einer, wie ich ihn nach Aussage von Dr. Hansen nicht über-

lebe? Bei der Erinnerung muss ich an Jessica denken, den Hass, der in ihren Augen lag. Die Augen ihres Vaters.

Das Knarzen der kleinen Stufe vor dem Wagen unterbricht meine Erinnerung. Jessi?

»Beweg dich nicht.« *Ihre Stimme klingt grob.* »Es steckt noch. Der Krankenwagen ist auf dem Weg. Auch die Polizei.«

Durch den Nebel aus Schmerzen hindurch versuche ich, ihre Worte zu begreifen. »Steckt?«*, presse ich mühsam hervor.*

»Dein Küchenmesser. Es muss beim Sturz passiert sein. Die haben gesagt, es war richtig, dass ich es drin gelassen habe.«

Kein Herzinfarkt, der diese unsäglichen Schmerzen verursacht? Mein Küchenmesser? Das ich in meiner Wut zusammen mit dem Geschirrtuch von der Arbeitsplatte gefegt hatte? Ich schließe die Augen. Wie unglücklich musste beides gelandet sein? Karma, kein Zweifel, für das Menschenleben, das ich auf dem Gewissen habe. Die Menschenleben.

Die Trauer überkommt mich ohne Vorwarnung. Ich habe alles falsch gemacht. Bei meiner Tochter, meiner Enkelin, erst recht bei meinem Mann. Zum Kuckuck, wie hatte das alles geschehen können? Es geschieht noch immer! Weil ich nicht wage, meiner Enkelin die Wahrheit zu gestehen?

Genau wie meine Tochter damals mir.

So darf es nicht enden.

Ihre Worte, die stockend, Satz für Satz, den kleinen Raum erfüllen wie giftige Dämpfe, lähmen meine Glieder, schockieren mich derart, dass ich mich weigere, sie zu akzeptieren. Kein Wunder, dass Mama damals fortgegangen ist. Wie sollte sie mit so einer Lügnerin zusammenleben! Dabei sehe ich, wie Granma sich quält – weiß, dass sie die Wahrheit sagt.

Ohne Rücksicht auf das Blut am Boden sinke ich hinter sie auf das Linoleum, ergreife ihre kalte Hand, stelle mir vor, wie es war, als sie die Bilder von mir auf der Kamera entdeckt hat. Nackt. Heimlich fotografiert, von ihrem eigenen Mann. Wie die Verzweiflung in ihr hochkochte, als sie den Zusammenhang mit dem Selbstmord ihrer Tochter erkannte, ihrer frühen Schwangerschaft, mit vierzehn! Ahne, mit welcher Kraft sie ihn gestoßen hat. Hätte man sie zu einer Haftstrafe verurteilt, ich wäre in ein Heim gekommen.

Wir schweigen. Noch einmal, wie zu oft in unserem Leben. Reglos, Seite an Seite in das Chaos in unseren Köpfen versunken. Am liebsten würde ich mir den grünen Leinenstoff vom Körper reißen.

»Er hat mir nie etwas getan«, sage ich. Auch wenn das nicht in jeder Hinsicht richtig ist. Sie weint. Lautlos. Ich sehe ihr Gesicht nicht, aber ich spüre es am Beben ihrer Hand, mit der sie den Druck meiner Finger erwidert, schwächer, immer schwächer.

Durch die Tür des Wohnwagens weht der Klang einer Sirene herein, Türenschlagen, Stimmen rufen Anweisungen. Mein Blick fällt auf die Kamera, die ich auf der Bank abgelegt habe. Ich angle nach ihr, schiebe sie tief unter eins der bunten Kissen.

»Bleib bei mir, Granma«, flüstere ich.

Weiß ich doch endlich, wer sie ist – und wer ich bin.

HELIKOPTER
Carolyn Srugies

Heiligendamm

Auch heute ist das Strandwetter hier in Heiligendamm ideal. Der sanft azurblaue Himmel stößt am Horizont an das blaugrüne Meer. Der milde Wind streichelt mir die Schmerzen des Sonnenbrands von den Schenkeln. Die Ostsee schlägt in sachten Wellen ans Ufer. Leise summe ich ›Wo die Ostseewellen trecken an den Strand …‹ vor mich hin. Es riecht nach Meer, Seetang und Frische. Möwen kreisen in der Luft, stoßen die typischen Schreie aus und lassen sich vom Wind treiben. Besonders vorwitzige Exemplare suchen zu Fuß in der Nähe der Strandkörbe nach Essensresten. Es wird ein wunderbarer Tag. Die Frau mit den beiden ungezogenen Kindern Charlotte und Jakob aus dem Strandkorb 200 ist am Vortag abgereist. Die beiden hatten den gesamten Strandabschnitt tyrannisiert. Der Junge hatte sich den Spaß gemacht, unentwegt die umliegenden Strandgäste wie mich mit Bällen zu traktieren. Das Mädchen hatte mit Steinen nach den Möwen gezielt, alles ungerügt von der Mutter. Nun sind sie fort.

Eine junge Frau öffnet das Holzgitter der 200. Sie macht eine beneidenswert gute Figur in ihrem schicken Bikini und trägt die langen braunen Haare hochgesteckt. Sie sieht mich an, nickt mir zu und setzt sich eine riesige Sonnenbrille auf. Sie vertieft sich sofort in ein Buch. Sympathisch. Es ist nicht damit zu rechnen, dass sie mich mit Bällen bewirft.

Müßig sehe ich mich um – da sehe ich IHN. Ein Ruck durchfährt mich. Der Mann ist groß und schlank. Seine schwarzen Haare glänzen in der Sonne. Bekleidet ist er mit hellblauen Badeshorts und einem weißen T-Shirt. Seine Augenfarbe ist auf die Entfernung nicht zu erkennen, er trägt eine Sonnenbrille. Trotzdem ahne ich, dass seine Augen dunkelblau sind. Unter dem linken Arm hält er ein SUP-Brett, wie man es momentan in jedem Discounter kaufen kann, und ein Paddel. Das Einzige, was mir an diesem Traumtyp missfällt, ist die riesige Strandtasche, aus der Sandspielzeug ragt. Schade. Ich lasse mich wieder in die Tiefen des Korbs sinken. Dieser Märchenprinz ist offensichtlich vergeben. Neugierig mustere ich die Leute, die an den Strand kommen. Wo ist seine Familie? Sicher hat dieser atemberaubende Mann eine bildhübsche Frau. Ist es die schlanke Blonde mit einem kleinen Mädchen an der Hand? Nein, sie schlendert achtlos an ihm vorbei. Er hat sein Brett, das Paddel und die Tasche abgelegt und öffnet den Strandkorb 195. Leise pfeift er vor sich hin. Er stellt das Holzgitter an die Seite, zieht sein T-Shirt aus und hängt es über das Gitter. Ich höre mich selbst tief ein- und ausatmen. Was für ein Körper. Die Andeutung seines Sixpacks ist gebräunt. Meine Zunge benetzt meine trockenen Lippen. Eine Frau und zwei kleine Gestalten nähern sich der 195. Das werden nicht …? Doch es ist seine Familie. Die Frau ist dünn, fast hager. Das blassgrüne Strandkleid ist aus Frottee und schlottert um ihre schneeweißen Waden. Die

Haare sind dunkel, kurz und lockig. Ihre Lippen sind zusammengepresst. Strafend sieht sie ihren Mann an. Er hört sofort auf zu pfeifen. Ich mustere die Kinder. Mein Gott, was ist mit den Kurzen los? Es ist nicht zu erkennen, ob sie Männlein oder Weiblein sind, beide tragen blaue Hosen, die bis zu den Knöcheln reichen, langärmelige rote T-Shirts, riesige Sonnenbrillen und Hüte mit Nackenschirm. Diese Mützen, die Lawrence von Arabien und viele Kinder am Strand vor der Sonne schützen, sind zusätzlich unter dem Kinn zugeklettet. Leiden die armen Dinger an einer speziellen Form von Sonnenallergie? Oder sind es keine Kinder, sondern Außerirdische? Laut pruste ich über meinen Gedanken. Dieses Geräusch lässt die Frau aus der 200 aufblicken. Ich zucke entschuldigend die Achseln und nicke kurz zur 195. Sie lässt ihr Buch sinken und mustert ebenfalls die Familie. Sie schüttelt leicht den Kopf, grinst mich an und widmet die Aufmerksamkeit wieder ihrer Lektüre. Ich setze mir die Sonnenbrille auf, um ungestört zu beobachten.

»Kannst du dieses Gitter nicht so abstellen, dass sich die Kinder nicht wehtun können?« Der Tonfall der Frau ist von Sorge erfüllt.

»Wie sollen sie sich denn daran verletzen?«

Seine Stimme ist angenehm, tief und dunkel mit einem resignierten Unterton. Trotzdem stellt er das Holzgitter ein Stück zurück. Die Frotteegrüne richtet sich im Korb ein und verteilt das Spielzeug direkt davor. Ihr Mann schiebt es mit dem Fuß zur Seite. »Hier ist Platz genug. Sie können sich beide ausbreiten.«

»Ich will sie in meiner Nähe haben.«

»Das sind sie auch.« Er deutet auf den kleineren Außerirdischen, der auf dem Boden sitzt und Sand durch die Hände rieseln lässt. »Wo ist …?« Hektisch dreht sie sich um. »Timon! Frederik!«

Zwei weitere Wesen zu dem, das im Sand spielt? Dann verstehe ich, dass es sich um einen kreativen Doppelnamen handelt.

»Timmy ist unmittelbar hinter dem Strandkorb und sieht sich um. Ich habe ihn im Blick.« Die Stimme des Mannes klingt mühsam beherrscht.

Die Frau murmelt etwas und breitet die Handtücher im Strandkorb aus. In kurzen Abständen unterbricht sie die Tätigkeit und sieht nach den Sprösslingen. Ich denke an die Familie, die vorher an dem Platz war. Charlotte und Jakob hätten ungesehen Strandgäste nerven, Kinder schikanieren und sogar Möwen erschlagen können. Oder selbst ertrinken. Das andere Extrem. Gibt es kein gesundes Mittelmaß? Aber was weiß ich als einundvierzigjährige kinderlose Singlefrau schon davon. Durch die Sonnenbrille beobachte ich, wie sich der Mann Sonnenschutzmittel aufträgt. Für den Rücken nimmt er die Hilfe seiner Frau nicht in Anspruch, sondern sprüht sich selbst ein. Als sie aufsteht und die Hand nach dem Mittel ausstreckt, winkt er ab. Sie setzt sich wieder, aber nicht, ohne sich vorher zu versichern, dass die Kinder noch leben. Der Mann geht knietief ins Meer und beobachtet das Treiben der Schwimmer, SUP-Paddler und Surfer. Der Junge spielt selbstvergessen am Rand des Wassers. Inbrünstig baut er einen Haufen aus Sand und belegt ihn mit Muscheln und Steinen. Die Kuppe besteckt er mit Möwenfedern.

»Timon-Frederik!« Die Frau springt auf, stolpert zu ihrem Beutel und entnimmt ihm einen Spielzeugbagger aus Plastik. Sie stakst zu ihrem Sohn und setzt sich umständlich in den Sand. »Guck mal, was Mama hier hat!«, lockt sie. »Willst du nicht lieber mit dem schönen Bagger spielen?«

Timmy schüttelt den Kopf und steckt kleine Stöcker in den Haufen. Ihr Mann watet aus dem Wasser.

»Meine Güte, Helen, lass ihn doch! Mit dem Plastikkram kann er zu Hause jeden Tag spielen. Hier kann er sich doch mit dem Strandgut viel besser beschäftigen.«

»Das ist doch eklig, Jonas! Sieh mal, an der Möwenfeder klebt sogar noch Blut. Das ist widerlich!«

Jonas. Der Name passt zu ihm.

Vater und Sohn beugen sich beide fasziniert über die Feder. Der Junge nickt begeistert.

»Das hast du aus fünf Metern Entfernung gesehen? Alle Achtung.« Aus Jonas' Stimme trieft Verachtung.

»Er kann sich sonst was davon wegholen! Denk doch nur mal an die Vogelgrippe oder die Geflügelpest.«

»Jetzt spinnst du wirklich! Lass Timmy doch einfach mal spielen. Du unterbindest seine gesamte Kreativität! Seine Lehrerin hat uns doch neulich erst gesagt, wir sollen ihn mehr unterstützen und ihm mehr zutrauen. Weniger glucken, sagte sie, erinnerst du dich?«

Ich nicke automatisch, während sie tief Luft holt. Der kleinere Außerirdische hat sich zu seinem Bruder gesellt und befühlt angeschwemmten Seetang. Timmy macht es nach, und innerhalb von Sekunden bewerfen sich die Geschwister jauchzend mit den Meeresalgen. Die Mutter setzt zu einem Protest an und bewegt sich einen Schritt vor. Jonas verstellt ihr den Weg. »Denk nicht einmal dran!« Er zieht sie ein paar Meter weg von den Kindern in meine Richtung und hält ihr die Handfläche entgegen. »Versuch es gar nicht erst. Bitte lass die Kinder einfach spielen.«

Er lässt die Hände sinken. Sie ballt ihre zu Fäusten, antwortet nicht. Die Geschwister spielen inzwischen einträchtig zusammen und garnieren die Sandburg mit Tang.

Die Frau aus der 200 wirft mir einen langen Blick zu. Dann erhebt sie sich mit dem Buch in der Hand und kommt auf mich zu. Sie ist weitaus jünger als ich, um die dreißig. »Hallo«, sagt sie. »Störe ich, oder kann ich Ihnen Gesellschaft leisten?«

Überrascht rutsche ich ein Stück zur Seite. »Gerne. Auf Dauer ist es doch etwas einsam.«

»Ich bin Ella.« Sie reicht mir eine schlanke gebräunte Hand. Ich ergreife sie.

»Jenny«, antworte ich.

Wenig später schließen wir unsere Strandkörbe ab, schlendern auf die Terrasse des Grand Hotels und gönnen uns Cocktails. Ella erzählt von ihrem Freund, mit dem sie demnächst zusammenziehen will. »Er ist alleinerziehend und hat zwei Kinder. Ich kenne die beiden noch nicht. Ich hoffe, sie werden mich mögen.« Sie nimmt die Sonnenbrille ab und legt sie auf den Tisch.

»Da sehe ich kein Problem. So eine hübsche, fröhliche Stiefmutter, wie du es bist.«

Sie lächelt mich über ihr Aperol-Glas hinweg an. »Danke. Ich wünsche es mir. Wie steht es mit dir und der Liebe?«

Seufzend lehne ich mich zurück. »Ich habe kein Händchen für Männer, leider fühle ich mich von der falschen Sorte angezogen.«

»Ach.« Sie stellt das leere Glas ab, winkt nach dem Kellner, macht eine kreisende Bewegung über unsere Cocktailgläser und nickt ihm freundlich zu. Dann beugt sie sich vertraulich vor und schaut mir in die Augen. »Was ist die falsche Sorte?«

Ich zucke die Achseln. »Eben die Sorte, die mir nicht guttut. Bad Boys. Loser. Verheiratete. Geizkragen. Kriminelle. Trinker. Oder Idioten. Der Letzte war alles zusammen.«

Ella wirft beim Lachen den Kopf in den Nacken. Schmunzelnd füge ich hinzu: »Leider lasse ich mich von der Optik blenden. Der dunkelhaarige Typ vom Strand, Jonas, der mit der mageren Frau und den beiden Außerirdischen, fällt genau in mein Beuteschema.«

Sie hört auf zu lachen, kneift die Augen zusammen und blinzelt. »Wer? Welche Außerirdischen?« Dann prustet sie los. »Du meinst die beiden armen Zwerge mit den Taucheranzügen? Der Vater ist dein Typ? Ich muss ihn mir nachher mal genauer ansehen.« Sie lächelt den Kellner dankend an, der die Cocktails serviert. Als er geht, beugt sie sich vor und legt die Hand auf meinen Arm. »Wir haben nur ein Leben«, sagt sie leise. »Wenn du ihn willst, schnapp ihn dir!«

Mir entfährt ein kurzes Lachen. »Du bist gut! Ich kann mich doch nicht in eine Ehe einmischen. Sie haben kleine Kinder!«

Ella hebt die Augenbrauen. »Ich habe die Familie auf dem Weg zum Strand an einem Eisstand getroffen. Da hat sie ihm ungeniert die Hölle heiß gemacht. Ich habe Schlagworte wie ›letzte Chance‹, ›Scheidung‹ und ›denk, dran, mein Vater arbeitet im Jugendamt‹ gehört.«

Ihr Handy klingelt. Sie wirft einen Blick auf das Display, lächelt und entschuldigt sich. Sie steht auf und geht ein paar Schritte zur Seite. Nachdenklich rühre ich mit dem Strohhalm in meinem Aperol. Seine Farbe erinnert an die untergehende Sonne. Die Eiswürfel drehen sich leise klirrend im Glas. Wie meint sie das, ›schnapp ihn dir‹? Mit verheirateten Männern hatte ich nie ein Problem. Jedenfalls mit denen, die Geld hatten und deren Nachwuchs aus dem Haus war. Aber ein Familienvater mit kleinen Kindern? Ich sauge an meinem Aperol und betrachte den mächtigen Gedenkstein für Friedrich Franz von Mecklenburg, der hier 1793 Deutschlands erstes Seebad gründete. Heiligendamm ist, was die Badekultur angeht, so etwas wie ein Trendsetter. Vermutlich hatte hier auch der erste Strandkorb Deutschlands gestanden.

Ella setzt sich wieder zu mir. Sie lächelt.

»Dein Freund?«, frage ich.

Sie nickt. »Er ist mit den Kindern unterwegs.«

»Macht es dir nichts aus, für zwei fremde Kinder Verantwortung zu übernehmen?« Meine Gedanken schweifen zu Charlotte, Jakob und den Außerirdischen. Danke, das ist nichts für mich. Der Reiz der Mutterschaft hat sich mir nie erschlossen.

»Ich liebe ihn«, sagt sie. »Abgöttisch, leidenschaftlich, hemmungslos, intensiv. Da werde ich doch auch seine Kinder lieben lernen.« Dann hakt sie nach: »Wo waren wir stehen geblieben?«

In der Nähe ist das lang gezogene Tuten einer Dampflok zu hören. »Molli«, sagen wir beide wie aus einem Mund und lachen. Molli ist die historische Bäderbahn, die von Kühlungsborn nach Bad Doberan fährt.

»Bist du schon mal mit Molli gefahren?«

Ich schüttle den Kopf. »Würde ich gerne. Die Fahrt mit einer historischen Dampflok stelle ich mir gemütlich vor.«

Ella lächelt. »Wie ist es mit morgen?« Als ich nicke, fragt sie: »In welche Richtung? Nach Kühlungsborn?«

Ich stimme zu. Wir holen uns jede ein Eis und spazieren schleckend zurück an den Strand. Wie selbstverständlich setzt sie sich wieder zu mir. Dort liegt ihr bernsteinfarbenes Buch. Es ist eine Krimi-Anthologie mit dem Titel ›Tatort Nord‹.

»Ich leihe es dir, wenn ich es durchhabe«, sagt Ella. Dann sieht sie zur Familie in der 195. »Das ist also dein Traumtyp? Nicht übel.« Sie kichert. Ich bereue, etwas gesagt zu haben. Beide sehen wir zu, wie Jonas das SUP-Brett ins Wasser schiebt und seinen Sohn zu sich ruft. Helen ist damit beschäftigt, dem Jungen eine Rettungsweste mit aufgeblasenem Kragen über den UV-Anzug zu ziehen. »Meine Güte«, sagt Ella. »Rudern die zum Nordpol? Das arme Kind!«

»Helen, lass das doch! Du machst dich lächerlich. Sieh dich mal um! Das Wasser ist flach, und Timmy kann ausgezeichnet schwimmen!«

»Wenn den anderen Eltern ihre Kinder egal sind, ist das nicht meine Sache. Ich passe auf meine Lieblinge auf!«

»Ich auch – ich bin direkt bei ihm.« Jonas' Stimme klingt verärgert. »Komm schon, Timmy.« Der Junge läuft zu seinem Vater, der ihn rittlings auf das Brett setzt. Jonas reicht ihm das Paddel und hockt sich hinter ihn. Timmy quietscht vor Vergnügen. Helen steht an der Wasserkante, das andere Kind an der Hand, und beobachtet Mann und Sohn.

»Die Alte ist bekloppt«, lautet Ellas Urteil.

»Schrecklich«, stimme ich zu. »Eine Helikopter-Mutter.«

Ella sieht den beiden auf dem Board nach, nickt erst und schüttelt langsam den Kopf.

»Das ist schon keine Helikopter-Mutter mehr. Das geht schon weit darüber hinaus.« Sie sieht mich an. »Es gibt sogar eine Steigerung. Kennst du den Begriff Schneepflug-Eltern?«

Ich schüttle den Kopf. »Nein, aber ich verstehe es. Diese Eltern räumen den Kindern alles aus dem Weg.«

Ella verfolgt Jonas und den Sohn mit den Augen und nickt. »Leider auch eigene Erfahrungen, Freude und die Möglichkeit, mit Rückschlägen umzugehen und darin gestärkt zu werden.«

Der Vater scheint ganz normal zu sein, aber die Mutter ist schrecklich. Wie hält der Mann es aus? Er sieht wirklich nett aus. Aber sie! Wie kann man freiwillig in der Öffentlichkeit so ein Gewand in der hässlichen Farbe tragen! Wäre ich ihr Mann, wäre ich sie schon längst losgeworden. Die Frau tut niemandem gut.«

Die beständige Brise schmiegt das grüne Frotteekleid an den mageren Körper und enthüllt lilienweiße Waden. Mir entfährt ein herablassendes Schnauben. Ella lacht. »Komm, wir gehen ins Wasser, auf Tuchfühlung mit deinem Traumboy.«

Mein Blick schweift zu Helen, die auf das kleinere Kind einredet. Es hat sich von ihrer Hand gelöst und bückt sich nach Steinen und Muscheln. Neben den beiden halten wir die Zehen in die Wellen, die an den Strand lecken. Die Ostsee hat eine angenehme Temperatur.

»Melisande-Romina, lass das. Komm, wir gehen wieder in den Strandkorb. Da ist es schattig. Mama liest dir eine schöne Geschichte vor«, lockt Helen. Was für eine Glucke. Das Mädchen fügt sich willenlos.

»Das arme Kind. Ich habe keine Ahnung von Elternschaft, aber ist man nicht eigentlich froh, wenn sich die Kleinen selbst beschäftigen können?«

Ella stimmt mir zu und stupst mich an. »Los, Jenny, wer zuerst drin ist!«

Etwas Überwindung kostet es doch, in das kühle Meer zu waten. Aber nach dem atemlosen Schrecken, als die erste Welle über meinem Kopf zusammenschlägt und ich Salzwasser schlucke, macht es Spaß. Unauffällig betrachte ich Jonas und Timmy beim Paddeln. Beide sind vergnügt, der Junge plappert ununterbrochen. Unvermittelt kommt eine Welle und schlägt über ihm zusammen. Timmy schluckt Wasser und hustet. Sein Vater lacht und klopft ihn auf den Rücken. Schlagartig steht Helen neben den beiden im nur hüfttiefen Meer und reißt das Kind vom Board. Vor Schreck fällt Jonas ins Wasser. Er zerrt sich die Sicherungsleine vom Knöchel, lässt Brett und Paddel sausen und watet hinter Frau und Sohn her. Helen hat mit dem weinenden und sich sträubenden Timon-Dingsda den Strand erreicht, an dem das Mädchen wartet. Das hellgrüne Frotteekleid hat bis zur Brusthöhe Wasser aufgesogen und hängt schwer an Helen. Ella und ich lachen. Es ist schön, eine Freundin zu haben, die das Gleiche denkt.

»Komm, wir retten das Equipment!«, schlage ich vor und schwimme dem SUP-Board nach, das sich auf den Wellen tänzelnd entfernt. Ella greift sich das Paddel, und wir ziehen die Ausrüstung zu dem sich streitenden Paar.

»Meine Güte, er weint, weil du ihn erschreckt hast!«

»Timon-Frederik hätte ertrinken können!«

»Wie denn? Ich konnte stehen. Sogar er konnte stehen! Er ist sechs! Timmy kann schwimmen, vergessen? Ich war unmittelbar bei ihm. Er hat nur einen Schluck Wasser abbekommen. Das ist alles!« Mit einem Ruck reißt er Timmy die Rettungsweste ab. Seine Mutter schreit erschreckt auf. Jonas wirft die Weste auf den Boden und zieht dem Jungen die lange UV-Hose aus. Laut ruft er »Sandy!« und verfährt bei der Tochter ebenso. Dann bemerken sie uns, Ella mit dem Paddel und mich, die das Brett hinter sich herschleift. Helen betrachtet uns mit einem düsteren Blick und zusammengepressten Lippen. Jonas versucht ein verlegenes Grinsen. »Danke, die Damen. Das habe ich komplett vergessen.«

Lächelnd sieht er mir direkt in die Augen. Warum hatte ich seine für blau gehalten? Sie sind tiefdunkelbraun. So dunkel, dass die Pupillen nicht zu erkennen sind. Er ist jünger, als ich zuerst angenommen hatte, etwa Mitte dreißig. Sein Blick streift kurz und höflich Ella, dann ruht er wieder auf mir.

Ich schenke ihm mein schönstes Lächeln. Er erwidert es und zwinkert mir zu. Meine Beine werden weich. Was für ein Mann!

Wir wenden uns ab Richtung Strandkorb.

»Jonas, wer war das? Kennst du die beiden Frauen?«

»Woher sollte ich sie kennen? Wir sind heute erst angekommen! Deine Eifersucht nervt entsetzlich!«

»Ärger im Paradies!« Ella wirft den Kopf in den Nacken. »Da hast du gute Chancen!«

Jonas entfernt bei den Kindern ein paar Schichten Kleidung und cremt sie im Schatten des Strandkorbs liebevoll ein. Danach spielen die drei im Sand. Ella liest wieder in ihrem Buch, während ich weiter das Geschehen am Strand beobachte.

Helen erhebt sich aus dem Strandkorb und blinzelt in die Sonne. Sie öffnet den Reißverschluss ihres reizlosen, durchnässten Kleids und bietet uns den Anblick eines blassen Körpers in einem marineblauen Badeanzug. »Cremst du mich bitte ein?« Helen hält Jonas die Nivea-Flasche entgegen. Er sieht nicht einmal hoch und buddelt weiter mit seinen Kindern im Sand.

»Jonas?«

Er erhebt sich und nimmt den Sonnenschutz entgegen. Mit Zufriedenheit stelle ich fest, wie unsanft seine Bewegungen sind.

»Aua!«, meldet sich Helen prompt. »Sei nicht so grob. Ich wette, *sie* würdest du nicht so hart anpacken, oder?«

Ella sieht über ihre Sonnenbrille und legt den Krimi zur Seite. »Oh, oh, nun wird es interessant!«

Er hält in der Bewegung inne. »Was meinst du damit?«

»Du weißt genau, wen ich meine. Deine neue, supersüße Kollegin! Dani. Von der du so schwärmst.«

»Ich schwärme nicht für sie! Ich schätze sie als Kollegin, sie macht ihre Arbeit wunderbar kompetent, und das erkenne ich an.« Seine Stimme ist scharf. »Was sollen diese haltlosen Vorwürfe vor den Kindern!«

»Meinst du, mir sind die vielen Überstunden nicht aufgefallen, seitdem sie da ist?«

»Meine Güte, wie oft muss ich es dir noch sagen? Meine Überstunden haben nichts mit Dani zu tun. Das ganze Team arbeitet mehr.«

»Glaubst du, ich bin blöd?«

Er richtet sich auf. Seine Stimme ist wie ein Stilett. »Auf diese Frage antworte ich nicht vor den Kindern. Die Antwort würde dir nicht gefallen.«

»Dann stell sie mir doch mal vor!«

»Seit wann muss ich dir meine Kollegen vorstellen? So weit kommt es noch. Vielleicht kann dein lieber Herr Vater, der wie wir alle wissen, im Jugendamt arbeitet, zur Prüfung mitkommen. Dann könnt ihr gemeinsam beraten, ob ich weiter arbeiten darf oder nicht!« Er wirft die Flasche mit dem Sonnenschutz in den Korb und wendet sich wieder dem Bau der Sandburg zu. Helen zieht die blassen Beine unter sich und senkt den Kopf. Sie weint. Fast tut sie mir leid. Als Jonas mit seinen Kindern ins Wasser läuft – ohne UV-Anzug, ohne Sonnenbrille und ohne Rettungsweste, das Mädchen trägt Schwimmflügel –, flattert Helen nicht um sie herum wie sonst. Sie wirft nur alle dreißig Sekunden einen besorgten Blick nach ihrer Familie.

Vielleicht will sie ihre Ehe retten. Das wird nicht klappen, denke ich. Über kurz oder lang wird er frei sein. Frei für eine neue Liebe. Für eine Frau, die ihn so lieben wird, wie er ist.

Am späten Vormittag des nächsten Tages machen wir uns zu unserer geplanten Bahnfahrt auf, Ella trägt ein buntes Strandkleid, einen riesigen Sonnenhut mit einem fransigen Rand und einem blauen Band. Schicke blaue Riemchensandalen, eine große Sonnenbrille und eine Strandtasche, ebenfalls aus Stroh, vervollkommnen ihr Outfit. Sie hebt die geräumige Tasche an. »Für die vielen Einkäufe!« Auf dem Weg zum Molli-Bahnhof betrachten wir die »Perlenkette«. Diese acht Logierhäuser aus dem Ende des 19. Jahrhunderts befinden sich in verschiedenen Stadien der Renovierung. In respektvollem Abstand zueinander, gelegen zwischen Strandpromenade und Waldrand, lassen sie einen Blick auf die feudale Vergangenheit Heiligendamms erahnen. Diese imposanten Gebäude haben klangvolle Namen wie Großfürstin Marie-Perle, Greif, Möwe, Seestern, Hirsch, Schwan und Anker. Von den acht unterschiedlichen Villen gefällt mir die mit dem Namen Hirsch am besten. Sie würde in ihrem Kolonialstil sogar ins French Quarter nach New Orleans passen. Die restaurierten Prachtbauten sind vermietet an Großindustrielle und Prominente der Unterhaltungsindustrie. In zweiter Reihe befinden sich neben dem Palais ›Prinzessin von Reuß‹, die Kolonnaden, ein lang gestreckter Bau mit einer Vorhalle mit neunzehn Säulen. Hier lustwandelten die illustren Badegäste vergangener Zeiten. Ebenfalls besuchten sie hier Friseur, Fotograf und Schneider. Nachmittags trennten sich die Kurgäste sittsam, wenn die Männer rechts und die Frauen links die Badekarren aufsuchten. Ich will Ella meine Gedanken mitteilen, als sie »Ach, nee, wer ist das denn? Die Besatzung der Enterprise hat Ausgang« ausruft. Jonas trägt Sandy auf den Schultern. Helen hält Timmy an der Hand und wirft besorgte Blicke auf Mann und Tochter. Ich kann nicht hören, was sie sagt, aber bin mir sicher, dass es mit ›Lass sie nicht fallen‹ zu tun hat. Ihr Frotteekleid hat sie zugunsten eines hellbraunen sackähnlichen Leinenkleids getauscht. Ella und ich grinsen uns an und überholen die Familie. Die Bahnsteige am schmucken weißen Bahnhofsgebäude sind bis auf uns leer. Eltern und Kinder kommen eben noch rechtzeitig an, um Mollis Einfahrt in den Bahnhof mitzuerleben. Die schwarzrote Lok, der Dampf, das Quietschen der Bremsen, Mollis Schnaufen und lang gezogenes Tuten wirken wie aus der Zeit gefallen. Timmy in Helens Umklammerung und Sandy auf Jonas' Schulter zappeln vor Aufregung. Zu meiner Verwunderung ist die nostalgische Bäderbahn ungewöhnlich leer, was vermutlich dem herrlichen Strandwetter geschuldet ist. Wir nehmen auf den rotbraunen Kunstledersitzen Platz. Außer uns ist nur die junge Familie im Waggon. Sie sitzt auf der anderen Seite des Gangs.

»Blumen pflücken während der Fahrt ist verboten!«, sage ich und registriere, wie sich Jonas' Mundwinkel nach oben ziehen. Er lacht definitiv zu wenig. Ella hat recht. Seine Frau muss weg. Sie tut weder ihrem Mann gut noch ihren Kindern. Mit einem Seitenblick mustere ich sie. Die Kleinen wirken ohne ihre extraterrestrische Aufmachung allerliebst. Der sechsjährige Timon-Dingenskirchen trägt kniekurze Jeans und ein T-Shirt mit Sponge-Bob-Aufdruck, seine jüngere Schwester weiße Caprihosen und eine rosa geblümte Bluse. Sie haben Ähnlichkeit mit dem Vater. Ihr Glück. Vermutlich hat Ella recht, und man lernt es, den Nachwuchs des Lebensgefährten zu lieben. Was Charlotte und Jakob zu viel an Entdeckungsfreude hatten, haben diese Geschwister zu wenig. Beide sitzen brav auf den Plätzen und schauen aufgeregt nach draußen. Hätten die Kinder nicht am Fenster zappeln sollen und mit sich überschlagenen Stimmen alles kommentieren, was sie auf der gemächlichen Fahrt durch die mecklenburgische Landschaft sehen? Müssten sie nicht quengeln und den Eltern in den Ohren liegen, auf der Plattform zu stehen und sich den warmen Sommerwind um die Nase wehen lassen? Die Kleine erblickt ein Reh und zeigt aufgeregt juchzend darauf. Helen zieht sie von Jonas' Seite am Fenster zu sich auf den Schoß am Gang. Das Mädchen protestiert. »Helen, kannst du Sandy nicht einmal in Ruhe lassen? Sie möchte das Reh beobachten.«

»Das kann sie so auch! Ihr Name ist Melisande-Romina!«

Jonas seufzt hörbar. Er reibt sich die Augen und atmet tief durch. Ich sehe, wie sich sein Brustkorb hebt und senkt. Der Mann hat eine solche Selbstbeherrschung: bewundernswert. In meiner Fantasie befinde ich mich an ihrer Stelle. Mit zwei hübschen Kindern mit tiefbraunen Augen und dunklen Haaren und dem attraktiven Jonas an meiner Seite. Ein neuer Gedanke durchfährt mich. Ich bin noch nicht zu alt für ein eigenes Kind. Ein dunkelhaariges mit braunen Augen. Schnapp ihn dir, klingt Ellas Stimme in meinem Kopf. Molli ruckelt über die Gleise und lässt hin und wieder ein munteres Tuten hören. Der Dampf der Lok zieht an den Fenstern vorbei. Jonas erhebt sich entschlossen vom Sitz. »Komm, Timmy«, sagt er und nimmt ihn an die Hand. Helen ist zu überrascht, um etwas zu erwidern. Vater und Sohn öffnen die Tür am Ende des Waggons. Beide treten auf die Plattform. Dort zu stehen macht den ausgefallenen Reiz der Fahrt mit der Bäderbahn aus. Im Freien zu sein, nur durch eine dünne Stange gesichert, ist ein Erlebnis. Die Bahn passiert Getreidefelder, Waldstücke und lässt einen grandiosen Blick auf die blaue Ostsee zu. Helen hat einen unglücklichen Gesichtsausdruck, macht aber keine Anstalten, Mann und Kind zurückzuholen. Ella und ich schwanken in Mollis Rhythmus an das andere Ende des Wagens und lassen uns draußen vom Wind die Haare zerzausen. Die Luft ist warm und duftet nach Getreide und Wald. Hin und wieder, je nach Mollis Fahrtrichtung, stehen wir im Dampf und amüsieren uns. Ich bin froh, Ella gefunden zu haben. Hoffentlich wohnt sie nicht zu weit von mir entfernt. Ich möchte die Freundschaft nach dem Urlaub aufrechterhalten. Die Tür öffnet sich, und Helen tritt zu uns hinaus.

»Ich brauche frische Luft.« Ihre Lippen beben, die Fäuste öffnen und schließen sich. Erwartet sie Mitleid? Ich drehe mich um und schaue durch den Wagen auf die Plattform am anderen Ende des Waggons. Ihr Mann steht dort mit beiden Kindern. Die drei haben Spaß. Ich erkenne es an den Gesichtern.

Helens Blick liegt auf ihrer Familie. Ihr Ausdruck lässt nur einen Schluss zu. Eifersucht. Fast kann ich sehen, was sie denkt. Wieso haben sie Freude ohne mich?

Molli stößt einen lang gezogenen Pfiff aus und drosselt das Tempo für den Haltepunkt Steilküste. Niemand steigt zu. Der Zug nimmt erneut Fahrt auf. Helen schaut aufgewühlt ans andere Ende des Wagens. »Hoffentlich ...«, sie murmelt etwas Unverständliches. Sie will doch nicht wieder ihrer Familie den Spaß verderben? Wie kann sie nur so egoistisch sein? Sie sollte dankbar sein für einen Mann, der sich so liebevoll um seine Kinder kümmert und sichtbar gerne seine Zeit mit ihnen verbringt. Ich stelle mich vor die Tür und versperre ihr den Weg nach drinnen. Sie sieht mich überrascht an.

»He! Was soll das? Lassen Sie mich durch!«

Ich schüttle den Kopf. »Nein. Lassen Sie Jonas und die Kinder in Ruhe. Gönnen Sie ihnen doch einmal fünf Minuten gemeinsame Freude zusammen. Sie sind die reinste Spaßbremse!«

Helens Augen sind zusammengekniffen, der Mund schmal. »Woher kennen Sie meinen Mann? Wer sind Sie? Was geht Sie das an?« Sie versucht, sich an mir vorbeizudrängen. Wie angewachsen stehe ich vor ihr.

»Jenny, was soll das?« Ellas Augen sind kugelrund, und ein breites Grinsen zieht sich über ihr Gesicht. Helen bemüht sich, an mir vorbeizusehen. Sie ist groß, doch ich überrage sie. »Jonas!«, ruft sie in Mollis fröhliches Pfeifen hinein. »Jonas! Woher kennst du diese Frau? Hilf mir! Jonas! Komm!« Sie fasst meine Oberarme und versucht, mich zur Seite zu schieben. Ich packe sie an den Schultern. Ohne Kraftaufwand drücke ich die schmale Person zurück. Einen Schritt, zwei Schritte. Sie weicht aus und wird nur kurz von der Sicherungsstange aufgehalten. Schnapp ihn dir, flüstert mir die Stimme in meinem Kopf zu. Helen schreit. Molli pfeift. Ella lacht. Das Blut rauscht mir in den Ohren. Ich dränge Jonas' Frau weiter von mir. Sie strauchelt und versucht, sich festzuhalten. Ihre Hände fassen ins Leere. Helen verliert das Gleichgewicht, fällt rückwärts mit dem lauten Aufschrei »Jonas!« vom Plateau. Sie rudert kurz mit den Armen. Wie ein Helikopter, denke ich, bevor sie auf dem Splitt landet. Fassungslos sehe ich ihr nach. Sie bleibt reglos neben dem Gleisbett liegen. In einem gemütlichen Tempo entfernen wir uns Meter um Meter von ihr. Sie steht nicht auf. Das hatte ich nicht beabsichtigt. Oder doch?

Unvermittelt steht Jonas bei uns auf der Plattform. Die Kinder sind im Waggon, stehen am Fenster, sehen auf die Ostsee und haben nichts mitbekommen.

»Warum hat die Alte Helen aus der Bahn geschubst?«, fragt er Ella.

Meine Blicke schnellen von ihm zu ihr und zurück. Mein Atem geht rascher. Ich höre mich keuchen. Welche Alte? Wen meint er damit? Doch nicht etwa …?

Jonas lehnt sich so weit wie möglich hinaus und schaut zurück zu dem bewegungslosen Körper. Ich folge seinem Blick. Von seiner Frau ist kaum etwas zu sehen. Ihr reizloses Kleid fügt sich harmonisch in das Braun des Schotters ein. Sie rührt sich nicht. Meter für Meter entfernen wir uns von ihr.

Wie betäubt sitze ich zwei Tage später in meinem Strandkorb. Der Himmel ist noch immer so lichtblau, die See glitzert silbern-azur. Strandgäste baden und spielen fröhlich im Sand. Bemerkt niemand außer mir, dass sich alles verändert hat? In mir ist alles taub und leer. Ich mustere abwechselnd die verlassenen Plätze von Ella und Jonas. Badegäste liegen im Schatten der mit Holzgittern versperrten Körbe. Hoffe ich auf ihre Rückkehr, oder fühle ich mich erleichtert über ihre Abwesenheit? Wo mögen sie sein? Meine Gedanken überschlagen sich. Was war vorgestern nur über mich gekommen? Was habe ich Helen nur angetan? Warum befinde ich mich nicht in Untersuchungshaft? Schweiß perlt von meiner Stirn, und das liegt nicht nur an der Hitze. Was haben Jonas und Ella ausgesagt? Noch vor Ort, auf dem Molli nach Ellas Hilfeschreien zum Stehen gebracht wurde, hatte

Ella den hinzukommenden Beamten geschildert, wie Helen sich zu weit hinausgelehnt und das Gleichgewicht verloren hatte. Sowohl Ella als auch ich hätten zupacken wollen, aber es sei zu spät gewesen. Nein, der Ehemann wäre nicht bei uns, sondern bei seinen Kindern gewesen und habe nichts mitbekommen. Meine Freundin hatte dabei meinen Blick gesucht und mich eindringlich angesehen. Ich brauchte nur noch zustimmend zu nicken. Diesen Freundschaftsdienst werde ich ihr nie vergessen. Aber würden wir die Aussagen aufrechterhalten können? Und was war mit Jonas? Offensichtlich hatte er meine Tat doch beobachtet! Was hatte er mit »Alte« gemeint? Sicher hatte ich mich verhört. Er hätte nur die Wahrheit sagen müssen, um mich ans Messer zu liefern.

Auf dem Kommissariat in Rostock waren sie alle sehr nett zu mir. Ich hatte mit Handschellen, einem abgedunkelten Verhörraum, in dem sie mich mit gleißendem Licht blendeten, und dem Transport ins Gefängnis gerechnet. So, wie man es aus dem Fernsehen kennt. Stattdessen saß ich in einem normalen Büro. Ein korpulenter Kommissar hatte mir sogar einen Kaffee gebracht, eine junge Polizistin hatte mich mitfühlend angesehen. Dass ich nur wenig sprach und viel weinte, schrieb man dem Schock zu.

Mein Blick sucht wieder die Umgebung ab. Jonas ist vermutlich mit seinen verstörten Kindern abgereist. Ob ich auf dem Kommissariat nach seiner Adresse fragen kann? Wo ist Ella? Ich krame in meinem Gedächtnis über das, was sie mir von sich erzählt hatte. Viel ist es nicht. Wenn ich mich wenigstens mit ihr austauschen könnte. Mich bedanken dafür, dass ich nicht wegen Totschlags oder Ähnlichem in

Untersuchungshaft sitze. Mir ist nicht einmal bekannt, wo genau sie in Heiligendamm wohnt. Ich atme die salzige Seeluft mit dem Unterton von Seegras ein und versuche, mich zu beruhigen. Lustlos greife ich nach der überregionalen Zeitung und schlage sie auf. Die Artikel über die Hanse-Sail dominieren die Berichterstattung. Mein Blick bleibt an einem Foto einer Familie haften, die eine Gangway zu einem Ausflugsschiff betritt. Ein großer dunkelhaariger Mann hält an jeder Hand ein Kind. Er schaut direkt in die Kamera. Meine Lippen bilden stumm seinen Namen. Jonas! Schön von ihm, die Kinder nach dem Verlust der Mutter mit einer kleinen Schifffahrt abzulenken. Was ist das? Meine Nase nimmt den rauchigen Geruch der Druckerschwärze wahr, so nah halte ich die Zeitung vor mein Gesicht. Hinter den dreien geht eine schlanke brünette Frau. Ihr Gesicht ist von einer Sonnenbrille bedeckt, auf dem Kopf trägt sie einen fransigen Sonnenhut mit einem blauen Band. Ich erkenne die Brille, den Hut und die Riemchensandalen. Die Zeitung entgleitet meinen Händen. Unvermutet fällt es mir wie Schuppen von den Augen. Dani. Ella. Daniela. Sie ist Jonas' Affäre, Freundin, Kollegin, Geliebte. Die Frau, vor der sich Helen gefürchtet hatte. Er war gar nicht verwitwet. Noch nicht. Ella und Jonas hatten vorgehabt, Helen während des Urlaubs zu beseitigen. Die geschmiedeten Pläne umzusetzen war nicht nötig. Sie mussten nur eine Dumme finden, die Helen beseitigt. Sie haben sie gefunden. *Mich*.

ELISAS LETZTER TANGO
Bea Schreiner

Hamburg

»Es gibt noch andere Werte im Leben als Geld, mein Sohn.«

Hermann hallten die Worte seiner Mutter schon die halbe Nacht in den Ohren nach, und er wusste auch, warum. Sie passten nicht zu ihr. Wie so viele Dinge, die sie in letzter Zeit sagte oder tat. Aufgewühlt wälzte er sich in der weißen Damast-Bettwäsche hin und her, sein Sommerpyjama klebte ihm am ganzen Körper. Für Hamburger Verhältnisse war dieser August einfach unnatürlich heiß. Schließlich stand Hermann auf und schob die breite Terrassentür zur Seite. Doch anstatt einer frischen Brise schlug ihm schwüle, stickige Nachtluft entgegen. Auch der Blick über die Alster, in der sich der Mond einsam putzte, schenkte ihm nicht die ersehnte Ruhe. Seit seine Mutter diesen Coach und Meditationstrainer traf, war alles aus dem Lot geraten. Jetzt verbrachte sie sogar mit ihm ein paar Tage im Familien-Landhaus am Sehlendorfer Strand. Das war zu viel! Damit hatte sie eine Grenze überschritten.

Hermann stützte sich am schmiedeeisernen Balkongeländer der Jugendstilvilla ab und schüttelte immer wieder den Kopf. Seine Mutter, Elisa Hedwigsen, eine Hanseatin alter Schule, war einem Felix Krull, einem Erbschleicher, einem

Belami ins Netz gegangen. Davon war Hermann mittlerweile überzeugt. Jugendliebe hin oder her. Dieser Mann baute Luftschlösser, sobald er den Mund aufmachte. Und reden *konnte* er. Seine Online-Seminare über Glück und Selbstfindung waren, glaubte man ihm denn, stets ausgebucht. Aber was Bertold Schlucht mit seiner Mutter machte, war kein Kurs in Lebensweisheit, sondern reines Brainwashing.

Doch was Hermann am meisten beunruhigte, war nicht, dass sie ihren Kleiderstil geändert hatte und ihre Chanel-Kostüme gegen Jeans und bunte Blusen eingetauscht hatte. Auch nicht, dass sie es neuerdings vorzog, sich mit Bertold zu den Klima-Demos von Fridays for Future und nicht mehr mit den Damen zum Bridge zu treffen.

Nein, was ihm ernsthaft Sorgen bereitete, war, dass sie jegliches Interesse an ihren Aktien verloren zu haben schien und dafür ständig davon sprach, ihr Geld zu *spenden*.

Nein, diesem Treiben musste Hermann ein Ende setzen, das war er seiner Mutter schuldig. Wie hatte sie ihm schon als Kind gepredigt? *Hermann, die Firma kommt immer an erster Stelle, und dann kommt erst einmal eine ganze Weile nichts, merk dir das!*

Entschlossen stieß er sich vom Geländer ab. Er musste noch einige Stunden Schlaf finden. Morgen früh würde er sich nach einer Dusche und einem kräftigen Frühstück auf den Weg an die Ostsee machen und das Problem Bertold Schlucht ein für alle Mal aus dem Weg schaffen.

Als Hermann seinen dunkelgrünen Jaguar aus der Ausfahrt manövrierte, war es bereits 10 Uhr. Ihm war klar, dass er die Abfahrt herausgezögert hatte. Würde er wirklich bis zum Äußersten gehen? Eine Stunde an seinem Mahagoni-Schreibtisch hatte ihm allerdings deutlich gemacht, dass es keine andere Möglichkeit gab. Er musste den Status quo wiederherstellen. Seine Mutter hegte ihre Spendenträume zu einem äußerst ungelegenen Zeitpunkt. Die Firma war nicht flüssig. Der Baustopp an zwei Mehrfamilienhäusern in Toplage nagte ebenso an seinem Geschäftskonto wie ein riskantes Börsenabenteuer, in das er sich gestürzt hatte. Nach Negativschlagzeilen befand sich die von ihm recht hoch gekaufte Aktie im Keller; wenn er das Paket jetzt abstieß, wäre sein Verlust enorm.

»Hast du denn keine Augen im Kopf, du Vollpfosten«, fluchte Hermann, als ein Radfahrer ihm am Schwanenwik die Vorfahrt nahm. Er hupte und schlug sich mit der flachen Hand an die Stirn. Doch der Radfahrer radelte gelassen weiter und zeigte auf die rot asphaltierte Fahrradspur, was Hermann noch mehr aus der Fassung brachte. Diese verrückten neuen Straßenmarkierungen für Radfahrer brachten ihn immer wieder auf die Palme. Wer sollte dieses System verstehen? Er jedenfalls nicht, und er wollte es auch nicht! Immerhin konnte er auf der Sievekingsallee ordentlich Gas geben, und nach einer halben Drehung um den Horner Kreisel befand er sich endlich auf der Autobahn Richtung Lübeck.

Wie immer, wenn er schnell fahren konnte, stellte er die Musik lauter und den Tempomat an. Als Klassikliebhaber genoss er es, Arien in voller Lautstärke zu hören. Hier auf der Autobahn beschwerte sich niemand. Hermann streckte die Schultern nach hinten, ließ sich von der Geschwindigkeit in den cremefarbenen Ledersitz drücken und lauschte dem ersten Auftritt von Rossinis *Semiramide*, der Gattenmörderin und Königin von Babylon, die irrtümlicherweise von ihrem Sohn erstochen wird. Ein akustisches Juwel, eine letzte Perle des italienischen Belcantos. Für ihn waren Opern das perfekte Ventil, allen Fantasien, die sonst nur Platz in nächtlichen Träumen fanden, freien Lauf zu lassen. Absurdeste Grausamkeiten wurden in eine künstlerische Idealform gegossen und historisch verpackt. Welch genialer Pakt. Zeig mir die dunkelsten Abgründe der Menschheit, und ich bleibe ein braver Bürger. Spielerisch dirigierte Hermann mit den Zeigefingern das imaginäre Orchester, das nicht aus Musikern bestand, sondern aus Insekten, die gegen seine Windschutzscheibe prallten.

Der Gedanke durchschoss ihn wie ein jäher Blitz: Mit seiner Entscheidung, die er letzte Nacht getroffen hatte, wechselte er die Seiten. Er schluckte. Ein inneres Beben erfasste ihn, als plötzlich dicke Tropfen auf sein Auto knallten und die toten Fliegen und Käfer auf der Windschutzscheibe zu roten und gelben Schlieren wurden. Hermann schaltete die Scheibenwischer an, die nach wenigen Sekunden dem Blutbad ein Ende setzten.

Dabei hatte über der Alster eben noch die Sonne geschienen. Aber Hermann wunderte sich nicht, es war völlig normal, dass sich auf der Fahrt von Hamburg an die Ostsee das Wetter änderte, mehrfach sogar – und der Regen passte ihm. Immer wieder spulte Hermann Szenarien vor seinem inneren Auge ab, die einen möglichen Tod Bertolds wie einen Unfall aussehen lassen könnten. Leider hatte Hermann genug Krimis gesehen, um zu wissen, dass ihm durch Spurensicherung, Gentests und moderne Kriminaltechnik nicht viel Handlungsspielraum blieb. Auch sein Motiv wäre erschreckend offensichtlich. Er brachte ja nicht seine Mutter um! So etwas passierte wirklich nur in der Oper. Aber den Liebhaber der Mutter auszuschalten war schon weitaus geläufiger – und berechtigter. Besonders wenn es sich um einen Bankrotteur wie Schlucht handelte, der auf das Firmenvermögen aus war und dabei auf seine sonderbare Gutmensch-Art von sozialer Gerechtigkeit sprach. Wenn er, Hermann, so denken würde, könnte er als Immobilienmakler einpacken.

Soziale Gerechtigkeit! Mit seinem Gerede von einer besseren Welt hatte er bei seiner Mutter eine Schwachstelle getroffen. Angeblich hätten sie beide damals gemeinsam von dieser viel beschworenen besseren Welt geträumt, bevor Elisa seinen Vater kennengelernt hatte und sie wohl mit den Vorzügen der anderen, glänzenden Seite dieser Welt verführt hatte. Hermann holte tief Luft, und mit tief gestellter Stimme begleitete er schief, dafür laut das Duett von Semiramide und Arsace.

So abrupt der Platzregen gekommen war, so schnell ließ der Jaguar die dunkle Wolke hinter sich. Rechts und links bogen sich Felder und Weiden in die Landschaft, der Himmel zeigte sich wieder freundlich. Noch zwanzig Kilometer bis Lübeck.

Hermann versuchte nachzuvollziehen, was mit seiner Mutter in den letzten Monaten geschehen war, warum sie sich so verändert hatte. Diese ganze Entwicklung war aus seiner Sicht ein einziger Widerspruch. Elisa Hedwigsen hatte ihn nach dem Tod seines Vaters so erzogen, dass ihm schon als Schüler klar war, wie sein Lebensweg aussah: ganz im Zeichen der Immobilienfirma. Als mittelguter Schüler, schlechter Sportler und mit einer Vorliebe für historische Sachbücher schlug er sich durch und eckte nie an. Nachdem Elisa Hedwigsen die Firma erfolgreich bis zu ihrer Rente geleitet hatte, saß nun seit fünfzehn Jahren er am Ruder, ebenfalls erfolgreich, wenn auch mit Schwankungen. Er hatte tatsächlich sein Leben der Firma untergeordnet, enge Freundschaften und Partys hatten ihn nie gereizt.

Freundinnen waren für ihn kein Thema, er war einfach nicht der Typ, sich auf einen anderen Menschen einzustellen. Welches Mädchen hätte auch vor den Augen seiner Mutter bestehen können? Keines. Die Firma und seine Mutter forderten Hermann ganz, und das war ihm sehr recht. Gemeinsam pflegten sie ihre Rituale und Gewohnheiten, lösten zusammen anspruchsvolle Kreuzworträtsel, züchteten Rosen, reisten zu den entsprechenden Jahreszeiten nach Sylt oder in die Schweizer Alpen, besaßen drei Autos und gingen jeden Sonntag im Fischereihafenrestaurant an der Elbe essen. Als traditionsreiche Immobilienmakler mussten sie in diesen Zeiten nichts und niemanden fürchten. So hätte es ewig weitergehen können.

Bis Bertold Schlucht auftauchte – nach über fünfzig Jahren! Mit Anfang zwanzig war ihm per Los eine Greencard von den Vereinigten Staaten ausgestellt worden, er hatte zehn Jahre in Kalifornien gelebt und danach in Argentinien. Jetzt war er wieder in Deutschland, um seinen Lebensabend in der Heimat zu verbringen, wie er sagte. Um sich in ihrem Ferienhaus einzunisten, dachte Hermann böse. Er fühlte regelrecht, wie sein Blut anfing zu brodeln, wenn er an diesen Mann dachte. Reflexartig griff er an den Lenker, er brauchte etwas, an dem er sich festhalten konnte. Dass Bertold Schlucht ein rüstiger Mittsiebziger war, nervte Hermann am meisten. Sportlich. Ernährungsbewusst. Vegetarier. Er selbst hingegen kam einfach nicht von seinen neunzig Kilo herunter, und das bei einer Größe von eins fünfundsiebzig.

»Bertold isst überhaupt kein Fleisch mehr«, hatte seine Mutter ihm vorgehalten, als sie kürzlich zusammen im Steakhouse waren. Hermann hatte patzig reagiert, er könne ohne Fleisch nicht richtig denken, worauf Elisa sich kurzerhand einen Caesar Salad ohne gebratenes Hühnchen bestellt hatte. Ja, Bertold kroch in jede Ritze ihres Alltags, und alle Sicherheiten, die Hermann für unumstößlich gehalten hatte, bröckelten. Trotzdem, er würde nicht auf seine saftigen Steaks verzichten, niemals.

Das bedeutet auch, dass Bertold nicht an einem Stück Fleisch ersticken konnte, überlegte Hermann. Am besten, er würde sich an einer Biene verschlucken. Sollte Bertold an einem Stich im Rachenraum sterben, könnte man ihm, Hermann, eine Mordabsicht unmöglich nachweisen. Und wie viel Menschen starben jeden Sommer an Bienen, die sie im Bierglas oder auf einer Eiswaffel übersehen hatten? Erst wurde die Zunge dick, dann schwoll der Hals zu, bis man schließlich erstickte. Ein schneller, überraschender Tod, wenn auch unangenehm mit anzusehen. Seiner Mutter würde er diesen Anblick ungern zumuten. Aber wenn es nicht anders ginge ...

Hermann sah rechterhand Lübeck an sich vorbeiziehen. Jedes Mal, wenn er das mächtige mittelalterliche Tor aus dem Autofenster wahrnahm, überfiel ihn ein Heißhunger auf Marzipan. Kindisch geradezu. Vielleicht würde er in dreißig Minuten auf die Tankstelle Neustädter Bucht fahren, um sich ein Marzipanbrot zu kaufen. Einen Bummel durch die Lübecker Altstadt musste er heute ausfallen lassen. Stattdessen lutschte er einen Limetten-Drops.

Für einen sommerlichen Freitagvormittag lief der Verkehr in Richtung Norden flüssig. Auf der Gegenfahrbahn schien sich allerdings halb Skandinavien zu befinden. Aber die Dänen und Schweden nahmen es mit stoischer Gelassenheit. Wer Krimis wie die nordeuropäischen Psycho-Schocker am Fließband las, musste starke Nerven haben, vermutete Hermann. Er war froh, dass er keinen Ritual- oder Rachemord verüben musste. Nein, er würde nur einen Unfall inszenieren.

Mittlerweile erklang die Bassstimme Assurs, der sich bei Semiramide über ihren Stimmungswandel beklagte. Tja, er hatte sich zu früh gefreut und einen Mord begangen, der ihm auf Dauer nichts nutzte. Das konnte ihm, Hermann, nicht passieren. Bertold Schlucht in das Reich der Toten zu befördern brachte ihm sein Leben wieder zurück, und dafür spielte er gerne alle möglichen Sterbeszenarien durch.

Tod durch Vergiftung schloss er rigoros aus, eine Überdosis an Medikamenten ebenfalls, der Mann war schließlich kerngesund. Vielleicht ein Treppensturz? Ihre Treppe im Ferienhaus am Sehlendorfer Strand war lang und hatte hohe, altmodische Stufen mit eingearbeiteten Messingkanten. Vorweg müsste Hermann ihn in ein unverfängliches Gespräch verwickeln, um ihn dann zu provozieren. In Gedanken spielte er den Dialog durch, wobei Hermann sich selbst eine kräftige Stimme gab.

»Haben Sie in den letzten fünfzig Jahren gut gelebt, Herr

Schlucht? Wovon eigentlich? Oder sollte ich besser fragen, auf wessen Kosten? Aus der Lebensunfähigkeit der Menschen Profit zu schlagen ist ja nun auch nicht gerade sozial, oder, Herr Schlucht?«

»Ich versuche nur zu helfen.« Hermann vermutete, dass Bertold diese Antwort geben würde.

»Sie sonnen sich darin, derjenige zu sein, den andere Menschen brauchen«, würde Hermann kontern. »Sie wollen angehimmelt werden. Sie sind ein Narziss.« Dieser Satz würde ihn aus der Fassung bringen. Hermann jauchzte innerlich. Es war gemein, aber er hatte nicht unrecht. Hermann sah ja, wie Schlucht seine Mutter manipulierte.

Ein Wort gäbe das nächste, er würde den Überraschungseffekt nutzen und ihn schubsen, einmal, zweimal, wenn es nötig wäre auch dreimal. Natürlich würde er sofort den Krankenwagen rufen und dem Notarzt anschließend mitteilen, dass er ihm nicht hatte helfen können, es sei alles so schnell gegangen. Hermann hielt inne. Hm. Eine aufwendige Angelegenheit, eine Rechnung mit zu vielen Unbekannten. Was, wenn Schlucht sich wehrte oder sich womöglich nicht auf ein Gespräch mit ihm am Rande des Treppenabstiegs einließe oder sich womöglich an ihm festhielte?

Hermann schauderte, stellte die Musik aus und steckte sich einen zweiten Drops in den Mund. Zog sich die Strecke heute wie Kaugummi, oder lag es an seinen Gedanken, dass ihm der Weg heute länger als sonst vorkam? Er blickte auf die Felder und die Bauern, die auf ihren gigantischen Traktoren den reifen Raps mähten. Die frühe Mittagssonne legte sich wie ein Schutzschild über die Natur, und beim Anblick des ewigen Wechsels von Werden und Vergehen, von Säen und Ernten traf ihn die Erkenntnis wie ein Schlag. Er fühlte, dass er das Richtige tat. Nicht im Ansatz überfiel ihn ein schlechtes Gewissen. Aber war es wirklich nur das Geld, von dem er glaubte, dass Bertold Schlucht es ihm abnahm?

Als sein Handy über den Lautsprecher schrill klingelte, zuckte Hermann zusammen. So viel zum Thema schlechtes Gewissen. Es war Mareike, eine Freundin seiner Mutter. Was wollte die denn von ihm?

»Hermann, schön, dass du abnimmst. Störe ich gerade?«

Er wollte Mareike nicht auf die Nase binden, dass er seine Mutter und deren Liebhaber mit einem Besuch überraschen wollte, und antwortete ausweichend: »Alles gut, ich bin unterwegs. Termine.«

»Ich verstehe.«

»Kann ich dir irgendwie helfen?«, fragte Hermann etwas bemüht.

»Ich bin gerade in Hohwacht und wollte mich nur nach Elisa erkundigen. Seit Bertold wieder in Hamburg ist, sehe ich sie kaum noch, sie geht auch nicht an ihr Telefon. Geht es ihr gut?« Aha, Neugier und Tratschsucht waren der Grund für ihren Anruf.

»Alles bestens, Mareike.« Zumindest wird es das bald wieder sein, ergänzte er für sich im Stillen.

»Stimmt es, dass sie Bertold jetzt sogar mit an den Sehlendorfer Strand genommen hat? Das Ferienhaus nutzt ihr beide doch sonst nur für euch privat, oder?«, fragte sie spitz.

Hermann schwieg wohl einen Moment zu lange. Mareike hoffte schon seit Jahren auf eine Einladung seiner Mutter. Aber Elisa Hedwigsen wollte in ihrem Feriendomizil keine Gäste empfangen.

»Habe ich es mir doch gedacht«, erklärte sie. »Ich kenne deine Mutter ja schon seit Jugendtagen, und natürlich weiß ich noch, wie unglücklich sie war, als Bertold damals nach Amerika gegangen ist«, ratterte Mareike los. Hermann presste die Lippen zusammen. Warum erzählte sie ihm das alles? »Aber die Umstände haben es nicht erlaubt, dass sie mitgehen konnte«, fügte sie sonderbar freudig hinzu. Die Geschichte hatte er schon hundertmal gehört. Dann kam dein Vater, erzählte ihm seine Mutter die Geschichte stets zu Ende. »Tja, deine Mutter ist ja damals so krank geworden.« Hermann stutzte, den Part kannte er nicht. Krank? »Ich will sie nicht noch einmal so leiden sehen, und dass Bertold jetzt, wie ein Eindringling euer *beider* Leben auf den Kopf stellt, also, ich finde, da solltest du ...«

»Mareike, ich höre dich nicht mehr. Hallo? Die Verbindung ist so schlecht.« Knack.

Das reichte ihm jetzt. Er wollte sich nicht noch von Mareike den Spiegel vorhalten lassen. Die Situation war sowieso schon peinlich genug. Hermann biss an seinem Daumennagel. Was hatte sie mit »krank« gemeint? Krank vor Liebeskummer? Wenn man Liebeskummer als Krankheit bezeichnete ... tja, warum nicht, dann hatte Mareike wohl recht.

Endlich erblickte Hermann das Schild, das anzeigte, dass es nur noch fünf Kilometer bis zur Raststätte Neustädter Bucht Ost waren. Er brauchte dringend einen Kaffee und etwas zu essen.

Hermann hatte sich ein großes Stück Apfeltorte mit Sahne bestellt und trank einen Cappuccino dazu. Jetzt saß er an einem der Plastiktische und schlang gierig den Kuchen in sich hinein. Sahne hing in weißen Flocken um seinen Mund. Nachdem er den letzten Bissen hintergeschluckt hatte, fühlte er sich wieder besser. Das Gespräch mit Mareike hatte ihn aufgewühlt und ihm noch einmal deutlich gemacht, wie ungeheuerlich die ganze Situation war. *Wie ein Eindringling.* Ja, das war er. Alles drehte sich nur noch um Bertold. Aber das schien seine Mutter nicht mehr zu merken. Sogar ihre älteste Freundin vernachlässigte sie.

Als eine lärmende Großfamilie an Hermann vorbeistürmte, stand er auf und holte sich am Kiosktresen ein großes Marzipanbrot und einen Smoothie. Beim Bezahlen fiel sein Blick auf das Titelblatt einer Tageszeitung: »Mann ertrinkt in Ostsee, vierter Todesfall in diesem Sommer«.

Auf dem Weg zum Auto arbeitete es in Hermann. Ein Badeunfall wäre eine schöne Sache. Aber Bertold war zu sportlich. Er konnte ihn schlecht zum Wettschwimmen auffordern, da würde Hermann auf der Strecke bleiben. Womöglich müsste Bertold *ihm* dann noch das Leben retten. Gott bewahre. Trotzdem überdachte er mögliche Varianten. Hermann könnte ihn mit dem Ansinnen, ein Gespräch unter Männern führen zu wollen, aufs Meer hinauslocken, ihm einen Krampf vorspielen, sich an ihm festhalten und ihn dann unter Wasser drücken. Bingo. Doch in der nächsten Sekunde schüttelte Hermann den Kopf, nein, das Risiko, sein eigenes Leben aufs Spiel zu setzen, wäre zu groß. Er war einfach kein guter Schwimmer.

Erleichtert, der Hitze entkommen zu sein, stellte Hermann die Klimaanlage wieder hoch, beschleunigte den Jaguar schon auf dem Abfahrtsstreifen der Raststätte und zog auf der Autobahn sofort nach links. Nur noch eine halbe Stunde Fahrt, und er hatte sich immer noch nicht entschieden, wie er Bertold ins Jenseits befördern wollte.

Die Sonne spielte Verstecken mit einer großen, dunklen Regenwolke, und Hermann entschied sich als Musikbegleitung für Beethovens *Pathétique*. Dramatisch, melodisch – fast wie eine Ouvertüre in der Oper, leidend, kämpferisch, atemlos. Er wickelte das Goldpapier von dem mit dicker Zartbitterschokolade ummantelten Marzipan und biss ein großes Stück davon ab.

Dann schaltete er den Tempomat an, und mit halb geschlossenen Augen dirigierte er kauend seine Lieblingsklaviersonate. Er fühlte sich, als ob er schwebte. Routiniert folgten seine Bewegungen dem schwindelerregenden Wechsel von laut zu leise, von schnell zu langsam, mal kreiste er ausladend mit den Armen, mal tröpfelten seine Zeigefinger im Takt sanfter Moll-Töne. Nach dem letzten Takt des dritten Satzes musste er die Autobahn verlassen und begab sich, die Hände wieder am Lenkrad, voller Bedauern auf die tempolimitierte Landstraße.

Nach einigen Kilometern, die er, immer noch im Rausch der Geschwindigkeit und der Musik, zu schnell zurücklegte, stach ihm im Vorbeifahren ein Werbeschild für eine nahe gelegene Imkerei ins Auge. Er kippte seinen Himbeer-Bananen-Smoothie hinunter, machte einen U-Turn und bog in einen holprigen Feldweg ein.

Ein selbst gebautes Holzschild wies ihm den Weg nach rechts. Hermann stellte den Wagen ab, griff nach der Smoothie-Flasche und stieg aus. Sofort schlug ihm wieder diese unerträgliche Hitze entgegen, auch der verwilderte Garten, der sich vor ihm eröffnete, sorgte nicht für Abkühlung. Hermann betrachtete kritisch die ungemähte Wiese, auf der Hunderte von Korn- und Butterblumen blühten, dann entdeckte er unter einem alten gekrümmten Apfelbaum einen robusten Holztisch, auf dem sich eine Pyramide mit Honiggläsern stapelte, daneben eine Kasse und ein Schild: »Dank dem ehrlichen Käufer!« Kein persönlicher Verkauf, umso besser. Hermann hielt Ausschau nach etwaigen Bienenstöcken und entdeckte drei Holzkästen am Ende des Gartens im Halbschatten einer berghohen Brombeerhecke. Erfreut nahm er die Bienen wahr, die summend zu ihrer Königin flogen, und legte die Smoothie-Flasche geöffnet auf den Holztisch. Jetzt musste er nur noch warten, bis sich einige der Bienen in die Flasche hineinverirrten, um den letzten Rest pürierten Himbeer-Bananen-Pürees aufzusaugen.

Hermann musste nicht lange warten, schon nach wenigen Minuten krabbelten drei Bienen in das Glas. Mit einem Silberkuli hatte er ein paar Löcher in den Blechdeckel gestoßen, den er nun fest zuschraubte. Er legte einen Zehn-Euro-Schein in die Kasse und schnappte sich ein Honigglas, dann stiefelte er durch die hohen Gräser zurück zu seinem Wagen. Zufrieden startete er den Motor, während die Bienen auf dem Beifahrersitz panisch brummten.

Nichts passte besser für die letzten Kilometer zu ihrem Ferienhaus als der »Sommer« aus Vivaldis »Vier Jahreszeiten«, fand Hermann. Der von der Hitze geplagte Hirte, so wie er in Vivaldis zugehörigem Sonett beschrieben wurde, der unter der Sommerhitze leidet, dem es von Mücken geplagt vor dem Donner graust und der sich wegen des heraufziehenden Sturms um seine Ernte sorgt – mit diesem Zustand konnte er sich bestens identifizieren. Nur schade, dass er das Violinkonzert auf der Landstraße nicht dirigieren konnte.

Dafür würde die Musik ihn dazu inspirieren, zu welchem Anlass er Bertold seine frisch gefangenen Bienen servieren würde. Zu Mittag besuchte seine Mutter gerne eines der kleinen Strandrestaurants, um Fischsuppe zu essen. Das passte schon mal nicht. Kaffee und Torte am Nachmittag wäre eine Möglichkeit, aber wie sollte er die Bienen verstecken? In der Sahne würden sie wohl schnell selbst ersticken.

Hermann wog mit seinem schweren Oberkörper hin und her, um den Emotionen, die ihn beim Klang der Violinkaskaden überwältigten, Ausdruck zu verleihen. Während er durch die Eichen-Alleen raste, nahm die Musik regelrecht Besitz von seinem Körper. Das war es: der Wildkräutersalat. Seine Mutter schwor auf die zarten Blätter, die sie selbst im Garten anbaute. Vielleicht mit ein paar gegrillten Scampi für den Herrn Vegetarier? Im Salat könnte er die Bienen bestens verstecken, vorher würde er sie mit einer homöopathischen Dosis Himbeerlikör betäuben, damit sie ihm nicht aus den Radieschen davonflogen. Das passte auch zum Dressing.

Immer begeisterter steigerte sich Hermann in seine Pläne. Ihm war gar nicht klar gewesen, dass er so viel Fantasie besaß. Während er ein kleines Waldstück passierte, drückte er sich selbstzufrieden noch ein weiteres Stück Marzipanbrot aus dem knisternden Papier und war für einen Moment abgelenkt, als er aus den Augenwinkeln etwas auf der Fahrbahn wahrnahm. Etwas, das nicht dorthin gehörte.

Ruckartig wandte er den Kopf hoch, und für den Bruchteil einer Sekunde befand Hermann sich Auge in Auge mit einem Reh. Obwohl er von dem eleganten Tier wie paralysiert war, setzte er im Affekt den Fuß auf die Bremse. Ein ohrenbetäubender Knall, und Hermann spürte sein Gesicht hart auf dem Airbag aufprallen, dann schlug er mit dem Kopf wieder zurück an die Kopflehne. Der Jaguar kam dort zum Stehen, wo ihn eben noch das Reh fragend angesehen hatte. Die letzten Vivaldi-Takte ließen ihn erschauern. War das wirklich gerade passiert?

Das Glas mit den Bienen war in den Fußraum gefallen, er hörte sie brummen, sie lebten noch, genau wie er. Auch das Reh war anscheinend unversehrt geblieben. Hermann fühlte den Schweiß auf seiner Stirn, auch sein Rücken war plötzlich pitschnass. Ganz ruhig. Jetzt nur die Nerven behalten. Mit zittrigen Fingern versuchte er, den aufgesprungenen Airbag in seine Vorrichtung zurückzustopfen. Für die letzten drei, vier Kilometer würde es gehen. Hermann holte tief Luft, das Summen der Bienen wurde in seinen Ohren plötzlich unerträglich laut. Ungehalten startete Hermann wieder den Motor. Er würde sich doch nicht von einem Reh verrückt machen lassen.

Das Platzen des Plastiksacks hatte einen eigenartigen Geruch hinterlassen. Hermann öffnete das Fenster per Knopfdruck und heiße, aber wohlriechende Sommerluft verteilte sich im Wagen. Vorsichtig gab er Gas. Seine schweißnassen Finger rutschten vom Lenker ab, und er musste sie immer wieder an seiner blauen Leinenhose abreiben. Auf seinem weißen Polohemd befanden sich einige Schokoladenflecken, wie er bestürzt feststellte.

Endlich konnte er die Allee hinter sich lassen, und nach kurzer Zeit präsentierte sich ihm zur Rechten die Ostsee. Der Anblick des blauen Wassers und die sich bis zum weißen Sandstrand hinunterziehenden grünen Felder beruhigten ihn. Sofort stellte sich das Feriengefühl seiner Kindheit ein. Muscheln sammeln, Quallen ins Meer zurückwerfen, blaue Lippen und im dicken Frotteebademantel im sandigen Strandkorb Franzbrötchen essen. Sein Atem ging gerade ruhiger, als er den Teil des Strandes sah, an dem die Hedwigsens ihren privaten Strandkorb stehen hatten. Eine Menschentraube wurde gerade aufgelöst. Polizisten sperrten den Bereich um den weißen Korb weiträumig ab. Jetzt sah Hermann zwei Polizeiwagen und einen Notarztwagen am Parkbereich. Doch die Sanitäter gingen bereits mit ihren Koffern zurück. Konnten sie nichts mehr tun? War es zu spät? Aber für was? Und vor allem für wen?

Angst schoss in Hermann hoch und nahm ihm die Luft zum Atmen. Das musste alles gar nichts heißen. Er war durch die Begegnung mit dem Reh etwas aus der Fassung geraten. Trotzdem parkte er bei der nächsten Gelegenheit oberhalb des Strandes und lief quer durch das Gras hinunter zur Bucht. Zweimal rutschte er ab und musste sich wieder aufrappeln, schließlich erreichte er den Strand und stapfte durch den Sand. Sein Herz klopfte im gefühlt doppelten Tempo. War seiner Mutter etwas passiert? An Bertold dachte er in diesem Moment schon gar nicht mehr.

Hermann sah eine Frau in einem pinkfarbenen Strandkleid im Gespräch mit einem Polizisten, die immer wieder die Hände vor ihr Gesicht schlug. Dann drehte sie sich um. Hermann atmete langsam aus.

»Sie hat einfach geschossen«, hörte er die Stimme seiner Mutter in einer ungewohnt schrillen Tonlage. Geschossen? Hermann hob das rot-weiße Flatterband hoch und wehrte den auf ihn zukommenden Polizisten ab.

»Ich bin der Sohn, Hermann Hedwigsen.«

»Egal, ich muss Sie bitten, das Gelände nicht zu betreten ...«, erklärte der Polizist streng.

»Hermann, dich schickt der Himmel. Es ist etwas Schreckliches passiert.« Seine Mutter streckte die Hände nach ihm aus und ließ sich von ihm umarmen. Der Polizist sah seinen Vorgesetzten an und zuckte die Schultern.

Hermann hielt seine Mutter im Arm und sah über ihre Schulter hinweg direkt in den Strandkorb. Der Anblick ließ ihm das Blut in den Adern stocken. Dort saß in einem asiatisch geblümten Bademantel Bertold Schlucht. Den Kopf zum Meer gewandt, die Augen geschlossen. Ein rotes Mal auf der Stirn, aus dem sich ein blutiges Rinnsal über sein Nasenbein bis hinunter zum Kinn gebildet hatte.

»Ist er tot?« Mehr brachte Hermann nicht über die Lippen. Stunden hatte er damit zugebracht, sich vorzustellen, wie er Schlucht ins Jenseits beförderte, und jetzt war er bereits tot. Jemand anderes hatte ihn kaltblütig erschossen. Warum fühlte er sich dann trotzdem schuldig?

»Hermann, es war Mareike. Kannst du dir das vorstellen?«, rief seine Mutter und schüttelte unentwegt den Kopf. »Sie meinte, sie habe es für mich getan.«

»Sie müssen den Tatort jetzt verlassen, und bitte kommen Sie morgen aufs Kommissariat. Das Kieler Morddezernat wird in diesem Fall ermitteln«, erklärte ihnen eine Polizeibeamtin, und Hermann zog seine Mutter mit sich.

»Was gibt es denn da noch zu ermitteln? Diese Verrückte hat meinen Lebensgefährten erschossen«, rief Elisa Hedwigsen aufgebracht und wedelte mit ihrer Strandtasche in Richtung Parkplatz. Hermann vermutete, dass Mareike dort bereits mit Handschellen in einem Polizeiauto saß.

»Beruhige dich, Mutter.« Hermann nahm seine Mutter am Arm und ging mit ihr über den Strand zurück zu seinem Jaguar.

»Gestern Abend haben wir noch zusammen Tango getanzt«, flüsterte sie, und Hermann fühlte, wie sie sich an ihm festhielt. »Wir hatten Kerzen auf der Terrasse aufgestellt, und dann hat er Astor Piazzolla aufgelegt. Es war einfach ... magisch.«

Solche Details wollte Hermann gar nicht hören. »Kannst du dir erklären, warum Mareike das getan hat? Sie hat mich vorhin noch angerufen.« Hermann dachte an das Telefongespräch. Wer konnte denn ahnen, dass Mareike ihm die Arbeit abnahm?

Elisa blieb stehen und sah ihn überrascht an. »Was wollte sie denn?«

»Sie meinte, sie wollte dich nicht noch mal so leiden sehen, dass du krank warst, nachdem Bertold in die Staaten gegangen war.«

»Ich? *Sie* war krank. Ich meine, sie war sogar mehrere Wochen in einer Klinik.« Elisa Hedwigsen fischte ein Erfrischungstuch aus ihrer Strandtasche, tupfte sich damit das Dekolleté ab und reichte es Hermann. »Ich habe schon damals vermutet, dass sie genauso verrückt nach ihm war wie alle aus unserer Clique.«

»Und jetzt ist er wieder zu *dir* zurückgekehrt«, stellte Hermann trocken fest, nahm das parfümierte Tüchlein entgegen und wischte sich damit den Schweiß von der Stirn. Die Mittagssonne stach.

Elisa Hedwigsen nickte. »Aber deshalb bringt man doch niemanden um.«

Hermann zuckte mit den Schultern.

»Komm, ich fahre uns ins Haus.« Sie hatten den Jaguar erreicht, und er hielt seiner Mutter die Beifahrertür auf.

»Was sind denn das für Bienen?«, fragte Elisa, als sie das Smoothie-Glas auf ihrem Sitz entdeckte.

»Ich dachte, wir legen uns einen Bienenstock zu«, erwiderte Hermann, nahm das Glas und warf es auf den Rücksitz.

»Mit drei Bienen? Dazu braucht man doch eine Königin«, erklärte Elisa Hedwigsen entschieden.

»Dann kaufen wir eben eine«, sagte Hermann, ging um den Wagen und machte es sich hinter dem Steuer bequem. Selbstzufrieden stellte er Mozarts Flötenkonzert No. 1 in G-Dur an und griff nach dem letzten Stück Marzipan in der Konsole.

Als sie wenige Augenblicke später die blau glänzende Sommerbucht hinter sich ließen, verspürte er plötzlich einen kalten Stich im Mund. Seine Zunge wurde von Sekunde zu Sekunde größer. Panik breitete sich in ihm aus, die Stimme seiner Mutter hörte er nur noch wie aus weiter Ferne.

»Und, Hermann, wie stehen eigentlich unsere Aktien?«

GEISTERNETZE
Sabine Weiß

Eckernförde

Per Knopfdruck löste er die Waffe aus der Arretierung. Wuchtig, aber ausgewogen lag das Titanmesser in seiner Hand. Mit der Daumenspitze überprüfte er die Schärfe von Sägezahnschliff und Leinenkapper. Für seine Zwecke musste die Klinge so scharf wie möglich sein, und Zorn regte sich bei dem Gedanken an das, was er vorhatte. Mit grimmiger Zufriedenheit steckte Fiete das Tauchermesser zurück in die Scheide und kontrollierte ein letztes Mal sein Equipment. Rituale wie dieses halfen ihm, seine Erregung zu bezwingen und die nagenden Gedanken an den gestrigen Abend zurückzudrängen. Denn diese würden ihn bei der Aufgabe, die ihm bevorstand, nur ablenken. Und jeder Fehler konnte tödlich sein.

Einen Augenblick später rumpelten die Räder der Metallbox über das Kopfsteinpflaster des Kattsunds. Noch lag die Gasse ruhig da. Nicht mehr lange, dann würden sich die Touristen in der malerischen Altstadt Eckernfördes mit ihren Boutiquen, Cafés und Restaurants drängen. Das traditionsreiche Ostseebad zwischen Kiel und Schleswig war wegen des Sandstrands, der umliegenden Seen und der Kulturdenkmäler zu allen Jahreszeiten beliebt. Fietes Zeit in der Dachgeschosswohnung des Altstadthauses war hingegen vorbei, und er konnte es kaum erwarten, dass der Lebensabschnitt begann, den er so herbeigesehnt hatte.

Eine Bö zauste die Kletterrosen an der Hausecke, als Fiete die Schifferbrücke erreichte. Er legte den Kopf in den Nacken und sah zum Rundspeicher auf, der gewaltig groß und backsteinrot in der Morgensonne leuchtete. Über den kreisenden Möwen zeichneten sich vereinzelte Schleierwolken ab. Sollte er sein Vorhaben vielleicht doch abblasen?

»Moin, Fiete. Geht's mal wieder auf Tauchgang?«, rief ihm plötzlich jemand zu. Es war Hannes. Er hatte seinen Kutter neben der Holzbrücke festgemacht und stellte gerade ein Schild mit der Aufschrift »Dorsch« auf den Kai. Mit seiner Wathose und der Wollmütze sah er aus wie ein Fischer aus dem Bilderbuch. Das Radio auf der Reling betete schnarrend den Seewetterbericht herunter.

»Jupp, wenn's das Wetter zulässt.« Fiete kniff die Augen zusammen und blinzelte ins Himmelblau. »Was meinen deine Knochen?«

Hannes lachte und stellte das Radio leiser. »Laut Seewetterbericht könnt ihr los. Wenn's nach meinen Hüftknochen geht, solltet ihr gegen Mittag zurück sein. Ist sicherer.«

»Dann höre ich besser auf deine Hüfte«, meinte Fiete grinsend.

Hannes begann, die Fische zu filetieren. »Sei trotzdem vorsichtig – und grüß mir deine Süße.«

»Mach ich. Beides.« Fiete zog seine Alubox weiter. Er steuerte den Leuchtturm in seinem blau-gelben Kleid und die Alte Mole an. Vor ihm tanzten unzählige Jachten im Takt der Wellen. Weit spannte sich der Spiegel der Eckernförder Bucht zwischen den Ufern. Die Ostsee wirkte wieder einmal so harmlos. Doch Fiete wusste es besser.

Schon von Weitem sah er, wie sich die Sonne in Jellas roten Locken fing. Im Schutz eines Hinweisschildes verharrte er und beobachtete, wie sie mit geübten Griffen das Boot für die Ausfahrt vorbereitete. Seine Brust wurde weit. Noch immer konnte er nicht fassen, dass sich diese wunderschöne und eigensinnige Frau in ihn verliebt hatte. Manchmal, wenn er daran dachte, dass sie bald zusammenziehen würden, musste er sich kneifen, damit er sicher war, nicht zu träumen. Und er war nicht der Einzige, der nicht glauben konnte, dass sie ein Paar waren. Wieder brodelte die Erinnerung an den gestrigen Abend in Fiete auf, und er ging schnell weiter. Nicht, dass Jella bemerkte, wie verzückt er sie anstarrte. Nicht, dass sie bemerkte, dass ...

»Entschuldigung, wo finden wir denn Woody, das Seeungeheuer?«

Fiete war so in Gedanken versunken gewesen, dass er bei den Worten zusammenzuckte. Unvermittelt waren zwei Taucher neben ihm aufgetaucht, fertig ausgerüstet in Neoprenanzügen, mit Flossen in den Händen und Taucherflaschen auf dem Rücken. Da die Parksituation am Hafen schlecht war, zogen sich viele bei der nahe gelegenen Tauchbasis um, was dazu führte, dass man in Eckernförde oft Taucher über den Zebrastreifen spazieren sah.

Schnell fing sich Fiete wieder. »Die Unterwasserskulptur befindet sich am Ende der Mole. Am besten geht ihr am Strand ins Wasser. In Ufernähe ist ein kleiner Sandhang, da könnt ihr euch bequem fertig machen und lostauchen. Auf dem Weg zu Woody kommt ihr auch an den Seegraswiesen und dem künstlichen Riff vorbei – die sind ebenfalls sehenswert«, empfahl Fiete ihnen.

»Tauchst du auch hier am Hafen?«, wollte der eine noch wissen und wies auf Fietes Alubox, die mit Aufklebern von Tauchschulen übersät war.

»Ich fahre mit ein paar Freunden zum Bergen von Geisternetzen hinaus. Fischerei-Restmüll, der zur Todesfalle für Fische, Vögel und sogar Schweinswale wird. Zehntausend Netzteile gehen jährlich in Nord- und Ostsee verloren«, erklärte Fiete.

»Sollten die Fischer ihren Müll nicht selbst bergen?«

Eine Bewegung fing Fietes Blick. Jella hatte ihn bemerkt und winkte ihm zu. Seine Wangen röteten sich. Kaum konnte er es erwarten, bei ihr zu sein. »Theoretisch schon. Aber niemand fühlt sich dafür zuständig. Also bergen Ehrenamtliche die Geisternetze, oft im Auftrag von Umweltschutzorganisationen wie dem WWF«, sagte er abgelenkt.

Die Taucher tauschten Blicke. »Können wir helfen?«

»Sorry, aber das ist nichts für Hobbytaucher – zu gefährlich. Ich bin Unterwasserarchäologe, und auch meine Mitstreiter sind Berufstaucher. Also: Immer gut Luft!« Fiete winkte, und die beiden bildeten mit Daumen und Zeigefinger einen Kreis, als Zeichen, das alles okay war und sie sich auf den Tauchgang freuten.

Auf dem Tauchkutter schloss Jella ihn in die Arme. Der Wind zauste ihre Locken, und obgleich sie abgeschnittene Jeans und ein schlichtes Top trug, sah sie toll aus. Da Fiete die Worte fehlten, um das Kompliment nicht ungelenk klingen zu lassen, küsste er sie leidenschaftlich.

»He – ihr solltet eure Energie nicht unnütz vergeuden!«,

machte eine Stimme ihrer Umarmung ein Ende. Fiete durchschoss es heiß, und er fuhr herum. Im perfekten Surferstyle sprang Tjark auf das Boot. Was für ein Angeber, dachte Fiete. Gleichzeitig fühlte er sich wieder so schwach und hilflos wie damals.

»Was machst du hier?«, zischte er.

»Wie begrüßt du denn einen alten Freund? Hast wohl schlecht geschlafen?« Es stimmte, Tjark war nicht nur ein Freund, er war Fietes bester Freund gewesen. Aber ihre Freundschaft war längst abgekühlt. Und das nicht nur, weil Tjark als Offshore-Taucher nach Norwegen gegangen war. Tjark strich sich lässig eine Strähne seines sonnengebleichten Haars aus der gebräunten Stirn. »Andererseits, wen wundert's bei dieser Schönheit an deiner Seite? Ihr habt wahrscheinlich Besseres zu tun, als zu pennen.« Vertraulich legte er die Hand auf Jellas Schulter und küsste sie auf die Wange.

»Du Spinner«, meinte Jella grinsend, schob ihn aber für Fietes Geschmack viel zu halbherzig weg. Hatten die beiden sich gestern doch länger unterhalten, als er mitbekommen hatte?

»Ist nur gerade schlecht«, meinte Fiete und klappte die Alubox auf. »Wir warten noch auf zwei Kumpel, dann fahren wir los.«

»Weiß ich doch. Aber ich dachte, wo ich schon mal hier bin, begleite ich dich. Die anderen können heute eh nicht. Hast du noch gar nicht auf dein Handy geschaut?«

Irritiert kontrollierte Fiete sein Smartphone. Tatsächlich: Beide hatten abgesagt. »Du weißt selbst, das Bergen von Geisternetzen ist nicht ohne ...«

»Deshalb helfe ich dir ja auch. Was meinst du, was wir bei der Kontrolle der Ölpipelines so erleben. Und gegen den Atlantik ist die Ostsee eine Badewanne.« Tjark schaffte sein Tauchequipment an Bord. Natürlich alles nur vom Feinsten, dachte Fiete. Und dieser Spruch: als ob er ein Schönwettertaucher wäre. Dabei wusste er genau, dass Tjark etwas verheimlichte.

»Ich bin nicht sicher, ob ...«, begann er.

Doch Jella unterbrach ihn. »Alles ist bereit. Wir sind auf dem Boot. Warum sollen wir also nicht losfahren? Jeder Tag, an dem diese Tötungsmaschinen im Wasser sind, ist einer zu viel.«

»Das ist mein Mädchen! Du gefällst mir!« Tjark und Jella lachten und klatschten zu Fietes Entsetzen ab. Ihm kam es vor, als hätten sich die Schleierwolken verdichtet. Aber darauf hinzuweisen, wagte er nicht. Gleichzeitig ärgerte er sich, dass er in alte Verhaltensmuster zurückfiel. Tjark war früher immer der Anführer gewesen, der Mutige. Und er ...

»Sobald das Wetter umschlägt, brechen wir ab«, sagte er entschieden.

Tjark zog die Augenbrauen hoch, verkniff sich aber eine Bemerkung. Er und Jella tauschten Blicke. Wie hatte es Tjark gelingen können, Jella so schnell auf seine Seite zu ziehen? Er war es, der sie liebte, mit dem sie diesen Kutter gekauft und zum Tauchboot umgebaut hatte, mit dem sie zusammenziehen würde!

»Welche Stellen sollen wir deiner Meinung nach zuerst anlaufen?«, wandte Fiete sich an Jella. Gemeinsam überprüften sie die Sonar-Verdachtspositionen, die Fischer ihnen gemeldet hatten. Fiete genoss ihre Vertrautheit.

»Da liegen überall Geisternetze?«, fragte Tjark und schob sich neben Jella.

»Nicht unbedingt. Wir wissen nur, dass an diesen Verdachtsstellen etwas auf dem Meeresgrund liegt, das nicht dorthin gehört. Was es ist, wird sich erst unter Wasser zeigen.«

Als sie sich für die erste Position entschieden hatten, holte Jella die Leinen ein, nahm Platz im offenen Steuerstand und legte ab. Langsam glitt das Boot über die Bucht. Fiete ließ den Blick schweifen, um sich zu beruhigen, suchte bei den drei Leuchttürmen halt. Zu ihrer Linken erhob sich die grüne Anhöhe von Borby mit der mittelalterlichen Kirche, zur Rechten sahen sie den Strand und in der Ferne den Marinestützpunkt. War das wirklich eine gute Idee? Oder sollte er den Tauchgang abblasen? Nach ein paar Minuten schlüpften Fiete und Tjark in ihre Taucheranzüge. »Das waren noch Zeiten, was?«, meinte Tjark mit Blick auf den Tiefwasserhafen der Marine.

»Ich bin froh, dass ich das hinter mir gelassen habe«, murmelte Fiete.

Ihm fiel auf, dass Jella den Kopf ein wenig schief gelegt hatte. »Ihr seid zusammen bei der Marine gewesen? Erzähl mal, Tjark! Das hat Fiete nie erwähnt«, rief sie gegen den tuckernden Motor an.

»Warum wohl?«, sagte Tjark leise und zog eine Augenbraue hoch.

Fiete war bei dem Gedanken heiß geworden, dass Jella erfahren könnte ... »Ich habe den Bund bald hinter mir gelassen, das war nichts für mich. Auch Tjark war nicht lange bei der Marine«, sagte er schnell. Er wandte sich seinem

Begleiter zu. »Erzähl lieber von deiner Arbeit. Muss heftig sein, die langen Wochen auf der Ölplattform.«

Tjark musterte ihn kritisch. Fiete konnte sich denken, was ihm durch den Kopf ging, und er freute sich, Tjark in Verlegenheit zu bringen, zumindest ein wenig. »Die Arbeit ist in der Tat aufreibend. Und das ohne weibliche Gesellschaft. Na ja, auf jeden Fall ohne Sex. Offshore arbeiten schon Frauen. Wird aber nicht gern gesehen, wenn man sich mit Kolleginnen einlässt.« Tjark lehnte sich an die Reling und hielt die Nase in den Wind, was ihm etwas Verwegenes gab. Den Neoprenanzug hatte er bis zur Hüfte hochgezogen. Der Oberkörper mit den klar definierten Muskelsträngen und dem Sixpack war nackt. Fiete bemerkte, wie Jellas Blick auf Tjark ruhte, sie sich dann aber schnell wieder der See zuwandte. Souverän betätigte sie die Steuerung. »Verdient man als Taucher bei den Ölmultis wirklich so viel?«, fragte sie.

»Das ist doch egal: ist schmutziges Geld«, kam Fiete einer Antwort zuvor.

»Ach ja? Und womit fährt dieses Boot? Bestimmt nicht mit erneuerbaren Energien.«

Fiete schwieg zu Tjarks Bemerkung. Es stimmte ja. Aber trotzdem … Er kontrollierte seinen Atemregler und schnallte das Tauchermesser an den Oberarm. Jella drosselte das Tempo. Sie waren inzwischen weit aufs Meer hinausgefahren. Der Wind kräuselte die Wasseroberfläche, die Wolken hatten sich verdichtet.

»Mich wundert, dass du Tauchen zu deinem Beruf gemacht hast. Wenn ich an deine Panikattacken bei der Marine denke«, sagte Tjark plötzlich. Fietes Wangen glühten vor Scham.

»Panikattacken?« Jella starrte Fiete an.

»Hat er davon etwa auch nicht erzählt?« Tjark zog die Mundwinkel hoch.

Ich hätte mich nie auf diesen Trip einlassen dürfen. Ich habe doch gewusst, was damals geschehen ist. Ahne, was Tjark heute treibt. Ich muss es hinter mich bringen, sonst verliere ich mein Gesicht. Und ich verliere vielleicht auch das, was mir das Liebste ist.

»Verdachtsstelle erreicht? Dann machen wir jetzt den Buddy-Check«, sagte Fiete fest, obgleich er innerlich bebte. *Komm runter. Du musst dich auf deine Rituale besinnen.* Glücklicherweise hakte seine Freundin nicht nach.

Während Jella ankerte, die blau-weiße Taucherflagge aufzog und die Signalboje ins Wasser setzte, kontrollierten Fiete und Tjark gegenseitig Tarierjacket, Bleigewichte, Schnallen und Verschlüsse, Finimeter, Lungenautomat und Oktopus. Dann vergewisserten sie sich, dass der andere seine Ausrüstung komplett hatte. Ehe Fiete ins Wasser sprang, küsste Jella ihn. »Pass auf dich auf«, wisperte sie. Sie liebte und fürchtete die See zugleich. Aus gutem Grund, wie Fiete nur zu gut wusste. Er drängte die Reue zurück. »Du weißt, was Vater ...« Fiete verschloss ihre Lippen mit einem Kuss.

»Boah – Badewanne, sag ich doch!«, rief Tjark, der bereits eingetaucht war und auf dem Rücken paddelte. Tatsächlich war die Wassertemperatur angenehm. Achtzehn Grad, schätzte Fiete. Aber wenn man lange genug tauchte, fror man dennoch. Sein Herz schlug schnell, als er im Wasser den Atemregler einsetzte, aber er wusste, dass es sich beruhigen würde, wenn er erst einmal tauchte. Unter der

Wasseroberfläche herrschte Friede, selbst wenn ein Sturm tobte. In einem milchigen Smaragdgrün umschloss das Wasser sie, man konnte nur wenige Meter weit sehen. Was auch immer hier auf dem Meeresgrund lag, befand sich auf etwa drei Metern Tiefe. Leise glucksend stieg seine Atemluft in Blasen auf. Eine Qualle glitt grazil an ihnen vorbei, Fiete hätte ihr gerne noch zugesehen. Tjark tauchte voraus, gleichmäßig schlugen seine Flossen. Schnell war er nur noch ein Schemen im trüben Ostseewasser. Obgleich es ihm widerstrebte, schwamm Fiete schneller. An einer aufgewirbelten Sandwolke erkannte er, dass Tjark die Verdachtsstelle entdeckt zu haben glaubte. Aber wie unvorsichtig er vorging! Man wusste nie, was der Meeresgrund verbarg, besonders in der Ostsee, wo über eineinhalb Millionen Tonnen Munition und fünftausend Tonnen chemische Kampfstoffe lagerten, die im Zweiten Weltkrieg hier verklappt worden waren. Immer heftiger wirbelte der Sand auf, kaum einen Schwimmzug weit konnte Fiete jetzt sehen, dazu kamen die Algen, die an dieser Stelle wuchsen.

Da – eine weit ausholende Bewegung im Dunst. Wedelte Tjark mit dem Arm und signalisierte ihm so, dass er Hilfe benötigte? Adrenalin durchschoss Fiete, und er vergaß allen Ärger, als er eilig näher schwamm. Für den Fall, dass Tjark sich in einem Geisternetz verfangen hatte, löste er sein Messer aus der Scheide. Als er ihn erreicht hatte, ruckelte Tjark mit einer Planke, und trotz Tauchermaske und Atemregler erkannte Fiete, dass er vor Lachen kaum noch atmen konnte. Erinnerungen daran, wie er ausgelacht und erniedrigt worden war, kochten in ihm hoch, und am liebsten hätte er Tjark geschlagen. Mühsam beherrscht steckte er das Messer zurück und suchte vorsichtig den Boden ab. Hier lag kein Geisternetz, der Balken hatte das Signal ausgelöst. Gemeinsam schleppten sie das Holz zurück an die Oberfläche und hievten es an Deck, wo Jella sie in Empfang nahm. Kaum hatte Tjark sich von Maske und Mundstück befreit, brach er auch schon in Gelächter aus. »Du hättest dein Gesicht sehen sollen!«

Fiete brannten die Sicherungen durch. Er packte Tjark am Taucheranzug. »Niemals, nie soll man das Notfallzeichen grundlos benutzen – aber das ist dir wohl scheißegal!«, brüllte er.

»Wow. Du bist ja genauso von der Rolle wie damals, als du heulend am Beckenrand standest, weil du den Schwimmdrill nicht ausgehalten hast und durch die Aufnahmeprüfung bei der Marine gerasselt bist«, sagte Tjark staunend.

Jella entglitten die Gesichtszüge. Dann aber schob sie sich zwischen die Taucher und versuchte, sie zu beruhigen. »Jungs, lasst gut sein!«, rief sie. Keiner der beiden wollte jedoch zurückstecken.

»Besser als einer wie du, der bei der Marine unehrenhaft entlassen wird und so tut, als habe er seinen Offshore-Job noch«, zischte Fiete. »Oder glaubst du, das wüsste ich nicht längst? Du Angeber! Aufschneider!« Im gleichen Moment wünschte er, er könnte die Worte zurücknehmen. Tjark wich zurück, als habe er ihn geschlagen. Er ließ sich auf die Sitzbank aus geölter Robinie sinken und schlug die Hände vors Gesicht.

»War das nötig?« Jella funkelte Fiete an, als sei er der Schuldige.

»Er hat angefangen. Er hat …«, wollte Fiete entgegnen, doch da setzte sie sich schon zu Tjark und strich ihm liebevoll über den Rücken. Leise redete sie auf ihn ein. Fiete konnte seinen Blick kaum von Jellas anderer Hand abwenden, die auf Tjarks Knie lag. Dieser rieb sich über das Gesicht. Als er sprach, klang seine Stimme rau, als habe er geweint. »Du fragst dich, warum sie zu mir hält – und nicht zu dir«, sagte Tjark leise und doch bestimmt. »Ich kann es dir sagen. Weil sie etwas ahnt. Denn ich denke nicht, dass du es ihr gestanden hast.« Fiete wurde innerlich zu Eis.

»Was gesagt?« Jella klang alarmiert. Ihre Augen waren weit geworden, die Wangen rotfleckig.

Fietes Finger krampften vor lauter Ohnmacht. »Du hast geschworen, es niemals jemandem zu verraten«, erinnerte er Tjark. Er fürchtete nichts so sehr, als wenn ans Licht kommen würde, was er getan hatte.

»Ich denke, Jella verdient die Wahrheit.« Tjark suchte ihren Blick.

»Tjark, ich bitte dich«, sagte Fiete.

»Wie ist dein Vater gestorben, Jella?«

Die junge Frau war schneeweiß geworden, ihre Unterlippe bebte. Keiner von ihnen nahm noch Wind oder Wellen wahr. Beinahe tonlos stieß sie hervor: »Er schwamm in der Nähe des Hafens, in der Dämmerung. Ein Motorboot überfuhr ihn. Vater starb noch auf dem Weg ins Krankenhaus. Der Täter wurde nie gefunden.«

»Da …«

»Sei still, Tjark!« Fiete wollte sich auf ihn stürzen. Tjark hielt ihn auf Abstand. Mit der anderen Hand machte er die Geste, die Fiete so sehr gefürchtet hatte. »Da steht er.«

Jella zitterte so sehr, als würde sie gleich zusammenklappen. Fiete wollte sie anfassen, doch sie stieß ihn schroff zurück, starrte ihn an. »Stimmt das? Sagt er die Wahrheit?«

Fiete ließ die Schultern hängen. »Es war ein Unfall. Wir haben Freitauchen trainiert. Ich bin fast durchgedreht vor Angst. Bin geflohen. Dein Vater ... er muss unter Wasser gewesen sein ... ich habe ihn nicht gesehen. Es tut mir so leid. Ich wollte mich bei dir entschuldigen, habe es aber nicht gewagt. Und dann ... habe ich mich in dich verliebt.« Wieder wollte er sie berühren.

Jella taumelte zurück. »Verschwinde! Du Lügner ... du Mörder!«, schrie sie.

»Ich wollte es dir sagen. Immer und immer wieder habe ich es versucht, aber ...« Jella heulte auf, hämmerte weinend mit der Faust gegen den Steuerstand, bis die Finger blutig waren, ließ niemanden an sich heran. Nach einiger Zeit konnte Tjark sie beruhigen. Fiete war beinahe dankbar dafür. Gleichzeitig spürte er überraschenderweise Erleichterung, dass dieses Geheimnis, dass ihm so lange auf der Seele gelegen hatte, endlich ausgesprochen war.

»Lass uns umkehren. Wir fahren zurück zum Hafen«, sagte er schließlich. »An Land können wir in Ruhe über alles reden.« Kaum ertrug er Jellas düsteren Blick, ihre zusammengekniffenen Lippen. War dies das Ende ihrer Liebe?

Tjark löste sich von Jella. »Nein, lass uns tun, wofür wir hergekommen sind. Ich will wenigstens ein Geisternetz bergen. Diese Fahrt soll zu etwas gut gewesen sein.«

Jella nickte mechanisch. Schon holte sie mit dem Bojenhaken die Boje ein und steuerte die nächste Verdachtsposition an. Tjark gesellte sich zu ihr, mied bewusst Fietes Gesellschaft. Glücklicherweise würde er ja bald wieder abreisen oder sonst wie verschwinden. Sicher könnte Fiete ihr dann die unglücklichen Umstände des Unfalls plausibel machen, und sie würde ihm verzeihen.

Die Schleierwolken hatten sich verdichtet, und der Wind war heftiger aufgefrischt. Hannes und seine Hüfte hatten recht gehabt. »Das war's. Bei dem Wetter machen wir Schluss«, entschied Fiete.

Tjark ließ sich nicht aufhalten. »Ich tauche auf jeden Fall. Ob mit dir oder ohne dich.« Schon war er im Wasser.

Ratlos blickte Fiete Jella an. »Du willst ihn doch nicht allein tauchen lassen? Du weißt, wie gefährlich Solotauchen ist! Hier ist das Wasser zehn Meter tief. Willst du noch ein Leben auf dem Gewissen haben?«, fragte sie mit bebender Stimme, ehe sie erneut die Taucherflagge hisste.

Fiete gab nach und machte sich zum Tauchgang bereit. Dieses Mal wartete Tjark auf ihn. Paddelnd lag er auf dem Rücken. Als Fiete herannahte, schwamm Tjark zu ihm. Er legte ihm die Hand auf die Schulter. »Danke, Buddy. Wir sollten diesen ganzen Mist hinter uns lassen. Jetzt, wo alles ausgesprochen ist, was zwischen uns stand.«

Fiete war wider Willen gerührt. Ja, es gab Hoffnung. Er hätte längst reinen Tisch machen müssen. Noch einmal kontrollierte er seine Geräte, dann tauchten sie hinab. Statt des sonnenlichtumsäumten Bootsrumpfes zeichnete sich über ihnen nun ein grauer Klotz ab, zu dem Fiete sich schon jetzt zurücksehnte. Er hatte das Risiko noch nie geliebt. Vielleicht war er wirklich ein Schönwettertaucher – aber was sprach dagegen? Seite an Seite schwebten sie tiefer, was seine Stimmung ein wenig hob. Vielleicht konnten sie wirklich neu anfangen, auch mit ihrer Freundschaft.

Bereits wenige Flossenschläge später entdeckte Fiete das Netz. Das Schleppnetz aus unverwüstlichem Nylon hatte sich etwa einen halben Meter über dem Meeresgrund aufgestellt und war zu einer Todesfalle geworden. Verendet und bereits angefressen hingen die Tiere in den Schnüren. Sofort schwamm er zu dem Kormoran, der sich im Netz verfangen hatte. Doch für den Vogel kam jede Hilfe zu spät. Wie ein schwarzer Schatten mit schmalem Hals und viel zu großem Schnabel waberte er in den Unterwasserwellen. Fiete wollte gerade den Kormoran freischneiden, als er ein Stück weiter einen Hornhecht im Netz zucken sah. Der Fisch wirkte vollkommen abgemagert, vermutlich saß er schon seit Tagen in der Falle und hatte kaum fressen können. Behutsam packte Fiete ihn und schnitt ihn frei, ehe ein Krebs über ihn herfallen konnte. Wut packte ihn bei der Erinnerung an den Schweinswal, den er einmal tot in einem Stellnetz gefunden hatte. Ein Stück weiter versuchte Tjark, das Netz von dem Riff zu befreien, an dem es sich verhakt hatte.

Als Fiete fertig war, prüfte er Tauchzeit und Finimeter. Sie sollten sich besser beeilen. Er sah sich nach Tjark um, konnte ihn aber nicht mehr entdecken. Stattdessen verschwand das Geisternetz im aufgewirbelten Sand. Nicht schon wieder! Fiete machte zwei kräftige Schläge mit den Flossen. Tjark gestikulierte. Entschlossen gab Fiete das Zeichen zum Abbruch; sie würden morgen wiederkommen und das Geisternetz bergen, wenn das Wetter es zuließ.

Im nächsten Augenblick sah er etwas auf sich zuschießen. Kurz war er benommen. Was sollte das? Blitzend taumelte sein Messer durch den Sandwirbel. Er streckte sich danach aus, bekam es nicht zu fassen. Plötzlich ein Ruck. Fiete schwankte zwischen Wasser und Meeresboden. Das Netz umfing ihn. Er wollte Abstand gewinnen, doch es hatte sich bereits an seiner Ausrüstung verhakt. Stoßweise ging sein Atem, als er an dem Netz riss, das jedoch kein bisschen nachgab. Kein Wunder: Diese Netze waren beinahe für die Ewigkeit gemacht, es dauerte vierhundert bis sechshundert Jahre, bis sie verrotteten und sich in Mikroplastik verwandelten. Das Nylon schnitt in seine Handschuhe, gab jedoch nicht nach. Fiete war von einem Wirbel von Luftblasen umgeben. Er atmete viel zu schnell. Der Puls dröhnte ihm in den Ohren. Seine Brille beschlug. Er hatte Todesangst. Tjark musste ihm helfen, musste ihn befreien! Mit einer enormen Willensanstrengung versuchte Fiete, seinen Atem zu beruhigen, damit er überhaupt etwas sehen konnte. Wo war nur sein Messer? Damit könnte er sich freischneiden. Und warum kam Tjark ihm nicht zu Hilfe? Panisch sah er sich um. Das Netz hing an Taucherflasche und Tarierweste, halb hüllte es ihn ein. Ein Schatten schräg hinter ihm. Er wollte herumfahren, konnte es nicht. Wollte schreien – und stieß doch nur einen Schwall Luftblasen aus. Aus dem Augenwinkel nahm er eine Bewegung wahr. Tjark. Fiete brauchte kein Tauchzeichen zu geben, sein Gefährte sah auch so, dass er Hilfe brauchte. Doch Tjarks Hände formten Zeichen. Zeichen, die nichts mit dem Tauchen zu tun hatten. Es brauchte etliche quälende Atemzüge, bis Fiete die Bedeutung dessen an sich heranlassen konnte, was Tjark ihm sagen wollte. Ein aus Daumen und Zeigefingern geformtes Herz. Die übereinandergelegten Hände auf der

Brust. Zwei Handschalen bildeten ein Boot und dann der nach oben weisende Zeigefinger. Ein Achselzucken. Fiete wollte brüllen, riss unbändig an dem Netz, das nicht einen Zentimeter nachgab. Was hatte Tjark vor? Er würde doch nicht ... Doch ehe er den Gedanken zu Ende denken konnte, hatte sein vermeintlicher Tauchbuddy bereits mit dem ultrascharfen Titanmesser den Schlauch durchtrennt, der von Fietes Pressluftflasche zum Lungenautomaten führte. Ein gewaltiges Geblubber umschloss Fiete und nahm ihm endgültig die Sicht. Er wusste aber auch so, dass Tjark nun auftauchen würde. Er hingegen würde hier ertrinken, gefangen in dem Geisternetz, das er hatte bergen wollen. Wenn er noch Luft bekommen hätte, hätte die Todesfurcht ihm den Atem genommen. So aber schienen seine Lungen zu krampfen. Sein Hals war eng, und das rasende Herz schien seine Brust sprengen zu wollen. Jella, dachte er noch. Dann wurde ihm schwarz vor Augen.

Ein Weinkrampf ließ seinen Körper erbeben, und seine Zähne schlugen aufeinander, obgleich Jella ihm eine Decke übergelegt hatte. Als er sich auf den Kutter gerettet und bibbernd von dem Unglück berichtet hatte, hatte sie sofort ein Rettungsboot gerufen, Mayday gesendet und die Mann-über-Bord-Taste auf dem GPS-Gerät gedrückt sowie den Rettungsring über Bord geworfen. Sie war in der Tat eine erfahrene Seefrau. Das würde ihm später nützlich sein, dachte er zufrieden. Ihm war es einerlei, ob sie einen Notruf absetzte, denn die Retter würden ohnehin zu spät kommen. Sobald er Anstalten gemacht hatte, sich heldenhaft erneut ins Wasser zu werfen, um Fiete doch noch zu bergen, hatte sie ihn aufgehalten. Er sei erschöpft, dürfte sich nicht auch noch in Gefahr bringen. Und dann hatten sie festgestellt, dass die Reserveflasche unerklärlicherweise leer gewesen war. Jetzt klammerte sie sich weinend an ihn. Am liebsten hätte Tjark sie schon jetzt geküsst, aber das wäre wohl doch zu plump gewesen. Besser wäre es ohnehin, wenn sie den ersten Schritt machte. Und dass sie auf ihn abfuhr, hatte er gestern sofort gespürt. Kein Wunder, bei dem Schlappschwanz Fiete, diesem Weichei. Er war richtiggehend erschrocken gewesen, als dieser ihn vorhin so angeblafft hatte. Kurz hatte er gefürchtet, dass Fiete sich verändert hatte. Dass er kein so leichtes Spiel haben würde. Aber jetzt würde er alles bekommen: das Mädchen, das Tauchboot und damit die Chance auf einen Neuanfang. Nur die Polizei und Fietes Freunde, die Tjark mit einem Vorwand zur Absage des Tauchgangs gebracht hatte, würde er noch von dem Unfall überzeugen müssen.

Jella sprang auf und suchte mit dem Fernglas das Meer ab. »Vielleicht solltest du doch … oder ich …«, stammelte sie.

Tjark legte den Arm um ihre Schulter. Sie schmiegte sich Halt suchend an ihn. »Das ist zu gefährlich. Fiete ist ein erfahrener Taucher. Sicher hat er sich aus dem Netz befreien können …«

»Es ist meine Schuld!«, stieß sie hervor. »Ich hätte ihn aufhalten sollen. Wie damals meinen Vater!«

»Wenn überhaupt, ist es meine Schuld. Ich hätte Fiete nicht allein lassen dürfen. Aber ich hatte selbst keine Luft mehr. Wie konnte ich denn ahnen, dass die Ersatzflasche defekt ist!«

Tränenströme zeichneten Furchen auf ihre Wangen. »Ich kann immer noch nicht glauben, was er getan hat. Was Fiete mir verschwiegen hat. Mein geliebter Vater ...«

Tjark neigte sich zu ihr. »Das ist schwer zu begreifen, das kann ich mir vorstellen. Trotzdem: Du bist eine wunderbare Frau und hast die Wahrheit verdient.«

Sie schniefte. Suchte seinen Blick. »Als du allein auftauchtest ... für einen Moment war ich erleichtert. Ich dachte, das ist die Strafe für Fietes Tat, für seine Lügen. Ich schäme mich so dafür. Ich bin ein Monster!«

Er streichelte ihr die Tränen von der Wange. »Das bist du nicht. Das ist eine natürliche Reaktion. Schließlich hast du gerade erst erfahren, wer der Mörder deines Vaters ist.«

Dankbar sah sie ihn an. Ihre Augen waren zwar aufgequollen, doch ihre Lippen standen leicht offen und luden zu einem Kuss ein. Es war beinahe schade, dass bald das Rettungsboot eintreffen würde. In ihrem aufgewühlten Zustand würden sie sicher wilden Sex haben. Tjark wollte gerade seine Bedenken über den Haufen werfen, als ein Geräusch ihn herumfahren ließ. Es war kaum zu glauben: Fiete kroch, nur in Badehose, mit zerschrammtem Oberkörper und Gesicht, an Deck. Wie zum Teufel ... Jella erstarrte. Es war offensichtlich, dass sie nicht wusste, was sie tun sollte.

Mühsam rappelte Fiete sich auf, stützte die Hände in die Hüfte. Seine Brust pumpte, und aus den Kratzern perlte das Blut. »Da ... staunst du ... was?«, keuchte er. »Nach der ... Peinlichkeit bei der ... Marine ... habe ich Freitauchen geübt ... bis zum Abwinken. Apnoetauchen schockt ... mich nicht mehr. Du hast mich ... allerdings ... schockiert ... du ... feiger Mörder!«

»Das musst du gerade sagen. Du hast Jellas Vater niedergemäht. Sie angelogen. Dich an ihrer Trauer geweidet!«, sagte Tjark kühl.

Noch immer hielt es Fiete kaum auf den Beinen vor Erschöpfung. »Jella, glaub ihm nicht! Es war ein Unfall! Ich wollte deinen Vater nicht töten. Tjark hat versucht, mich umzubringen! Kalten Herzens hätte er mich ersaufen lassen. Die Polizei wird ihn dafür zur Rechenschaft ziehen.«

Tjark nahm Jellas Hand. Dann hielt er ihr den massiven Bojenhaken aus Edelstahl hin. »Willst du ihn etwa mit dem Mord an deinem Vater davonkommen lassen?«

ÜBER DIE AUTORINNEN:

Gesine Berg

Gesine Berg ist in Norddeutschland am Meer aufgewachsen und lebt mit ihrer Familie in ihrer Herzensstadt Hamburg. Nach langjähriger Tätigkeit in der internationalen Duftstoffindustrie arbeitet die diplomierte Europasekretärin heute im Bereich Frühpädagogik. Seit ihrer Kindheit liebt sie es, in Geschichten und fremde Welten einzutauchen. Ihre Leidenschaft für Krimis führte sie 2021 zu den »Mörderischen Schwestern«. Sie erhielt auf Anhieb einen Platz als Mentee 2022 und schreibt aktuell an ihrem ersten Kriminalroman. Gesine Berg ist ein Pseudonym.

Ulrike Bliefert

Ulrike Bliefert ist Autorin, Schauspielerin, Hörspiel-Sprecherin und leidenschaftliche Vorleserin. Sie ist verheiratet mit ihrem Schauspielkollegen Laszlo I. Kish und lebt mit vier Katzen und zwei Hunden in einem idyllischen kleinen Dorf in der Mecklenburgischen Seenplatte. Ihre historischen Kriminalromane um die Fotografin Auguste Fuchs entführen die Leserinnen und Leser – flankiert von einer mit vielen historischen Details aufwartenden Website – ins ausgehende 19. Jahrhundert.

Carola Christiansen

Carola Christiansen ist in Hamburg geboren. Sie arbeitete lange für eine Fluggesellschaft, ist viel gereist und hat u. a. in Hongkong, Luxemburg und Dänemark gelebt. Inzwischen ist sie zurück an der Elbe und schreibt hauptberuflich Krimis: Spannung made in Altona. 2021 verbrachte sie zwei Monate in Venedig – die Rückkehr fiel ihr überraschend schwer. Seit drei Jahren ist sie Präsidentin der Mörderischen Schwestern.

Anja Gust

Anja Gust, geboren 1968 in Rendsburg, lebt als freie Schriftstellerin in Norderstedt. 2013 wurde sie von Aktion Mensch und dem LEA-Leseclub e.V. für ihr soziales Engagement im Bereich Literatur im Museum für Angewandte Kunst in Köln geehrt. Die Autorin ist Mitglied im Verband deutscher Schriftstellerinnen und Schriftsteller sowie im Bundesverband junger Autoren und Autorinnen e.V. und gehört zur Autorenvereinigung der »Mörderischen Schwestern e.V.«.

Jutta Götze

Jutta Viercke-Götze, Jahrgang 1968, behauptet von sich selbst »ich kann nur Buch (und ein bisschen Saxofon)«. Als gelernte Buchhändlerin leitet sie nun mit großer Leidenschaft eine Bücherei in einer ehemaligen Zehntscheune und wird nicht müde, ihre Begeisterung am geschriebenen Wort weiterzugeben. Der Wunsch, selbst zu schreiben schlummert schon lange in ihr, die *Mörderischen Schwestern* haben sie aufgeweckt und ermuntert, genau das zu tun. Die reiselustige Mutter eines erwachsenen Sohnes lebt mit ihrem Mann in der Nordheide, wenn sie nicht gerade in Büchern abgetaucht oder auf Reisen ist.

Kathrin Hanke
Kathrin Hanke hatte das Glück, aus ihrer Schreib-Leidenschaft ihren Beruf machen zu können: Nach dem Studium der Kulturwissenschaften verdiente sie sich als Redakteurin, Ghostwriterin, Heftromanautorin sowie Werbetexterin ihre Brötchen. Seit 2014 lebt und schreibt sie als freie Autorin in ihrer Geburtsstadt Hamburg und hat seitdem eine Anzahl erfolgreicher Krimis veröffentlicht.

Franziska Henze
Franziska Henze, 1976 in Hamburg geboren, hat Rechtswissenschaften studiert. Nach Referendariat in Hamburg und London und anschließender Promotion arbeitete sie viele Jahre als Legal Counsel eines großen deutschen Wirtschaftskonzerns. Seit 2019 widmet sie sich ganz dem Schreiben. Sie hat mehrere, zum Teil preisgekrönte Kurzgeschichten veröffentlicht und arbeitet derzeit an ihrem ersten Roman.

Eva Jensen
Eva Jensen ist gebürtige Hamburgerin und hat in einem Dorf in der Nähe von Schleswig eine zweite Heimat gefunden. Dort genießt sie Landschaft und Natur an der Schlei

und den Charme der Norddeutschen. Wenn es dort regnet, und das tut es sehr oft, schreibt sie. Eva Jensen ist ein Pseudonym.

Anke Küpper

Anke Küpper studierte Germanistik, Romanistik und Medienwissenschaften in Hamburg, Bochum, Poitiers und Bordeaux. Seit über zwanzig Jahren arbeitet sie als Buchautorin. Neben ihren Kriminalromanen, in denen sie ihre Wahlheimat Hamburg zum Schauplatz macht, hat sie mehr als achtzig Sachbücher und Pixi-Geschichten sowie zahlreiche Quizze und Spiele veröffentlicht, darunter einige Bestseller. Sie hat bereits mehrere KrimiAnthologien herausgegeben, ist in Hamburg als Literaturveranstalterin aktiv und leitet Schreibworkshops. Außerdem engagiert sie sich bei den Mörderischen Schwestern, im Syndikat und im writers' room Hamburg für andere Schreibende.

Angela Lautenschläger

Angela Lautenschläger lebt und arbeitet als Nachlasspflegerin in Hamburg. Von ihr sind die Krimireihen um die Nachlasspflegerin Friedelinde Engel und den Kommissar Nicolas Sander sowie die Rechtsanwältin Theresa Sommer und Kommissar Lukas Kampmann erschienen. Ende des Jahres erscheint der erste Band ihrer Cozy Crime-Reihe unter dem Pseudonym Emily Winston.

Alexa Lewrenz

Alexa Lewrenz wurde 1978 in Hamburg geboren. Ob die vielen Actionfilme, das Jura-Studium, oder die Arbeit in der Rechtsmedizin ihre Leidenschaft für Krimis und Thriller geweckt haben, oder ob es umgekehrt war, lässt sich heute nicht mehr ermitteln. Eines ist jedoch erwiesen: Die Autorin ist sowohl dem Lesen, als auch dem Schreiben spannender Geschichten hoffnungslos verfallen. Ihr Debüt Projekt 22 erscheint im Frühjahr 23 bei HarperCollins.

Anja Marschall

Die gebürtige Hamburgerin Anja Marschall ist Krimiautorin und Journalistin. Sie veröffentlicht seit 2012 vornehmlich hist. Romane und Krimis. Ihre Bücher erscheinen in namhaften deutschen Verlagen. Vor ihrer schriftstellerischen Tätigkeit arbeitete sie als Pressereferentin, EU-Projektleitung in der Sozialforschung, Apfelpflückerin in Israel, Zimmermädchen in einem Londoner Luxushotel, Erzieherin, Kioskverkäuferin an den Hamburger Landungsbrücken und Verlegerin.

Bettina Mittelacher

Schreiben ist mein Beruf — und meine Leidenschaft. Mehr als dreißig Jahre bin ich Journalistin, seit 2016 ebenfalls Buchautorin. Weil ich als Gerichtsreporterin ständig mit menschlichen Abgründen konfrontiert werde, ist der Schritt zur Autorin von True-Crime-Titeln fast von selbst erfolgt. Mit dem renommierten Rechtsmediziner

Prof. Klaus Püschel bilde ich ein kundiges und kreatives Team. Jetzt haben wir mit »Totenpuzzle« den ersten Thriller veröffentlicht.

Ricarda Oertel
Ricarda Oertel, geboren 1971, lebt und arbeitet in Schleswig-Holstein als freie Lektorin und Autorin. Ihre Kurzkrimis wurden in zahlreichen Anthologien veröffentlicht, für diverse Literaturpreise nominiert und im Rahmen des NordMordAwards ausgezeichnet. Mit dem Spannungsroman »Nordfinsternis« gelang ihr der Sprung auf die Shortlist für den Glauser-Preis 2020 als bestes Debüt. Unter ihrem Pseudonym Hannah Juli schreibt die Autorin auch sommerliche Romane.

Alex Roller
Alex Roller wurde 1973 in Hamburg geboren und ist dort an der Grenze zu Schleswig-Holstein aufgewachsen. Nach einigen Jahren im Herzen der Hansestadt lebt die diplomierte Bauingenieurin mit ihrem Mann und den gemeinsamen Kindern wieder in ihrer alten Heimat, den Walddörfern, die mit ihrer Weitläufigkeit und den dunklen Wäldern zudem Inspiration liefern für ihre psychologisch tiefgründigen Geschichten.

Regina Schleheck
Regina Schleheck erhielt neben vielen anderen Auszeichnungen den Deutschen Phantastik Preis und den Friedrich-

Glauser-Preis der deutschsprachigen Krimiautoren, für den sie 2021 wieder nominiert war. Die 1959 geborene hauptberufliche Oberstudienrätin, nebenberufliche Referentin, Herausgeberin, Lektorin und fünffache Mutter hat Hunderte Kurzgeschichten, Hörspiele, Großprosa und vieles mehr veröffentlicht.

Bea Schreiner

Bea Schreiner, geboren in Bonn, studierte Literatur und Medien. Nach einem Abstecher in die Fernsehwelt arbeitet sie als Lektorin, Dramaturgin und Autorin und veröffentlicht drei Liebesromane. 2023 erscheint ihr erster Mallorca-Krimi. Wenn sie nicht am Schreibtisch sitzt, reist sie gerne und lässt sich von Filmen, Büchern und dem wahren Leben inspirieren. Sie ist eine »Mörderische Schwester« und lebt mit ihrem Mann und ihren Kindern in Hamburg.

Regine Seemann

Regine Seemann wurde am ersten Adventssonntag im Jahr 1968 in Hamburg geboren. Sie ist in Hamburg zur Schule gegangen, hat hier Deutsch und Biologie auf Lehramt studiert und arbeitet als Schulleiterin einer Grundschule auf der Elbinsel Wilhelmsburg. Sie lebt am Rande der Fischbeker Heide im südwestlichsten Teil Hamburgs gemeinsam mit Ehemann, Sohn und einem Rudel Katzen. Abends verbringt sie ihre Freizeit entweder vor dem Laptop beim Schreiben von Krimis oder im Offenstall mit ihren beiden Pferden.

Carolyn Srugies

Carolyn Srugies, Jahrgang 1962, hat die jahrzehntelange Tätigkeit im Exportmanagement zugunsten des Schreibens aufgegeben. Als Jurysekretärin der »Mörderischen Schwestern« engagiert sich die Autorin gerne im Verein. Sie hat bisher ein gutes Dutzend Kurzgeschichten veröffentlicht. Nach »Tod unter Palmen« ist es hier ihr zweiter Kurzkrimi in der »Tatort Nord«-Reihe. Ihr Debütkrimi »Tod am Wockersee« erschien 2022. Der zweite Band der Mecklenburg-Reihe mit Hauptkommissar Henri Martensen erscheint 2023.

Sabine Weiß

Sabine Weiß, geboren 1968 in Hamburg, arbeitete nach ihrem Germanistik- und Geschichtsstudium als Journalistin. 2007 veröffentlichte sie ihren ersten historischen Roman, der zu einem großen Erfolg wurde und dem viele weitere folgten. 2017 gab sie mit »Schwarze Brandung« ihr Krimi-Debüt. Ihre Krimi-Heldin ermittelt auf Sylt. Sabine Weiß lebt mit ihrer Familie in der Nordheide bei Hamburg.

Fenna Williams

Fenna Williams studierte Kreatives fiktionales und nicht-fiktionales Schreiben in Seattle und Cambridge und schreibt seitdem Drehbücher, Reiseessays, Kurzgeschichten und Romane. Unter dem Namen Auerbach & Auerbach führt sie die bekannte Krimiserie um die Haushüterin Pippa Bolle weiter. Sie coacht mit Hingabe andere Schreibende und genießt die Herausgabe von Anthologien. Fenna liebt einsame

Inseln aller Längen- und Breitengrade, auf denen und über die sie schreibt. Sie pflegt dabei vier Passionen: Schreiben, Shakespeare, Single Malt Whisky und den Wunsch, diese Dinge immer wieder neu zu verbinden.

Yvonne Wüstel

Yvonne Wüstel, Jahrgang 1967, ist approbierte Ärztin, hat aber schon früh ihren weißen Kittel an den Nagel gehängt, um sich ganz dem Schreiben zu widmen. Mittlerweile hat sie zahlreiche Romane unter verschiedenen Pseudonymen veröffentlicht. Yvonne Wüstel lebt mit ihrer Familie in Hamburg und genießt die Wochenenden und Ferien an ihrem Rückzugsort in einem kleinen idyllischen Dorf an der Schlei.